Erskine Childers

# *Das Rätsel der Sandbank*

*Ein Bericht des Geheimdienstes*

*Aus dem Englischen von Hubert Deymann*

*Mit vier Karten*

Diogenes

Titel der englischen Originalausgabe, 1903,
›The Riddles of the Sands‹
Umschlag:
Foto von Barbara Büchner
Die deutsche Erstausgabe erschien 1975 im
Diogenes Verlag


150/85/8/3
ISBN 3 257 05055 0

# *Inhalt*

Vorwort 9
1. Der Brief 13
2. Die Dulcibella 21
3. Davies 35
4. Rückblick 46
5. Nordwind erwünscht 55
6. Die Schlei 63
7. Das fehlende Blatt 71
8. Die Theorie 85
9. Ich unterzeichne den Heuervertrag 97
10. Seine Chance 107
11. Die Pfadfinder 116
12. Meine Einführung 125
13. Die Bedeutung unserer Arbeit 136
14. Die erste Nacht bei den Inseln 141
15. Bensersiel 151
16. Fregattenkapitän von Brüning 159
17. Die Atmosphäre klärt sich 174
18. Kaiserliche Begleitung 186
19. Der Rubikon 193
20. Das kleine schäbige Buch 207
21. Blindlings nach Memmert 219
22. Das Quartett 235
23. Geänderte Taktik 247
24. Der Impaß 261
25. Ich kehre wieder 277
26. Die sieben Siele 289
27. Das Glück des blinden Passagiers 302
28. Wir erreichen unser doppeltes Ziel 317
Nachwort des Herausgebers 336

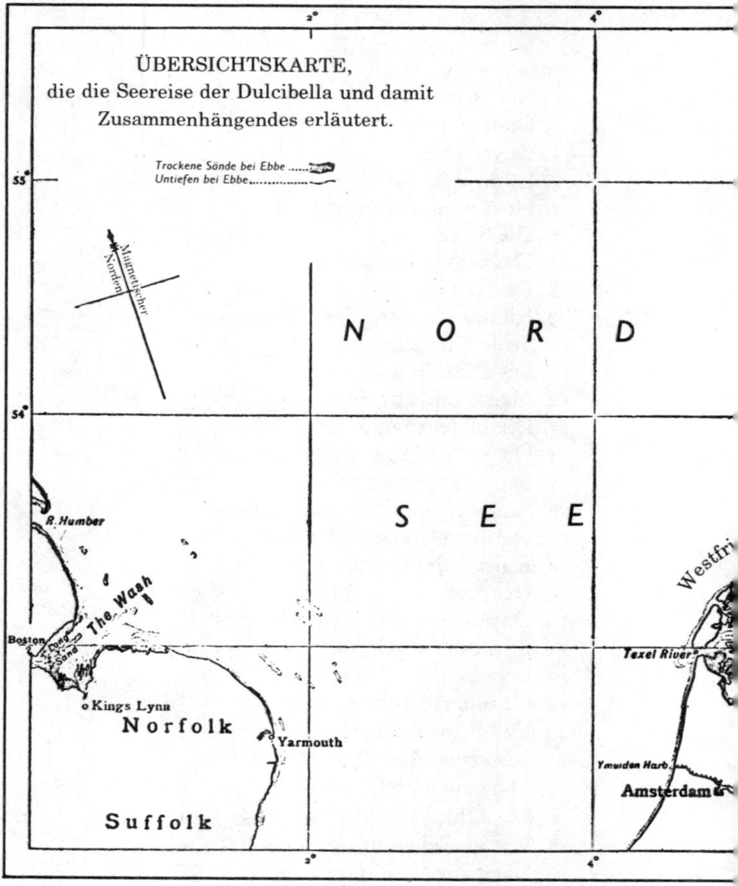
ÜBERSICHTSKARTE,
die die Seereise der Dulcibella und damit
Zusammenhängendes erläutert.
Trockene Sände bei Ebbe
Untiefen bei Ebbe
Magnetischer Norden
N O R D
S E E
2°
4°
55°
54°
R. Humber
The Wash
Boston
Long Sand
Kings Lynn
Norfolk
Yarmouth
Suffolk
Texel River
Ymuiden Harb.
Amsterdam

DÄNEMARK
Nordgrenze von Deutschland
Kleiner Belt
Nordfriesische Inseln
Deutsche Seegrenze
Schleswig-Holstein
Augustenburg Förde
Satrup
Augustenburg
Sonderburg
Ekken
Alssund
Flensburg
Flensburger Förde
Kappeln
Die Schlei
Schleswig
Ostsee
Kieler Förde
Holtenau
Kiel
Eider
Tönning
Kaiser-Wilhelm-Kanal
Helgoland
Ostfriesische Inseln
Wangerooge
Spiekeroog
Langeoog
Baltrum
Norderney
Juist
Borkum
Rottum
Oster-Ems
Wester-Ems
Elbe
Brunsbüttel
Cuxhaven
Hamburg
Jade
Weser
Bensersiel
Norddeich
Esens
Norden
OST FRIESLAND
Wilhelmshaven
Emden
Bremerhaven
Ems
Leer
Oldenburg
Bremen
Inseln
Ostmahorn
Harlingen
HOLLAND
DEUTSCHLAND
West Grenze von Deutschland
Rheine
6°
8°
10°
55°
54°
53°
6 östliche Länge von Greenwich

# *Vorwort*

## *Ein Wort über Entstehung und Urheberschaft dieses Buches*

Im vergangenen Oktober (1902) besuchte mich mein Freund Carruthers in meiner Junggesellenwohnung und erzählte mir – wobei er mich zur Geheimhaltung verpflichtete – freimütig das auf den folgenden Seiten beschriebene Abenteuer. Bis dahin hatte ich davon bloß ebensoviel als seine anderen Freunde gewußt, daß er nämlich vor kurzem auf einer Segeltour mit einem gewissen Mr. Davies Erlebnisse hatte, die einen tiefen Eindruck auf sein Wesen und seine Gewohnheiten hinterlassen hatten.

Am Ende seines Berichts – der mich sowohl im Hinblick auf meine eigenen Untersuchungen und Vermutungen als auch wegen seiner inneren Teilnahme und des lebendigen Vortrags sehr beeindruckte – hatte er hinzugefügt, alle während der Fahrt aufgedeckten wichtigen Tatsachen seien ohne Verzug den zuständigen Behörden übermittelt worden. Die hatten nach einigem würdevollen, ungläubigen Zögern – zum Teil vielleicht auf die jämmerliche Unzulänglichkeit ihres Geheimdienstes zurückzuführen – davon, so glaubte er, Gebrauch gemacht, um eine große Gefahr von der Nation abzuwehren. Ich sage, »so glaubte er«, denn obwohl die Gefahr für den Augenblick fraglos abgewendet war, muß doch bezweifelt werden, ob sie auch nur einen Finger gerührt hatten, sie zu bekämpfen, da es im Wesen des enthüllten Geheimnisses lag, daß der bloße Verdacht unsererseits vermutlich ausreichte, seine Wirksamkeit zu vernichten.

Wie auch immer, bei den Behörden ruhte die Angelegenheit jedenfalls für eine Weile, da er und Mr. Davies aus persönlichen Gründen – die dem Leser noch offenkundig werden – es ausdrücklich so wünschten.

Aber politische Entwicklungen veranlaßten die beiden, ihre Entscheidung zu überdenken. Diese Trends zeigten nämlich mit unheilvoller Deutlichkeit, daß die der deutschen Regierung unter Gefahr und Mühe abgerungene und unseren eigenen Behörden prompt zugeleitete Information auf unsere Politik nur eine flüchtige Wirkung hatte, wenn sie überhaupt eine zeitigte. Im Gegenteil, ein verderblicher Einfluß – dessen Ursprung nur einigen wenigen nicht ein Rätsel ist – war beharrlich am Werk, um unsere Diplomatie auf Pfade zurückzutreiben, die zu meiden selbst ohne diese laute Warnung grundsätzlich klug gewesen wäre. Als drastisches Heilmittel gegen etwas, das zu nichts weniger als zu einer Krankheit der Nation geworden war, waren die beiden Freunde geneigt, ihren Bericht zu veröffentlichen; und aus diesem Grunde wünschte Carruthers meinen Rat. Der große Nachteil bestand darin, daß ein Engländer mit ehrenvollem Namen unehrenhaft in die Angelegenheit verwickelt war, und falls man nicht mit unendlichem Feingefühl vorging, würden unschuldige Personen, vor allem eine junge Dame, Schmerz und Schande erleiden, wenn seine Identität herauskäme. Tatsächlich waren bereits lästige Gerüchte im Umlauf, die ein Körnchen Wahrheit und eine Menge Unwahrheit enthielten.

Nachdem ich beide Seiten der Frage abgewägt hatte, stimmte ich nachdrücklich für die Veröffentlichung. Die persönlichen Nachteile konnten nach meiner Meinung durch Takt neutralisiert werden; vom öffentlichen Gesichtspunkt aus war dieser Fall dagegen einer von jenen, die heutzutage unglücklicherweise mit zunehmender Häufigkeit auftreten, wenn Angelegenheiten, die eigentlich im Arbeitszimmer des Staatsmannes eingeschlossen sein sollten, notgedrungen nach draußen getragen und dem gesunden Menschenverstand des ganzen Volkes vorgelegt werden müssen; einem gesunden Menschenverstand, der, wie jeder aufmerksame Beobachter weiß, im Wachsen begriffen ist, während es mit der Kunst des Staatsmannes abwärts geht. Deutliche Beweise dafür, dem auffälligsten Zug im Wachstum moderner Demokratie, gibt es in unserer jüngsten Geschichte im Überfluß.

Die Veröffentlichung wurde beschlossen. Der nächste Punkt war, in welcher Form dies geschehen sollte. Carruthers war mit Einverständnis von Mr. Davies für die nüchterne Darlegung aller notwendigen Tatsachen, die ihrer warmen menschlichen Hülle beraubt werden sollten. Ich war heftig gegen dieses Vorgehen, weil es erstens die umlaufenden Gerüchte verstärken statt mildern und es zweitens einem Bericht in dieser Form an Überzeugungskraft mangeln und daher seine Absicht zunichte machen würde. Die Personen und die Ereignisse sind unauflöslich miteinander verbunden; davon abzuweichen, etwas zusammenzufassen oder zu unterdrücken, würde beim Leser den Eindruck von einem ausgekochten Schwindel erwecken. Tatsächlich betrat ich noch gewagteren Boden, indem ich darauf bestand, daß die Geschichte so ausführlich und eingehend wie möglich sein müsse, freimütig und ehrlich, um zu unterhalten und so einen großen Leserkreis anzuziehen. Selbst Anonymität sei unerwünscht. Dennoch seien gewisse Vorsichtsmaßnahmen zwingend notwendig.

Um es kurz zu machen, sie erbaten meine Unterstützung und erhielten sie auf der Stelle. Es wurde vereinbart, daß ich das Buch bearbeiten solle; Carruthers sollte mir sein Tagebuch übergeben und in allen Einzelheiten von seinem Gesichtspunkt aus über die Phasen der »Suche« – wie sie es nannten – berichten; Mr. Davies sollte mit seinem Kartenmaterial zu mir kommen und das gleiche tun. Dann sollte die ganze Geschichte geschrieben werden, als käme sie aus dem Mund der beiden. Ein Bericht voller Humor und Irrtümer, mit seinen hellen und seinen Schattenseiten, genau wie es geschehen war. Mit den wenigen folgenden Einschränkungen: das Jahr der Ereignisse wird nicht aufgedeckt; alle Personennamen sind fiktiv; auf meine Bitte hin haben wir uns die gewisse kleine Freiheit genommen, die Identität der englischen Gestalten zu verbergen.

Denken Sie auch daran, daß diese Personen jetzt in unserer Mitte leben. Und wenn Sie einen Punkt finden, der mit leichter und zögernder Feder berührt worden ist, dann schieben Sie die Schuld nicht dem Bearbeiter zu, der – ob die Personen nun bekannt sind oder nicht – lieber ein Wort zu wenig sagen würde als eines, das den Beigeschmack von Unverschämtheit hat.

*Im März 1903* *E.C.*

# 1. Kapitel
## *Der Brief*

Ich habe von Männern gelesen, die, gezwungen von ihrem Schicksal, längere Zeit in völliger Einsamkeit zu leben, es sich zur Gewohnheit gemacht haben, sich regelmäßig zum Abendessen umzukleiden, um ihre Selbstachtung zu erhalten und einen Rückfall in die Barbarei zu vermeiden. Mit einer ähnlichen Gesinnung und einem zusätzlichen Zug von Selbstbewußtsein kleidete ich mich am 23. September eines kürzlich verflossenen Jahres um sieben Uhr abends in meiner Junggesellenwohnung in der Pall Mall zum Dinner um. Ich meinte, das Datum und der Ort rechtfertigten den Vergleich, sogar zu meinem Vorteil; denn der obskure birmanische Verwalter mochte sehr wohl ein Mann von abgestumpften Gefühlen und grobem Charakter sein, und zumindest war er allein mit der Natur, während ich – nun, ein junger Mann aus guter Familie und mit feiner Lebensart, der die richtigen Leute kennt, den richtigen Clubs angehört, eine sichere, möglicherweise glänzende Zukunft im Außenministerium hat – wegen des Gefühls eines selbstgefälligen Märtyrertums entschuldigt werden könnte, da ich mit meiner starken Wertschätzung des Gesellschaftskalenders zu der äußersten Einsamkeit Londons im September verurteilt bin. Ich sage »Märtyrertum«, aber in Wirklichkeit lag der Fall viel schlimmer. Denn sich als Märtyrer zu fühlen ist, wie jedermann weiß, eine angenehme Sache. Die wahre Tragödie meiner Lage bestand darin, daß ich dieses Stadium bereits hinter mir gelassen hatte. Ich hatte alle Süßigkeiten ausgekostet, die sich mir in immer geringerem Maße seit Mitte August geboten hatten, als die Bindungen noch neu und Sympathien überreichlich vorhanden waren. Ich war mir bewußt gewesen, daß man mich auf der Party in Morven Lodge vermißt hatte. Lady Ashleigh hatte es selbst auf die ihr freundlichstmögliche Weise gesagt, als sie den Brief beantwortete, in dem es mir gelang, nüchtern reserviert zu erklären, daß mich die Umstände zwängen, im Büro zu bleiben. »Wir wissen, wie beschäftigt Sie gerade jetzt sein müssen«, schrieb sie, »und ich hoffe nur, Sie überarbeiten sich nicht: wir werden Sie *alle* sehr vermissen.« Freund auf Freund »ging fort« zur Jagd und an die frische Luft. Alle mit dem Versprechen, zu schreiben und mit neckenden Beileidsbezeigungen, und während jeder das sinkende Schiff verließ, ergab ich mich mit Galgenhumor in mein Elend, wobei ich die ersten ein oder zwei Wochen, nachdem sich meine Welt endgültig in alle belebenden Winde des Himmels zerstreut hatte, beinahe wirklich genoß. Ich begann, ein unechtes Interesse an den verbleibenden fünf Millionen zu nehmen und schrieb mehrere kluge Briefe im Stil billiger Satire, wobei ich indirekt das Hingegebensein an meine Lage durchblicken ließ, aber andeutete, daß ich tolerant genug sei, an den Schauplätzen, Personen und Gewohnheiten Londons während der toten Jahreszeit geistiges Vergnügen zu finden. Auf Betreiben anderer tat ich sogar praktische Dinge. Denn obwohl ich am liebsten die totale Isolation gewählt hätte, entdeckte ich natürlich, daß es einen Bodensatz Unglücklicher wie mich gab, die anders als ich die Lage in höchst alltäglichem Licht sahen. Da gab es nach Büroschluß Ausflüge auf dem Fluß und so weiter; aber ich verabscheue den Fluß wegen seiner lärmenden Vulgarität zu jeder Zeit und am meisten zu dieser Jahreszeit. Deshalb trennte ich mich von der Frischluftbrigade und lehnte das Angebot von H. ab, mit ihm ein Landhäuschen am Fluß zu teilen und morgens in die Stadt zu fahren. Ich verbrachte ein oder zwei Wochenenden bei den Catesbys in Kent, war aber nicht untröstlich, als sie ihr Haus vermieteten und ins Ausland gingen, denn ich fand, daß ein so unvollkommener Ausgleich nicht zu mir paßte. Auch der Geschmack an satirischer Beobachtung hielt nicht vor. Ein, wie ich sagen darf, von vielen geteilter Durst nach faszinierenden Abenteuern, wie sie in »Neue Tausendundeine Nacht« beschrieben werden, führte mich an ein paar Abenden in einige anrüchige Spelunken in Soho und weiter östlich. Aber auch dieser Durst wurde schließlich gelöscht, nachdem ich an einem schwülen Samstagabend eine Stunde in einem verqualmten minderwertigen Varieté in der Ratcliff Highway untergetaucht war. Ich saß dort neben einer wohlbeleibten Frau, die unter der Hitze litt und sich sowie ein Kind in kurzen Abständen an einer Flasche schalen Starkbiers labte.

In der ersten Septemberwoche war ich so weit, daß ich alle Beschönigungen aufgegeben und mich in die trübe, aber würdevolle Routine von Büro, Club und Wohnung ergeben hatte. Und jetzt kam die grausamste Heimsuchung, denn mir dämmerte die entsetzliche Wahrheit, daß die Welt, die ich so unentbehrlich fand, mich sehr wohl entbehren konnte. Es war ja ganz gut und schön, wenn Lady Ashleigh mir versicherte, daß man mich sehr vermisse; aber ein Brief von F. – der auf der Party gewesen war –, geschrieben »in Eile, kurz vor dem Aufbruch zur Jagd«, der als verspätete Antwort auf einen meiner klügsten kam, machte mir klar, daß die Hausparty wenig unter meiner Abwesenheit gelitten und man meinetwegen nur wenige Seufzer verschwendet hatte. Nicht einmal in dem Kreis, auf den, wie ich annahm, Lady Ashleigh mit dem hervorgehobenen *alle* in ihrem »wir werden Sie alle vermissen« diskret angespielt hatte. Ein Stoß, der noch mehr schmerzte, wenn er auch nicht so tief ging, kam von meiner Kusine Nesta, die schrieb: »Es muß schrecklich für Dich sein, jetzt in London verdorren zu müssen; aber letztlich muß es Dir ein großes Vergnügen sein (boshafte kleine Teufelin!), eine so interessante und wichtige Arbeit zu haben.« Hier lag die Vergeltung für eine unschuldige Illusion, die ich im Hirn meiner Verwandten und Bekannten genährt hatte, vor allem in der Brust vertrauender und bewundernder Mädchen, die ich während der vergangenen zwei Saisons zum Dinner ausgeführt hatte. Eine Fiktion, die einen Punkt erreicht hatte, daß ich beinahe schon selbst daran glaubte. Denn die einfache Wahrheit ist, daß meine Arbeit weder interessant noch wichtig war, sondern gegenwärtig hauptsächlich darin bestand, Zigaretten zu rauchen, zu sagen, Mr. Soundso sei nicht da und werde etwa am ersten Oktober zurückerwartet, während der Mittagszeit zwischen zwölf und zwei abwesend zu sein und in der übrigen Zeit Inhaltsangaben von – sagen wir mal – den weniger vertraulichen Konsularberichten anzufertigen und die Ergebnisse in starre Schablonen zu pressen. Der Grund für mein Verbleiben lag nicht etwa in einer Wolke am internationalen Horizont – obwohl es, nebenbei gesagt, eine solche Wolke gab –, sondern in der Laune einer entfernten und mächtigen Persönlichkeit mit der sich nach unten verzweigenden Wirkung, daß die sorgsam ausgearbeiteten Urlaubspläne der kleinen Junioren umgestoßen worden waren. In meinem bescheidenen Fall war die Vereinbarung mit K. geplatzt, der die Hundstage in Whitehall wirklich mochte.

Nur noch ein Tropfen fehlte, um meinen Leidensbecher zu füllen, und gerade der beschäftigte mich, während ich mich an diesem Abend zum Dinner umkleidete. Noch zwei Tage in dieser toten und gärenden Stadt, und meine Sklaverei würde beendet sein. Ja, aber – Ironie der Ironien – ich hatte keinen Ort, an den ich hätte gehen können! Die Gesellschaft in Morven Lodge befand sich im Aufbruch. Ein abscheuliches Gerücht über eine Verlobung, die eine der verfluchten Früchte dieser Party gewesen war, marterte mich erneut mit der Gewißheit, daß man mich nicht vermißt hatte. Und das gebar in mir jene traurigste Sorte von Zynismus: die von einer Niederlage durch Bedeutungslosigkeit erzeugt wird. Einladungen zu einem späteren Zeitpunkt, die ich im Juli in dem angenehmen Gefühl, sehr gesucht zu sein, abgelehnt hatte, tauchten jetzt geisterhaft auf, um mich zu verhöhnen. Es gab darunter mindestens noch eine, die ich hätte wieder auffrischen können, aber weder in diesem Fall noch in allen anderen hatte man mich erneut gedrängt, und es gibt Augenblicke, da der Unterschied, ob man sich selbst anbieten oder einer von mehreren wettstreitenden Gastgeberinnen als Beute überlassen will, zu niederschmetternd ist, um erwogen zu werden. Meine Angehörigen befanden sich wegen der Gicht meines Vaters in Aix; mich ihnen anzuschließen wäre ein lächerlicher Notbehelf.

Außerdem würden sie bald zu unserem Haus in Yorkshire reisen, und in meinem Lande galt ich nicht als Prophet. Kurz, ich war äußerst niedergeschlagen.

Das übliche Schlurfen auf der Treppe bereitete mich auf das Anklopfen und Hereinkommen von Withers vor. (Eines der Dinge, die seit einiger Zeit aufgehört hatten, mich zu ergötzen, war die – der Jahreszeit gemäße – Nachlässigkeit im Benehmen der Diener in dem Wohnblock, in dem ich lebte.) Withers überreichte mir ernst einen Brief mit deutscher Marke und der Aufschrift ›Eilt‹. Ich war gerade mit Ankleiden fertig und steckte mir Geld und Handschuhe ein. Ein flüchtiges Auflodern von Neugier brach über meine Depression herein, als ich mich setzte, um ihn zu öffnen. In einer Ecke auf der Rückseite des Umschlags stand der gekleckste Hinweis: »Tut mir sehr leid, da wäre noch etwas, ein Paar Takelschrauben, Größe $^3/_8$ Zoll, verzinkt, von Carey und Neilson.« Hier ist der Brief:

Yacht *Dulcibella*
Flensburg, Schleswig-Holstein, 21. September

Lieber Carruthers,

Ich darf wohl annehmen, daß Du erstaunt sein wirst, von mir zu hören, da es schon eine Ewigkeit her ist, seit wir uns gesehen haben. Es ist auch mehr als wahrscheinlich, daß Dir mein Vorschlag nicht paßt, da ich Deine Pläne nicht kenne. Falls Du überhaupt in der Stadt bist, wirfst Du Dich wahrscheinlich gerade wieder ins Geschirr und kannst nicht weg. Deshalb schreibe ich nur auf eine schwache Möglichkeit hin, um Dich zu fragen, ob Du herkommen und mit mir ein wenig segeln und, wie ich hoffe, auf die Entenjagd gehen möchtest. Ich weiß, Du jagst gern, und irgendwie erinnere ich mich, daß Du auch schon gesegelt hast, wenn ich das auch ziemlich vergessen habe. Dieser Teil der Ostsee – die Flensburger Förde – ist ein hervorragendes Segelrevier mit einer famosen Landschaft, und Enten sollte es auch bald eine Menge geben, wenn es kalt genug wird. Ich bin Anfang August aufgebrochen und über Holland und die Ostfriesischen Inseln hierhergekommen. Meine Freunde mußten mich leider verlassen; und ich brauche jetzt dringend einen neuen Mann, da ich noch nicht abtakeln möchte. Ich brauche nicht zu sagen, wie froh ich wäre, wenn Du kämest. Falls Du kannst, schicke mir doch ein Telegramm an das hiesige Postamt. Ich glaube, Dein bester Reiseweg führt über Vlissingen und dann weiter nach Hamburg. Ich muß hier noch einige Reparaturen ausführen, werde sie aber erledigt haben, bis Dein Zug eintrifft. Bring eine Flinte und eine Menge Patronen Größe vier mit. Würdest Du auch bei Lancaster vorbeigehen, nach meiner Flinte fragen und sie ebenfalls mitbringen? Bring Ölzeug mit. Besorge Dir am besten Jacke und Hose von der Sorte zu elf Shilling – nicht ›Segelklasse‹. Und falls Du malst, bringe Deine Ausrüstung mit. Ich weiß, Du sprichst deutsch wie ein Einheimischer, was eine große Hilfe sein wird. Vergib mir diesen Hagel von Anweisungen, aber ich habe so das Gefühl, daß ich Glück habe und Du kommen wirst. Jedenfalls hoffe ich, daß es Dir und dem Außenministerium gut geht. Lebe wohl.

Ich bin Dein
*Arthur H. Davies*

Würdest Du mir bitte auch noch einen Prismenkompaß und ein Pfund Tabak, Raven Mixture, mitbringen?

Der Brief kennzeichnete für mich eine Epoche, aber davon ahnte ich kaum etwas, als ich ihn zerknüllt in die Tasche steckte und mich träge auf den Leidensweg machte, der mich allabendlich in den Club führte. In der Pall Mall waren jetzt keine würdigen Grüße mit wohlerzogenen Bekannten auszutauschen. Viele Leute waren nicht zu sehen: nur einige aus dem Park kommende Nachzügler mit Kinderwagen und einigen erhitzten und staubigen Kindern, die verdrießlich hinterhertrödelten; einige Schaulustige vom Lande, die den letzten Rest des Tageslichts nutzten, um ihrem Reiseführer zu entnehmen, vor welchem ehrwürdigen Gebäude sie nun tatsächlich standen; ein Polizist und der Karren eines Bauunternehmers. Selbstverständlich war mir der Club fremd; meine eigenen beiden hatten wegen Reinigungsarbeiten geschlossen – ein Zusammentreffen, das die Vorsehung eigens zu meiner Unannehmlichkeit geschaffen hatte. Der Club, von dem es bei diesen Gelegenheiten »erlaubt ist, davon Gebrauch zu machen«, stört einen immer durch seine Fremdheit und durch Unbehaglichkeit. Die wenigen Besucher kommen einem seltsam und seltsam gekleidet vor, und man fragt sich, wie sie hineingekommen sind. Die spezielle Wochenzeitung, die man sich wünscht, wird nicht gehalten; das Dinner ist abscheulich und die Lüftung eine Farce. All diese Übel deprimierten mich heute abend. Und es überraschte mich, daß sich die Stimmung in mir dennoch irgendwie hob: grundlos, soweit ich entdecken konnte. Von Davies' Brief konnte es nicht herrühren. Segeln auf der Ostsee Ende September! Allein der Gedanke machte mich schaudern. Cowes in angenehmer Gesellschaft und bequemen Hotels würde ganz gut sein. Eine Kreuzfahrt auf einer Dampfyacht in französischen Gewässern im August oder das schottische Hochland würde ganz gut sein; aber was war das nur für eine Yacht? Sie mußte schon eine gewisse Größe haben, um so weit gekommen zu sein, aber andererseits erinnerte ich mich gut genug an Davies' Mittel, um zu wissen, daß er sich keinen Luxus leisten konnte. Und dies brachte mich auf den Mann selbst. Ich hatte ihn in Oxford gekannt – nicht als einen aus meinem unmittelbaren Kreis; aber unser College war gesellig, und ich hatte ihn viel gesehen, ihn wegen seiner physischen Energie gemocht, die mit einer gewissen Einfachheit und Bescheidenheit verbunden war, obwohl er tatsächlich nichts an sich hatte, auf das er sich etwas einbilden konnte; in Wirklichkeit mochte ich ihn, wie man in dieser aufnahmebereiten Periode viele Männer mag, mit denen man später niemals mehr Umgang hat. Wir waren beide im selben Jahr abgegangen – das war jetzt drei Jahre her. Ich hatte zwei Jahre in Frankreich und Deutschland verbracht, um die Sprachen zu erlernen; er hatte die Aufnahme in den Öffentlichen Dienst in Indien nicht geschafft und war in ein Rechtsanwaltsbüro eingetreten. Seither hatte ich ihn nur selten gesehen, obwohl ich mir eingestehen mußte, daß er sich redlich an die Bindungen der Freundschaft hielt, die es zwischen uns gab. Aber es stimmte, daß wir uns von der Natur dieser Sache entfernt hatten. Ich hatte eine glänzende Aufnahme in meinem Beruf gefunden, und bei den wenigen Gelegenheiten, bei denen ich ihn seit meinem triumphalen Debüt in der Gesellschaft gesehen hatte, war mir klargeworden, daß uns nichts Gemeinsames mehr verband. Er schien keinen meiner Freunde zu kennen, er kleidete sich nicht besonders gut, und ich hielt ihn für langweilig. Ich hatte ihn immer in Zusammenhang mit Booten und dem Meer gebracht, aber niemals mit dem Segeln in dem Sinne, wie ich es verstand. Während der Tage im College hatte er mich beinahe einmal überredet, eine erbärmliche Woche mit ihm in einem von ihm aufgetriebenen offenen Boot zu verbringen und irgendwo an der Ostküste im öden Watt herumzusegeln. Das war eigentlich alles, und die traurige Zeremonie des Dinners nahm ihren Lauf. Aber beim Entree fiel mir ein, daß ich vor kurzem aus zweiter oder dritter Hand etwas von ihm gehört hatte – was das genau war, daran erinnerte ich mich nicht. Beim Nachtisch war ich zu dem Schluß gekommen – soweit ich meine Gedanken überhaupt darauf gerichtet hatte –, daß das Ganze eine kulminierende Ironie war, wie auf seine Art auch der Nachtisch. Nach dem Scheitern meiner vergnüglichen Pläne und dem Fiasko meines Märtyrertums als Trost aufgefordert zu werden, den Oktober frierend auf der Ostsee mit einem unbedeutenden Sonderling zu verbringen, der mich überdies noch langweilte!

Dennoch, als ich in der gräßlichen Pracht des Rauchzimmers meine Zigarre rauchte, kam das Thema wieder auf. War an der Sache etwas dran? Alternativen waren sicherlich nicht zur Hand. Und mich zu dieser schauerlichen Jahreszeit in der Ostsee zu begraben hatte zumindest einen Beigeschmack von tragischer Gediegenheit an sich.

Ich holte den Brief nochmals hervor, überflog die impulsiven, abgehackten Sätze und tat so, als ignorierte ich, welch frischen Windstoß, heitere Stimmung und gute Kameradschaft dieses dürftige Stück Papier in den ermüdenden Clubraum trug. Beim zweiten Durchlesen erschien mir der Brief voller böser Vorbedeutung: ›Famose Landschaft‹ – aber was war mit Äquinoktialstürmen und dem Oktobernebel? Jeder vernünftige Segler ließ seine Mannschaft jetzt abheuern. »Enten sollte es auch geben« – vage, sehr vage. »Wenn es kalt genug wird« – Kälte und Segeln kamen mir wie eine unverdient gräßliche Verbindung vor. Seine Freunde hatten ihn allein gelassen – warum? ›Ölzeug‹ – nicht ›Segelklasse‹ – und warum nicht? Was Größe, Komfort und Bemannung der Yacht anging – all das hatte er fröhlich außer acht gelassen; so vieles blieb unausgesprochen, daß es einen rasend machen konnte. Und übrigens, warum um Himmels willen einen ›Prismenkompaß‹? Ich durchblätterte ein paar Zeitschriften, machte ein Spielchen mit einem freundlichen alten Kauz, der zu aufdringlich war, als daß sich die Mühe gelohnt hätte, es ihm abzuschlagen. Dann ging ich zurück in meine Wohnung und zu Bett, ohne zu wissen, daß eine freundliche Vorsehung zu meiner Rettung gekommen war; tatsächlich würde ich sogar jeden plumpen Versuch, so freundlich zu mir zu sein, übelgenommen haben.

## 2. Kapitel
## *Die Dulcibella*

Daß ich zwei Tage später mit einer Fahrkarte nach Hamburg in der Tasche das Deck des Dampfers nach Vlissingen auf und ab gehen sollte, mag als seltsames Ergebnis erscheinen, aber dennoch als nicht so seltsam, wenn man sich in meinen Geisteszustand versetzt hat. Jedenfalls wird man vermuten, daß ich mit der Überzeugung gewappnet war, eine Handlung zweifelhafter Buße zu verüben; Gerüchte darüber könnten auf mein Los aufmerksam machen und vielleicht in den richtigen Kreisen Reue erwecken, während ich frei war, mich unauffällig zu vergnügen, falls die entfernte Möglichkeit dazu gegeben war.

Tatsache war, daß ich am Morgen nach dem Eintreffen des Briefes beim Frühstück noch immer die bereits erwähnte unerklärliche Erleichterung empfand, die jetzt stark genug war, um erneut das Pro und Kontra abzuwägen. Ein wichtiges Pro, an das ich vorher nicht gedacht hatte, bestand darin, daß schließlich ein gutherziges Stück Selbstlosigkeit darin lag, mich Davies anzuschließen; denn er hatte davon gesprochen, es mangele ihm an einem Freund, und er schien ehrlich nach mir zu verlangen. Ich klammerte mich beinahe an diese Überlegung. Es war eine treffliche Entschuldigung, als ich an diesem Tag mein Büro betrat, den Fahrplan des Kontinents ergeben zu studieren und Carter anzuweisen, eine große knarrende Wandkarte von Deutschland zu entrollen und darauf Flensburg für mich zu suchen. Diese Arbeit hätte ich ihm ersparen können, aber es war gut für Carter, etwas zu tun zu haben; und sein geduldiges Unwissen war amüsant. Der größte Teil der Karte und worauf sie hinwies war mir leidlich vertraut, denn ich hatte mein Jahr in Deutschland nicht verbummelt, was auch sonst ich seither getan oder nicht getan hatte. Seine Menschen, Geschichte, Fortschritte und Zukunft hatten mich stark interessiert, noch immer hatte ich Freunde in Dresden und Berlin. Flensburg erinnerte mich an den Krieg gegen Dänemark von 1864; und als Carter seine Suche erfolgreich abgeschlossen hatte, da hatte ich die ihm übertragene Aufgabe bereits vergessen und mich gefragt, ob die

Aussicht, etwas von dem schönen Schleswig-Holstein – wie ich es vom Hörensagen kannte – zu erleben, nicht überhaupt mit den Unbequemlichkeiten dabei aufgerechnet werden sollte. Schließlich war die Jahreszeit fortgeschritten, die Begleitung wenig anziehend, und es gab all die anderen Schattenseiten, die ich aufzählte und im Gedächtnis als Beweise für meine verzweifelte Lage bewahrte, falls ich gehen sollte.

Es gehörte nicht viel dazu, mich zu entscheiden. Und ich glaube, die Rückkehr von K., anstößig sonnengebräunt, aus der Schweiz gab den letzten Anstoß. Er begrüßte mich mit »Hallo, Carruthers, Sie hier? Dachte, Sie wären längst weg. Sie glücklicher Teufel, jetzt zu gehen, gerade die rechte Zeit für die beste Treibjagd und die ersten Fasanen. Die Hitze da unten war ekelhaft. Carter, bringen Sie mir ein Kursbuch –« (ein außergewöhnliches Werk, das Kursbuch, dem man sich gewohnheitsmäßig zuwendet, selbst wenn man es am wenigsten braucht, so wie Männer Gewehre und Angelruten streicheln, wenn die Saison naht).

Bis zum Mittag war die Last der Unentschlossenheit von mir genommen, und ich anvertraute Carter ein Telegramm an Davies, Postamt Flensburg. »Danke; erwarte mich am 26. um 21.34.« Drei Stunden später kam die Antwort: »Erfreut; bringe bitte ein Rippingill-Öfchen mit, Nummer drei –«, eine verblüffende und ominöse Anweisung, die mich trotz des Gegenstands, um den es ging, erschauern ließ.

Wirklich, meine Entschlossenheit geriet andauernd ins Wanken. Sie wankte, als ich abends meine Schrotflinte hervorholte und an das Moorhuhn dachte, für das sie bestimmt war. Sie wankte wieder, als ich die Liste mit den verschiedenen Aufträgen betrachtete, die verstreut in Davies' Brief aufgeführt und zu erfüllen waren, um mich, wie es schien, zu einem willenlosen Werkzeug zu machen, während ich doch die Rolle eines verbitterten Verbannten oder zumindest die eines leutseligen Verbündeten gewählt hatte. Nachdem ich das Büro verlassen hatte, nahm ich mich der Aufträge jedoch tapfer an.

Bei Lancaster fragte ich nach seiner Schrotflinte, wurde kühl empfangen und mußte eine dicke Rechnung zahlen, die anscheinend fällig war, ehe sie mir ausgehändigt wurde. Nachdem ich gebeten hatte, mir Flinte und Schrot Nummer vier in die Wohnung zu schicken, kaufte ich den Tabak Marke Raven Mixture in dem eigentümlichen Gefühl von Unrecht, das das Vorhaben, für einen anderen zu schmuggeln, immer mit sich bringt. Ich fragte mich dann, wo in der Welt nur Carey und Neilson sein mochte, eine Firma, von der Davies sprach, als wäre sie bekannt wie die Bank von England oder die Warenhäuser, sich aber auf Takelschrauben spezialisierte, was auch immer das sein mochte. Es klang jedoch, als seien sie wichtig, es würde daher klug sein, sie aufzutreiben. Ich brachte sie in Verbindung mit »einigen Reparaturen« und wurde mir neuer böser Ahnungen bewußt. Im Warenhaus fragte ich nach einem Rippingill-Öfchen Nummer drei und wurde mit einem furchtbaren und entsetzlichen Stück Eisenware konfrontiert, das Petroleum aus zwei geräumigen Tanks verbrannte und mich auf schreckliche Weise den Geruch von warmem Öl erahnen ließ. Ich fühlte mich erbärmlich und zahlte, überzeugt von der unbändigen Leistungsfähigkeit des Ofens, aber ich stellte Vermutungen an über die Bedingungen an Bord, die Anlaß gaben, nachträglich per Telegramm einen solchen zu erbitten. In der Segelabteilung fragte ich nach Takelschrauben, erfuhr aber, daß sie nicht vorrätig seien; Carey und Neilson hätten sicher welche, ihr Geschäft sei in den Minories, weit im Osten der Stadt, was eine Fahrt fast so weit wie nach Flensburg und zweimal so ermüdend bedeutete. Bis ich dort war, würde schon geschlossen sein, deshalb fuhr ich nach dieser ermattenden Pflichtrunde mit der Droschke nach Hause. Ich unterließ es, mich zum Dinner umzukleiden (was epochal war), bestellte mir aus der Küche im Souterrain ein Kotelett und verbrachte den Rest des Abends mit Packen und Schreiben, verfallen in die methodische Schwermut eines Mannes, der seine Angelegenheiten zum letzten Male ordnet.

Die letzte dieser dumpfen Nächte ging vorüber. Der erstaunte Withers sah mich um acht beim Frühstück, und um halb zehn prüfte ich nach einer Fahrt in schwefelhaltiger Luft mit der U-Bahn bis Aldgate mit den mir noch verbliebenen Sinnen geistesabwesend Takelschrauben. Ich legte großen Nachdruck auf die $^3/_8$ Zoll und die Verzinkung und nahm sie in Verwahrung, ohne etwas über ihre Funktion zu wissen. Wegen des Ölzeugs zu elf Shilling wurde ich an ein miserables Loch in einer Hinterstraße verwiesen, wo ein schmutziger und mit Schmuck ausstaffierter Händler mit mir (angefangen bei 18 Shilling) um zwei stinkende orangefarbene Schwarten feilschte, die entfernt Teilen der menschlichen Gestalt glichen. Ihr Geruch veranlaßte mich, vorzeitig bei 14 Shilling abzuschließen, und ich eilte ins Büro (denn ich mußte um elf dort sein) zurück mit meinen beiden unansehnlichen, in braunes Papier eingewickelten Päckchen, von denen sich eines in der geschlossenen Büroatmosphäre so bemerkbar machte, daß Carter aufmerksam fragte, ob ich es in meine Wohnung geschickt haben möchte, und K. deswegen und wegen meiner Abwesenheit neugierig bis zur Plumpheit war. Aber ich mochte K. nicht darüber aufklären, denn seine Bemerkungen würden, wie ich wußte, unausstehlich neidisch sein oder meinen Stolz auf irgendeine Weise verletzen.

Später fiel mir der Prismenkompaß ein, und ich telegrafierte an die Minories, mir sofort einen zu schicken, wobei ich mich erleichtert fühlte, daß ich nicht hingegangen war und man mich so nicht nach Größe und Marke ausfragen konnte. Die Antwort war: »Nicht vorrätig. Versuchen Sie es bei einem Meßinstrumentenmacher.« Sie war zugleich verwirrend und beruhigend, denn Davies' Bitte um einen Kompaß hatte mir mehr Unbehagen verschafft als alles andere, und jetzt herauszufinden, daß er ja ein Meßinstrument haben wollte, war eine nicht weniger verblüffende Entdeckung. An diesem Tag machte ich eine letzte Inhaltsangabe, übergab meine Arbeitspapiere – Prokrustesbetten, in denen widerspenstige Tatsachen gestreckt und gefoltert wurden – und verabschiedete mich von meinem gegenwärtigen Chef, dem freundlichen und nachsichtigen M., der mir aufrichtig einen vergnüglichen Urlaub wünschte.

Um sieben abends betrachtete ich die Droschke, die mit meinem persönlichen Gepäck und der Sammlung sperriger und unpassender Pakete beladen war, die mir meine Einkäufe eingebracht hatten. Zwei Umwege wegen des gräßlichen Prismenkompasses – den ich schließlich nahe Victoria Station in einem dieser noblen Geschäfte, die aussehen wie Juwelierläden, aber in Wirklichkeit Pfandleihen sind, mangels eines besseren aus zweiter Hand erstand – hätten mich fast den Zug verpassen lassen. Aber um halb neun hatte ich London abgeschüttelt, und um halb elf ging ich, wie vorgesehen, das Deck des Dampfers nach Vlissingen auf und ab und fuhr dem albernen Urlaub in der fernen Ostsee entgegen.

Ein Wind von West her, abgekühlt durch ein mittägliches

Gewitter, folgte dem Dampfer, der durch das ruhige Fahrwasser der Themsemündung glitt, den Kordon funkelnder Feuerschiffe passierte, die über die Seestraßen zur Weltstadt wachen wie Posten rund um eine schlafende Armee, und schließlich in die dunklen Weiten der Nordsee lief. Die Sterne waren hell, die Sommerdüfte von den Klippen Kents mischten sich bescheiden mit den vulgären Dampfergerüchen; das Sommerwetter hielt sich unverändert. Die Natur schien entschlossen, mich nicht büßen zu lassen, sondern unerschütterlich geneigt, meine Fehler milde zu belächeln. Ein unwiderstehliches Gefühl von Frieden und Abgeschiedenheit zusammen mit dem köstlichen körperlichen Erwachen, das den Städter durchpulst, wenn er die Luft der City und die armselige Routine hinter sich zurückläßt, verbanden sich, um mir – ein wie undankbares Wesen ich auch sein mochte – einen soliden Grund zur Entsagung zu verschaffen. Nachdem ich dies sicher verwahrt hatte, konnte ich meine Absichten mit kalter Selbstgefälligkeit berechnen. Falls sich das Wetter hielt, würde ich vielleicht erträgliche zwei Wochen mit Davies verbringen. Falls es sich verschlechterte, was ich für sicher hielt, konnte ich mich leicht von der Verfolgung der fraglichen Enten befreien; die kühle Logik der Tatsachen würde ihn ohnehin zu dem Entschluß bringen, die Yacht abzutakeln, denn er würde kaum daran denken, sie zu solcher Jahreszeit nach Hause zu segeln. Dann konnte ich die naheliegende Möglichkeit wahrnehmen, ein paar Wochen in Dresden oder anderswo zu verbringen. Ich zog mich behaglich auf dieses Programm zurück und ging dann in meine Koje.

Um die bedrückende Geschichte des folgenden Tages kurz zu machen, ich fuhr von Vlissingen ostwärts nach Hamburg, dann nordwärts nach Flensburg. Vorbei an Deichen, Windmühlen und stillen Kanälen weiter zu flimmernden Stoppelfeldern und lärmenden Städten; schließlich nach Sonnenuntergang durch ruhige, ebene Gegenden, wo der Zug von einem trägen Bahnhof zum nächsten bummelte, und um zehn Uhr befand ich mich, steif und stumpf, auf dem Bahnsteig von Flensburg und tauschte Grußworte mit Davies.

»Schrecklich nett von dir, daß du gekommen bist.«

»Ganz und gar nicht; es war sehr nett von dir, daß du mich eingeladen hast.«

Wir fühlten uns beide unbehaglich. Selbst bei der trüben

Gasbeleuchtung widersprach er meinen Vorstellungen von einem Yachtbesitzer – weder frische weiße Segeltuchhose noch elegante blaue Sergejacke; und wo war die weißgekrönte Seglermütze, der unschätzbare Zauber, der so leicht eine Landratte in einen verwegenen Seemann verwandelt? In dem Bewußtsein, daß diese eindrucksvolle Uniform in vollkommener Ausführung in meinem Handkoffer bereitlag, überkam mich ein seltsames Schuldgefühl. Er trug eine alte lose Jacke mit Gürtel, schmutzige braune Schuhe, eine graue Flanellhose (oder war sie mal weiß gewesen?) und eine gewöhnliche Tweedmütze. Die Hand, die er mir reichte, war hornhäutig und schien farbverschmiert zu sein; die andere, die ein Paket trug, hatte einen Verband, der eine Erneuerung vertragen hätte. Einen Augenblick lang musterten wir uns gegenseitig. Ich glaube, er warf mir einen scheuen, flüchtig kontrollierenden Blick zu, als wolle er prüfen, ob frühere Bindungen fortbestanden. Ein wenig Besorgnis lag darin und vielleicht (man entschuldige den Ausdruck) ein Anflug von Bewunderung. Das Gesicht war mir vertraut und doch nicht; die freundlichen blauen Augen, die offenen, klaren Züge, die unintellektuelle Stirn waren wie immer; auch die lebhaften und impulsiven Bewegungen; dennoch war er irgendwie verändert; aber der Augenblick verlegenen Zögerns war bald vorüber und das Licht schlecht; und während wir den Bahnsteig hinunter zu meinem Gepäck schlenderten, schwatzten wir zurückhaltend über nichtssagende Dinge.

»Übrigens«, sagte er plötzlich lachend, »fürchte ich, daß ich mich so kaum sehen lassen kann, aber es ist so spät, daß es nichts ausmacht. Ich habe den ganzen Tag über schwer gepinselt und bin eben erst damit fertig geworden. Ich hoffe nur, daß wir morgen etwas Wind haben – in letzter Zeit war es hoffnungslos still. Ich muß schon sagen, du hast eine ganze Menge Zeug mitgebracht«, endete er, als sich mein Gepäck ansammelte.

Dies war also der Lohn für meine gehorsamen Erledigungen im fernen Osten der Stadt!

»Du hattest mir ganz schön viele Aufträge gegeben!«

»Oh, die Sachen meinte ich nicht«, sagte er geistesabwesend. »Übrigens vielen Dank fürs Mitbringen. Das ist der Ofen, nehme ich an; dies die Schrotpatronen, nach dem Gewicht zu urteilen. Du hast doch wohl die Takelschrauben, wie ich hoffe?

Wirklich nötig sind sie selbstverständlich nicht« (ich nickte ausdruckslos und fühlte mich etwas verletzt), »aber sie sind bequemer als Taljereepe, und hier kriegt man sie nicht. Ich meinte den großen Handkoffer«, sagte er langsam und maß ihn mit zweifelndem Blick. »Macht nichts, wir werden's versuchen. Mit dem leichten Köfferchen kommst du wohl nicht aus, wie ich denke? Weißt du, das Dingi – hm, da ist auch noch die Luke« – er war in Gedanken verloren. »Jedenfalls versuchen wir's. Ich fürchte, hier gibt es keine Droschke, aber es ist ganz nahe, und der Gepäckträger wird helfen.«

Ekelhafte Ahnungen überkamen mich, als Davies meinen schweren Koffer schulterte und die Pakete ergriff.

»Sind deine Männer nicht hier?« fragte ich zaghaft.

»Männer?« Er sah verwirrt aus. »Oh, vielleicht hätte ich dir das sagen sollen, ich habe keine Besatzung; es ist ein ziemlich kleines Boot, weißt du. Ich hoffe, du hast keinen Luxus erwartet. Ich habe es eine Zeitlang einhändig gesegelt. Ein Matrose wäre nutzlos und eine schreckliche Plage.« Er enthüllte diese schrecklichen Wahrheiten mit fröhlicher Dreistigkeit, die kein Hehl machte aus der arglosen Wahrnehmung ihrer Wirkung auf mich. Wir hielten inne in unserem Aufbruch.

»Es ist ziemlich spät, um noch an Bord zu gehen, nicht wahr?« sagte ich hölzern. Jemand machte die Gaslaternen aus; der Gepäckträger gähnte übertrieben. »Ich glaube, daß ich heute nacht lieber im Hotel schlafe.«

Eine gezwungene Pause.

»Oh, selbstverständlich, wenn du möchtest«, sagte Davies durchsichtig kummervoll. »Aber es scheint sich kaum zu lohnen, dieses Zeug den ganzen Weg zu einem Hotel (ich glaube, die sind alle auf der anderen Hafenseite) und morgen früh wieder zurückzuschleppen. Das Boot ist ganz behaglich, und du wirst sicher gut schlafen, da du müde bist.«

»Wir können die Sachen hier lassen«, warf ich schwach ein, »und mit meiner Handtasche dorthin gehen.«

»Oh, ich muß sowieso an Bord«, erwiderte er, »ich schlafe nie an Land.«

Er schien sich ängstlich, aber verzweifelt daran zu klammern, die Sache diplomatisch zu Ende zu bringen. Starre Verzweiflung überkam mich und lähmte meinen Widerstand. Es war besser, sich dem Schlimmsten zu stellen und es hinter sich zu bringen.

»Gehen wir«, sagte ich finster.

Schwerbeladen stolperten wir über Schienen und Abfallhaufen und kamen zum Hafen. Davies ging voran zu einer Treppe, deren unkrautbewachsene Stufen unten im Dunkel verschwanden.

»Wenn du ins Dingi steigst«, sagte er jetzt voller Munterkeit, »werde ich die Sachen nach unten reichen.«

Ich stieg behutsam hinunter, hielt mich an eine durchnäßte Fangleine, die in einem kleinen Boot endete, und merkte, wie sich an Manschetten und Hose Schlick sammelte.

»Immer aufrecht halten!« rief Davies fröhlich, als ich mich fast am Ende der Treppe plötzlich setzte, einen Fuß im Wasser.

Elend stieg ich ins Dingi und harrte der kommenden Dinge.

»Jetzt das Boot dicht an die Kaimauer bringen und unten am Ring festmachen«, kam es von oben, gefolgt vom Erschlaffen der nassen Fangleine, die mir beim Herabfallen die Mütze vom Kopf schlug. »Alles fest? Ein einfacher Knoten genügt«, hörte ich, als ich mich mit dieser verhaßten Aufgabe abmühte. Dann tauchte oben drohend ein großer dunkler Gegenstand auf und wurde ins Dingi herabgelassen. Es war mein großer Handkoffer, der quergestellt den Raum mittschiffs genau ausfüllte. »Paßt er?« war die besorgte Anfrage von oben.

»Wunderschön.«

»Großartig!«

Ich kratzte an der schmierigen Mauer, um das Dingi dicht daran zu halten, nahm nacheinander unsere Sachen entgegen und verstaute die Last so gut ich konnte, während das Dingi immer tiefer ins Wasser sank und seine unsicheren Aufbauten höher wuchsen.

»Fangen!« hieß die letzte Anweisung von oben, und ein feuchtes Paket traf meine Brust. »Vorsichtig damit umgehen, es ist Fleisch. Und jetzt zurück zur Treppe!«

Ich fügte mich mühsam, und Davies erschien.

»Das ist eine ganz schöne Ladung, und das Boot liegt ziemlich tief, aber ich *glaube,* wir werden es schaffen«, überlegte er. »Du sitzt achtern, und ich rudere.«

Ich war zu erschöpft, um noch neugierig zu sein, wie diese mißgestaltete Pyramide zu rudern sei, oder um auch nur Vermutungen anzustellen, ob das Boot kentern würde. Ich kroch auf den mir angewiesenen Platz, und Davies holte die unter dem Gepäck liegenden Riemen durch mehrmaliges Zerren hervor, wodurch die ganze Last ins Wanken kam und uns alarmierend schaukeln ließ. Ich habe nicht die geringste Ahnung, wie er sich in die Rudererposition brachte, aber schließlich bewegten wir uns langsam hinaus aufs offene Wasser, vorn im Boot war sein Kopf noch eben zu erkennen. Aufgebrochen waren wir anscheinend vom Ende einer engen Bucht, und hinter uns ließen wir die Lichter einer großen Stadt. Zu unserer Linken lag eine lange Reihe beleuchteter Kais, daran längsseits hin und wieder undeutlich der Rumpf eines Dampfers. Wir passierten die letzten Lichter und kamen auf eine breitere Wasserfläche, wo eine leichte Brise wehte und an beiden Ufern dunkle Hügel zu erkennen waren.

»Ich liege ein wenig weiter die Förde runter, weißt du«, sagte Davies. »Ich verabscheue es, einer Stadt zu nahe zu sein, und ich habe hier einen leicht erreichbaren Zimmermann gefunden – da ist die Yacht! Ich bin gespannt, ob sie dir gefällt.«

Ich stand auf. Wir liefen eine kleine, von Bäumen umgebene Bucht an und näherten uns einem Licht, das in der Takelage eines kleinen Fahrzeugs flackerte, dessen Umrisse sich nach und nach deutlich abhoben.

»Halte das Boot ab«, sagte Davies, als wir längsseits gingen. Einen Augenblick später war er an Deck gesprungen, hatte das Bootstau festgemacht und war an meinem Ende.

»Du gibst die Sachen herauf«, sagte er, »ich nehme sie entgegen.«

Die mühsame Aufgabe wurde nur dadurch erleichtert, daß ich nicht sehr hoch zu heben brauchte – ein zweifelhafter Ausgleich, denn in der Ferne nahmen andere Einsichten Gestalt an. Nachdem der Stapel an Deck gebracht war, folgte ich und stolperte über das schlaffe Fleischpaket, dessen Verpackung unter der Feuchtigkeit bereits entsetzliche Zeichen der Zersetzung erkennen ließ. Nebelhaft erinnerte ich mich daran, wie ich das letztemal an Bord einer Yacht gegangen war: meine untadelige Kleidung, das schmucke Beiboot und unterwürfige Seeleute, das Fallreep, das in der Augustsonne von Firnis und Messing funkelte, die aufgeklarten weißen Decks und achtern die Korbstühle unter dem Sonnensegel. Welch ein Gegensatz zu diesem erniedrigenden, mitternächtlichen Gestolper über feuchtes Fleisch und verstreute Kisten! Der bitterste Beigeschmack daran war ein wachsendes Gefühl von Unterlegenheit und Unwissenheit, das ich mir in meiner Erfahrung mit Yachten nie zuvor gestattet hatte.

Davies erwachte aus einer neuen Träumerei über meinen großen Koffer und sagte fröhlich: »Ich werde dir erst einmal unten alles zeigen, dann verstauen wir die Sachen und gehen in die Koje.«

Er tauchte den Niedergang hinunter, und ich folgte ihm vorsichtig. Eine Geruchsmischung von Kerosin, abgestandenem Essen, Tabak und Teer drang in meine Nase.

»Achte auf deinen Kopf«, sagte Davies und zündete ein Streichholz und eine Kerze an, während ich mich in die Kabine vortastete. »Du setzt dich wohl besser; du kannst dich dann bequemer umsehen.«

In diesem Ratschlag mochte sehr wohl Sarkasmus gewesen sein; ich muß ja auch eine lächerliche Figur abgegeben haben, als ich ungeschickt und mißtrauisch umherspähte, Schultern und Kopf gesenkt, um der Decke auszuweichen, die im Halbdunkel dem Boden noch näher zu sein schien.

»Du siehst«, waren Davies' beruhigende Worte, »wir haben viel Platz, um aufrecht zu sitzen« (was genau stimmte; nur bin ich nicht sehr groß, und er ist klein). »Einige Leute legen Wert auf Höhe, aber ich mache mir nie viel daraus. Das ist der Schwertkasten«, erklärte er, als mein Knie beim Ausstrecken der Beine gegen eine scharfe Kante stieß.

Ich hatte dieses teuflische Hindernis nicht gesehen, da es unter der Tischplatte verborgen war, die zudem noch an einem Ende darauf ruhte. Es schien ein langes, niedriges Dreieck zu sein, das in der Längsachse des Bootes verlief und den natürlicherweise begrenzten Raum teilte.

»Weißt du, es ist ein flaches Boot mit sehr geringem Tiefgang ohne das Schwert; deshalb ist in der Höhe auch so wenig Raum. In tiefem Wasser läßt man das Schwert herunter; auf diese Weise kann man so oder so praktisch überall hinfahren.«

Ich war nicht Seemann genug, um irgendwelche sehr bestimmten Schlüsse daraus zu ziehen, aber die ich zog, waren nicht sehr verheißungsvoll. Die letzten Worte kamen aus der Back, in die Davies durch eine niedrige Schiebetür wie die von einem Kaninchenstall gekrochen war. Er war bereits mit einem Kessel an einem Ofen beschäftigt, den ich als verbeulten Zwillingsbruder des Rippingill Nr. drei erkannte.

»Es wird bald kochen«, sagte er, »dann machen wir uns Grog.«

Meine Augen hatten sich jetzt an das Licht gewöhnt, und ich nahm den Rest meiner Umgebung wahr, die sehr leicht zu beschreiben ist. Zwei lange gepolsterte Sitzbänke flankierten die Kabine, die nach achtern durch Schränke begrenzt wurde. Einer davon war niedrig, eine Art Miniaturbüfett mit einem Regal darüber, in dem Gläser hingen. Das Deck oben war an beiden Seiten sehr niedrig, aber es hob sich zu Schulterhöhe in der Mitte, wo über einer Aussparung ein ›Remisendach‹ mit Oberlicht war und so zusätzlichen Kabinenraum bot. Direkt hinter der Tür war ein zusammenlegbarer Waschständer. An beiden Außenwänden befanden sich Netzgestelle, die ein Durcheinander von Flaggen, Seekarten, Mützen, Zigarrenkisten, Garnknäuel und ähnlichen Sachen enthielten. Quer am vorderen Schott war ein Bücherbrett, vollgestopft mit Bänden aller Größen, viele falsch herum aufgestellt, einige ohne Einband. Darunter ein Pfeifenregal, ein Barometer und eine Uhr mit lautem Ticken. Alles Holz war weiß angestrichen, und für ein weniger voreingenommenes Auge als meines hätte die Innenausstattung vielleicht verlockend gemütlich ausgesehen. Am hinteren Schott waren einige Fotos angenagelt, direkt über der Tür hing die Aufnahme eines jungen Mädchens.

»Das ist meine Schwester«, sagte Davies, der aufgetaucht war und sah, wie ich sie betrachtete. »Laß uns die Sachen jetzt nach unten holen.« Er lief den Niedergang hinauf. Kurz darauf verdunkelte mein Handkoffer die Luke, und es begann ein gewaltiges Drücken und Pressen. »Ich hatte mir schon gedacht, daß er zu groß ist«, rief es herunter. »Tut mir leid, aber du wirst auf Deck auspacken müssen. Vielleicht können wir ihn hinunterquetschen, wenn er leer ist.«

Dann begann der lästige Schwanz von Paketen einen neuen Haufen in dem beengten Platz zu meinen Füßen zu bilden, und mir tat der Rücken weh vom Bücken und Abplacken in dem mir noch fremden Raum. Davies kam nach unten und zeigte mir mit unverhohlenem Stolz die Schlafkabine (die andere nannte er »Salon«). Im Schein einer weiteren Kerze waren zwei kurze und schmale Kojen mit Decken zu sehen, aber keine Spur von Laken; darunter befanden sich Schubladen, von denen Davies mir einen Satz vermachte. Offenbar dachte er, sie böten stattlich viel Platz für meine Kleider.

»Du kannst deine Sachen beim Auspacken durch das Oberlicht auf deine Koje werfen«, sagte er. »Übrigens bezweifle ich, daß du ausreichend Platz für alles hast. Ich nehme an, du konntest es nicht hinkriegen . . .«

»Nein, das konnte ich nicht«, sagte ich kurz.

Plötzlich ging mir die Absurdität eines Streits auf: zwei Männer, gebückt wie Affen, können sich nicht streiten.

»Wenn du mal eben rausgehen würdest, dann könnte ich auch hinaus«, fügte ich hinzu. Das Gespenst eines Zanks schien ihn unglücklich zu machen, aber ich schob mich an ihm vorbei und ging den Niedergang hinauf. Im vergehenden Mondschein schnallte ich, fast platzend vor Ärger, den verwünschten Koffer auf, tastete den Inhalt ab, warf einige Sachen durch das Oberlicht mit dem Gefühl, es komme sowieso auf nichts mehr an und sollte daher am besten gleich erledigt werden. Den Rest packte ich mit schuldbeladener Heimlichkeit wieder ein, ehe Davies entdeckte, was es war, und schnallte den Koffer wieder zu. Dann setzte ich mich auf das lästige Ding und zitterte, denn die Kühle des Herbstes lag in der Luft. Plötzlich dachte ich daran, daß es noch schlimmer hätte kommen können, wenn es regnen würde. Der Einfall veranlaßte mich, in die Runde zu blicken. Die kleine Bucht war glatt wie Glas; oben und unten Sterne; ein paar weiße Katen schimmerten an einer Stelle am Strand; im Westen die Lichter von Flensburg; nach Osten hin verbreiterte sich die Förde in unbekannte Dunkelheit. Von Davies' Abplackerei unten waren gedämpfte Geräusche von Zerren, Schieben und Hämmern zu hören, gelegentlich unterbrochen durch ein schweres Klatschen, wenn etwas durch die Luke geflogen kam und ins Wasser fiel.

Wie es kam, weiß ich nicht. Ob es an dem etwas pathetischen Blick lag, den ich zuletzt an ihm gesehen hatte – ein Blick, den ich völlig grundlos mit seiner bandagierten Hand in Verbindung brachte; ob es einer dieser lichten Momente war, in denen man sein gespaltenes Ich getrennt sieht in das gemeine und das bessere, und ich meine alberne Selbstgefälligkeit im Kontrast zu einer einfachen großzügigen Natur sah; ob es ein unspürbarer Hauch von Geheimnis war, der das ganze Unternehmen durchdrang und sich auch durch die demütigendsten und gemeinsten Vorfälle nicht vertreiben ließ – ein Geheimnis, das verschwommen mit dem augenfälligen Bewußtsein meines Begleiters verknüpft war, mich zum Anschluß an ihn verleitet zu haben; ob es nur die Sterne und die kühle Luft waren, die verkümmerte Instinkte von Jugend und Feuer erweckten: vielleicht waren es tatsächlich alle diese Einflüsse, zusammengefügt in eine Kraft von einem unbarmherzigen Sinn für Humor, der flüsterte, ich sei in Gefahr, mich zu einem ganz gewöhnlichen Narren zu machen, trotz all meiner schwerfälligen Kalkulationen. Aber was es auch war, meine Stimmung änderte sich blitzartig. Die Krone des Märtyrers verschwand, die verletzte Eitelkeit heilte; der kostbare Schatz eingebildeter Entsagung versickerte, hinterließ aber keine Leere. Zurück blieb ein moderner und zerzauster junger Mann, der in Tau und Dunkelheit auf einem lächerlichen Koffer sitzt, welcher die Yacht klein erscheinen ließ, die ihn tragen sollte, ein junger Mann, der stechend sein Unwissen in einer seltsamen und rastlosen Atmosphäre spürt; der sich noch immer gekränkt und schikaniert fühlt, aber darüber hinaus vernünftig beschämt und entschlossen ist, sich zu amüsieren. Ich greife voraus, denn obwohl die Veränderung radikal war, wuchs sie nur langsam heran. Aber auf jeden Fall war es hier und jetzt, daß sie geboren wurde.

»Der Grog ist fertig«, rief es von unten. Ich bückte mich, um hinunterzugehen und fand zu meiner Überraschung, daß auf wunderbare Weise alle Spuren von Unordnung verschwunden waren und eine behagliche Sauberkeit herrschte. Gläser und Zitronen waren auf dem Tisch, und der würzige Duft nach Punsch hatte die vorherigen Gerüche überlagert. Ich zeigte wenig Begeisterung für diese Annehmlichkeit, aber genug, um Davies tief zu erleichtern. Erfreut zeigte er mir seine Speichervorrichtungen und pries die ›Geräumigkeit‹ seiner schwimmenden Bude. »Siehst du, da ist dein Ofen«, endete er. »Den alten habe ich über Bord geworfen.« Es war eine Schwäche von ihm, sollte ich an dieser Stelle sagen, sich daran zu freuen, unter den dürftigsten Vorwänden Dinge über Bord zu werfen. Hinterher vermutete ich, daß der neue Ofen ebenso wenig »wirklich nötig« gewesen war wie die Takelschrauben, sondern nur als Entschuldigung diente, diese seltsame Neigung zu befriedigen.

Wir rauchten und schwatzten eine Weile, und dann kam das Problem, ins Bett zu gehen. Nachdem ich mir einige Male Knöchel und Kopf gestoßen, ich mich mehrere Male schwindelerregend gewunden hatte, schaffte ich es und lag zwischen den rauhen Decken. Davies, der sich flink und geschickt bewegte, lag bald in seiner Koje.

»Es ist ganz bequem, nicht wahr?« sagte er, als er die Kerze von seinem Platz aus mit der Genauigkeit ausblies, die die Frucht langer Übung gewesen sein mußte.

Mir prickelte es am ganzen Körper, und auf dem Kopfkissen war ein nasser Fleck, für den ein schwerer Tropfen, der mir auf die Stirn fiel, bald eine Erklärung abgab.

»Ich nehme doch nicht an, daß das Deck leckt?« sagte ich so sanft wie möglich.

»Tut mir schrecklich leid«, sagte Davies ernsthaft und wälzte sich aus seiner Koje. »Das muß von dem schweren Tau kommen. Ich habe gestern eine ganze Menge kalfatert, aber die Stelle vermutlich ausgelassen. Ich gehe sogleich rauf und bringe es mit Ölzeug in Ordnung.«

»Was ist mit deiner Hand?« fragte ich schläfrig, als er wiederkam, denn Dankbarkeit erinnerte mich an die Bandage.

»Nicht viel. Ich habe sie mir an einem dieser Tage verrenkt«, war die Antwort. Und dann kam die anscheinend unzusammenhängende Bemerkung: »Ich bin froh, daß du den Prismenkompaß mitgebracht hast. Selbstverständlich ist er nicht wirklich nötig, aber« (gedämpft durch Decken) »er könnte sich als nützlich erweisen.«

# 3. Kapitel
## *Davies*

Ich schlummerte nur ungleichmäßig, in gereizter Stimmung wegen weher Ellbogen, des schmerzenden Nackens und der zugigen Klüfte zwischen den Decken. Es war heller Tag, als ich das Stadium der Schläfrigkeit erreichte, in das solcher Schlummer verfällt. Die wurde schließlich unterbrochen durch einen Wasserguß aus dem Oberlicht. Ich schrak auf, stieß mit dem Kopf hart gegen das Deck und blinzelte mit bleischweren Augen nach oben.

»Verzeihung! Ich schrubbe das Deck. Komm rauf zum Baden. Gut geschlafen?« hörte ich die Stimme von oben.

»Ziemlich gut«, brummte ich und trat in eine Wasserlache auf dem Wachstuch. Dann stolperte ich den Niedergang hinauf, machte einen Kopfsprung über Bord und vergrub böse Träume, Starre, Mürrischkeit und gepeinigte Nerven in der schönsten Förde der schönen Ostsee. Ein kurzes und wütendes Schwimmen, und ich war wieder zurück und suchte nach einer Möglichkeit, an der glatten schwarzen Seite hinaufzukommen, die, wenn auch nicht hoch, so doch schlüpfrig war. Davies, in weitem Segeltuchhemd mit aufgekrempelten Ärmeln und bis zu den Knien aufgerollter Flanellhose, hing über mir mit einem Tampen in der Hand und redete unbekümmert über die Leichtigkeit einer solchen Sache, wenn man nur weiß wie. Er beschwor mich, auf die Farbe zu achten, und sprach von einem Fallreep, das er mal gehabt, aber über Bord geworfen hatte, weil es so schrecklich im Wege war. Als ich oben ankam, waren meine Knie und Ellbogen zu seiner Bestürzung entschieden schwarz. Dennoch, als ich das Handtuch benutzte, wußte ich, daß ich in jener klaren Tiefe eine weitere Kruste von Unzufriedenheit und Eigendünkel zurückgelassen hatte.

Während ich mir Flanellhose und Blazer anzog, sah ich mich mit ungeübtem und zweifelndem Blick auf Deck um und nahm alles auf, das bis jetzt die Dunkelheit verborgen hatte. Die Yacht schien mir sehr klein zu sein (tatsächlich hatte sie sieben Tonnen), etwas über neun Meter lang und knapp drei Meter breit; eine Größe, die sehr passend ist für Wochenenden auf dem Solent für den, der so etwas mag. Aber daß sie von Dover bis in die Ostsee gekommen war, deutete eine Welt körperlicher Belastung an, von der ich mir nie hätte träumen lassen. Ich ging zur ästhetischen Seite der Angelegenheit über. Schneidigkeit und Schönheit gehörten nach meiner Auffassung zu einer Yacht, aber auch mit der besten Absicht, erfreut zu sein, fand ich hier nur wenig Ermutigung. Der Rumpf schien zu niedrig und der Hauptmast zu hoch; das Kabinendach sah plump aus; die Oberlichter beleidigten das Auge mit schwerfälligem Eisen und einem gemeinen holzfaserartigen Anstrich. Was es an Messing an Ruderpinne und anderswo gab, hatte einen widerlichen grünen Belag. Die Decks besaßen nicht jene cremige Reinheit, die man in Cowes erwartet, sondern sie waren rauh und grau, zeigten teerige Ausschwitzungen an den Nähten sowie Rostflecken auf dem Vorschiff. Die Taue und Takelage trugen Trauer, verglichen mit dem eleganten lederfarbenen Manilahanf, der so sehr das Künstlerauge befriedigt, wenn man ihn vor dem Blau eines Junihimmels in Southsea betrachtet. Und die ganze Wirkung wurde durch Anzeichen vieler Ausbesserungen in jüngster Zeit nicht verbessert. Eine Ahnung von Farbe, Firnis und Zimmermannsarbeit lag in der Luft. Hoch oben flatterte ein bunter neuer Schwalbenschwanzwimpel. Ein oder zwei Taue schienen neu zu sein, vor allem am winzigen Besanmast, der überhaupt ganz neu aussah. Aber dies alles unterstrich noch die allgemeine Schmucklosigkeit und erinnerte an eine achtbare Arbeiterfrau, die versucht, sich über ihren Stand zu kleiden und es wahrscheinlich bald aufgeben wird.

Daß alles zusammen zweckmäßig und solide war, konnte selbst mein ungetrübtes Auge erkennen. Einige Deckausrüstungen kamen mir unverhältnismäßig verläßlich vor. Die Ankerkette sah aus, als verachte sie ihren Schützling; das Kompaßhäuschen war von einer Größe und hervorragenden Beschaffenheit, daß es schon beinahe komisch wirkte (und überdies war der Kompaß das einzige Messingstück, das poliert war und Spuren sorgfältiger Pflege zeigte). Zwei große aufgeschossene Haufen starker und schmutziger Verholtaue gerade hinter dem Hauptmast vervollständigten das wetterharte Aussehen des kleinen Schiffes. An dieser Stelle sollte ich hinzufügen, daß es in ferner Vergangenheit ein Rettungsboot gewesen und durch das Hinzufügen einer Gilling, eines Decks und der nötigen Spieren unbeholfen zu einer Yacht umgebaut worden war. Wie alle Rettungsboote war sie diagonal aus zwei Teakholzhäuten gebaut und daher ungemein stark, wenn sie auch vom Aussehen her alle Mängel eines Bastards hatte.

Hunger und ein »Tee ist fertig!« von unten brachten mich hinunter in die Kabine, wo das Frühstück auf dem Tisch über dem Schwertkasten serviert war und Davies ernsthaft mit ziemlich gerötetem Gesicht und schmutzigen Fingern präsidierte. Teller und irdenes Geschirr waren ein wenig knapp, aber ich pries den Speck und konnte es wahrheitsgemäß tun, denn die knusprigen und dampfenden Schnippel würden selbst die Bemühungen meines Londoner Kochs beschämen. Ich hätte das Essen wirklich herzhaft genießen können, wären das Sofa und der Tisch nicht so niedrig gewesen. Mir fiel auch auf, daß Davies mit einem Behagen, das mir unheimlich war, von den Köstlichkeiten weißen Brots und frischer Milch sprach, die er als ungewöhnlichen Luxus zu betrachten schien, jedoch als geeignet für ein Antrittsbankett zu Ehren eines wählerischen Fremden. »Man kann nicht immer an Land gehen«, sagte er, als ich ein diskretes Interesse an diesen Dingen zeigte. »Ich habe bei den Friesischen Inseln zehn Tage von einem großen Roggenbrot gelebt.«

»Und es war hart geworden, als es zu Ende ging, denke ich?«

»Sehr hart, aber« (feierlich) »ganz gut. Danach lernte ich, Brötchen zu machen; hatte zuerst kein Backpulver, benutzte deshalb Eno-Fruchtsalz, aber damit wollten sie nicht richtig aufgehen. Was die Milch angeht, sie ist kondensiert – ich hoffe, es macht dir nichts aus?«

Ich wechselte das Thema und fragte nach seinen Plänen.

»Laß uns gleich aufbrechen«, sagte er, »und die Förde hinuntersegeln.« Ich versuchte, ihn zu veranlassen, spezifischer zu werden, aber er war schon fort. Seine Stimme ertrank auf der Back im Klappern und Rauschen des Abwaschens. Von da ab folgten sich die Ereignisse mit verblüffender Geschwindigkeit. In dem bescheidenen Wunsch, mich nützlich zu machen, ging ich zu ihm an Deck, wo ich feststellen mußte, daß er mich kaum wahrnahm, ohne in mir ein neues und unerwartetes Hindernis im Ablauf seiner Arbeit zu sehen. Er war überall zugleich – holte die Kette ein, hakte Taue weg, zerrte an Seilen; derweil wurde ich zu einem Clown, der alles macht, was bereits erledigt ist, denn meine Kenntnisse von einer Yacht waren verschwommen und ungenau und damit nutzlos für die Praxis. Bald waren der Anker gehievt (ein großes rostiges Monstrum!), die Segel gesetzt, und Davies flitzte zwischen Ruderpinne und Klüver hin und her, während die *Dulcibella* der Küste ein längeres Lebewohl zunickte und in Richtung offene Förde auslief. Launenhafte Böen vom höher gelegenen Land hinter uns ließen die Yacht anfangs nur zaghaft vorankommen, aber bald war das Fahrwasser erreicht, und eine Brise aus Flensburg und dem Westen nahm sie in ihren freundlichen Griff. Stetig rauschte sie die ruhige blaue Straße hinunter, deren sanfte Schönheit einen Abschnitt meines Lebens eröffnete, der kurz war, aber voll von gestaltender, durch Anstrengung und Belastung verliehener Kraft für mich und andere.

Davies gewann nach und nach sein natürliches Wesen wieder, einschließlich gedankenverlorener Augenblicke, in denen er das Ruder festband, um weiter ab ein Tau zu bearbeiten, und zwar mit solcher Geschwindigkeit, daß die Bewegungen wie gleichzeitig erschienen. Einmal verschwand er, kam aber einen Moment später mit einer Karte wieder, die er während des Steuerns mit Erfolg studierte, obgleich die widerspenstigen Falten des Blattes das unmöglich zu machen schienen. Während ich darauf wartete, daß er wieder zu sich kam, hatte ich Zeit, mich umzusehen. Die Förde war an dieser Stelle etwa eine Meile breit. An der Küste, von der wir abgesegelt waren, erhoben sich steile Hügel, die aber nicht schroff erhaben waren. Ihre Umrisse waren sanft. An den unteren Hängen waren grüne Flächen und dichte Wälder. An einer Stelle zeigte sich eine kleine weiße Stadt, und verstreut stehende Bauernhäuser sprenkelten den Ausblick. Die andere Küste, die, eingerahmt zwischen Schandeck und Großsegel, ich noch eben erkennen konnte, war tiefer gelegen und einsamer, jedoch stattlich und wohltuend für das Auge. Weite Weiden stiegen sanft an zu ordentlich angelegten Baumgruppen, die auf den Standort eines großen Landhauses hinwiesen. Hinter uns verlor Flensburg sich im Dunst. Vor uns war die Szenerie eingeschlossen durch die Umrisse von Hügeln, einige klar, andere verträumt und fern.

Und schließlich wies noch ein Schimmer von Wasser, das weit hinten zwischen einer Hügelsenke glänzte, auf die Flächen der fernen See hin, zu der diese Förde nur eine abgelegene Zufahrt war. Überall gab es diesen Zauber, hervorgerufen durch die Verbindung von ruhigem Weideland und einer anheimelnden menschlichen Atmosphäre mit einem Teil jenes großen Ozeans, der alle Küsten unseres Globus' wäscht.

In der Szenerie lag noch ein anderer Zauber, der auf die Weise, in der ich sie betrachtete, zurückzuführen war. Nicht als verhätschelter Passagier auf einer ›prächtigen Dampfyacht‹ oder gar auf einem ›kraftvollen modernen Schoner‹ – wie die Yachtagenturen werben –, sondern vom Deck eines schäbig kleinen Fahrzeugs von zweifelhaftem Bau und bedrückender Einfachheit, das seinen beharrlichen Weg zu dieser fernen Förde durch ich weiß nicht welche Schwierigkeiten und Gefahren gefunden hatte, und zwar ohne einleuchtendes Motiv seines einzigen Insassen, der über seine abenteuerliche Kreuzfahrt so verschwommen und gleichgültig sprach, als sei das alles ein in die Länge gezogener Nachmittag in den Gewässern vor Southampton.

Ich blickte mich nach Davies um. Er hatte die Karte fallen lassen und saß oder vielmehr lag halb auf Deck, einen gebräunten Arm über der Ruderpinne und sah starr nach vorn, nur gelegentlich schaute er sich mal um und nach oben. Er schien noch immer ganz in sich versunken zu sein. Für einige Augenblicke musterte ich sein Gesicht mit einer Aufmerksamkeit, die ich ihm, seit ich ihn kannte, nie geschenkt hatte. Ich hatte immer gedacht, sein Gesicht sei gewöhnlich, so wie ich immer gedacht hatte, er sei gewöhnlich, so weit ich darüber überhaupt jemals nachgedacht hatte. Es hatte mich immer irritiert durch ein Übermaß an Offenheit und Jungenhaftigkeit. Diese Eigenschaften hatte es bewahrt, aber nun fiel es mir wie Schuppen von den Augen, und ich sah andere. In den festen Linien seines Kinns sah ich Kraft bis zu Hartnäckigkeit und Mut bis zu Unbesonnenheit, in seinen Augen sah ich einen älteren und tieferen Blick. Diese seltsamen Übergänge von frischer Beweglichkeit zu abgesondertem Ernst, die mich bis jetzt zum Teil belustigt und hauptsächlich geärgert hatten, schienen sich in einer feinfühligen Zurückhaltung verloren zu haben; diese war nicht kalt oder eigensüchtig, sondern seltsam gewinnend durch ihre paradoxe Freimütigkeit. Aufrichtigkeit prägte jeden seiner Gesichtszüge. Eine tiefe böse Ahnung sagte mir, daß ich – für wie schlau ich mich auch hielt und welch feine Auffassungsgabe ich auch dafür haben mochte, mit welchen richtigen und passenden Leuten man bekannt sein mußte – einige große Fehler gemacht hatte. Ich fragte mich, wie viele? Eine Erleichterung – kaum weniger tief dadurch, daß sie unausgesprochen blieb – überkam mich. Ich hatte so eine Ahnung, daß mir die geduldigen Schicksalsgöttinnen eine kostbare Möglichkeit anboten, zumindest einen wiedergutzumachen, so wenig ich es auch verdient hatte. Und dennoch, so grübelte ich, haben die geduldigen Schicksalsgöttinnen krumme Methoden und darüber hinaus einen gewissen boshaften Humor, denn es war Davies, der mich eingeladen hatte, obwohl er mich jetzt kaum zu brauchen schien. Er hatte mich beinahe nur mit List hergebracht, denn er hätte wissen müssen, daß ich für solch ein Leben nicht geeignet bin; allerdings hörten sich List und Davies in Verbindung miteinander seltsam an.

Vielleicht war es die wachsende Unbequemlichkeit meiner Körperhaltung, die diesen abwegigen Gedanken hervorbrachte. Meine Nachtruhe und das ›Herauskommen aus dem Bad‹ hatten wirklich wenig getan, um mich auf scharfe Kanten und harte Flächen vorzubereiten. Aber Davies war plötzlich zu sich gekommen und sagte: »Sag mal, hast du's bequem? Möchtest du etwas zum Sitzen haben?« Er warf das Ruder ein wenig nach Luv, fühlte es für einen Augenblick wie einen Puls mit einem raschen Blick nach Luv und tauchte nach unten, von wo er mit einigen Kissen wiederkam, die er mir zuwarf. Ich hatte ein verstocktes ärgerliches Gefühl über diesen Luxus und fragte:

»Kann ich mich nützlich machen?«

»Oh, bemühe dich nicht«, antwortete er , »ich nehme an, du bist müde. Segeln wir nicht herrlich? Backbord voraus muß Ekken sein«, er spähte unter dem Segel hindurch, »wo die Bäume hereinkommen. Sag mal, würdest du wohl einen Blick auf die Karte werfen?« Er warf sie mir zu. Ich hatte Mühe, sie auszubreiten, denn sie rollte sich beim geringsten Nachlassen des Drucks wie eine Uhrfeder zusammen. Mit Karten war ich nicht vertraut, und dieses plötzlich in mich gesetzte Vertrauen, nachdem er mich lange vernachlässigt hatte, machte mich nervös.

»Du siehst Flensburg, nicht wahr?« sagte er. »Hier sind wir.« Mit langem Arm tippte er auf eine unbestimmte Stelle auf dem vollen Blatt. »Und an welcher Seite müssen wir die Tonne querab von der Spitze passieren?«

Ich hatte kaum erfaßt, was Land und was Wasser war, noch weniger die Bedeutung der Tonne, als er fortfuhr:

»Laß nur, ich bin ziemlich sicher, daß hier überall tiefes Wasser ist. Ich nehme an, die Tonne markiert das Fahrwasser für Dampfer.«

Nach ein oder zwei Minuten passierten wir die fragliche Tonne, auf der falschen Seite, da bin ich ziemlich sicher, denn Tang und Sand kamen plötzlich mit unbehaglicher Deutlichkeit unter uns in Sicht. Aber Davies sagte nur:

»Seegang haben wir hier nie, und das Schwert ist nicht unten.« Eine dunkle Bemerkung, über die ich zweifelnd nachsann. »Das beste an diesen Gewässern in Schleswig ist«, sagte er weiter, »daß ein Boot dieser Größe beinahe überall hinfahren kann. Navigation ist nicht erforderlich. Nun ...« In diesem Augenblick war unter uns ein leichtes Kratzen mehr zu spüren als zu hören.

»Sind wir nicht aufgelaufen?« fragte ich mit großer Ruhe.

»Oh, darüber wird sie hinwegwehen«, antwortete er und zuckte ein wenig zusammen.

Sie »wehte darüber hinweg«, aber die Episode verursachte in Davies eine geringe harmlose Verärgerung. Ich erzähle dies, weil es ein gutes Beispiel für eine seiner kleineren Besonderheiten ist. Er war völlig ohne jene belehrende Pedanterie, die das Segeln fatalerweise häufig in Männern weckt, die es ausüben. Er hatte mir die Karte zugeworfen, ohne auch nur daran zu denken, daß ich ein Ignorant sei, dem die Karte ein böhmisches Dorf war und der für ihn ein bewundernswertes Subjekt wäre, das er drillen und belehren könnte, so wie er meine Person den ganzen Morgen über nur aus gewohnheitsmäßiger und unbewußter Unabhängigkeit vernachlässigt hatte. Zweitens neigte er – ein Meister seines Metiers, wie ich später feststellte, findig, geschickt und wachsam – dazu, in eine gewisse dilettantische Unbestimmtheit zu verfallen, die halb ärgerlich und halb belustigend war. Ich glaube wirklich, daß diese beiden Besonderheiten dieselbe Quelle hatten: die Abneigung gegen jede Art von Affekt. Auf dieselbe Quelle führte ich die Tatsache zurück, daß er und sein Boot sich ganz und gar nicht nach der seichten Etikette für Yachten und Segler richteten. Beispielsweise setzte er nie die britische Flagge, und nie trug er einen ›Segelanzug‹.

Wir umrandeten eine niedrige grüne Spitze, die ich vorher kaum bemerkt hatte.

»Wir müssen halsen«, sagte Davies, »übernimm mal das Ruder, ja?« Ohne auf mein Mitwirken zu warten, holte er mit großer Kraft das Hauptsegel ein. Ich hatte zwar eine grobe Vorstellung vom Steuern, aber das Halsen ist ein kitzliges Manöver. Kein Segler wird überrascht sein zu hören, daß der Baum sofort und mit großem Krachen auf die andere Seite schwang, wobei sich das Hauptsegel um mich und Ruderpinne schlang.

»Unter vollen Segeln gehalst«, war sein kummervoller Kommentar. »Du bist an das Boot noch nicht gewöhnt. Es reagiert sehr schnell auf das Ruder.«

»Wohin soll ich jetzt steuern?« fragte ich verstört.

»Oh, laß nur, ich übernehme jetzt«, antwortete er.

Ich hatte das Gefühl, es sei an der Zeit, meine Position klarzustellen. »Im Segeln bin ich ein völliger Stümper«, begann ich. »Du wirst mir noch viel beibringen müssen, sonst werde ich dich eines Tages noch stranden lassen. Weißt du, es war immer eine Mannschaft dabei . . .«

»Mannschaft!« – mit tiefster Verachtung – »Wieso? Der ganze Spaß dabei ist doch, alles selbst zu tun.«

»O ja, dieses Gefühl hatte ich den ganzen Morgen.«

»Tut mir schrecklich leid!« Seine Bestürzung und Reue waren komisch. »Es ist nämlich genau umgekehrt; du könntest mir noch den größten Dienst in der Welt erweisen.« Er verlor sich in Gedanken.

Wir folgten der landwärts gerichteten Strömung in einer kleinen Bucht und fuhren auf eine Öffnung in der niedrigen Küste zu.

»Das ist der Ekkensund«, sagte Davies, »schauen wir mal hinein.« Ein oder zwei Minuten später trieben wir durch eine hübsche kleine Meerenge mit Blick auf offenes Wasser an ihrem Ende. Katen säumten beide Seiten, einige standen direkt am Wasser, andere waren durch eine wacklige Holztreppe oder einen Miniaturlandesteg mit ihm verbunden. Ranken und Rosen überwucherten die Wände und kleinen Veranden. Ein

Platz an der einen Seite, wo sich ein einfacher Kai befand mit ein paar flachen Fischerbooten davor, sprach von unbedeutendem Handelsverkehr; ein sehr kleiner Teegarten mit vernachlässigt aussehenden Lauben und laubbedeckten Tischen wies auf einen ebenso unbedeutenden Touristenverkehr hin. Das verwitterte Holz der Katen und Stege und die Ranken und Bäume dahinter, wo die zarten Pinsel des Herbstes bereits bei der Arbeit waren, bildeten ein durchdringendes Farbgemisch aus Bronze und Rosa. Diese schöne Wasserstraße glitten wir hinunter, bis sie in einem großen Weiher endete, wo unsere flatternden und klagenden Segel zufrieden zur Ruhe kamen.

»Klar zum Wenden!« sagte Davies gefühllos. »Hier müssen wir wieder raus.« Dann wendeten wir.

»Warum nicht ankern und hier bleiben?« protestierte ich, denn ein Anblick von unwiderstehlichem Liebreiz breitete sich vor uns aus.

»Oh, wir haben alles Sehenswerte mitgekriegt und müssen diese Brise wahrnehmen, solange sie da ist.« Für Davies war es immer eine Tortur, eine gute Brise vergeudet zu wissen, während er untätig vor Anker lag oder an Land war. Das ›Land‹ war für ihn ein minderwertiges Element, das nur als nützliche Verbindung zum Wasser diente – als Quelle notwendiger Vorräte.

»Laß uns lunchen«, fuhr er fort, als wir unsere Reise die Förde hinunter wieder aufnahmen. Vergangene Erinnerungen narrten mich mit einer Vision von eisgekühlten Getränken, verführerischen Salaten, weißem Tischleinen und einem aufmerksamen Steward.

»Zunge findest du«, sagte die Stimme des Schicksals, »im Sofaschränkchen steuerbords; Bier ist unter dem Fußboden in der Bilge. Ich umfahre zuerst die Tonne, wenn du nichts dagegen hast, kannst du schon mal anfangen.« Ich gehorchte widerwillig, aber die stickige Luft und meine verkrampfte Haltung müssen meine geistigen Kräfte gelähmt haben, denn ich öffnete das Schränkchen backbords, griff hinein und erwischte einen klebrigen Gegenstand, der sich als Firnistopf herausstellte. Angewidert wich ich zurück, versuchte das gegenüberliegende Schränkchen und kämpfte gegen den im Wege stehenden Fuß des Mastes und die hinderlichen Ecken des Schwertkastens. Ein Durcheinander von feuchten Dosen unterschiedlicher Größe zeigte sich in dem trüben Licht und gab einen moderigen Geruch von sich. Verblichene Aufschriften auf sich auflösendem Papier – wie die Reste alter Plakate auf einer nicht mehr benutzten Litfaßsäule – sprachen von Suppen, Currygerichten, Rindfleisch, Büchsenfleisch und anderen verborgenen Leckerbissen. Ich suchte eine Dose mit Zunge heraus, sperrte den Geruch wieder ein und suchte nach Bier. Die Bilge macht dem Bier sicherlich nichts aus, nahm ich an, als ich auf Händen und Knien an der Planke zerrte, aber ich hätte einen besser zugänglichen und weniger feuchten Weinkeller bevorzugt als die Höhlungen zwischen dem schleimigen Ballast, aus denen ich die Flaschen grub. Benommen und entmutigt betrachtete ich die sauer erworbene und unangenehme Verpflichtung, eine Mahlzeit vorzubereiten.

»Wie kommst du voran?« rief Davies. »Der Büchsenöffner hängt oben am Schott, Teller und Messer sind im Geschirrschrank.«

Verbissen kam ich meinen Aufgaben nach. Die Teller und Messer kamen mir auf halbem Wege entgegen, denn da sich der Schrank in Luv befand und gerade nach unten geneigt war, glitt mir sein Inhalt, als ich aufschloß, liebevoll gegen die Brust und überschüttete mit Klappern und Klirren den Fußboden.

»Das passiert öfter«, hörte ich von oben. »Macht nichts! Das Geschirr ist unzerbrechlich. Ich komme runter und helfe.« Und er kam und überließ die *Dulcibella* sich selbst.

»Ich glaube, ich gehe an Deck«, sagte ich. »Warum in aller Welt konntest du nicht bequem in Ekken essen und uns diese verteufelte Hölle von einem Picknick ersparen? Wohin läuft die Yacht inzwischen? Und wie sollen wir an diesem schiefen Tisch essen? Ich bin ganz vollgeschmiert mit Firnis und Schlamm und stehe bis zu den Knöcheln im Geschirr. Da haut auch noch das Bier ab!«

»Du hättest es nicht draufstellen sollen bei dieser Neigung des Tisches«, sagte Davies mit angestrengter Gelassenheit, »aber es wird keinen Schaden anrichten; es wird in die Bilge sickern« (Asche zu Asche und Staub zu Staub, dachte ich). »Geh jetzt an Deck, dann mache ich hier alles fertig.« Ich bedauerte meinen Ausbruch, wenn er mir auch unter starker Provokation abgerungen worden war.

»Halte sie auf dem anliegenden Kurs«, sagte Davies, als ich

mühsam aus dem Chaos kletterte, mir den Staub von der Hose schlug und mit den Händen den Niedergang firnißte. Ich band das Ruder los und hielt Kurs.

Wir hatten einen scharfen Knick in der Förde umrundet und segelten auf einer breiten und geraden Strecke, die jeden Augenblick neue Schönheiten enthüllte, Anblicke, die Balsam für die zornigste Seele waren. Ein Dörfchen mit roten Dächern lag links von uns, rechts eine efeubewachsene Ruine nahe am Wasser, in dem knietief nachdenkliches Vieh stand. Voraus fiel der Blick auf weißen Strand, der beide Ufer säumte. Zum Strand hinunter neigten sich bewaldete Hügel, hier und da unterbrochen von niedrigen Sandsteinklippen und hin und wieder von einer schmalen mit Grasflächen befleckten Schlucht.

Ich vergaß die geringfügigen Unannehmlichkeiten und erfreute mich an den Dingen – am scheuen Beben der Ruderpinne, am Abprallen der Luft vom schäbigen Hauptsegel und – mit irgendwie gedämpftem Entzücken – am Lunch, den Davies mir heraufbrachte und mich besorgt essen sah.

Später, als der Wind in einen trägen Luftzug überging, machte Davies sich an einem größeren Marssegel und einem Klüver zu schaffen; ich aber war es zufrieden, den Nachmittag zu verdösen, mit Verstand und Leib in die süße und fremde Atmosphäre einzutauchen und verträumt den Saum von engen Tälern, Klippen und weißem Sand zu beobachten, an denen wir immer langsamer vorbeizogen.

## 4. Kapitel
## *Rückblick*

»Aufwachen.« Ich rieb mir die Augen und fragte mich, wo ich sei; dann reckte ich die schmerzenden Glieder, denn auch die Kissen hatten meine Lage nicht wirklich bequem gemacht. Es dämmerte, die Yacht lag in klarem Wasser, gefärbt vom letzten Abendrot. Eine Decke dünner Höhenwolken hatte sich über fast den ganzen Himmel gebreitet, ein zarter Regengeruch war in der Luft. Wir befanden uns anscheinend mitten in der Förde, deren Ufer in der zunehmenden Dunkelheit fern und steil aussahen. Nahe voraus verschwanden sie plötzlich, und der Blick verlor sich in graue Leere. Es herrschte vollkommene Stille.

»Wir kommen heute abend nicht mehr nach Sonderburg«, sagte Davies.

»Was ist dann also zu tun?« fragte ich und nahm meine Sinne zusammen.

»Oh, wir werden hier irgendwo ankern, wir sind hier an der Fördemündung. Ich schleppe die Yacht ein, steuere du in Richtung Ufer.« Er zeigte vage auf einen verschwommenen Fleck von Bäumen und Klippen. Dann sprang er ins Dingi, warf die Fangleine ab, ergriff einen Tampen und begann die widerstrebende Yacht mit kurzen Riemenschlägen zu schleppen. Die bedrohliche Erscheinung der grauen Leere, verbunden mit der Vorliebe, abends an einem genau festgesetzten Ort zu sein, bedrückten von neuem meine Lebensgeister. Im Schlaf hatte ich von Morven Lodge geträumt, von Teeparties in der Heide nach ruhmvoller Jagd auf Moorhühner, von Lachsen, die in bernsteinfarbenen Teichen springen – und jetzt ...

»Wirf das Lot mal eben aus, ja?« übertönte Davies' Stimme das Klatschen der Riemen.

»Wo ist es?« rief ich zurück.

»Schon gut – wir sind jetzt nahe genug; laß den ... schaffst du es, den Anker fallen zu lassen?«

Ich eilte nach vorn, zupfte hilflos an den Banden des schlafenden Monstrums. Aber Davies war bereits wieder an Bord und rückte ihn mit ein oder zwei flinken Bewegungen, bis er mit schleifender Kette ins Wasser klatschte.

»Hier liegen wir gut«, sagte er.

»Ist dieser Ankerplatz nicht ziemlich ungeschützt?« gab ich zu bedenken.

»Nur ungeschützt aus der Richtung da«, erwiderte er. »Falls es von dort zu wehen beginnt, werden wir verduften müssen, aber ich glaube, es ist nur Regen. Laß uns die Segel bergen.«

Ein neuer Wirbel von Tätigkeiten, an dem ich mich, von der Aussicht bedrückt, um Mitternacht – wer weiß wohin? – ›verduften‹ zu müssen, nach Kräften beteiligte. Aber Davies' Kaltblütigkeit war ansteckend, so glaube ich, und die kleine Bude unten, hell beleuchtet und bald erfüllt von Kochgerüchen, bat beharrlich um Zuneigung. Segeln auf diese einzigartige Weise war Arbeit, die hungrig machte, wie ich schnell herausfand. Steak schmeckt nicht weniger, wenn es in Zeitungspapier eingewickelt war, und die leichten Spuren von Nachrichten des Tages verschwinden beim Braten in Zwiebeln und Pommes frites. Davies tat wirklich sein möglichstes bei diesem ersten Dinner für seinen Gast; mit geheimem Stolz holte er – nicht etwa aus dem entehrenden Biergrab, sondern aus einem geweihteren Gelaß – eine Flasche mit deutschem Sekt, aus der wir der *Dulcibella* Erfolg zutranken.

»Ich wollte, du würdest mir alles über deine Reise von England hierher erzählen«, bat ich. »Du mußt einige aufregende Abenteuer erlebt haben. Hier sind die Seekarten, nehmen wir sie uns mal vor.«

»Zuerst müssen wir abwaschen«, antwortete er und führte mich damit taktvoll ein in eine seiner wenigen ›festen Ordern‹, daß man nämlich weder Tabak brennen noch eine Plauderei nach dem Essen beginnen soll, solange man diese widerwärtige Arbeit nicht hinter sich gebracht hat. »Sonst würde sie nämlich nie erledigt«, meinte er klug. Aber als wir uns schließlich niedergelassen hatten bei einer Zigarre, von denen Davies eine Auslese (ausgesucht in vielen deutschen, holländischen und belgischen Häfen) in einer alten abgenutzten Kiste im Netzgestell aufbewahrte, kam die versprochene Unterhaltung nicht richtig in Gang.

»Ich bin kein guter Erzähler«, klagte er, »und da ist auch wirklich sehr wenig zu erzählen. Wir, Morrison und ich, verließen Dover am 6. August – hatten eine gute Überfahrt nach Ostende.«

»Dort habt ihr einigen Spaß gehabt, nehme ich an«, warf ich ein und dachte an – nun, an Ostende im August.

»Spaß! Ein dreckiges Loch nenne ich es. Wir mußten ein paar Tage bleiben, weil wir beim Einfahren gegen eine Tonne gesegelt waren und das Wasserstag verloren hatten. Wir lagen in einem schmutzigen kleinen Flutdock, und an Land gab es nichts zu tun.«

»Nun, und dann?«

»Wir hatten eine prächtige Reise zur Oosterschelde, aber dann beschlossen wir wie Narren, über Kanäle und Flüsse durch Holland zu fahren. Es war schon Spaß genug, im Mündungsgebiet zu navigieren – die Tiden und Bänke sind dort entsetzlich –, aber weiter landeinwärts war es eine erbärmliche Angelegenheit: immer nur Schleusengebühren zahlen, gegen Schuten stoßen und die Yacht auf stinkenden Kanälen schleppen. Nie ein friedlicher Abend wie dieser – immer an einem Kai oder Treidelpfad festgemacht. Die Leute gehen vorbei und Jungen – Himmel! Diese Jungen werde ich nie vergessen! Die suchen Holland heim wie eine Maul- und Klauenseuche; sie scheinen auf der Welt nichts anderes zu tun zu haben als Steine und Schlamm auf ausländische Yachten zu werfen.«

»Die brauchten einen Herodes mit einigen staatsmännischen Ansichten zum Kindesmord.«

»Bei Gott, ja! Aber Tatsache ist, bei diesem Herumtrödeln im Binnenland braucht man eine Mannschaft – die kann den Jungen einen Klaps geben und die Ruder im Auge behalten. Ein Boot wie dieses sollte sich an die See halten oder an einsame Küstengegenden – nun, nach Amsterdam . . .«

»Du hast eine ganze Menge ausgelassen, nicht wahr?« unterbrach ich.

»So? Nun, laß mich mal sehen. Wir fuhren über Dordrecht nach Rotterdam; gab nichts zu sehen da, nur Schwärme von Schleppern schwirren herum, die einem jede Sekunde am Bug kratzen. Weiter über die Vecht nach Amsterdam, und von dort aus – Himmel, war das eine Erleichterung! – wieder in die Nordsee. Das Wetter war windstill und dunstig gewesen, aber jetzt klärte es sich auf, und mit drei Reffen im Segel hatten wir eine rauschende Fahrt zur Zuydersee.«

Er griff ins Bücherregal nach etwas, das wie ein altertümliches Hauptbuch aussah, und blätterte die Seiten um.

»Ist das dein Logbuch?« fragte ich. »Ich würde es mir gern mal ansehen.«

»Oh, du würdest es langweilig finden – falls du es überhaupt lesen kannst; es sind nur kurze Notizen über Wind und Peilungen und so weiter.« Er blätterte rasch einige Seiten um. »Warum führst *du* kein Logbuch über alles, was wir tun? Ich kann nicht so gut beschreiben, aber du.«

»Ich bin halb entschlossen, es zu versuchen«, sagte ich.

»Wir brauchen jetzt eine andere Seekarte«, sagte er und zog eine herunter, die noch fleckiger und abgenutzter war als die erste. »Wir hatten dann eine herrliche Zeit und erforschten die Zuydersee, zumindest ihren nördlichen Teil, und das Gebiet um die Inseln, die sie im Norden begrenzen. Das sind die Friesischen Inseln, und sie erstrecken sich 120 Meilen oder so nach Osten. Die beiden ersten, Texel und Vlieland, schließen die Zuydersee ein, die anderen säumen die holländische und deutsche Küste.«

»Was ist dies?« fragte ich und fuhr mit dem Finger über einige punktierte Stellen, die einen großen Teil der Karte einnahmen. Sie wurde für mich immer unverständlicher; klar erkennbare Küsten und saubere kleine Zahlenkolonnen hatten einem Gewirr gewundener und sich schneidender Linien und kahler Flecken Platz gemacht.

»Alles Sände«, sagte Davies begeistert. »Du glaubst nicht, was für ein herrliches Segelgebiet das ist. Du kannst tagelang herumfahren, ohne einer Menschenseele zu begegnen. Dies sind Priele, weißt du; sie sind sehr schlecht kartographiert. Diese Karte war fast nutzlos, aber dadurch machte alles noch mehr Spaß. Keine Städte oder Häfen, nur ein oder zwei Dörfer auf den Inseln, wenn man Vorräte brauchte.«

»Die sehen ziemlich verlassen aus«, sagte ich.

»Verlassen ist gar kein Ausdruck; in Wirklichkeit sind das nur riesige Sandbänke.«

»War das nicht alles ziemlich gefährlich?« fragte ich.

»Überhaupt nicht; da erwies sich nämlich unser geringer Tiefgang und der flache Boden als nützlich, weißt du. Wir konnten überallhin, und es machte nichts, wenn wir aufliefen – für so was war die Yacht perfekt, und sie sieht doch auch nicht schlecht aus, oder?« fragte er etwas nachdenklich. Ich zögerte wohl etwas, denn er sagte schroff:

»Jedenfalls mache ich mir nichts aus dem Aussehen.«

Er hatte sich zurückgelehnt, und ich entdeckte Spuren einer beginnenden Geistesabwesenheit an ihm. Seine Zigarre, erst vor kurzem angesteckt und dann fieberhaft noch einmal – eine Angewohnheit, wenn er erregt war –, schien jetzt ganz erloschen zu sein.

»Das Auflaufen«, setzte ich nach, »kann doch sicher leicht gefährlich werden?«

Er setzte sich aufrecht hin und tastete nach einem Streichholz.

»Nicht im geringsten, wenn du weißt, wo du es riskieren kannst und wo nicht; jedenfalls kann man es nicht vermeiden. Diese Karte mag dir einfach vorkommen« – (›einfach!‹ dachte ich) –, »aber bei halb aufgelaufener Flut sind die Bänke alle unter Wasser, Inseln und Küste kaum zu sehen, weil sie so niedrig sind, und alles sieht gleich aus.« Diese anschauliche Beschreibung eines ›herrlichen Segelgebietes‹ nahm mir den Atem. »Selbstverständlich *ist* es manchmal gefährlich – einen Ankerplatz auszusuchen, erfordert Sorgfalt. Im allgemeinen findet man in Lee einer Sandbank einen guten Platz, aber in den Prielen läuft eine starke Tide, und wenn ein Sturm bläst . . .«

»Hast du dir nie einen Lotsen genommen?« unterbrach ich.

»Einen Lotsen? Also, der springende Punkt an der Sache ist doch« – er unterbrach sich –, »einen habe ich mir mal genommen, später«, fuhr er mit einem seltsamen Lächeln fort, das gleich verschwand.

»Nun?« drängte ich, denn ich sah, daß er ins Träumen verfiel.

»Oh, selbstverständlich hat er mich auf Grund gesetzt. Geschah mir ganz recht. Ich frage mich, was das Wetter macht.« Er stand auf, warf mit einer seltsamen Kreisbewegung Blicke auf das Barometer, die Uhr und das halbgeschlossene Oberlicht und ging dann ein oder zwei Stufen den Niedergang hinauf, wo er, Kopf und Schultern im Freien, mehrere Minuten blieb.

Von draußen war kein Wind zu hören, aber die *Dulcibella* begann sich im Schlaf zu regen, sie rollte unter der treibenden Kraft einiger schwacher Meereswogen und sprang gelegentlich kurz hoch, als schrecke sie auf wie ein unruhiger Schläfer.

»Wie sieht's aus?« rief ich von meinem Sofa her. Ich mußte die Frage wiederholen.

»Wir kriegen Regen«, sagte Davies und kam zurück, »und möglicherweise Wind, aber hier liegen wir sicher genug. Er kommt von Südwest; wollen wir uns aufs Ohr legen?«

»Wir sind mit deiner Reise noch nicht am Ende«, sagte ich. »Steck dir die Pfeife an und erzähle mir den Rest.«

»Gut«, stimmte er mit größerer Bereitschaft zu, als ich erwartet hatte.

»Nach Terschelling – hier, die dritte Insel vom Westen her – bummelte ich weiter ostwärts.«

»Du?«

»Oh, ich vergaß. Morrison mußte mich dort verlassen. Ich vermißte ihn sehr, aber damals hoffte ich, daß ich ... veranlassen könnte, sich mir anzuschließen. Ich konnte zwar allein fertig werden, aber für so eine Arbeit sind zwei sehr viel besser als einer. Das Schwert ist verdammt schwer; tatsächlich mußte ich aufhören, es zu benutzen, aus Furcht, ich würde Bruch machen.«

»Nach Terschelling?« half ich seinem Gedächtnis nach.

»Nun, ich nahm die holländischen Inseln mit, Ameland, Schiermonnikoog, Rottum (fremdartige Namen, nicht wahr?), fuhr manchmal vor, manchmal hinter ihnen. Es war etwas einsam, aber ein großartiger Sport und sehr interessant. Die Seekarten waren entsetzlich, aber mit den meisten Prielen bin ich klargekommen.«

»Ich nehme an, in jenen Gewässern fahren nur kleinere Schiffe aus der näheren Umgegend«, warf ich ein. »Das würde die Ungenauigkeiten der Karte erklären.« Glaubte Davies etwa, die Admiralität hätte Zeit zu verschwenden, einem so phantastisch kleinen Fahrzeug wie seinem für all seine neugierigen Streifzüge den Weg zu ebnen? Aber Davies geriet darüber in Hitze.

»Alles ganz schön und gut«, sagte er, »aber denke doch mal, welche Torheit es ist – aber das ist eine lange Geschichte, die dich nur langweilen würde. Um es kurz zu machen, denn wir sollten uns aufs Ohr legen, ich erreichte Borkum – die erste der deutschen Inseln.« Er zeigte auf eine abgerundete nackte Raute mitten in einem Gewirr von Sandbänken. »Rottum (diese komische kleine – es steht nur ein Haus darauf) ist die östlichste holländische Insel, und das niederländische Festland endet hier, direkt gegenüber, an der Ems.« Er zeigte auf eine trübe Einbuchtung, übersät mit Namen, die Schlamm und Wracks und Trostlosigkeit andeuteten.

»Wann war das?« fragte ich.

»Etwa am 9. dieses Monats.«

»Also, das war ja nur vierzehn Tage vor deinem Telegramm an mich! Dann hast du aber Flensburg ziemlich schnell erreicht. Warte mal, wir brauchen eine andere Karte. Ist es diese?«

»Ja, aber wir werden sie kaum brauchen. Ich fuhr nur noch ein kleines Stück weiter – nach Norderney, die dritte deutsche Insel – und entschloß mich dann, geradeswegs zur Ostsee zu segeln. Ich hatte schon immer vorgehabt, dorthin zu kommen, wie Knight mit seiner *Falcon*. Deshalb fuhr ich direkt zur Eider, hier, an der Westküste von Schleswig, dann den Fluß und den Kanal entlang nach Kiel an der Ostsee und weiter nördlich direkt nach Flensburg. Dort war ich eine Woche, bis du kamst, und jetzt sind wir hier. Und nun gehen wir schlafen. Morgen werden wir eine prima Segeltour machen.« Er endete mit etwas gezwungener Munterkeit und rollte flink die Karte zusammen. Den Widerwillen, den er von Anfang an gezeigt hatte, über seine Reise zu sprechen, hatte er in seiner Begeisterung zwar für kurze Zeit vergessen, aber er hatte sich bei diesem nüchternen Abschluß deutlich wieder eingestellt. Ich hatte das sichere Gefühl, daß mehr dahintersteckte als die Abneigung, ein Seemannsgarn im ›verwegenen korinthischen‹ Stil zu spinnen, der bei Amateurseglern so ekelhaft sein kann; und ich glaubte, daß ich die Erklärung dafür hatte. Seine Einmann-Segelreise von den Friesischen Inseln zur Ostsee war ein tollkühnes Unternehmen mit gefahrvollen Ereignissen gewesen, von denen er, statt sie aufzuklären, lieber überhaupt nicht sprechen sollte. Vielleicht schämte er sich seiner Unbesonnenheit und wollte sie vor mir ignorieren, vor mir, einem unerfahrenen Bekannten, der noch nicht vom Leben auf der *Dulcibella* gefesselt war, dem man, was Höflichkeit und Nutzen geboten, Vertrauen einflößen mußte. Ich mochte ihn um so mehr, als ich zu diesem Schluß gekommen war, aber ich war versucht, noch ein wenig zu beharren.

»Ich habe den ganzen Nachmittag über geschlafen«, sagte ich, »und um bei der Wahrheit zu bleiben, schreckt mich der

Gedanke etwas, ins Bett zu gehen, es ist so ermüdend. Sieh mal, über den letzten Teil bist du nur so hinweggeeilt. Die Fahrt zur Westküste Schleswig-Holsteins – sagtest du zur Eider? – war doch ziemlich lang, oder?«

»Nun, du siehst es ja, direkt sind es etwa siebzig Meilen, nehme ich an.« Er sprach leise und bückte sich, um etwas Asche vom Fußboden wegzuwischen.

»Direkt?« sagte ich anspielend. »Dann hast du irgendwo einen Halt eingelegt?«

»Einmal, da habe ich die Nacht über geankert. Oh, das hat nichts zu sagen beim Segeln mit gutem Wind. Mein Gott! Ich habe vergessen, die Fuge über deiner Koje zu kalfatern, und es wird bald regnen. Das muß ich jetzt noch tun. Du legst dich schlafen.«

Er verschwand. Meine nie sehr brennende Neugier verschwand bei der Sorge über die offene Fuge; denn die Aussicht auf einen großen Tropfen, der, unbarmherzig und gleichmäßig wie das Schicksal, die ganze Nacht über auf meine Stirn fällt wie in der Folterkammer der Inquisition, war alarmierend genug, mich an die unmittelbare Zukunft zu erinnern. Also ging ich zu Bett und stellte dabei fest, daß ich im großen und ganzen in dieser Übung Fortschritte gemacht hatte, wenn ich auch noch weit entfernt war, von der Wendigkeit des trainierten Schlangenmenschen, die dieser Anlaß erforderte. Das Hämmern hörte auf, und Davies kam in dem Augenblick zurück, als ich ausgestreckt auf der Folterbank lag – ich meine, fest eingepackt in meiner Koje.

»Also«, sagte er, als er in seiner lag und Dunkelheit herrschte, »meinst du, daß es dir hier gefallen wird?«

»Ich glaub schon«, antwortete ich, »wenn es hier noch viele so schöne Plätze gibt wie dieser. Aber ich möchte hin und wieder an Land und mir die Beine vertreten. Selbstverständlich wird viel vom Wetter abhängen, nicht wahr? Ich hoffe, dieser Regen« (über uns hatte es zu prasseln begonnen) »bedeutet nicht, daß der Sommer endgültig vorbei ist.«

»Oh, segeln kann man trotzdem«, sagte Davies, »es sei denn, das Wetter wird zu schlecht. Hier sind viele geschützte Gewässer. Das Wetter wird sich bald ändern. Aber dann sind die Enten da. Je kälter und stürmischer, desto besser ist es für sie.«

Die Enten und die Kälte hatte ich ganz vergessen, und

plötzlich, als die *Dulcibella* sich als Jagdhütte in unfreundlichem Wetter präsentierte, verlor sie bei mir an Ansehen, das sie erst jüngst gewonnen hatte.

»Ich jage gern«, sagte ich, »aber ich fürchte, ich bin nur ein Schönwettersegler, und ziehe Sonne und Landschaft vor.«

»Landschaft«, wiederholte er nachdenklich. »Sag mal, du mußt doch gedacht haben, daß ich einen seltsamen Geschmack habe, vor der friesischen Küste zu kreuzen. Wie würde dir so was gefallen?«

»Ich würde es verabscheuen«, sagte ich unverzüglich mit reinem Gewissen. »Warst du denn nicht auch froh, in die Ostsee zu kommen? Es muß ein herrlicher Kontrast zu dem gewesen sein, was du da beschrieben hast. Hast du dort mal eine andere Yacht gesehen?«

»Nur eine«, antwortete er. »Gute Nacht!«

»Gute Nacht!«

## 5. Kapitel
## *Nordwind erwünscht*

Nichts störte meine Ruhe in jener Nacht; so anpassungsfähig ist die Jugend und so meisterlich die Natur. Gelegentlich wurde ich mir des prasselnden Regens und des summenden Windes bei einem nervösen Stampfen des kleinen Bootskörpers entfernt bewußt, und einmal träumte mir, ich sehe im Kerzenlicht Davies als Gespenst, im Pyjama und in hohen Stulpstiefeln gekleidet, wie er nach einer nebligen Laterne von riesigen Ausmaßen griff. Aber die Erscheinung stieg den Niedergang hinauf und verschwand; und ich fiel in andere Träume.

Ein Schmettern in mein Ohr wie die Stimme von fünfzig Posaunen machte mich hellwach. Der Musiker, lächelnd und zerzaust, stand neben meiner Koje und hob mit schrecklicher Absicht ein Nebelhorn an die Lippen. »So machen wir es auf der *Dulcibella«*, sagte er, als ich mich auf einen Ellenbogen stützte. »Ich habe dich nicht zu sehr erschreckt, nicht wahr?« fügte er hinzu. »Also, mir gefällt die *mattinata* besser als die kalte Dusche«, antwortete ich und dachte an gestern.

»Ein schöner Tag und eine großartige Brise!« sagte er. Meine Empfindungen waren an diesem Morgen viel munterer als gestern zur gleichen Stunde. Meine Glieder waren wieder geschmeidig und der Kopf klar. Nicht einmal der heftige Wind konnte die Ekstase des Tauchens bis hinunter auf den weichen verführerischen Sand beeinträchtigen, in den ich gierig meine Finger grub und wo ich durch ein durchsichtiges Blau schaute, feenhaft zart und engelrein, das man in Vollkommenheit nur im Innern des Eises sieht. Wieder hinauf zur Sonne, zum Wind und dem Flüstern des Waldes von der Küste her; nur noch einmal hinunter, um den ungeschlachten Anker zu sehen, der mit rostigem Hauzahn die sanfte Oberfläche des Sandes durchbohrt, taub und schwerfällig gegenüber den winzigen Anstrengungen der *Dulcibella,* ihn von seiner Beute fortzuziehen. Wieder nach oben, festhalten am Ankerkabel, der rostigen Spur vom Himmel zur Erde, die philisterhaft kleine Back der Jungfrau hinauf, ans Frühstück mit einem Appetit, der nicht gedämpft wird durch kondensierte Milch und das etwas altbackene Brot. Nach einer Stunde hatten wir die *Dulcibella* aufgetakelt für die Reise und fuhren schäumend in eine – wo gestern noch graue Leere war – großzügige Weite windgepeitschten Blaus, halb umgeben von fernen Hügeln, deren Silhouette in der regengewaschenen Luft glänzte.

Ich kann nicht behaupten, daß ich dieses erste Segeln auf die offene See wirklich genoß, obwohl ich es sehr gern gewollt hätte. Ich spürte die Erregung der Sprünge nach vorn, hörte das überzeugende Lied, das die Gischt am Bug in Lee sang, sah die blitzende Harmonie von See und Himmel; aber die Wahrnehmung der Sinne wurde abgestumpft durch Nervosität. Die Yacht sah außerhalb der ruhigen Förde kleiner aus als je. Das Lied der Gischt erschien mir sehr nahe, und die Wellenkämme achtern kamen mir sehr hoch vor. Der Segelneuling klammert sich verzweifelt an den Gedanken, daß es Seeleute gibt – tüchtige, umsichtige Menschen mit typischem Jargon und typischer Kleidung, bewandert in örtlichen Strömungs- und Windverhältnissen. Ich konnte mir nicht helfen, aber ich vermißte dieses professionelle Element hier. Davies, wie er dort saß und seine geliebte Ruderpinne umfaßt hielt, sah auffallend tüchtig aus auf seine Art und höchst vertraut mit seiner Umgebung, aber er kam mir ganz und gar wie ein Amateur vor, als er sich mit einer Hand und (wie es schien) einem Auge mit einer gischtbesprühten halbaufgerollten Seekarte abmühte. Sein ganzes lässiges Benehmen kam mir wieder in den Sinn – seine lässige Redeweise, die letzte abenteuerliche Fahrt in die Ostsee und der Argwohn, den seine Verschwiegenheit erweckt hatte.

»Siehst du irgendwo ein Denkmal?« fragte er plötzlich, und ehe ich antworten konnte: »Wir müssen noch ein Reff stecken.« Er ließ die Ruderpinne los und steckte die Pfeife wieder an, während die Yacht scharf beidrehte und im Nu, unter dem lauten Klatschen der Segel und heftigem Rucken des Mastbaums, in den Wellen stampfte, als der Wind, der sich gedreht hatte, nun mit verdoppelter Kraft landeinwärts wehend, seine Beute ansprang. Das Brennen der Gischt in meinen Augen und der verwirrende Lärm betäubten mich, aber Davies besänftigte das gequälte kleine Schiff mit einem Zug am Focksegel und ließ es mit den Wellen streiten, während er das Segel verkürzte und seine Pfeife paffte. Nach einer Stunde kam der enge

Eingang zum Alssund in Sicht, wo sich das ruhige alte Sonderburg am Inselstrand sonnte und darüber sich die Düppeler Höhen auftürmten – das Düppel blutigen Angedenkens, Szene der letzten verzweifelten Stellung der Dänen 1864, ehe ihnen die Preußen die beiden schönen Provinzen entrissen.

»Es ist noch zu früh zum Ankern, und Städte hasse ich«, sagte Davies, als sich ein Teil einer schwerfälligen Pontonbrücke öffnete, um uns durchzulassen. Aber ich beharrte darauf, mir die Beine vertreten zu müssen, und ich setzte mich durch unter der Bedingung, daß ich auch Vorräte einkaufte und zeitig genug zurück war, um uns die Weiterfahrt zu einem ›ruhigen Ankerplatz‹ zu gestatten. Nie betrat ich festen Boden mit seltsameren Gefühlen, teils darauf zurückzuführen, daß ich der Enge entronnen war, teils auf das Gefühl der Unabhängigkeit beim Reisen, das denen, die in kleinen Schiffen aufs Meer hinausfahren, den dreckigsten Kohlenhafen in Northumbria attraktiv macht. Und hier hatte ich das faszinierende Sonderburg: seine Häuser mit den weitausladenden Dachgesimsen und dem geschnitzten Fachwerk, jedes frisch vor Reinlichkeit, dennoch von ehrwürdigem Alter, seine blondhaarigen Männer wie Wikinger und rosigen Frauen mit offenem Gesicht, runder Stirn und breitem Mund; Sonderburg immer noch dänisch bis ins Mark unter dem äußeren Anstrich des Teutonischen. Ich ging über die Brücke und erklomm die Düppeler Schanzen – die übersät waren mit Erinnerungen an die heldenhafte Verteidigung – und konnte von hier aus die winzige Gestalt und spinnwebhafte Takelage der *Dulcibella* auf dem Silberband des Sunds sehen, und bei diesem Anblick wurde ich daran erinnert, daß ich noch einkaufen mußte. Deshalb eilte ich wieder hinunter ins alte Viertel und feilschte um Eier und Brot mit einer lieben alten Dame, die patriotisch so tat, als verstehe sie kein Deutsch und ihren stämmigen Sohn rief, dessen paar Brocken Englisch, hauptsächlich Seemannsslang, aufgeschnappt auf einem britischen Trawler, für diesen Zweck eigentümlich nutzlos waren. Davies hatte den Tee fertig, als ich wieder an Bord kam, und während wir ihn an Deck tranken, fuhren wir weiter den geschützten Sund hinauf, der trotz seines imposanten Namens nicht größer als ein Flußlauf war. Nur die Schwärme von Regenbogenquallen erinnerten uns daran, daß wir uns mühsam auf einer Seestraße bewegten. In dieser Gegend gibt es kein Steigen und Fallen der Tide, die den Strand mit Schlamm verunstaltet. Hier gab es eine abschüssige Kiesbank, da eine Stelle mit flüsternden Binsen und dort wieder junge Birken, die bis ans Ufer wuchsen und deren jede einen glänzenden Moosstrumpf trug und den Fuß fest zwischen goldenes Laub und scharlachrote Schwämme gesetzt hatte.

Davies war in Gedanken versunken, aber sein Gesicht leuchtete auf, als ich vom Deutsch-Dänischen Krieg sprach. »Deutschland ist eine ungeheuer große Nation«, sagte er. »Ich frage mich, ob wir jemals gegen sie kämpfen werden.« Ein kleines Ereignis, das stattfand, nachdem wir geankert hatten, vertiefte noch den Eindruck dieses Gesprächs. Wir waren bei Dämmerung in schattiges Haffwasser gekrochen, wo unser Kiel fast den Kiesgrund berührte. Uns gegenüber an der Küste von Als zeigte sich, klar abgesetzt vor dem Himmel, die Spitze eines kleinen Denkmals, das sich aus einer laubigen Senke erhob. »Ich möchte wissen, was das ist«, sagte ich. Mit dem Dingi würde es kaum eine Minute dauern, und als der Anker gefallen war, ruderten wir hinüber. Eine Lehmbank führte zu Stechginster und Brombeeren. Wir schoben einige Ranken zur Seite und kamen zu einem schlanken Denkmal in gotischem Stil aus grauem Stein mit Basreliefs von Schlachtszenen, die den wütenden, zähen Widerstand der Dänen gegen die mit Booten gewaltsam landenden Preußen zeigten. Im schwindenden Licht buchstabierten wir eine Inschrift: »Den bei dem Meeresübergange und der Eroberung von Als am 29. Juni 1864 heldenmütig Gefallenen zum ehrenden Gedenken.« Ich kannte die Leidenschaft der Deutschen für Gedächtnisstätten; ähnliche hatte ich auf Schlachtfeldern im Elsaß und mehrere erst am Nachmittag auf den Düppeler Schanzen gesehen, aber irgend etwas lag in der Szene, der Stunde und den Umständen, das uns dieses als einzigartig ergreifend erscheinen ließ. Und Davies – ihn erkannte ich kaum wieder, seine Augen blitzten und füllten sich mit Tränen, als er von der Inschrift auf den Weg, den wir gekommen waren, und das Wasser dahinter blickte. »Es war eine Landung per Boot, nehme ich an«, sagte er halb zu sich selbst. »Ich frage mich, wie sie es geschafft haben. – Den heldenmütig Gefallenen«, wiederholte er leise und dehnte jede Silbe. Er war wie ein Schuljunge, der etwas über Waterloo liest.

Unser Gespräch beim Abendessen wandte sich natürlich dem

Krieg zu, und beim Thema Seekriegsführung entdeckte ich, daß ich auf Davies' literarisches Hobby gestoßen war. Bisher hatte ich dem Durcheinander auf dem Bücherbord wenig Beachtung geschenkt, aber jetzt sah ich, daß dort neben einem Seefahrtsalmanach und einigen zerfledderten Segelanleitungen auch mehrere Bücher über Kreuzfahrten kleiner Yachten standen, und eingequetscht dazwischen oder oben drauf lagen einige dicke Bände. Ich blinzelte angestrengt und sah *Nelsons Leben* von Mahan, das *Marine-Jahrbuch* von Brassey und andere.

»Es ist ein ungeheuer interessantes Thema«, sagte Davies und zog (in zwei Teilen) einen Band von Mahans *Einfluß der Seemacht* herunter.

Das Interesse am Essen erlahmte (und erstarb), während er einen Gesichtspunkt mit Hinweisen auf die abgegriffenen Blätter ausführte. Er war sehr eifrig und nicht sehr artikuliert. Ich wußte gerade genug, um intelligent zuzuhören, und obwohl hungrig, freute ich mich, ihn sprechen zu hören.

»Ich langweile dich doch nicht etwa?« sagte er plötzlich.

»Das sollte ich nicht meinen«, protestierte ich. »Aber du könntest mal ganz kurz nach den Koteletts schauen.«

Die wollten schon seit Minuten beachtet werden und verlangten jetzt längere Aufmerksamkeit für ihre Vernachlässigung. Diese Ablenkung brachte Davies aus der Stimmung. Ich versuchte, das Thema wieder aufzunehmen, aber er war reserviert und blöde.

Das unaufgeräumte Bücherbord erinnerte mich an das Logbuch, und als Davies sich mit dem Geschirr in die Back zurückgezogen hatte, zog ich das Hauptbuch herunter und blätterte die Seiten um. Eine Menge kurzer Eintragungen – vornehmlich über Windverhältnisse, Gezeiten, Wetter und Kurse anscheinend – standen darin mit rätselhaften Abkürzungen. Die Reise von Dover nach Ostende war mit zwei Zeilen abgefertigt: »Aufbruch 19.00 Uhr, mäßiger Wind WSW; bei West Hinder 05.00 Uhr, außerhalb aller Bänke; Ostende 11.00 Uhr.« Über die Schelde gab es ein paar sehr technische und stilistisch abgehackte Seiten. Dem Binnenland von Holland war eine verachtungsvolle Zusammenfassung gewidmet mit einigen lauen Hinweisen auf Windmühlen und so weiter, sowie ein oder zwei sarkastischen Bemerkungen über Jungen, Farbe und Kanalgerüche.

In Amsterdam begannen wieder die technischen Einzelheiten, und ein frischerer Ton durchdrang die Eintragungen, die zunehmend ausführlicher wurden, als der Schreiber die Küste Frieslands entlangkreuzte. Er war eindeutig besserer Laune, denn hier und da gab es drollige und angestrengte Bemühungen, die Natur zu beschreiben, die aus einem Material bestand, das widerlich genug war, um den brillantesten und aufmerksamsten Schreiber abzuschrecken. Gelegentlich waren ein Besuch an Land – gewöhnlich eine halbe Meile zu Fuß über den Sand – und Gespräche mit Ladeninhabern und Fischern verzeichnet. Aber solche leichteren angenehmen Abwechslungen waren selten. Hauptsächlich ging es um Priele und Untiefen, um das Schwert, die Segel und den Wind, um Tonnen und Spieren, um Tiden und Liegeplätze für die Nacht. ›Verholen‹ schien ein häufiger Zeitvertreib zu sein; ›auf Grund laufen‹ kam fast täglich vor.

Es war kein leichter Lesestoff, und ich blätterte schnell um. Ich war auch neugierig, den späteren Teil zu sehen. Ich kam an eine Stelle, wo der Erguß kurzer Sätze plötzlich aufhörte. Das war am Ende des 9. September. Dieser Tag mit seinem ›Verholen‹ und dem ›Pricken-Trick‹ war mit den üblichen Einzelheiten ausgefüllt. Dann übersprang das Logbuch drei Tage. Weiter ging es mit: »13. September, frischer Wind WNW. Beschloß, in die Ostsee zu fahren. Aufbruch um 04.00 Uhr. Schnelle Fahrt 0. 1/2 Grad S zur Wesermündung. Über Nacht unter dem Hohenhörn Sand geankert. 14. September, nichts. 15. September, weitergesegelt um 04.00 Uhr. Mäßiger Ostwind. Kurs W zu S, vier Meilen; NO zu N 15 Meilen. Bei Norderpiep um 09.30 Uhr. An der Eider um 11.30 Uhr.« Diese Aufzählung nackter Tatsachen war ganz charakteristisch, wenn es um ›Fahrten‹ ging. Und irgendwelche Neugier, die ich am Vorabend wegen seiner Zurückhaltung gespürt hatte, wäre eher besänftigt als erregt worden, wäre mir nicht aufgefallen, daß genau an dieser Stelle ein Blatt des Logbuchs herausgerissen worden war. Der Rest war bis auf einen sehr kleinen Rand abgeschnitten und abgezupft worden, aber das Verschleiern war nicht Davies' Stärke; ein Kind hätte sehen können, daß ein Blatt fehlte und die Eintragungen, beginnend am Abend des 9. September (wo eine Seite zu Ende war) in einem Zug niedergeschrieben worden waren. Ich war schon drauf und dran, Davies zu rufen und ihn aufzuziehen, daß er einen schweren Verstoß gegen Seemannsgesetze begangen habe, indem er sein Logbuch ›frisiert‹ hatte; aber ich hielt mich zurück, warum, wußte ich kaum, vermutlich weil ich annahm, der Scherz würde eine empfindliche Stelle berühren und mißlingen. Mein Taktgefühl schreckte davor zurück, ihn gezwungen zu sehen, mich ausführlich zu belügen oder ein unbesonnenes Geständnis abzulegen – er war eine zu leichte Beute, und schließlich war die ganze Angelegenheit auch nicht sehr wichtig. Ich stellte das Buch wieder ins Regal; zurück blieb nur, daß ich mich an mein Versprechen erinnerte, selbst Tagebuch zu führen, und auf der Stelle widmete ich diesem Zweck ein Notizbuch.

Wir steckten uns gerade eine Zigarre an, als wir Stimmen und das Klatschen von Rudern hörten, gefolgt von einem Stoß gegen den Bootsrumpf, der Davies zusammenzucken ließ, wie immer, wenn seiner Farbe etwas zustieß. Als wir an Deck stiegen, begrüßte uns ein deutsches ›Guten Abend. Wo fahren Sie hin?‹ Es waren ein paar freundliche Fischer, die nach einem Besuch in Sonderburg zu ihrer Schmacke zurückkehrten. Ein kurzer Dialog bewies ihnen, daß wir verrückte Engländer waren, die Nächstenliebe bitter nötig hatten.

»Kommen Sie mit nach Satrup«, sagten sie. »Alle Schmacken liegen dort, gleich um die Spitze herum. In der Kneipe gibt es guten Punsch.«

Durchaus nicht abgeneigt, folgten wir im Dingi, fuhren eine Biegung des Sunds entlang und hatten vor uns die Lichter eines Dorfes, vor dem einige Schmacken ankerten. Man begleitete uns zur Kneipe und machte uns mit einem furchtbaren Getränk bekannt, genannt Kaffeepunsch, sowie mit einer rauchumkräuselten Runde von Fischern, die aus Höflichkeit deutsch sprachen, aber in jeder Hinsicht Dänen waren. Davies war sofort bei ihnen heimisch, und zwar dermaßen, daß ich ihn wirklich beneidete. Sein Deutsch war äußerst unbeholfen, bizarr im Wortschatz und mit komischem Akzent, aber das Freimaurertum der See oder ein ihm eigener Charme gab ihm und seinen Zuhörern Intuition. Ich schnitt schlecht ab in dieser seemännischen Runde, obwohl Davies, der mich hartnäckig als seinen Freund bezeichnete, sich sehr bemühte, mich als Geistesverwandten vorzustellen und mich in das Gespräch einzubeziehen. Ich wurde sofort als uninteressanter Hybride erkannt. Davies, der mich gelegentlich um ein Wort bat, war tief ins Gespräch über

Ankerplätze und Enten versunken, besonders, wie ich mich jetzt gut erinnere, über Jagdmöglichkeiten an einer gewissen Schlei. Mich vernachlässigte man ganz, bis mich ein schweigsamer Mann mit Brille und sehr hoher Mütze rettete, der hier die einzige Landratte zu sein schien. Nachdem er eine Zeitlang in meine Richtung gequalmt hatte, fragte er mich, ob ich verheiratet sei, und falls nicht, wann ich es vorhabe. Nach dieser Nachforschung gab er mich auf.

Es war elf, als wir die gastfreundliche Kneipe verließen und von der ganzen Runde zum Dingi begleitet wurden. Unsere Freunde von der Schmacke bestanden darauf, daß wir ihr Boot mit ihnen teilten, und zwar aus reiner Kameradschaft, denn es bot nicht annähernd genug Platz für uns, und sie wollten uns erst gehen lassen, nachdem sie einen Eimer voll frischgefangener Fische ins Dingi gekippt hatten. Nach vielem Schütteln schwieliger Hände ruderten wir zur *Dulcibella,* die in einem Bett zitternder Sterne schlief.

Davies schnüffelte im Wind und prüfte die Baumwipfel, in denen leichte Winde mit den Blättern spielten.

»Immer noch Südwest«, sagte er, »und wir bekommen noch mehr Regen. Aber er wird auf Nord drehen.«

»Wird das ein guter Wind für uns sein?«

»Das hängt davon ab, wohin wir fahren«, sagte er langsam. »Ich habe die Leute nach der Entenjagd gefragt. Sie meinten, die beste Gegend sei die Schlei. Sie liegt etwa fünfzehn Meilen südlich Sonderburg auf dem Weg nach Kiel. Sie sagten, an der Mündung wohne ein Bursche von Lotse, der uns alles darüber erzählen könne. Sie klangen jedoch nicht sehr ermutigend. Wir brauchten dazu Nordwind.«

»Mir ist's einerlei, wohin wir fahren«, sagte ich zu meiner eigenen Überraschung.

»Wirklich?« wandte er sich mir mit plötzlicher Wärme wieder zu. Dann mit leicht veränderter Stimme: »Du meinst, es sei alles ganz prima hier?«

Selbstverständlich meinte ich das. Ehe wir hinuntergingen, sahen wir beide noch einmal für einen Augenblick hinüber zum kleinen grauen Denkmal, dessen schlanker, durchbrochener Spitzbogen sich in sanftem Licht und Schatten über der Senke an der Küste von Alsen abhob. Dies war der Abend des 28. September, der dritte, den ich auf der *Dulcibella* zubrachte.

## 6. Kapitel
## *Die Schlei*

Ich entschuldige mich nicht, daß ich diese ersten Tage so in Einzelheiten beschrieben habe. Es ist kein Wunder, daß mir diese Nebensächlichkeiten so lebendig vor Augen stehen wie die Farben von Land und See in dieser bezaubernden Ecke der Welt. Denn jede Kleinigkeit, ob gemein oder malerisch, war wichtig; jeder Gesprächsbrocken war ein Verbindungsstück, jede vorübergehende Stimmung entscheidend zum Guten oder Schlechten. So unbedeutend waren die bestimmenden Ursachen, die aus meinen Herbstferien das gewichtigste Unternehmen machten, das mir je bevorstand.

Zwei weitere Tage gingen dem Umschwung voraus. Am ersten, an dem der Südwestwind anhielt, machten wir uns auf zur Augustenburger Förde, »um unsere Schneidigkeit in schwerem Drusch zu erproben«, wie Davies es ausdrückte. Es war der Tag der Weihe für dieses abscheuliche Ölzeug, in dessen steifen und stinkenden Winkeln eingeschlossen ich mich jämmerlich unbeholfen fühlte. Für mich war es ein Tag der Prüfung, denn schwere Sturmböen fegten unaufhörlich über die Bucht, und Davies gewährte mir auf meine Bitte keine Pause. Wir lavierten vor und zurück, brausten in Buchten hinein und wieder hinaus, refften die Segel ein und aus, bald vom Regen geplagt, bald von der Sonne gewärmt, aber nie hatten wir Zeit, um zu verschnaufen oder nachzudenken.

Ich kämpfte mit störrischen Tauen, die Sklaven waren, wenn man sie bändigte, und Tyrannen, wenn sie die Oberhand gewannen; kriechend, zögernd und mühevoll machte ich die quälende Runde auf Deck, während Davies ohne Mütze ruhig meine ungeschickten Bewegungen dirigierte.

»Übernimm jetzt das Ruder und versuch, in schwerer Brise luvwärts zu steuern. Es ist der vortrefflichste Spaß auf Erden.«

Also bemühte ich mich, die Feinheiten des schwachen Boots in den Griff zu bekommen; schmerzende Augen, zerschundene Hände und ein betäubter Verstand wurden alle in diesen Dienst gezwungen, während Davies, der unterdessen die Taue zähmte, mir die sinnreichen Geheimnisse dieser Kunst ins Ohr schrie; das nervöse Flattern des Hauptsegels nahe am Mast und das ferne Klappern vom hungrigen Klüver – alles Zeichen, daß es ihnen an Wind mangelte und man ihnen mehr davon geben mußte; die schwere Schlagseite und das Schlingern des Rumpfes, das Zerren des Windes an der Wange statt an der Nase, der breitere Winkel des Wimpels im Topp – Zeichen, daß sie zuviel Wind bekommen und das Boot feige nach Lee abtreibt, statt gegen Luv hin zu kämpfen. Er lehrte mich die Taktik, mit Böen fertigzuwerden und wie man sie sich zunutze macht, wenn sie besiegt sind; die eiserne Hand im Samthandschuh, die die eigensinnige Ruderpinne braucht, wenn man sein Ziel damit erreichen will; die genaue Lage der Segel, die notwendig ist, um dem Rumpf den leichtesten und schnellsten Lauf zu geben – dies alles und vieles mehr bemühte ich mich zu verstehen, im Augenblick unbekümmert, ob es wichtig war, es zu wissen, aber hartnäckig entschlossen, alle diese Dinge kennenzulernen. Müßig zu sagen, daß ich keine Augen für die Schönheit um mich herum hatte. Die umwaldeten kleinen Buchten, in die wir einliefen, gewährten Erholung von Wind und Gischt, aber sie erforderten die Benutzung des Lots und der Schwerttalje – zwei neue und lästige Verwicklungen. Davies' Leidenschaft für eine knifflige Navigation mußte selbst in diesen sicheren und tidefreien Gewässern befriedigt werden.

»Laß uns so weit wie möglich hineinfahren – du stehst am Lot«, hieß seine Formel. Also machte ich falsche Würfe, stolperte über lose Tampen, ließ Wasserbäche die Ärmel hinaufrinnen und machte alle anderen Ungeschicklichkeiten, die Anfänger in dieser Kunst machen, während der Sand unter dem Kiel weißer wurde, bis Davies bedauernd beidrehte und rief: »Klar zum Wenden, Schwert fallenlassen!« Und ich stürzte hinunter an das Geschirr der teuflischen Vorrichtung, dem einzigen Teil der *Dulcibella,* das ich glühend haßte. Es hatte die widerliche Angewohnheit, durch die Öffnung der Kettenführung Wasser auf den Kabinenboden zu speien, wenn es heruntergelassen wurde. Eine meiner Pflichten war, die Öffnung mit Putzwolle zu verstopfen, aber selbst dann war das erstickte Gurgeln ein höchst unangenehmes Geräusch im Eßraum. In einer Minute würden wir die kleine Bucht hinter uns gelassen haben, unser Bug würde in den kurzen flachen Wellen der Förde stampfen und durch Spritzer und Regen zu einem Punkt an der gegenüberliegenden Küste schlingern. Von unseren Bestimmungsorten und Zielen – falls wir überhaupt welche hatten – wußte ich nichts. Am nördlichen Ende der Förde, eben bevor wir wendeten, war Davies ins Träumen geraten, zu meinem größten Ärger, denn ich steuerte und hatte das ungeheuer dringende Bedürfnis nach verständnisvollen Anweisungen, wenn ich ein plötzliches Halsen vermeiden wollte. Als setze er eine Debatte mit sich selbst laut fort, hielt er voreingenommen daran fest, daß es keinen Zweck habe, weiter nach Norden zu fahren. Enten, Wetter und Seekarten kamen darin vor, aber ich folgte dem Für und Wider nicht. Ich wußte nur, daß wir plötzlich wendeten und begannen, uns wieder nach Süden vorzukämpfen. Bei Sonnenuntergang waren wir wieder zwischen Bäumen und Feldern auf dem stillen Wasser des Alssunds, wo ein wunderbarer Friede dem Aufruhr folgte. Zerschlagen und durchnäßt befreite ich mich aus dem öligen Gefängnis und kostete (wenn auch nicht annähernd vollkommen) später den einzigartigen Triumph, der solch einem Tag folgt, wenn man – am ganzen Körper glühend, herrlich müde und angenehm wund – etwas ißt, das Götterspeise zu sein scheint, sei es auch nur Rindfleisch aus der Dose, und Nektar trinkt, sei er auch nur aus irdischem Hopfen oder Kaffeebeeren destilliert, und als höchsten Genuß balsamischen Rauch einatmet, von dem selbst die glücklichen homerischen Götter nichts wußten.

Am nächsten Morgen, dem 30., schickte mich der fröhliche Ruf ›Nordwestwind‹ in aller Frühe zitternd an Deck, damit ich mich an regensteifer Leinwand und beißenden Ketten zu schaffen mache. Es war ein wolkiger, unbeständiger Tag, aber nach der ungestümen Feuerprobe gestern mir schön genug. Wir folgten unserem Weg zurück an Sonderburg vorbei und segelten auf einen blaßgrünen Strich am fernen südwestlichen Horizont zu. Während dieser Fahrt ereignete sich ein Zwischenfall, der, so unbedeutend er sein mochte, mir für vieles die Augen öffnete.

Ein Schwarm Wildenten kreuzte unseren Bug in geringer Entfernung, eine keilförmige Phalanx gereckter Hälse und flatternder Flügel. Ich stand gerade am Ruder, während Davies unten unseren Kurs überprüfte. Ich rief ihn gleich nach oben, und es begann eine Diskussion über unsere Jagdchancen. Davies betrachtete sie als trübe.

»Diese Burschen in Satrup waren sich ziemlich unschlüssig«, sagte er. »Hier gibt es viele Enten, aber ich habe herausbekommen, daß es für Fremde nicht einfach ist, zum Schuß zu kommen. Die ganze Gegend ist so sehr zivilisiert; sie ist nicht wild genug, nicht wahr?«

Er sah mich an. Ich hatte keine sehr klare Meinung. Die Gegend war in einer Hinsicht alles andere als wild, aber es schien genug wilde Plätze für Enten zu geben. Die Küste, die wir entlangfuhren, schien an einsame Marschen zu grenzen, wenn sich dahinter auch große offene Felder zeigten. Wenn die schönen Orte nicht gewesen wären, die wir gesehen hatten, und mein wachsender Geschmack an unserer Art, sie zu betrachten, hätte mich seine enttäuschende Unbestimmtheit weit mehr geärgert. Denn schließlich hatte er mich, beladen mit einer Jagdausrüstung, mit dem Versprechen hergebracht, daß wir schießen würden.

»Ich dachte, du hättest vorgeschlagen, daß wir uns an der Schlei erkundigen«, sagte ich. »Laß uns das doch tun und die Chance wahrnehmen; wenn aus der Jagd nichts wird, kann man auch nichts machen. Nach der Karte zu urteilen, ist es eine hervorragende Förde; wir können sie erforschen und dort Schutz finden, wenn noch mehr schlechtes Wetter kommt. Wenn es sehr schlecht wird, werden wir eben sehen müssen.« Davies ließ mich bei der Sache bleiben.

»Schlechtes Wetter brauchen wir für Enten«, sagte er, »aber ich fürchte, wir sind in der falschen Gegend. Wenn es die Nordsee wäre, zwischen den friesischen Inseln ...« Sein Ton war schüchtern und fragend, und ich spürte sofort, daß er mich um seines wenig schmackhaften Plans willen prüfte, dessen Natur mir zu dämmern begann.

Er stammelte noch ein oder zwei Sätze über »wilde Gegend« und »da kommt dir keiner in die Quere«, dann unterbrach ich ihn:

»Du willst doch nicht etwa die Ostsee verlassen?«

»Warum nicht?« sagte er und starrte auf den Kompaß.

»Zum Teufel, Mann!« erwiderte ich sauer. »Wir haben Oktober, der Sommer ist vorbei, das Wetter im Eimer. Wir sind allein in einer Nußschale von Boot zu einer Zeit, da jede andere Yacht dieser Größe für den Winter aufliegt. Glücklicherweise scheinen wir ideale Segelgründe erwischt zu haben mit einer großen Auswahl sicherer Förden und mit guter Aussicht auf Enten, wenn wir uns ein wenig um sie bemühen. Du kannst doch nicht vorhaben, Zeit zu verschwenden und Risiken einzugehen« (ich dachte an das ausgerissene Blatt im Logbuch) »auf einer langen Reise zu deinen bedrohlichen Schlupfwinkeln in der Nordsee?«

»Es ist nicht sehr weit«, sagte Davies störrisch. »Ein Teil der Strecke ist kanalisiert und der Rest ganz sicher, wenn man aufpaßt. Es gibt dort viele schützende Gewässer, und es ist wirklich nicht nötig . . .«

»Wozu das alles?« unterbrach ich ungeduldig. »Wir haben hier nicht einmal zu schießen *versucht*. Du hast nicht die Absicht, nicht wahr, das Boot noch in diesem Herbst nach England zu bringen?«

»England?« murmelte er. »Oh, das kümmert mich wenig.«

Wieder wurde ich von seiner Unbestimmtheit unangenehm berührt; zwischen uns schien es eine Schranke zu geben, unsichtbar und unüberwindbar. Und überhaupt, was wollte ich hier? Ich quälte mich ab, in einer schäbigen kleinen Yacht, völlig außerhalb meines Elements, zusammen mit einem Mann, der mir vor einer Woche noch nichts bedeutete und jetzt ein ermüdendes Rätsel war. Wie schnelles Gift breitete sich in mir die alte angekränkelte Stimmung aus, in der ich London verlassen hatte. Alles was ich gelernt und gesehen hatte, entschlüpfte mir; was ich erduldet hatte, blieb mir. Ich war drauf und dran, etwas zu sagen, das unserer Kreuzfahrt ein jähes Ende hätte bereiten können, aber er kam mir zuvor.

»Es tut mir schrecklich leid«, brach es aus ihm, »daß ich ein so eigensüchtiges Scheusal bin. Ich weiß nicht, was ich mir dabei gedacht habe. Du bist ein Pfundskerl, daß du dieses Leben mit mir teilst, und ich fürchte, ich bin ein höllisch schlechter Gastgeber. Selbstverständlich ist genau hier die Gegend zum Segeln. Ich habe die Landschaft und das alles vergessen. Erkundigen wir uns hier nach den Enten. Wie du schon sagtest, werden wir hier sicher auf Jagd gehen können, wenn wir uns bemühen und etwas Druck dahinter setzen. Wir müssen jetzt fast da sein – ja, dort ist die Einfahrt. Übernimm du das Ruder.«

Wie ein Affe sprang er den Mast hinauf und blickte vom Saling aus über das Land. Ich sah hinauf zu meinem Rätsel und dankte der Vorsehung, daß ich nichts gesagt hatte, denn niemand hätte dem aufrichtigen Ausbruch seines guten Wesens widerstehen können. Dennoch fand ich, daß sich – wenn man unsere Lebensbedingungen berücksichtigte – zwischen uns ein vertrauter Umgang nur seltsam langsam entwickelte. Ich hatte noch keine Ahnung, wo seine Eigenheiten begannen und wo sein wahrer Charakter endete, und er, so vermutete ich, befand sich mir gegenüber in der gleichen Lage. Andernfalls hätte ich ihn jetzt weiter gedrängt, denn ich war fest überzeugt, daß in seinem Verhalten ein Geheimnis lag, für das ich noch keine Erklärung hatte. Die Erleuchtung sollte jedoch bald kommen.

Ich konnte die Einfahrt, von der er gesprochen hatte, nicht erkennen, und das war kein Wunder, denn sie ist nur siebzig Meter breit, obwohl sie in eine dreißig Meilen lange Förde führt. Ganz plötzlich wurden wir in rauher See durchgerüttelt, und widerwillig offenbarte sich die Fahrrinne, die sich zwischen Marschen und Wiesen dahinstahl und sich dann zu einem See verbreiterte wie bei Ekken. Wir ankerten nahe der Mündung und nicht weit von einer Gruppe von Fahrzeugen eines Typs, der mir später sehr vertraut wurde. Es war ähnlich jenen Themsekähnen, Fahrzeuge von etwa fünfzig Tonnen mit breitem Bug, hohem Heck, getakelt wie eine Ketsch und mit Seitenschwertern ausgerüstet, mit sehr leichten Spieren und langem aufgestülptem Bugspriet (ich werde sie von jetzt an ›Galeoten‹ nennen). Das einzige weitere Lebenszeichen bestand aus einem alleinstehenden weißen Haus – das Haus des Lotsen, wie uns die Karte sagte – nahe dem nördlichen Punkt der Einfahrt. Nach dem Tee besuchten wir den Lotsen. Der rundliche und rosige Mann saß ehrwürdig vor einem prasselnden Ofen in Gesellschaft einer drallen, rührigen Schwiegertochter und einiger blühender Enkel. Er begrüßte uns mit heiserem Willkommensruf auf Deutsch und fiel, als er uns näher betrachtet hatte, sofort in ein sehr komisches gebrochenes Englisch, das er mit großem Behagen und Stolz sprach. Wir erklärten, wer wir seien und was wir wollten, so gut wir – bei den gastfreundlichen, durch Bier verursachten Unterbrechungen und den Klängen einer großen Spieldose, die zu Ehren unserer Ankunft in Gang gesetzt worden war – das konnten. Müßig zu sagen, daß er in mir sofort wie in einem Buch las und ich in die Rolle des Zuhörers fiel.

»Ja, ja«, sagte er, »in Ordnung. Hier gibt's viele Enten, aber zuerst wollen wir ein Glas Bier trinken; dann werden wir Ihr Schiff verholen, Kapitän – dort liegt es nicht gut.« (Davies sprang voller Bestürzung auf, wurde aber wieder zurück zu seinem Bier gewinkt.) »Dann werden wir noch ein Glas Bier trinken; dann werden wir von Enten sprechen – nein, dann werden wir sie schießen, das ist besser. Dann werden wir viele Gläser Bier trinken.«

Dies war ein unerwarteter Höhepunkt, und er verhieß Gutes. Und das Programm wurde voll ausgeführt. Nach dem Bier wurde unser Gastgeber von seiner Schwiegertochter flink eingepackt in eine Rüstung aus wollenen Gamaschen, Mantel, Schals und Fausthandschuhen, gekrönt mit einem Wollhelm, der von seinem Gesicht nur ein Paar funkelnde Augen übrigließ. So ausgerüstet, führte er uns zur Tür hinaus und rief nach Hans und seiner Flinte, bis ein großer, linkischer junger Mann mit hohen Backenknochen und flaumigem Bart aus dem Hof kam und uns schüchtern die Hand schüttelte.

Gemeinsam gingen wir zum Kai, wo der Lotse stehenblieb – er sah aus wie ein freundlicher Wollball – und heisere Anweisungen brüllte, während wir die *Dulcibella* an einen Platz verholten, der die Küste weiter hinauf in der Nähe der anderen Schiffe lag. Wir kehrten mit unseren Flinten zurück, und es folgte die Erfrischungspause. Es dämmerte eben, als wir uns wieder aufmachten, einen Streifen Marschland überquerten und strategische Positionen um einen Teich einnahmen. Hans war als Treiber ausgeschickt worden, und das Ergebnis war ein prächtiger Enterich und drei Enten. Es stimmt, sie fielen alle durch die Flinte des Lotsen, was vielleicht auf Hans' kindlichen Instinkt und die schlaue Selbstgefälligkeit seines Vaters beim Aussuchen des Standorts, vielleicht aber auch auf Glück zurückzuführen war; aber nichtsdestoweniger war der Jagdausflug ein triumphaler Erfolg. Wie zuvor wurde er mit Bier und Musik gefeiert, während der Lotse, auf jedem dicken Knie ein Kind, sich überschwenglich über den Glanz seines Landes und die himmlische Zufriedenheit seines Lebens ausließ.

»Hier gibt's viel Bier, viel Fleisch, viel Geld, viele Enten«, faßte er seine Übersicht zusammen.

Es mag Einbildung gewesen sein, aber Davies – obwohl er Anfälle und Ansätze von Munterkeit zeigte – schien sehr unaufmerksam zu sein, wenn man berücksichtigt, daß wir zu Füßen eines so mitteilsamen Orakels saßen. Ich war es, der ihm die meisten Informationen entlockte; Einzelheiten über Zeiten, Wetter und mögliche Stellen zum Schießen mit einigen schlauen Hinweisen, welche Leute man für sich gewinnen müsse. Was er von mir auch halten mochte, mir wurde der Lotse sympathisch, denn er nahm an, wir hätten die Segelei für dieses Jahr aufgegeben; er hielt uns schon für verrückt genug, daß wir es so lange auf dem Wasser ausgehalten hatten und für noch verrückter, weil wir beabsichtigten, auf ›einem so kleinen Schiff‹ zu wohnen, wenn wir doch an Land leben konnten, wo Bier und Musik bequem zu haben waren. Ich war versucht, die Frage der Nordsee aufzuwerfen, nur um Davies unter dem Donner von Tadel, der folgen würde, zu beobachten. Aber ich verkniff mir den Wunsch, ihn an einer empfindlichen Stelle zu treffen, da doch alles so gut lief. Die friesischen Inseln waren jetzt eine überspannte Albernheit. Ich erwähnte sie nicht einmal, als wir zur *Dulcibella* zurückgingen, nachdem wir dem guten Lotsen und seiner Familie ewige Freundschaft geschworen hatten.

Davies und ich legten uns an diesem Abend als gute Freunde nieder – oder vielmehr sollte ich sagen, ich legte mich nieder, denn er blieb sitzen, saugte an einer leeren Pfeife und befingerte ohne bestimmten Zweck einen Band Mahan. Und als ich nachts einmal aufwachte, spürte ich irgendwie, daß seine Koje leer war und er in der dunklen Kabine träumte.

## 7. Kapitel
# *Das fehlende Blatt*

Ich erwachte (am 1. Oktober) mit dem bedrückenden Gefühl, daß in einem festgelegten Plan eine Störung aufgetreten war. Die Erklärung kam, als ich an Deck stieg und die *Dulcibella* in stillen, naßkalten Nebel eingehüllt fand. Nichts war von hier aus zu sehen, nur der gespenstische Rumpf einer Galeote, die in der Nähe ankerte. Man mußte sie während der Nacht hergebracht haben, denn am Vorabend war so nahe nichts gewesen; und ich erinnerte mich, daß mein Schlaf einmal durch das Geräusch rasselnder Ketten und rauher Stimmen gestört worden war.

»Das sieht für heute ziemlich hoffnungslos aus«, sagte ich schaudernd zu Davies, der den Frühstückstisch deckte.

»Nun, solange der Nebel sich nicht hebt, können wir nichts tun«, antwortete er mit beträchtlicher Resignation. Das Frühstück war ein freudloses Mahl. Die Feuchtigkeit drang bis in die Kabine, deren Decke und Wände feinen Tau weinten. Mir hätte gegraut vor einem Bad, und trotzdem vermißte ich es. Das grausige Licht ließ das Tischtuch noch schmutziger als in Wirklichkeit aussehen und das ganze Zubehör gemeiner. Mit dem Speck stimmte etwas nicht, und das Fehlen von Eierbechern war überhaupt nicht komisch.

Davies wollte gerade anfangen, in seinem Schnellverfahren die Sachen zum Abwaschen zusammenzuwerfen, als auf Deck Schritte zu hören waren, zwei Seestiefel auf dem Niedergang erschienen und, ehe wir uns noch fragen konnten, wer der Besucher sei, ein kleiner Mann in Ölzeug und Südwester sich in der Kabinentür zu uns herunterbeugte und Davies aus rundem grauen Bart herzlich anlächelte.

»Gut getroffen, Kapitän«, sagte er ruhig auf deutsch. »Wohin soll's diesmal gehen?«

»Bartels!« rief Davies und sprang auf. Die beiden gebückten Gestalten, jung und alt, strahlten einander an wie Vater und Sohn.

»Woher kommen Sie denn? Trinken Sie einen Kaffee. Was

macht die *Johannes?* Waren Sie das, der in der vergangenen Nacht hereingekommen ist? Ich freue mich, Sie zu sehen!« (Ich erspare dem Leser sein unbeholfenes Kauderwelsch.) Der kleine Mann wurde hereingezogen und mir gegenüber auf das Sofa gesetzt.

»Ich habe meine Äpfel nach Kappeln gebracht«, sagte er gelassen, »und jetzt segle ich nach Kiel und weiter nach Hamburg, wo Frau und Kinder sind. Es ist in diesem Jahr meine letzte Fahrt. Sie sind nicht mehr allein, Kapitän, wie ich sehe.«

Er hatte seinen tropfenden Südwester abgenommen und sich förmlich vor mir verbeugt.

»Oh, das habe ich ganz vergessen«, sagte Davies, der in der niedrigen Türöffnung auf einem Knie hockte und in Gedanken versunken seinen Besucher angeschaut hatte. »Dies ist *mein Freund* Herr Carruthers. Carruthers, dies ist mein Freund Schiffer Bartels von der Galeote *Johannes.*«

Würde es denn nie ein Ende mit den Rätseln haben, die Davies mir aufgab? Die ganze impulsive Herzlichkeit erstarb in seiner Stimme und seinem Benehmen, als er diese letzten Worte aussprach. Und da war er jetzt, warf nervöse Blicke auf seinen Besucher und auf mich, wie einer, der gegen seinen Willen oder aus Taktlosigkeit zwei Personen miteinander bekanntgemacht hat, von denen er weiß, daß sie uneins bleiben werden.

Es folgte eine Pause, während er mit den Tassen hantierte, kalten Kaffee einschenkte und darüber nachsann, als wäre es ein chemisches Experiment. Dann murmelte er etwas, daß er noch Wasser kochen wolle und suchte Zuflucht im Vorschiff. Zu dieser Zeit stand ich Seeleuten noch recht befangen gegenüber, aber diese sanfte kleine Person machte es einem Anfänger leicht. Als er sein Ölzeug auszog, erinnerte er mich außerdem mit seinem sauberen Umlegekragen und der ordentlich sitzenden Jacke aus gerauhtem Wollstoff weniger an einen Seemann als an einen schlichten Tuchhändler aus einem Landstädtchen. Wir tauschten ein paar höfliche Gemeinplätze aus über den Nebel und seine Fahrt gestern abend von Kappeln, anscheinend eine Stadt, die etwa fünfzehn Meilen die Förde hinauf lag.

Davies gesellte sich aus dem Vorschiff wieder zu uns und zeigte ein Übermaß an Wärme, was mir beinahe die Sprache verschlug. Wir erschöpften das Thema sehr bald. Dann lächelte mein Gegenüber mich väterlich an – wie er es vorher bei Davies gemacht hatte – und sagte vertraulich:

»Es ist gut, daß der Kapitän nicht mehr allein ist. Er ist ein prächtiger junger Mann – mein Gott, was für ein prächtiger junger Mann! Ich liebe ihn wie einen Sohn – aber er ist zu mutig, zu unbesonnen. Es ist gut für ihn, einen Freund zu haben.«

Ich nickte und lachte, obwohl ich mich nicht im entferntesten amüsierte.

»Wo haben Sie sich kennengelernt?« fragte ich.

»An einem widerwärtigen Ort bei widerwärtigem Wetter«, antwortete er düster, aber mit scherzendem Augenzwinkern. »Aber hat er es Ihnen noch nicht erzählt?« fügte er mit plumper Schläue hinzu. »Ich kam gerade zur rechten Zeit. Nein, was sage ich da nur? Er ist mutig wie ein Löwe und flink wie eine Katze. Ich glaube, er kann nicht absaufen, aber es war trotzdem ein widerwärtiger Ort und widerwärtiges ...«

»Was reden Sie da, Bartels?« unterbrach Davies, der geräuschvoll mit einem Wasserkessel auftauchte.

Ich beantwortete die Frage. »Ich habe deinen Freund soeben gefragt, wo ihr euch kennengelernt habt.«

»Oh, er hat mir in der Nordsee aus einer Klemme geholfen, nicht wahr, Bartels?« sagte er.

»Das war nichts«, sagte Bartels. »Aber die Nordsee ist nichts für Ihr kleines Boot, Kapitän. Das habe ich Ihnen schon oft gesagt. Wie hat Ihnen Flensburg gefallen? Eine schöne Stadt, nicht wahr? Haben Sie Herrn Krank gefunden, den Schiffszimmermann? Wie ich sehe, haben Sie einen kleinen Besanmast aufgestellt. Das Ruder taugte nicht mehr viel, es war gut, daß es bis zur Eider gehalten hat. Aber Ihr kleines Schiff ist stark und gut und – mein Gott! – mußte es auch sein.« Er kicherte und schüttelte den Kopf über Davies wie über ein eigensinniges Kind.

Nur dies brauchte ich von diesem Gespräch festzuhalten. Was mich anging, so wartete ich nur auf sein Ende, entschlossen an meinem Kurs festhaltend, ein für allemal die Wahrheit zu erfahren und diese quälende Irreführung zu beenden.

Davies bot seinem Freund wiederholt Kaffee an und hielt das Gespräch höflich in Gang; aber so herzlich er auch war, sein Verhalten zeigte klar, daß er mit mir allein sein wollte.

Das Wichtigste, was der kleine Schiffer gesagt hatte, bestand in der väterlichen Warnung, daß es Zeit sei für kleine Boote, nach einem Winterquartier auszuschauen, obwohl wir hier in der Ostsee günstig genug lägen. Er selbst werde durch den Nord-Ostsee-Kanal und weiter nach Hamburg fahren, wo er als anständiger Bürger am warmen Ofen einen gemütlichen Winter verbringen werde; wir sollten seinem Beispiel folgen. Er endete mit einer Einladung, ihn auf der *Johannes* zu besuchen, und verschwand mit einem höflichen Lebewohl im Nebel. Davies begleitete ihn zum Beiboot, kam ohne einen Augenblick zu verschwenden zurück und setzte sich mir gegenüber auf das Sofa.

»Was hat er gemeint?« fragte ich.

»Das werde ich dir erzählen«, sagte Davies. »Ich werde dir alles erzählen. Soweit es dich angeht, ist es zum Teil eine Beichte. Gestern abend habe ich mir vorgenommen, nichts zu sagen, aber als Bartels kam, wußte ich, daß alles herauskäme. Es hat mir fürchterlich auf dem Magen gelegen, vielleicht kannst du mir helfen. Aber das mußt du entscheiden.«

»Schieß los!« sagte ich.

»Du weißt, was ich vor Tagen über die friesischen Inseln gesagt habe. Da ist etwas passiert, das ich dir nicht erzählt habe, als du mich nach meiner Fahrt fragtest.«

»Es begann bei Norderney«, warf ich ein.

»Wie hast du das erraten?« sagte er.

»Du bist ein schlechter Heuchler«, antwortete ich. »Erzähl weiter.«

»Nun, du hast ganz recht, dort war es, am 9. September. Ich erzählte von den Dingen, die ich damals trieb, aber ich glaube nicht, daß ich sagte, ich hätte mich bei ein oder zwei Leuten nach der Entenjagd erkundigt. Von einigen Fischern auf Borkum erfuhr ich, daß in diesen Gewässern eine große Segelyacht lag, deren Eigner, ein Deutscher namens Dollmann, eine ganze Menge geschossen hatte und mir vielleicht einige Tips geben könnte. Nun, eines Abends fand ich diese Yacht; ich erkannte sie nach der Beschreibung, die man mir gegeben hatte. Sie war so etwas wie eine ›Leichteryacht‹ von fünfzig oder sechzig Tonnen, gebaut für seichte Gewässer nach der Art einer holländischen Galeote mit Seitenschwertern und diesem seltsamen runden Bug und dem eckigen Heck. Sie ist so ähnlich wie diese Galeoten, die jetzt in unserer Nähe ankern. Man sieht diese

Art Yachten auch in englischen Gewässern, nur sind sie dort Kopien der Themse-Leichter. Sie sah in ihrer Art wie ein Klipper und sehr schnittig aus; über und über lackiert und glänzend wie Gold. Ich fand sie etwa bei Sonnenuntergang, nachdem ich den langen Tag über die Emsmündung abgesucht hatte. Sie lag auf ...«

»Warte mal, nehmen wir die Karte«, unterbrach ich.

Davies fand sie und breitete sie zwischen uns auf dem Tisch aus, nachdem er zuerst Tischtuch und Frühstückssachen an das eine Ende geschoben hatte, wo sie in liederlicher Unordnung liegen blieben. Dies war das eine von zwei Malen, daß ich ihn den Ritus des Abwaschens aufschieben sah, und es sprach Bände für die Dringlichkeit dieser Angelegenheit.

»Hier ist es«, sagte Davies, und ich betrachtete mit neuem und seltsamem Interesse die lange Kette schmaler Inseln, die dazu parallel verlaufende Küstenlinie und das Durcheinander von Untiefen, Bänken und Prielen, die dazwischen lagen. »Hier ist Norderney, wie du siehst. Übrigens ist am westlichen Ende der Insel ein Hafen, der einzige richtige Hafen in dieser langen Reihe von Inseln, ob holländischen oder deutschen; nur auf Terschelling gibt es noch einen. Auf Norderney gibt es auch noch eine ziemlich große Stadt, einen Badeort, wo die Deutschen ihren Sommer verbringen. Nun, die *Medusa*, so hieß sie, lag auf Riffgat-Reede und zeigte die deutsche Flagge; ich ankerte die Nacht über ziemlich nahe bei ihr. Ich wollte ihren Eigner später besuchen, hätte mich aber beinahe anders besonnen, weil ich mir auf schnittigen Yachten immer ziemlich dumm vorkomme und mein Deutsch nicht sehr gut ist. Aber dann entschloß ich mich, doch zu ihm zu gehen. Also ruderte ich nach dem Abendessen, als es dunkel war, im Dingi hinüber, rief einen Seemann an Deck, stellte mich vor und fragte, ob ich den Eigner sehen könne. Der Seemann war ein mürrischer Kerl, ich wartete eine ganze Weile an Deck und fühlte mich immer unbehaglicher. Bald darauf kam ein Steward nach oben und führte mich den Niedergang hinunter, in den Salon, der, nach *diesem* hier, nun – unerhört prächtig aussah – du weißt, was ich meine: Plüschsessel, Seidenkissen und so. Das Abendessen schien gerade beendet zu sein, auf dem Tisch standen Wein und Obst. Herr Dollmann war beim Kaffee. Ich stellte mich irgendwie vor ...«

»Warte einen Moment«, sagte ich, »wie sah er aus?«

»Oh, er war ein großer, schlanker Kerl in Abendkleidung, etwa fünfzig, nehme ich an, mit angegrautem Haar und kurzem Bart. Ich kann nicht gut Leute beschreiben. Er hatte eine hohe, vorspringende Stirn und etwas an sich – aber ich glaube, ich berichte dir zunächst die nackten Tatsachen. Ich kann nicht sagen, daß er erfreut schien, mich zu sehen, und er sprach kein Englisch; ich war wirklich höllisch verlegen. Dennoch, mein Kommen hatte ein Ziel, und da ich nun schon mal dort war, dachte ich mir, ich könne es auch erreichen.«

Die Vorstellung, wie Davies in loser Jacke und verschossener Flanellhose einen eisigen Deutschen in Abendkleidung in einem »prächtigen« Salon feierlich anspricht, kitzelte meine Phantasie sehr.

»Er war anscheinend sehr erstaunt, mich zu sehen; offenbar hatte er die *Dulcibella* kommen sehen und sich gefragt, was sie vorhabe. Ich begann so bald wie möglich von den Enten zu reden, aber er hieß mich sogleich schweigen und sagte, in dieser Gegend könne ich nichts ausrichten. Ich führte es auf Jägerneid zurück – du weißt, was das ist. Ich sah, daß ich an die falsche Adresse gekommen war und wollte gerade hinausgehen, um dieses unerfreuliche Gespräch zu beenden, als er etwas auftaute, mir Wein anbot, recht freundlich zu reden anfing und großes Interesse an meiner Fahrt und meinen Zukunftsplänen zeigte. Zum Schluß saßen wir bis ziemlich spät beieinander, obwohl ich mich nicht wirklich behaglich fühlte. Er schien mich die ganze Zeit über abzuschätzen, als wäre ich ein unbekanntes Tier.« (Wie ich den Deutschen verstehen konnte!) »Wir trennten uns höflich genug; ich ruderte zurück, legte mich hin und hatte vor, früh am nächsten Morgen nach Osten weiterzubummeln.

Aber bei Sonnenaufgang wurde ich herausgeklopft von einem Seemann mit einer Nachricht von Dollmann, der fragen ließ, ob er zum Frühstück zu mir kommen könne. Ich war ziemlich platt, wollte aber nicht unhöflich sein und sagte ja. Nun, er kam, ich erwiderte seinen Besuch und – nun, das Ende davon war, daß ich dort drei Tage vor Anker lag.«

Das kam ziemlich plötzlich.

»Wie hast du die Zeit verbracht?« fragte ich. Irgendwo drei

Tage zu bleiben war für ihn ungewöhnlich, wie ich aus seinem Logbuch wußte.

»Oh, ich aß ein- oder zweimal zu Mittag oder zu Abend mit ihm – mit ihnen, sollte ich sagen«, fügte er schnell hinzu. »Seine Tochter war bei ihm. Sie war an dem Abend, als ich ihn das erstemal aufsuchte, nicht erschienen.«

»Und wie war sie?« fragte ich sofort, bevor er weitereilen konnte.

»Oh, sie schien ein sehr nettes Mädchen zu sein«, war seine vorsichtige Antwort, die er mit besonderer Gleichgültigkeit gab, »und – das Ende davon war, daß die *Medusa* und ich gemeinsam lossegelten. Ich muß dir erzählen, wie es dazu kam, zunächst nur in wenigen Worten.

Es war sein Vorschlag. Er sagte, er müsse nach Hamburg segeln, und er schlug vor, daß ich und die *Dulcibella* mit ihm bis zur Elbe fahren sollten, dann könne ich, wenn ich wolle, von Brunsbüttel über den Kanal bis Kiel und in die Ostsee fahren. Ich hatte mich in meinen Plänen nicht sehr festgelegt, wenn ich auch vorgehabt hatte, das Gebiet zwischen Inseln und Küste östlich weiter zu erforschen und so die Elbe viel langsamer zu erreichen. Er brachte mich davon ab; er blieb dabei, daß ich mit Enten kein Glück haben werde und bedrängte mich mit anderen Gründen. Jedenfalls kamen wir überein, gemeinsam direkt nach Cuxhaven zur Elbe zu segeln. Mit günstigem Wind und frühem Aufbruch sollte es nur eine Tagesreise von etwa sechzig Meilen sein.

Der Plan entschied sich erst am Abend des dritten Tages, am 12. September.

Ich glaube, ich habe dir erzählt, daß sich das Wetter nach einer langen Hitzeperiode geändert hatte. An diesem Tag hatte es ziemlich stark von Westen her geweht, und das Barometer fiel immer noch. Ich sagte selbstverständlich, daß ich bei zu schlechtem Wetter nicht mit ihm segeln könne, aber er prophezeite einen schönen Tag, sagte, es sei eine einfache Fahrt und spornte mich an, alle meine Kräfte aufzubieten. Du kannst dir denken, wie es war. Vielleicht hatte ich über das Einmannsegeln gesprochen, als sei es einfacher als in Wirklichkeit, obwohl ich nie damit prahlen wollte, denn so etwas hasse ich, und außerdem *ist* es nicht gefährlich, wenn man vorsichtig ...«

»Ach, erzähl weiter«, sagte ich.

»Jedenfalls segelten wir am nächsten Morgen um sechs. Der Tag sah rauh und regnerisch aus, Wind West-Nord-West, aber seine Segel gingen hoch und meine folgten. Ich steckte zwei Reffs, wir segelten ins offene Wasser und steuerten Ost-Nord-Ost entlang der Küste in Richtung Feuerschiff Außenelbe, das etwa fünfzig Knoten entfernt lag. Hier ist es, siehst du?« (Er zeigte mir den Kurs auf der Karte.) »Selbstverständlich war die Fahrt ein Klacks für sein Boot, dieser sicheren, kraftvollen alten Badewanne, die ruhig wie ein Haus durch die See pflügte. Zuerst hielt ich bequem mit. Ich hatte ziemlich alle Hände voll zu tun. Ich hatte starken Wind und eine unruhige See, aber solange es nicht schlimmer kam, wußte ich, passierte mir nichts, obwohl ich auch wußte, daß ich ein Narr war, hier mitzufahren.

Alles ging gut, bis wir vor Wangerooge waren, der letzten Insel, und dann begann es wirklich stark zu wehen. Ich war halb entschlossen, aufzugeben und die Jade anzusteuern, aber ich traute mich nicht, deshalb drehte ich bei und steckte mein letztes Reff.« (Einfache Worte, gelassen ausgesprochen; aber ich hatte diese Aktion bei ruhigem Wasser gesehen und schauderte bei der gegenwärtigen Schilderung.) »Bis jetzt waren wir etwa auf gleicher Höhe gewesen, aber mit meinem verkürzten Segel fiel ich zurück. Nicht etwa, daß dies auch nur im geringsten etwas ausmachte. Ich kannte meinen Kurs, hatte meine Tiden nachgesehen und hatte – so happig das Wetter auch war – keine Zweifel, daß ich das Feuerschiff finden würde. Eine Änderung des Plans war nicht möglich. Die Wesermündung lag steuerbords, aber die Küste überall in Lee mit vielen unbekannten Bänken – schau es dir nur mal an. Ich fuhr weiter, die *Dulcibella* tat ihr Bestes, aber einige Male bin ich den Sturzseen von achtern nur knapp entronnen. Ich war ungefähr *hier*, sagen wir, sechs Meilen südwestlich vom Feuerschiff, als ich plötzlich sah, daß die *Medusa* recht voraus beigedreht hatte, als wartete sie, bis ich herankam. Sie halste und ging wieder auf Kurs, als ich auf ihre Höhe kam, und wir blieben eine Weile längsseits. Dollmann zurrte das Ruder, lehnte sich über die Seite des Achterdecks und rief sehr langsam und deutlich, damit ich ihn verstehen konnte: ›Folgen Sie mir – See zu gefährlich draußen für Sie – Abkürzung über die Sände – sparen sechs Meilen.‹

Ich war von der Ruderpinne ganz in Anspruch genommen,

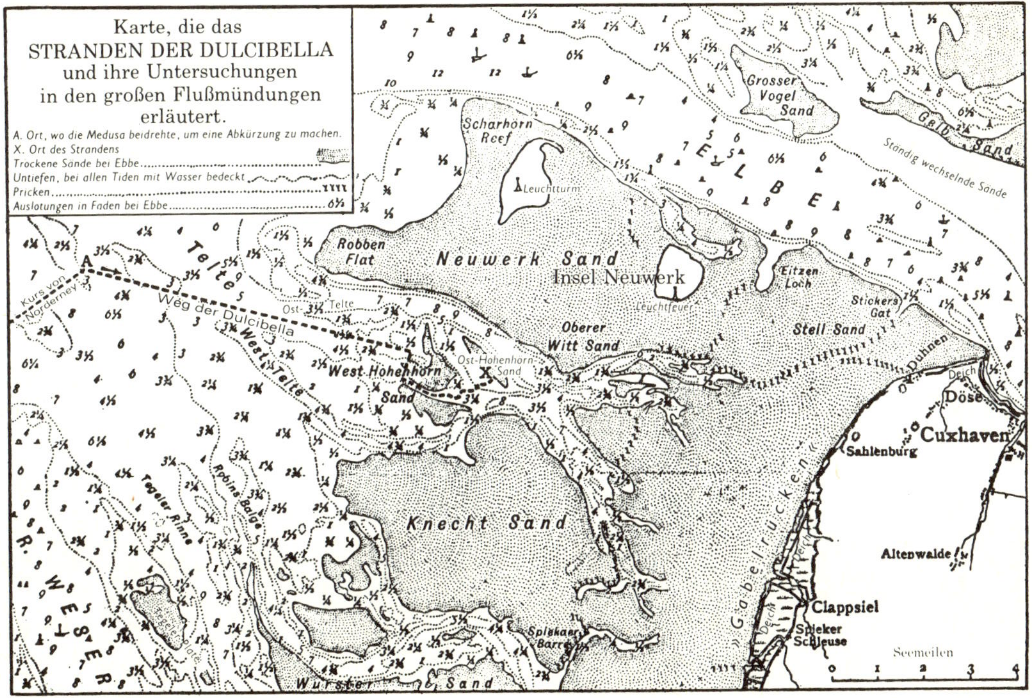
Karte, die das
STRANDEN DER DULCIBELLA
und ihre Untersuchungen
in den großen Flußmündungen
erläutert.
A. Ort, wo die Medusa beidrehte, um eine Abkürzung zu machen.
X. Ort des Strandens
Trockene Sände bei Ebbe
Untiefen, bei allen Tiden mit Wasser bedeckt
Pricken
Auslotungen in Faden bei Ebbe
Grosser Vogel Sand
Gelb Sand
Ständig wechselnde Sände
E L B E
Scharhörn Reef
Leuchtturm
Robben Flat
Neuwerk Sand
Insel Neuwerk
Leuchtfeuer
Eitzen Loch
Stickers Gat
Stell Sand
Oberer Witt Sand
Duhnen
Deich
Döse
Cuxhaven
Sahlenburg
Telte
Ost-Telte
West-Telte
Kurs von Norderney
Weg der Dulcibella
West Hohenhorn Sand
Ost-Hohenhorn-Sand
Knecht Sand
Robins Balge
Tegeler Rinne
Tegeler Plate
R. WESER
Wurster Sand
Spiekaer Barre
Gabelrücken
Altenwalde
Clappsiel
Spieker Schleuse
Seemeilen
0 1 2 3 4

aber ich wußte sofort, was er meinte, denn ich hatte mir am Vorabend sehr sorgfältig die Karte angesehen. Weißt du, die ganze Bucht zwischen Wangerooge und der Elbe ist angefüllt mit Sand. Davon verläuft von Cuxhaven aus etwa fünfzehn Meilen weit in nordwestlicher Richtung eine große unregelmäßige Fläche, die in einer spitzen Zunge endet, genannt Scharhörn. Um die Elbe von Westen her zu erreichen, muß man sich außerhalb dieses Sands halten, das Feuerschiff umfahren, das vor Scharhörn liegt, und auf Gegenkurs gehen. Selbstverständlich tun das alle größeren Fahrzeuge. Aber wie du siehst, werden diese Sände hier und da von Prielen durchschnitten, sehr flach und gewunden, genau wie die hinter den friesischen Inseln. Schau dir jetzt diesen Priel mal an, der diesen großen Sand direkt durchschneidet und sich gegen Cuxhaven hinzieht. Man nennt ihn die Telte. Anfangs ist er, wie du siehst, meilenbreit, aber später teilt er sich beim Hohenhörnsand; dann wird er flach und sehr kompliziert und endet in einem Rinnsal mit anderem Namen. Es ist genau die Art von Priel, mit dem ich mich an einem schönen Tag oder bei Wind von Land her mal messen möchte. Allein, bei dickem Wetter und schwerer See wäre es töricht, das zu versuchen, es sei denn als verzweifelten Ausweg. Aber wie ich schon sagte, ich wußte sofort, daß Dollmann vorschlug, dorthin zu laufen und mich zu führen.

Mir gefiel die Idee nicht, denn ich möchte immer nur tun, was ich selbst will, und so verrückt es sich anhört, ich glaube, ich nahm es übel, daß man mir sagte, die See sei zu gefährlich für mich, was sicherlich zutraf. Die Abkürzung ersparte uns jedoch mehrere Meilen und teuflischen Aufruhr bei Scharhörn, wo zwei Tiden zusammentrafen. Ich hatte volles Vertrauen in Dollmann und kam vermutlich zu dem Schluß, daß ich ein Narr wäre, die gute Chance nicht wahrzunehmen. Ich zögerte, das weiß ich, aber schließlich nickte ich und hob den Arm, als die *Medusa* wieder Fahrt aufnahm. Sie änderte bald den Kurs und ich folgte. Du hast mich mal gefragt, ob ich mir jemals einen Lotsen genommen habe. Das war das einzige Mal.«

Er sprach mit bitterem Ernst, lehnte sich zurück und suchte in seiner Tasche nach der Pfeife. Es sollte keine dramatische Pause sein, aber es war doch eine. Ich hatte soeben einen noch anderen Davies erblickt – einen um fünf Jahre älteren, der vor tiefer Erregung, Spott, Leidenschaft und eigensinniger Entschlossenheit bebte; ein Wesen über meinen Mutmaßungen, von ernsterer Art und weiterem Horizont. So intensiv mein Interesse auch geworden war, ich wartete beinahe furchtsam, während er mechanisch seine Pfeife mit Tabak stopfte und untaugliche Streichhölzer anzuzünden versuchte. Ich spürte, welches Rätsel auch zu lösen sein mochte, gewöhnlich war es nicht. Er hielt sich mit Mühe zurück, erhob sich halb, warf seinen kreisenden Blick auf Uhr, Barometer und Oberlicht und fuhr dann fort.

»Wir kamen bald an eine Stelle, die, wie ich annahm, der Anfang des Telte-Priels sein mußte. Rundum konnte ich die Brecher über dem Sand hören, obwohl das Wetter noch zu schlecht war, um sie zu sehen. Da sich das Wasser verflachte, wurde auch der Seegang kabbeliger. Der Wind nahm zu – es war ein ausgewachsener Sturm, sollte ich sagen.

Ich hielt mich unmittelbar hinter der *Medusa*, aber zu meinem Ärger entfernte sie sich sehr schnell. Selbstverständlich hatte ich angenommen, als er sagte, er werde mich führen, daß er die Fahrt verlangsamen und in meiner Nähe bleiben würde. Es wäre ganz einfach für ihn gewesen, wenn er seine Männer hinaufgeschickt hätte, um die Segel zu verkürzen oder die Gaffel tiefer zu holen. Statt dessen stob er mit aller Kraft davon. In einer Regenbö verlor ich ihn einmal ganz aus der Sicht; sah ihn dann ganz undeutlich wieder, hatte aber genug mit meiner Ruderpinne zu tun, als daß ich noch nach einem fliehenden Lotsen hätte ausschauen können. Bis jetzt war bei mir alles in Ordnung, aber wir näherten uns schnell dem schlimmsten Teil der Fahrt, der Stelle, wo die Hohenhörnbank den Weg blockiert und der Priel sich teilt. Ich weiß nicht, wie das auf der Seekarte für dich aussieht – vermutlich ziemlich einfach, denn du kannst die Windungen des Priels wie auf einer Landkarte verfolgen; aber ein Fremder, der an eine solche Stelle (wo es, wohlgemerkt, keine Fahrwassertonnen gibt) kommt, kann mit bloßem Auge nichts erkennen, höchstens vielleicht bei Niedrigwasser, wenn die Bänke hoch und trocken liegen, und bei sehr klarer Sicht. Sonst muß er sich auf Lot und Kompaß verlassen und seinen Weg Meter für Meter suchen. Ich wußte sehr wohl, daß ich bald quer voraus und zu beiden Seiten eine Brandungswand sehen würde. Es ist unmöglich, sich bei solchem Wetter seinen Weg zu suchen. Man muß ihn kennen oder einen Lotsen haben. Ich hatte einen, aber der ging seine eigenen Wege.

Mit einem zweiten Mann an Bord, der steuert, während ich Weisungen gebe, wäre ich mir weniger wie ein Narr vorgekommen. Wie die Lage nun einmal war, wußte ich, daß ich mich der Gefahr auf offener See stellen sollte. Und ich verfluchte mich, daß ich gegen meine Gewohnheiten blindlings diese verflixte Wegabkürzung genommen hatte. Dies stellte mich bloß, da ich genau das tat, was man als Einmannsegler nicht tun soll.

Als mir die Gefahr bewußt wurde, war es längst zu spät, um noch zu wenden und mich auf die offene See vorzuarbeiten. Ich steckte tief im Engpaß der Sandbucht mit der Küste in Lee und einer starken auflaufenden Tide, die mich voranpeitschte. Übrigens gab mir diese Tide den Hauch einer Chance. Ich hatte die Zeiten im Kopf und wußte, wir hatten etwa Zweidrittelflut und noch zwei Stunden auflaufendes Wasser. Das bedeutete, die Bänke würden, wenn ich da ankam, alle bedeckt und schwerer als je auszumachen sein; aber es bedeutete auch, daß ich vielleicht über die schlimmsten von ihnen hinwegglitt, wenn ich eine günstige Stelle erwischte.« Davies schlug voller Ekel auf den Tisch. »Pah! Mir wird übel, wenn ich daran denke, daß ich auf so einen Zufall vertrauen mußte wie ein tölpelhafter Londoner, der am Bankfeiertag angesäuselt auf Segeltour geht.

Nun, genau wie ich es vorausgesehen hatte, tauchte quer vor dem Horizont die Brandungswand auf, die wie Donner dröhnte und zurückwogte, um mich zu umschließen. Als ich die *Medusa* zuletzt sah, schien sie dagegen anzustürmen wie ein Pferd gegen einen Zaun, und ich machte mit einem raschen Blick auf den Kompaß eine flüchtige Peilung von ihrer Position. In diesem Moment glaubte ich, sie drehe näher an den Wind und zeige ihre Breitseite; aber eine Regenbö wischte sie aus, die mir an der Ruderpinne schwer zu schaffen machte. Danach blieb sie im weißen Nebel verschwunden, der über der Linie von Brechern hing. Ich hielt mich so gut ich konnte an meine Peilung, aber ich befand mich bereits außerhalb des Priels. Ich erkannte es am Aussehen des Wassers. Und als ich mich der Bank näherte, sah ich, daß sie eben überspült und ohne sichtbares Zeichen eines Durchlasses war. Ich hatte nicht vor, das Boot auflaufen zu lassen; deshalb warf ich – mehr aus Instinkt als aus einer besonderen Hoffnung – das Ruder herum, um mich am Rand entlangzuarbeiten, vielleicht würde ich einen Weg über die Bank entdecken. Die *Dulcibella* wurde sofort von einer Seitensee begraben, und der Klüver ging in Fetzen, aber das gereffte Stagsegel hielt. Sie richtete sich mutig wieder auf, und ich fuhr weiter, obwohl ich wußte, daß es sich nur noch um Minuten handeln konnte, denn das Schwert war hochgezogen, und sie machte schreckliche Leedrift auf die Bank zu.

Ich war halbblind von der Regenbö, entdeckte jedoch plötzlich etwas, das wie eine Lücke aussah, hinter einer Sandzunge, die sich rechts voraus wand. Ich ging noch näher an den Wind, um der Sandzunge auszuweichen, konnte sie aber nicht luvwärts umsegeln. Ehe ich noch Pieps sagen konnte, fuhr das Boot darüber hinweg, schlug schwer auf, ruckte vorwärts, schlug noch einmal auf und – lief in tieferes Wasser. Die nächsten Minuten kann ich nicht beschreiben. Ich befand mich in einer Art von Priel, aber in einem sehr engen, und überall waren Brecher. Ich hatte auch keine Gewalt mehr über das Boot, denn bei dem letzten Aufschlagen war das Ruder manövrierunfähig geworden. Ich war wie ein betrunkener Mann, der eine dunkle Gasse hinunter um sein Leben läuft und sich selbst an jeder Ecke ankläfft. Es konnte nicht lange gutgehen, und schließlich krachten wir gegen etwas und blieben mahlend und stoßend stecken. So endete die kurze Fahrt unter einem Lotsen.

Nun, so war es – es bestand wirklich keine Gefahr.« Bei diesem charakteristischen Satz öffnete ich die Augen. »Ich meine, daß ich so glücklich in den Priel gestolpert war, bedeutete meine Rettung. Ich hatte mich durch eine Meile von Sänden vorwärtsgekämpft, jetzt lagen sie wie eine Mole als Schutz vor dem Sturm hinter mir. Sie waren selbstverständlich mit Wasser bedeckt, das wie Seifenlauge schäumte; aber die Kraft der See war gebrochen. Die *Dulce* schlug auf, aber nicht zu schwer. Das Hochwasser war nahe, und bei halber Ebbe würde sie hoch und trocken liegen.

Üblicherweise hätte ich mit dem Dingi einen Warpanker gesetzt, wäre beim nächsten Hochwasser weiter hereingesegelt und hätte an einer Stelle geankert, an der das Boot schwimmen würde. Das Schlimme war jetzt nur, daß meine Hand verletzt und das Dingi leckgeschlagen war, vom Ruder ganz zu schweigen. Der Schaden passierte beim ersten Aufschlagen an der äußersten Kante des Sandes. Dort war schwerer Seegang, und als wir aufliefen, kam das Dingi, das ich achtern im Schlepp hatte, an der Leine heran und krachte in Luv an die Yacht. Ich streckte die Hand aus, um es abzufangen, und quetschte mir dabei am Schandeck die Hand ein. Das Dingi schlug schwer leck und war deshalb nicht zu gebrauchen, um den Warpanker auszubringen« (für mich waren das alles böhmische Dörfer, aber ich ließ ihn weitererzählen), »und für den Augenblick tat mir die Hand zu weh, um auch nur den Baum festzumachen und die Segel zu bergen, die sowieso schon hin und her gepeitscht wurden und tosten. Außerdem mußte das Ruder repariert werden, und wir befanden uns meilenweit von Land entfernt. Wenn der Wind nachließ, war alles ganz einfach, aber wenn er anhielt oder gar stärker wurde, bestanden schlechte Aussichten. Es gibt eine Grenze für Anstrengungen dieser Art – und es hätte schlimmer ausgehen können.

Ich hatte wirklich unsagbares Glück, daß Bartels auftauchte. Seine Galeote lag eine Meile entfernt in einem Arm des Priels vor Anker. Als es zwischen Regenböen mal aufklarte, sah er uns und ruderte, daß es nur so eine Art hatte, sein Boot hinaus – er und sein Junge, wie der Teufel haben die gezogen. Ich war froh, sie zu sehen – nein, das stimmt nicht, ich war vor Ärger und Scham so wütend, daß ich glaube, ich wäre idiotisch genug gewesen zu sagen, ich wolle keine Hilfe, wäre er nicht einfach an Bord gesprungen und an die Arbeit gegangen. Er ist ein verdammt guter Arbeiter, diese kleine Maus von einem Kerl. In einer halben Stunde hatten wir die Segel geborgen, den großen Anker losgemacht, fünfzig Faden Warpleine ausgebracht und daran die Yacht in tiefes Wasser gezerrt. Sie schleppten sie dann den Priel hinunter – es ging direkt leewärts und war deshalb eine einfache Arbeit – und machten sie in der Nähe ihres eigenen Schiffs fest. Inzwischen war es dunkel geworden, ich gab ihnen noch etwas zu trinken und sagte gute Nacht. In jener Nacht heulte der Sturm, aber der Platz war sicher genug mit dem guten Ankertauwerk.

Die ganze Sache war vorüber, und nach dem Abendessen dachte ich lange über alles nach.«

## 8. Kapitel
# *Die Theorie*

Davies lehnte sich zurück und seufzte tief, als fühlte er sich noch immer befreit von der Spannung. Ich tat es auch und fühlte mich ebenso erleichtert. Die Karte, frei vom Druck unserer Finger, rollte sich schnippend auf, als wolle sie sagen: »Was hältst du davon?« Ich habe seine Sätze ein wenig entwirrt, denn in der Erregung über seine Geschichte waren sie immer sprunghafter und unvollständiger geworden. »Was ist mit Dollmann?« fragte ich. »Selbstverständlich«, sagte Davies, »was ist mit ihm? In jener Nacht kapierte ich nicht viel. Es kam alles so plötzlich. Das einzige, auf das ich von Anfang an hätte schwören können, war, daß er mich an dem Tag absichtlich im Stich gelassen hatte. Den Rest reimte ich mir an den folgenden Tagen zusammen, über die ich jetzt so kurz wie möglich berichten werde. Bartels kam am nächsten Morgen an Bord, und obwohl es immer noch schwer wehte, gelang es uns, die *Dulcibella* an eine Stelle zu verholen, wo sie im Mittagsniedrigwasser sicher und trocken lag und wir an ihr Ruder gelangen konnten. Die untere Schraubenplatte am Achtersteven war abgerissen, und wir flickten sie notdürftig. Da waren noch weitere kleine Schäden, aber alle ohne Belang. Und der Verlust des Klüvers bedeutete nichts, denn ich hatte noch zwei als Ersatz. Das Dingi war im Augenblick nicht zu reparieren, deshalb zurrte ich es an Deck fest.

Wie sich herausstellte, brachte Bartels Äpfel von Bremen nach Kappeln (hier, an der Schlei). Er war in den Priel eingelaufen, um zwischen den Sänden Schutz vor dem Wetter zu finden. An diesem Tag wollte er zur Eider, von wo aus man, wie ich dir erzählt habe, (über Fluß und Kanal) in die Ostsee gelangen kann. Selbstverständlich ist die Elbe-Route über den neuen Nord-Ostsee-Kanal die kürzeste. Die Eider-Route ist die alte, aber er hoffte, einen Teil seiner Äpfel in Tönning, der Stadt an der Mündung, loszuwerden. Beide Routen erreichen die Ostsee bei Kiel. Wie du weißt, war ich in Richtung Elbe gefahren, aber der Schlamassel vom Vortag brachte mich davon ab, dahin weiterzufahren. Ich änderte meine Absicht (den Grund werde ich dir gleich sagen) und entschloß mich, zusammen mit der *Johannes* zur Eider zu segeln und auf diesem Wege hinüber zu gelangen. Am nächsten Tag klarte es vom Osten her auf. Ich segelte mit Bartels um die Wette, gewann spielend, ließ ihn in Tönning zurück und war in drei Tagen in der Ostsee. Genau eine Woche, nachdem ich gestrandet war, habe ich dir geschrieben. Weißt du, ich war zu dem Schluß gekommen: *jener Kerl ist ein Spion.*«

Am Ende kam es ganz ruhig und plötzlich heraus und versetzte mich in tiefes Erstaunen. »Ich habe dir geschrieben – jener Kerl ist ein Spion.« Die enge Verbindung dieser beiden Gedanken traf mich im Augenblick am schwersten. Für eine Sekunde saß ich wieder in der düsteren Pracht des Londoner Clubzimmers, buchstabierte das unleserliche Gekritzel von Davies und kritisierte wählerisch seinen Vorschlag im Lichte eines Urlaubs. Urlaub! Was würde er bringen? Frostig und trübe wie der Nebel, der dort durch das Oberlicht eindrang, umhüllte ein Dunst von Zweifel und Furcht meinen Geist.

»Ein Spion!« wiederholte ich ausdruckslos. »Was meinst du damit? Warum hast du mir geschrieben? Was spionierte er aus – für wen?«

»Ich werde dir erzählen, wie ich's herausbekommen habe«, sagte Davies. »Ich glaube, ›Spion‹ ist nicht der richtige Ausdruck; ich meine aber etwas ziemlich Schlimmes.

Er hat mich absichtlich stranden lassen. Ich glaube nicht, daß ich von Natur aus mißtrauisch bin, aber ich verstehe etwas von Booten und der See. Ich weiß, er hätte in meiner Nähe bleiben können, wenn er gewollt hätte. Und ich habe die ganze Gegend bei Niedrigwasser gesehen, als wir die Sände am nächsten Tag verließen. Sieh dir noch mal die Karte an. Hier ist die Hohenhörnbank, die, wie ich dir gezeigt habe, die Wasserstraße versperrt. Die Bank ist geteilt in eine westliche und eine östliche. Du siehst, daß der Telte-Priel sich in zwei Arme teilt und um die Sände windet. Beide Arme sind breit und tief, wie bei den Prielen in jenen Gewässern üblich. Nun, beim Hereinsegeln bin ich nie in die Nähe eines der beiden Arme gekommen. Als ich Dollmann zuletzt sah, muß er direkt auf die Bank zugesteuert sein, etwa an dieser Stelle hier, eine ganze Meile vom nördlichen und zwei vom südlichen Arm des Priels entfernt. Wie du weißt, folgte ich ihm nach dem Kompaß und fand voraus nichts als Brecher. Wie ich hindurchsegelte? Das war eben Glück. Ich sprach nur von zwei Prielen, das heißt, von zweien um die Bank herum – der eine im Norden, der andere im Süden. Aber schau mal genau hin, dann siehst du, daß mitten durch West-Hohenhörn noch einer läuft, ein sehr enger und gewundener, so klein, daß er mir am Vorabend, als ich mir die Karte ansah, nicht einmal aufgefallen war. Das war der, auf den ich zufällig – wie auf mich zugeschnitten – gestoßen bin, als ich mich am Rande der Brandung entlangtastete in dem verzweifelten Bemühen, Zeit zu gewinnen. Ich stürzte blindlings hinein, kam in diesen Streifen offenen Wassers, kreuzte ihn ziellos und lief hier am Ost-Hohenhörn auf. Es war mehr, als ich verdiente. Ich weiß jetzt, die Chancen standen hundert zu eins, daß ich außerhalb eine Stelle erwischt hätte, wo ich in spätestens drei Minuten in Stücke gegangen wäre.«

»Und wie kam Dollmann durch?« fragte ich.

»Das ist so klar wie nur etwas«, antwortete Davies. »Er wendete und fuhr zurück in den nördlichen Priel, als er mich genügend in die Irre geführt hatte. Erinnerst du dich, ich sagte, als ich ihn zuletzt sah, *glaubte ich*, die *Medusa* sei näher an den Wind gegangen und habe mir ihre Breitseite gezeigt? Da hatte ich wieder Glück. Er drehte nach Norden an den Wind – so kam es mir damals in dem verschwommenen Wetter vor –, und als ich dann die Bank erreichte und zur einen oder anderen Seite fahren mußte, um ihr auszuweichen, hätte ich natürlich wie er nach Norden beidrehen sollen. In dem Fall wäre es aus mit mir gewesen. Aber tatsächlich wandte ich mich nach Süden.«

»Warum?«

»Ich konnte nicht anders. Ich lavierte nach Steuerbord – der Baum war an Backbord –, nach Norden zu drehen hätte Halsen bedeutet, und so wie die Dinge standen, konnte ich das nicht riskieren. Es wehte wie toll; wäre etwas fortgeblasen worden, ich hätte im Nu auf Grund gesessen. Ich dachte kaum darüber nach, warf das Ruder herum und fuhr nach Süden. Obwohl ich nichts davon wußte, hatte ich den kleinen Mittelpriel jetzt an Backbord in einer Entfernung von so zwei Kabellängen. Das Ganze war Glück von Anfang bis Ende.«

Und Mut half mit, dachte ich bei mir, als ich versuchte, mit der Vorstellungskraft einer Landratte die gefährliche Szene heraufzubeschwören. Was die Realität dieser Angelegenheit betraf, so waren die Karte und Davies' Version leicht genug zu begreifen, aber ich war nur halb überzeugt. Der »Spion«, wie er seinen Lotsen seltsamerweise nannte, könnte sich selbst ehrlich im Kurs geirrt haben, seiner Begleitung unabsichtlich davongelaufen und, wie sie, dem Unglück nur knapp entronnen sein. Ich legte dies nahe, ohne zu überlegen, aber Davies war ungeduldig.

»Warte, bis du alles gehört hast«, sagte er. »Ich muß zu dem Zeitpunkt zurückkehren, als ich ihn kennenlernte. Ich habe dir erzählt, daß er an dem ersten Abend zunächst grob wie ein Bär und so kalt wie Stein war und dann plötzlich freundlich wurde. Ich sehe jetzt, daß er mich in dem folgenden Gespräch ganz schön ausgeholt hat. Es war ein leichtes Spiel, denn ich hatte keinen Gentleman mehr gesehen, seit Morrison mich verlassen hatte. Ich war äußerst scharf auf meine Reise und hielt den Kerl für einen guten Weidmann, selbst wenn er in bezug auf Enten etwas mißmutig war. Ich erzählte ganz frank – zumindest so frank, wie ich es mit meinem schlechten Deutsch konnte – von den vergangenen vierzehn Tagen meiner Segelreise; wie ich alle die Priele vor und zwischen den Inseln entdeckt hatte, wie interessiert ich an der ganzen Sache gewesen war, die Wirkung der Winde auf die Tiden, die Richtung der Strömungen und so weiter herauszufinden. Ich sprach auch von meinen Schwierigkeiten, von den Veränderungen bei den Fahrwassertonnen, vom prähistorischen Elend der englischen Seekarten. Er holte aus mir heraus, so viel er konnte, und im Lichte der folgenden Ereignisse erkenne ich den springenden Punkt in vielen seiner Fragen.

Am nächsten und übernächsten Tag sah ich ihn oft, und das ging so weiter. Und dann waren da meine Zukunftspläne. Ich hatte die Idee, wie ich dir erzählte, die deutsche Küste ebenso zu erforschen wie die holländische zuvor. Seine Idee – Herrgott, wie klar ich das jetzt sehe! – war, mich abzuschrecken, mich zu veranlassen, jenen Teil der Küste ganz zu meiden. Darum sagte er, es gebe dort keine Enten. Darum strich er die Ostsee als Segel- und Jagdgebiet so heraus. Und darum kam er mit dem Plan und blieb dabei, zusammen direkt zur Elbe zu segeln. Er wollte *sehen*, daß ich absegelte.«

»Das hat er ausgenutzt?«

»Ja, aber danach habe ich nur noch Vermutungen. Ich meine, daß ich nicht sagen kann, wann er zuerst beschlossen hat, mich absaufen zu lassen. Er konnte sich nicht mit Sicherheit auf schlechtes Wetter verlassen, wenn er mich auch mit der Nase darauf stieß, als es kam. Aber angenommen, er wollte mich ganz beseitigen, dann hatte er eine großartige Möglichkeit auf dem Weg zum Feuerschiff Elbe. Ich denke, daß es ihm plötzlich einfiel und er rasch handelte. Mir selbst überlassen, wäre mir nichts passiert; aber mit der Wegabkürzung hatte er eine großartige Idee. Alles stand zu seinen Gunsten – Wind, See, Sand und Tide. Er hält mich für tot.«

»Aber die Mannschaft«, sagte ich, »was ist mit ihr?«

»Das ist eine andere Sache. Als er zuerst beidrehte und auf mich wartete, befand sie sich selbstverständlich an Deck (zwei Mann, glaube ich) und zog an den Segeln. Aber als ich herangekommen war, hatte die *Medusa* gewendet und war wieder auf Kurs gegangen, und da war niemand an Deck, nur Dollmann am Ruder. Keiner hat gehört, was er sagte.«

»Könnten die dich nicht noch mal gesehen haben?«

»Höchst unwahrscheinlich; es war sehr diesig, und die *Dulce* ist sehr klein.«

Die Ungereimtheit der ganzen Angelegenheit stieß mir auf. Warum sollte irgend jemand Davies umbringen wollen, und warum sollte Davies, die Seele von Bescheidenheit und Einfachheit, sich einbilden, daß jemand ihn umbringen wolle? Er mußte triftige Gründe haben, denn er war der letzte, der sich angekränkelten Vorstellungen hingab.

»Erzähle weiter«, sagte ich. »Welches Motiv hatte er? Ein Deutscher findet einen Engländer, der ein bißchen die deutsche Küste erforscht; er entschließt sich, ihn davon abzuhalten oder gar zu beseitigen. Bis jetzt sieht es so aus, als würdest *du* für einen Spion gehalten.«

Davies zuckte zusammen. »*Aber er ist kein Deutscher*«, sagte er erregt. »Er ist Engländer.«

»Engländer?«

»Ja, ich bin ganz sicher. Nicht etwa, daß ich viele Beweise hätte. Er beteuerte, nur sehr wenig Englisch zu können und sprach es nie; nur gelegentlich sagte er ein oder zwei Wörter, um mir bei einem Satz zu helfen. Und was sein Deutsch angeht, so schien er es wie ein Einheimischer zu sprechen, aber selbstverständlich kann ich das nicht beurteilen.« Davies seufzte. »Deshalb wollte ich gern einen wie dich bei mir haben. Du hättest sofort festgestellt, ob er Deutscher ist. Ich halte mich eher an den – wie sagt man? – an den ...«

»An den allgemeinen Eindruck«, schlug ich vor.

»Ja, das meine ich. Es war etwas in seinem Aussehen und Benehmen; du weißt, wie wir uns von Ausländern unterscheiden. Und es war nicht nur er selbst, sondern auch die Art, wie er sprach – ich meine vor allem über das Segeln und die See. Es stimmt, er ließ mich den Hauptteil des Gesprächs bestreiten, aber trotzdem – wie kann ich es nur erklären? Ich spürte, daß wir uns in einer Art verstanden, wie es zwischen zwei Ausländern nicht üblich ist. Er tat, als halte er mich für ein wenig verrückt, in einem so kleinen Boot so weit zu fahren, aber ich könnte schwören, er verstand von der Sache ebensoviel wie ich, denn viele seiner kleinen Fragen hatten den echten Ton. Wohlgemerkt, das ist mir alles erst später eingefallen. Ich hätte mich nie damit befaßt – zu einem Sherlock Holmes eigne ich mich nicht –, wenn die folgenden Ereignisse nicht gewesen wären.«

»Das ist sehr vage«, sagte ich. »Hast du keinen bestimmteren Grund, ihn für einen Engländer zu halten?«

»Da waren ein oder zwei Dinge etwas bestimmter«, sagte Davies langsam. »Du weißt, als er beidrehte und mich rief, um mir die Abkürzung vorzuschlagen, ich habe dir flüchtig erzählt, was er da sagte. Ich habe die genauen Worte vergessen, aber ›abschneiden‹ kam darin vor – ›durchs Watt‹ und ›abschneiden‹; es waren einfache Worte, und er rief sie laut, um den Wind zu übertönen. Ich verstand, was er meinte, aber wie ich dir schon sagte, ich zögerte, ehe ich zustimmte. Ich nehme an, er glaubte, ich hätte nicht verstanden, denn in dem Moment, als er wieder davonzog, zeigte er nach Süden und rief durch seine trichterförmig zusammengelegten Hände: ›Verstehen Sie? Abkürzung durch die Sände. Folgen Sie mir!‹ Die letzten Sätze in reinem Englisch. Ich höre diese Worte noch jetzt und schwöre, es war seine Muttersprache. Selbstverständlich habe ich mir damals nichts dabei gedacht. Ich war mir durchaus bewußt, daß er ein paar Worte Englisch konnte, wenn er sie auch immer falsch aussprach; ein einfacher Trick, wenn der Zuhörer nichts argwöhnt. Und ich brauche nicht zu sagen, daß ich gerade damals auf Kleinigkeiten nicht achtete. Ich maße mir nicht an, bei kommender schwerer See gleichzeitig ein Komplott aufdecken und ein kleines Boot steuern zu können.«

»Und falls er dich in die andere Welt lotste, durfte er sich vor dem Abschied noch eine Blöße geben! Gab es da noch etwas? Übrigens, was ist dir an der Tochter aufgefallen? Sah sie auch englisch aus?«

Zwei Männer können ohne ein tiefes Vertrauensverhältnis nicht ungezwungen über eine Frau sprechen, und bis zu diesem Tag war das Thema in dieser Form nie zwischen uns aufgetaucht. Es war das letzte, was hätte eintreten können, denn ich ahnte, daß Davies dem mit einem Panzer an Zurückhaltung entgegentreten würde. Er legte sich diesen Panzer jetzt schon eifrig an; dennoch konnte ich nicht umhin, ich kam mir ein wenig brutal vor, als ich sah, wie schlecht er seinen plumpen Harnisch anlegte. Wir waren gleich alt, aber heute muß ich darüber lachen, wenn ich daran denke, wie alt und eingebildet ich mich fühlte, als ihm die Röte das braune Gesicht wärmte und er langsam das Urteil aussprach: »Ja, ich glaube.«

»Sie sprach nur Deutsch, nehme ich an?«

»Oh, selbstverständlich!«

»Hast du sie oft gesehen?«

»Ziemlich oft.«

»War sie – (wie drückt man es nur aus?) wollte sie, daß du mit ihnen zur Elbe segelst?«

»Anscheinend ja«, gab Davies zögernd zu und umklammerte dabei seine Verbündete, die Streichholzschachtel. »Aber verdammt, bilde dir nur nicht ein, sie hätte gewußt, was da kommen würde«, fügte er mit plötzlichem Feuer hinzu.

Ich überlegte und staunte, schreckte vor einer weiteren Befragung zurück, so leicht sie bei einem so vertrauensseligen Opfer auch gewesen wäre, und verbannte alle Gedanken an unpassende Scherze. In dieser seltsamen Geschichte gab es eine Querströmung, deren Tiefe und Stärke ich mit wachsendem Ernst auszumessen begann. Ich kannte weder meinen Mann noch mich selbst. Die Überzeugung, daß uns die Ereignisse in naher Zukunft zu vollem gegenseitigen Vertrauen zwingen würden, hielt mich davon ab, ihn zu sehr zu drängen. Ich kam auf die Hauptfrage zurück: Wer war Dollmann, und welches Motiv hatte er? Davies mühte sich aus seinem Panzer heraus.

»Ich bin überzeugt«, sagte er, »daß er ein Engländer in deutschen Diensten ist. Er muß in deutschen Diensten stehen, denn er hat sich in den Gewässern offenbar lange aufgehalten und kannte jeden Zollbreit davon; es ist selbstverständlich ein einsamer Zipfel der Welt, aber er hat ein Haus auf Norderney und muß ebenso wie seine Begleiter einer bestimmten Anzahl von Leuten gut bekannt sein. Einen seiner Freunde habe ich zufällig kennengelernt. Und was meinst du, war er wohl? Ein Marineoffizier. Es war am Nachmittag des dritten Tages, wir tranken Kaffee an Deck der *Medusa* und sprachen über die Reise des nächsten Tages, als von der offenen See her eine Barkasse angebraust kam und längsseits drehte. Dann kam dieser Kerl, von dem ich rede, an Bord, schüttelte Dollmann die Hand und blickte mich fest an. Dollmann machte uns bekannt, nannte ihn Fregattenkapitän von Brüning, Kommandant des Torpedo-Kanonenboots *Blitz*. Er zeigte in Richtung Norderney, und ich sah es – eine niedrige graue Ratte von einem Schiff –, geankert in einer etwa zwei Meilen entfernten Reede. Wie sich herausstellte, fuhr es Fischereischutz in diesem Küstenbereich.

Ich muß sagen, er gefiel mir sofort. Er sah wie ein wirklich prächtiger Kerl aus und auch wie ein hervorragender Offizier – genau so einer, wie ich immer sein wollte. Du weißt, ich wollte immer – aber das ist eine alte Geschichte, die kann warten. Wir führten ein kurzes Gespräch und kamen prima miteinander aus, soweit es ging, aber das war nicht sehr weit, denn ich verabschiedete mich recht bald, weil ich vermutete, sie wollten alleingelassen werden.«

»*Waren* sie dann miteinander allein?« fragte ich unschuldig.

»Oh, Fräulein Dollmann war selbstverständlich dabei«, erklärte er und suchte schon wieder nach seinem Panzer.

»Schien er sie gut zu kennen?« fuhr ich unzusammenhängend fort.

»O ja, sehr gut.«

Ich witterte eine schwache Spur und hatte das Gefühl, ich brauchte für meinen empfindsamen Widersacher eine Frau als Waffe. Aber die Gelegenheit ging vorbei.

»Mehr hab ich von ihm nicht gesehen«, sagte er. »Wir segelten, wie ich schon erzählte, bei Tagesanbruch. Nun, hast du eine Vorstellung, worauf ich hinaus will?«

»Eine ungenaue Vorstellung«, antwortete ich. »Mach weiter.«

Davies setzte sich aufrecht an den Tisch, entrollte die Seekarte mit einem kräftigen Schwung beider Hände und nahm seine Geschichte mit frischem Eifer wieder auf.

»Zweierlei ist mir gewiß«, sagte er. »Einmal, daß ich von jener Küste ›weggebracht‹ wurde, weil ich zu neugierig war. Und dann, daß Dollmann dort eine bestimmte Teufelei inszeniert, die herauszufinden sich lohnt. Nun –« (er machte eine Pause, schnaufte und bemühte sich, logisch und deutlich zu sein), »nun – also schau dir mal die Karte an. Nein, noch besser schaust du zuerst auf diese Deutschlandkarte. Sie hat einen kleinen Maßstab, und du kannst alles erkennen.« Er griff im Regal nach einer Taschenkarte und entfaltete sie. »Hier ist dieses große Reich, das sich über die Hälfte Mitteleuropas erstreckt – ein Reich, das, wie ich glaube, an Menschen, Wohlstand und allem wie Feuer sich ausbreitet. Die Deutschen haben die Franzosen und Österreicher besiegt und sind die größte Militärmacht in Europa. Ich wollte, ich wüßte mehr darüber. Aber was mich beschäftigt, ist ihre Seemacht. Es ist für sie etwas Neues, aber sie ist schon recht stark, und ihr Kaiser treibt sie mit aller Kraft voran. Er ist ein hervorragender Bursche, und jedermann kann erkennen, daß er recht hat. Sie haben keine Kolonien, die der Rede wert sind, und sie müssen wie wir welche haben. Ohne starke Marine können sie weder welche bekommen und behalten noch ihren riesigen Handel schützen. Die Herrschaft über die Meere ist heutzutage *die* Sache, nicht wahr? Übrigens, glaube nicht, daß dies meine Ideen sind«, fügte er naiv hinzu. »Es steht alles bei Mahan und den anderen. Nun, die Deutschen haben gegenwärtig nur eine kleine Flotte, aber sie ist verdammt gut, und sie bauen eifrig neue Schiffe.« Er schweifte ab und zählte ihre Bewaffnung und Geschwindigkeit auf, wobei ich ihm nicht folgen konnte. Er schien jedes Schiff auswendig zu kennen. Ich mußte ihn auf das Thema zurückbringen. »Nun, denk dir Deutschland als eine neue Seemacht«, nahm er wieder auf. »Der nächste Gedanke wäre, wie verläuft seine Küste? Sie ist sehr seltsam, wie du weißt, durch Dänemark geteilt, wobei der größte Teil östlich davon an der Ostsee liegt. Die ist praktisch ein Binnenmeer, dessen Zufahrt durch dänische Inseln versperrt wird. Diese Sperre zu umgehen, hat Kaiser Wilhelm den Kanal von Kiel zur Elbe gebaut, aber der könnte in Kriegszeiten leicht zerstört werden. Der weitaus wichtigste Teil der Küste liegt westlich von Dänemark an der Nordsee. Von dort kann Deutschland sozusagen seinen Kopf ins Freie stecken. Dort tritt es uns und Frankreich gegenüber, den beiden großen Seemächten Westeuropas, und dort liegen seine größten Häfen und seine reichsten Handelsplätze.

Nun muß es dir doch sofort auffallen, daß diese Küste im Vergleich zum riesigen Hinterland lächerlich kurz ist. Von Borkum bis zur Elbe sind es nur siebzig Meilen Luftlinie. Rechne dazu die Westküste Schleswigs von sagen wir hundertzwanzig Meilen; insgesamt etwa zweihundert Meilen. Vergleiche das mit der Küste Frankreichs und Englands. Ist es nicht für jeden Vernünftigdenkenden klar, daß jeder Zollbreit davon wichtig ist? Und wie sieht diese Küste nun aus? An den Wellenlinien auf dieser kleinen Karte siehst du sofort, daß Untiefen und Sände neun Zehntel des Landes ganz versperren und ihr Bestes tun, auch noch das restliche Zehntel, wo die großen Flüsse münden, zu versperren. Nehmen wir uns mal Stück für Stück vor. Wenn wir im Westen beginnen, so reicht das erste Stück von Borkum bis Wangerooge – einige fünfzig Meilen. Wie sieht es aus? Eine Reihe sandiger Inseln, dahinter Watt; die Ems am westlichen Ende an der holländischen Grenze führt nach Emden – kein besonders wichtiger Ort. Sonst überhaupt keine Küstenstädte. Zweites Stück: so eine Art tiefeingeschnittene Bucht, die aus den drei großen Mündungen von Jade, Weser und Elbe besteht und nach Wilhelmshaven, Bremen und Hamburg führt; Gesamtbreite der Bucht nur einige zwanzig Meilen, darin überall Sandbänke verstreut. Drittes Stück: die Küste Schleswigs, hoffnungslos eingeschlossen von einem sechs bis acht Meilen breiten Wattstreifen. Keine großen Städte; nur ein bescheidener Fluß, die Eider. Legen wir also dieses dritte Stück mal beiseite. Ich kann mich irren, aber als ich diese Angelegenheit durchdachte, habe ich mich hauptsächlich über die beiden andern hergemacht, über die siebzig Meilen von Borkum bis zur Elbe – zur einen Hälfte Mündungsgebiete und zur andern Inseln. Dort fand ich die *Medusa*, und jenes Gebiet habe ich ihretwegen nicht erforschen können.«

Ich äußerte eine naheliegende Vermutung. »Ich nehme doch an, dort gibt es Festungen und Küstenverteidigungsanlagen;

vielleicht glaubte er, du würdest zuviel dort sehen. Übrigens, er hat sicherlich deine Marinebücher gesehen, nicht wahr?«

»Stimmt, selbstverständlich war das mein erster Gedanke, aber das kann es nicht sein. Damit werden die Dinge nicht im geringsten erklärt. Zunächst einmal gibt es dort keine Festungen, und es kann in dem ersten Stück, wo die Inseln liegen, auch keine geben. Auf Borkum könnte etwas sein, um die Ems zu verteidigen, aber das ist sehr unwahrscheinlich; und jedenfalls war ich auch schon an Borkum vorbei und bei Norderney angelangt. Da ist weiter nichts zu verteidigen. Selbstverständlich ist es anders mit dem zweiten Stück, wo die großen Flüsse liegen. Dort gibt es wahrscheinlich Unmengen von Festungen und Minen um Wilhelmshaven und Bremerhaven sowie bei Cuxhaven direkt an der Elbemündung. Nicht, daß ich es mir auch nur träumen ließe, mich um sie zu kümmern. Jeder einlaufende Dampfer würde soviel sehen wie ich. Ich ziehe es vor, an Bord zu bleiben und gehe nicht oft an Land. Und gütiger Himmel!« (Davies lehnte sich zurück und lachte fröhlich), »sehe ich etwa aus wie ein Spion?«

Ich stellte mir einen dieser romantischen Männer vor, von denen man in Groschenromanen liest, eine Kodak in der Krawattennadel, einen Zeichenblock im Anzugfutter und Maskenutensilien am Handgepäck. So wenig ich zu Fröhlichkeit aufgelegt war, ich konnte nicht anders als ebenfalls lächeln.

»Also diese Küste«, fuhr Davies fort. »Mir scheint, im Kriegsfall würde jeder Zollbreit davon wichtig sein, das Watt eingeschlossen. Nimm zunächst die großen Flußmündungen, die selbstverständlich vom Feind angegriffen oder versperrt werden können. Auf den ersten Blick würde man sagen, nur ihre Hauptschiffahrtsstraßen seien von Bedeutung. Jetzt in Friedenszeiten gibt es kein Geheimnis über ihre Navigation. Sie sind betonnt und beleuchtet wie Straßen, der ganzen Welt geöffnet. Sie bewältigen einen riesigen Verkehr; es gibt auch gute Seekarten davon, da im Handel Millionen davon abhängen. Aber nun sieh dir die Sände an, die sie durchlaufen, unterteilt, wie ich dir gezeigt habe, durch ein Geäder von Prielen, tidenabhängig die meisten und vermutlich nur Schmacken und flachen Küstenfahrzeugen wie der Galeote von Bartels bekannt.

Mir fällt ein, daß in einem Krieg für Verteidigung und Angriff viel von ihnen abhängen könnte, denn bei rechter Tide führen sie viel Wasser, das reicht für Patrouillen- und kleine Torpedoboote; allerdings muß man sie gut kennen. Nun, sagen wir mal, *wir* befänden uns im Krieg mit Deutschland: beide Seiten könnten sie dann als Verbindung zwischen den drei Mündungsgebieten benutzen. Und um bei der Sache unseres Landes zu bleiben, so könnte ein kleines Torpedoboot (wohlgemerkt, kein Zerstörer) in dunkler Nacht auf direktem Weg von der Jade zur Elbe fahren und dort die Schiffahrt ruinieren. Aber das Schlimme ist – ich bezweifle, daß es in unserer Flotte auch nur eine Seele gibt, die diese Priele kennt. Wir haben keine Küstenfahrzeuge dort; und was Yachten angeht, so ist es höchst unwahrscheinlich, daß eine englische Yacht bei einem solchen Spiel mitmachen würde. Zufällig habe ich nun mal eine Vorliebe für so etwas und würde diese Priele auf gewöhnlichem Wege erkundet haben.« Ich begann zu erkennen, worauf er hinauswollte.

»Jetzt zu den Inseln. Ich gebe zu, ich war dort zuerst ziemlich ratlos, denn wenn hinter ihnen auch große Wattgebiete und die gleiche Art von Verbindungsprielen liegen, so gibt es doch nichts Wichtiges, das da zu schützen oder anzugreifen wäre.

Warum sollte also ein Fremder sie nicht nach Belieben durchstreifen? Und doch hatte Dollmann dort sein Hauptquartier, und ich war sicher, dies hatte etwas zu bedeuten. Dann fiel mir ein, daß auch hier das gleiche zutraf, denn dieser friesische Küstenstreifen grenzt an das Mündungsgebiet und würde eine hervorragende Basis für kleine Angriffsschiffe abgeben, die ungesehen, wie in einem Deckungsgraben zwischen einer Reihe von Festungen, direkt von der Ems zur Jade und weiter zur Elbe fahren könnten.

Und hier liegt für uns wiederum unbekanntes Gebiet. Viele einheimische Galeoten befahren es, fremde nie, würde ich sagen. Vielleicht sucht höchstens gelegentlich mal eine ausländische Yacht zwischen den Inseln Zuflucht vor schlechtem Wetter und ist sehr glücklich, in Sicherheit zu sein. Es ist nun mal eine Marotte von mir, solche Orte zu mögen, und Dollmann verscheuchte mich. Er ist kein Deutscher, aber er steht auf deutscher Seite und arbeitet für die deutsche Marine. Er hat sich in dem Küstengebiet niedergelassen und kennt es in- und auswendig. Und er hat versucht, mich absaufen zu lassen. Nun, was hältst du davon?« Er blickte mich lange und besorgt an.

## 9. Kapitel
## *Ich unterzeichne den Heuervertrag*

Die Frage war nicht leicht zu beantworten, denn die Angelegenheit lag völlig außerhalb meiner Erfahrungen; ihr Hintergrund war die See und die hier vorliegende Szenerie ein Abschnitt der See, dessen ich gänzlich unkundig war. Es gab andere Schwierigkeiten, die ich vielleicht besser erkannte als Davies, der, begeistert von seinem Hobby, einsam über seinem gefährlichen Abenteuer gebrütet hatte. Nichtsdestoweniger hatten mich Erzählung und Theorie (die, wie ich befürchte, durch die Wiedergabe für den Leser einiges verloren haben) stark ergriffen; seine eindringliche Rauheit, das listige Verhalten, die plötzlichen Ausbrüche von Heftigkeit, sein plötzliches Zurückweichen in die Schüchternheit machten einen Reiz aus, den ich nicht wiedergeben kann. Ich ertappte mich, daß ich andauernd versuchte, den Mann im Jungen zu sehen, nüchternes Urteil von ungestümen Launen der Jugend zu unterscheiden. Nicht etwa, daß ich mir auch nur einen Augenblick träumen ließ, die Geschichte seines Schiffbruchs als Halluzination zu verwerfen. Die klaren blauen Augen und seine gesunde Einfalt hätten eine solche Einstellung lächerlich gemacht.

Offensichtlich wollte er auch meine Hilfe, was sehr wohl meine Meinung über die Tatsachen beeinflußt haben könnte, wäre er anders gewesen, als er nun einmal war. Aber man hätte ein fix und fertiger Narr sein müssen, um der Anziehungskraft des Mannes und seines Unternehmens zu widerstehen; und ich rechne es mir keineswegs als Verdienst an, daß ich mich entschloß, ihm zu folgen, sei es nun gut oder schlecht. Als ich ihm also meine Schwierigkeiten darlegte, wußte ich bereits sehr gut, daß wir fahren sollten.

»Da sind zwei wichtige Punkte, die ich nicht verstehe«, sagte ich. »Erstens hast du nie erzählt, warum ein *Engländer* jene Gewässer bewachen und Eindringlinge hinauswerfen sollte; zweitens liefert deine Theorie kein ausreichendes Motiv. Es ist vielleicht eine Menge an dem dran, was du über die Navigation in jenen Prielen sagst, aber das ist nicht genug. Du sagst, er wollte dich absaufen lassen – eine schwere Beschuldigung, die ein gewichtiges Motiv erfordert, um sie zu stützen. Aber ich leugne nicht, daß viel für deinen Standpunkt spricht.« Davies strahlte. »Ich bin gewillt, eine ganze Menge als erwiesen hinzunehmen – bis wir mehr herausfinden.«

Er sprang auf und tat etwas, das ich weder vorher noch später je wieder gesehen habe: er stieß sich den Kopf gegen die Kabinendecke.

»Du meinst, daß du mitkommst?« schrie er. »Mann, darum hätte ich dich nicht mal zu bitten gewagt! Ja, ich möchte dorthin zurück und die ganze Sache aufklären. Ich weiß jetzt, daß ich es möchte; es war eine gewaltige Erleichterung, dir alles zu erzählen, und viel hing auch von dir ab, deshalb habe ich mich wie ein vollendeter Heuchler gefühlt. Wie kann ich mich nur entschuldigen?«

»Sorge dich nicht um mich, ich habe eine herrliche Zeit verbracht. Und ich komme gern mit; aber ich möchte genau wissen, was du ...«

»Nein, warte, bis ich dir alles offen eingestanden habe – über dich, meine ich. Weißt du, ich kam zu dem Schluß, daß ich allein nichts ausrichten würde; nicht etwa, daß wirklich zwei Mann nötig wären, um normalerweise das Boot zu führen, aber für so eine Aufgabe braucht man zwei; außerdem kann ich nicht anständig deutsch sprechen, und überhaupt bin ich ein schwerfälliger Kerl. Falls meine Theorie, wie du es nennst, stimmt, dann ist es ein Fall für einen scharfen Verstand. Also dachte ich an dich. Ich wußte, du bist klug, hast in Deutschland gelebt und kannst Deutsch, und ich wußte«, fügte er ein wenig verlegen hinzu, »daß du einigermaßen oft gesegelt hast; aber selbstverständlich hätte ich dir sagen müssen, was dich erwartete: ein mühsames Lavieren in einem kleinen Boot ohne Besatzung. Ich schämte mich, als du so prompt zurücktelegrafiertest, und als du kamst – äh . . .« Davies stotterte und zögerte in der menschlichen Entschlossenheit, meine Gefühle nicht zu verletzen. »Selbstverständlich konnte ich nicht umhin festzustellen, daß du – nun, es war nicht das, was du erwartet hattest«, war die taktvolle Zusammenfassung. »Aber du hast dich großartig benommen«, beeilte er sich hinzuzufügen. »Nur konnte ich mich irgendwie nicht überwinden, über den Plan zu sprechen. Es war schon gut genug von dir, überhaupt zu kommen, um dich auch noch mit zerfahrenen Plänen zu belästigen. Außerdem war ich mir selbst nicht einmal sicher. Es ist eine verwickelte Angelegenheit. Es gab Gründe, es gibt immer noch Gründe« – er sah mich nervös an –, »die es, nun, die es zu einer verwickelten Angelegenheit machen.« Ich hatte geglaubt, er wolle mir etwas anvertrauen und war enttäuscht. »Ich befand mich in einem blödsinnigen Zustand der Ungewißheit«, sprach er schnell weiter, »aber mein Plan entwickelte sich immer mehr, als ich sah, wie du dich an das Leben hier gewöhntest und es anfing, dir Spaß zu machen. Das mit den Enten an der friesischen Küste war alles Humbug; Teil einer blöden Idee, dich dorthin zu locken und Zeit zu gewinnen. Du hast ganz natürlich dagegen protestiert, und gestern abend wollte ich die ganze Sache schon hinwerfen und dir hier den bestmöglichen Aufenthalt verschaffen. Dann tauchte Bartels auf ...«

»Halt!« warf ich ein. »Wußtest du, er könnte auftauchen, als du hergesegelt bist?«

»Ja«, sagte Davies schuldbewußt. »Ich wußte es; und jetzt ist alles rausgekommen, und du segelst mit! Was für ein Narr ich doch gewesen bin!«

Lange bevor er mit seiner Erzählung zu Ende war, hatte ich die volle Bedeutung der letzten paar Tage begriffen, sie in vielen verwirrenden kleinen Vorkommnissen erkannt.

»Um Himmels willen, entschuldige dich nicht«, protestierte ich. »Ich könnte auch eine Beichte ablegen, wenn ich wollte. Und ich bezweifle, daß du ein solcher Narr gewesen bist, wie du glaubst. Ich bin ein Patient, der sorgfältige Pflege braucht, und es war die ganze Zeit über nur purer Zufall, daß ich nicht rebelliert habe und getürmt bin. Wir haben eine ganze Menge dem Wetter und anderem zu verdanken. Und du kennst die Gründe für meinen Entschluß noch nicht, deine Kur überhaupt zu versuchen.«

»Meine Kur?« sagte Davies. »Was in aller Welt meinst du damit? Es war sehr anständig von dir, daß ...«

»Laß nur. Es gibt noch eine andere Ansicht dazu, aber das spielt jetzt keine Rolle. Kommen wir wieder zur Sache. Wie sieht dein Aktionsplan aus?«

»Ich will«, antwortete er bereitwillig, »über Kiel und den Kanal wieder in die Nordsee. Dort gibt es zwei Ziele: erstens wieder nach Norderney zurück, wo ich vorher aufgehört hatte, dann all diese Priele in den Mündungsgebieten und zwischen den Inseln erkunden; zweitens Dollmann suchen, herausfinden, was er vorhat und mit ihm abrechnen. Beides kann sich überschneiden, wir können es noch nicht sagen. Ich weiß nicht einmal, wo er mit seiner Yacht ist, aber ich bin sicher, er hält sich wieder in jenen Gewässern auf und liegt vermutlich bei Norderney.«

»Es ist eine kitzlige Sache«, überlegte ich unschlüssig, »wenn deine Theorie stimmt. Einen Spion zu bespitzeln ...«

»So ist es nicht«, sagte Davies entrüstet. »Jeder, der will, kann dort segeln und die Gewässer erkunden. Sag mal, du glaubst doch nicht wirklich, daß es so ist, nicht wahr?«

»Ich glaube nicht, daß du etwas Unehrenhaftes tun könntest«, beeilte ich mich zu erklären. »Ich gebe zu, in deinem Sinne ist die See öffentliches Eigentum. Ich meine nur, es könnte Entwicklungen geben, mit denen du nicht rechnest. Es *muß* da mehr zu entdecken geben als nur die Navigation jener Priele, und wenn dem so ist, könnten wir dann nicht selbst zu wirklichen Spionen werden?«

»Und überhaupt, was soll's!« rief Davies aus. »Wenn es dazu kommt, warum sollten wir dann keine werden? Ich betrachte es so: Der Mann ist Engländer, und wenn er auf Seiten Deutschlands steht, ist er uns gegenüber ein Verräter, und wir als Engländer haben das Recht, ihn zu entlarven. Wenn wir es ohne zu spionieren nicht schaffen, haben wir auf eigenes Risiko das Recht dazu ...«

»Es gibt ein noch stärkeres Argument als dieses. Er hat versucht, dir das Leben zu nehmen.«

»Das kümmert mich einen Dreck. Ich bin nicht so ein Esel, der nach Rache dürstet wie solch ein Kerl in einem Schauerroman. Aber es macht mich wild zu denken, wie sich dieser Bursche als Deutscher maskiert und wer weiß auf welches Unheil aus ist – Unheil genug, um sich jeder beliebigen Person entledigen zu wollen. Ich habe die See gern, und ich glaube, zu Hause neigen sie etwas zur Nachlässigkeit«, fuhr er unzusammenhängend fort. »Diese Burschen in der Admiralität sollten geweckt werden. Jedenfalls, soweit es mich angeht, ist es doch ganz natürlich, daß ich ihn noch einmal aufsuche.«

»Durchaus«, stimmte ich zu, »ihr seid ja als Freunde geschieden, und sie sind vielleicht erfreut, dich zu sehen. Ihr werdet einander viel zu erzählen haben.«

»Hm«, sagte Davies und verfiel bei dem ›sie‹ in Schweigen. »Hallo! Sag mal, weißt du, daß es schon drei Uhr ist? Wie die Zeit vergangen ist! Und, bei Gott, ich glaube, der Nebel hebt sich.«

Ich kehrte erschreckt in die Gegenwart zurück, zu den feuchten Wänden, dem verfärbten Holztisch, dem entsetzlichen Frühstücksdurcheinander – all den sichtbaren Symbolen des Lebens, dem ich mich verpflichtet hatte. Die Ernüchterung fiel rasch ein, als Davies wiederkam und energisch sagte: »Was hältst du davon, wenn wir sofort nach Kiel aufbrechen würden? Der Nebel verzieht sich, und wir haben eine Brise aus Südwest.«

»Jetzt?« protestierte ich. »Da müßten wir doch die ganze Nacht durchsegeln, oder?«

»Oh, nein«, sagte Davies. »Aber nicht mit Glück.«

»Wieso, um sieben ist es doch schon dunkel!«

»Ja, aber es sind nur fünfundzwanzig Meilen. Ich weiß, der Wind ist nicht unbedingt günstig, aber den längsten Teil der Strecke werden wir dicht daran liegen. Das Barometer fällt, und wir sollten das ausnutzen.«

Mit Davies über den Wind zu streiten, das war hoffnungslos, und schließlich fuhren wir noch mit leerem Bauch los. Eine bleiche Sonne funkelte durch jagende Dunstschleier, und das freundliche Land Schleswigs, das sein schönes Gesicht bald zeigte, bald verbarg, als lächle es seinen treulosen Freiern ein Lebewohl zu, bot einen köstlichen Anblick.

Das Gerassel unserer Kette brachte Bartels an Deck der *Johannes,* er rieb sich die Augen, zog einen grauen Schal fest um den Hals, was ihm eine komische Ähnlichkeit mit einer Pensionswirtin gab, die im Morgenrock Milch holt.

»Wir segeln los«, sagte Davies, ohne von der Arbeit aufzublicken. »Wir sehen Sie in Kiel, wie ich hoffe.«

»Sie sind immer in Eile, Kapitän«, blökte der alte Mann und schüttelte den Kopf. »Sie sollten bis morgen warten. Der Himmel sieht nicht gut aus, und es wird dunkel sein, ehe Sie vor Eckernförde sind.«

Davies lachte, und sehr bald war die traurige kleine Gestalt seines Mentors im Dunst verschwunden.

Das war ein seltsamer Abend. Bald dämmerte es, und der Teufel machte entschlossene Anstrengungen, mich zu entkräften; erst mit dem hastig zubereiteten Essen als verspätetem Ersatz für eine ordentliche Mittagsmahlzeit; dann mit der mir neuen, widerlichen Aufgabe, die Seitenlaternen aufzufüllen, was bedeutete, daß ich in der Back hockte, Petroleumdünste einatmete und mir die Hände mit Ruß verschmierte; schließlich mit einem Großangriff auf meine Nerven, als die Nacht über unser schwaches kleines Schiff hereinbrach, das auf seinem gefährlichen Weg durch ziehende Nebelschwaden stampfte. Ich glaube, in gewissem Sinne machte ich die gleiche seelische Krise durch wie damals, als ich in Flensburg auf meinem Handkoffer saß. Aber das ganze Unternehmen wurde nicht ernsthaft in Frage gestellt, denn ich hatte auf der *Dulcibella* für gute und schlechte Zeiten angeheuert; nur war ich mir damit selbst vorausgeeilt, denn mir fehlte immer noch ein Ausblick, eine Stimmung, dem Unternehmen angemessen, Sicherheit gegen unbedeutende Enttäuschungen. Nicht zum ersten Male kam mir der Sinn für das Komische zu Hilfe, als ich mich sah, wie ich in London unter der Bürde selbstauferlegten Kummers litt, sorgfältig die hinterhältige Einladung abwägte und schließlich mit der Würde, die meiner Bedeutung zukam, in die Falle ging; so geschickt gekapert, wie jemals ein friedfertiger Angestellter von einer gesetzlosen Presspatrouille gekapert worden ist, um am Ende als Erzverschwörer einen arglosen und warmherzigen Freund zu finden, der mich klug nennt, in einer Zelle unterbringt und schmeichelnd einlädt, zweckdienlicherweise deutsch zu sprechen, weil er einen kleinen Geheimdienst auf hoher See ausbauen wolle. Dem Humor folgte Romantik, die ihr Gesicht verhüllte, aber ich wußte, das Rascheln ihrer Gewänder war die Gischt, die ich unten hörte; ich wußte, sie war es, die mir den Becher funkelnden Weins reichte und mich trinken und fröhlich zu sein hieß. Als er meine Lippen berührte, erkannte ich den Geschmack, obwohl er mir fremd war. Es war nicht das verfälschte Gebräu, das ich bei den Pseudo-Bohemiens in Soho gekostet hatte; es war nicht das prunkhafte aber fade Getränk, das ich in Morven Lodge in Fülle hätte trinken sollen. Es war der reinste der reinen Spitzenweine, der einem die uralte Inspiration eingibt, die in mannigfaltigen Formen schon manche bessere Köpfe als meinen angefeuert – aber hauptsächlich immer die gleiche Wirkung hat: die fröhliche Hingabe an eine gefährliche Aufgabe. Ich versuchte, mit der Angelegenheit möglichst rasch fertig zu werden und in dieser Stimmung zu bleiben. Ich glaube, im ganzen war ich erfolgreich, wenn ich auch viele Fehler machte.

Im Augenblick prickelte es in meinen Adern vor Aufregung über den Plan. Der Wind summte im Großsegel, die gespenstischen Wellenkämme, die aus der Leere herangetrieben wurden, flüsterten einen tiefen aufregenden Refrain zum Lobe des Abenteuers. Gewaltig muß der Zauber gewesen sein, denn in Wirklichkeit strotzte diese erste nächtliche Segelreise von Schrecken für mich. Es stimmt, daß es gut anfing, denn der Nebel verschwand, wie Davies vorausgesagt hatte, und der Leuchtturm führte uns sicher an die Einfahrt zur Kieler Förde. Während dieses Reiseabschnitts kauerten wir achtern und kamen – in unseren Pfeifen glühte der Tabak – auf das vernachlässigte Problem zurück; denn wir waren mit ungestümer Hast davongeschossen und hatten noch viel zu besprechen. Ich sammelte ein paar weitere Tatsachen, die aber meine Zweifel nicht vertrieben. Davies hatte die Dollmanns nur auf ihrer Yacht gesehen, auf der Vater und Tochter damals wohnten. Ihre Villa auf Norderney und ihr häusliches Leben dort kannte er nicht, obwohl er einmal auch in den Hafen eingelaufen war. Außerdem hatte er vage etwas von einer Stiefmutter gehört, die in Hamburg war. Bei ihrer Ankunft in dieser Stadt – die, das sei festgehalten, vierzig Meilen und mehr von Cuxhaven, der Stadt an der Mündung, entfernt liegt – wollten die beiden sich mit ihr treffen.

Die genaue Vereinbarung am Tage vor der verhängnisvollen Reise war gewesen, daß sich die beiden Yachten abends bei Cuxhaven treffen und dann gemeinsam die Elbe hinauffahren sollten. Davies hätte sich dann bei Brunsbüttel (nach fünfzehn Meilen) am westlichen Ende des Kanals zur Ostsee verabschiedet. Das zumindest war seine ursprüngliche Absicht gewesen, aber nachdem ich es mir zusammengereimt hatte, zog ich den Schluß, daß am Ende seine Entschlossenheit – vielleicht hatte er sich das selbst nicht eingestanden – geschwächt war und er der *Medusa* bis nach Hamburg oder gar bis ans Ende der Welt gefolgt wäre, angetrieben von demselben Motiv, das ihn – seinen Neigungen und Prinzipien entgegen – überhaupt veranlaßt hatte, die Inseln zu verlassen und die Reise zu wagen. Aber über diesen Punkt schwieg er sich unerschütterlich aus, und ich konnte nur schließen, daß die seltsame Querströmung, die mit Dollmanns Tochter zusammenhing, ihm grausame Schmerzen zugefügt und seine Urteilsfähigkeit bis zur Zerrüttung getrieben hatte, er aber jetzt bereit war, es zu vergessen oder nicht zu beachten und einen festen Kurs einzuhalten.

Die Tatsachen, die ich herausbekommen hatte, warfen mehrere wichtige Fragen auf. War inzwischen bekannt, daß Davies und seine Yacht davongekommen waren? Er war davon überzeugt. »Er hat vielleicht bei Cuxhaven gewartet oder sich an der Brunsbütteler Schleuse erkundigt«, sagte er. »Aber das war nicht nötig, denn ich sage dir, die Sache war todsicher. Wäre ich auf die äußere Bank gelaufen und hätte dort festgesessen, wofür die Chancen hundert zu eins standen, wäre die Yacht innerhalb von drei Minuten auseinandergebrochen. Bartels hätte mich nicht gesehen – und selbst wenn, er hätte nicht zu mir kommen können. Niemand hätte mich gesehen. Und wüßten sie mich am Leben, es wäre schon längst was passiert.«

»Sie?« fragte ich. »Wer sind ›sie‹? Wer sind unsere Gegner?« Falls Dollmann ein bei der deutschen Admiralität akkreditierter Agent wäre – aber nein, es war unglaublich, daß in unserer Zeit eine befreundete und zivilisierte Regierung die Ermordung eines jungen Engländers stillschweigend dulden würde! Und doch, wäre er kein Agent, fiele die ganze Theorie in sich zusammen.

»Ich glaube«, sagte Davies, »Dollmann tat es auf eigene Faust, etwas anderes sehe ich nicht. Und ich weiß nicht, ob es gegenwärtig eine Rolle spielt. Ob lebendig oder tot, wir tun nichts Unrechtes, und es gibt nichts, dessen wir uns schämen müßten.«

»Ich denke, es spielt sehr wohl eine Rolle«, widersprach ich. »Wer wird an unserer Auferstehung interessiert sein, und wie wollen wir zu Werke gehen, offen oder heimlich? Ich nehme an, wir werden allen, soweit wir können, aus dem Wege gehen?«

»Was letzteres angeht«, sagte Davies ruckhaft, als er unter der Fock hindurch nach Luv spähte, »wir *müssen* durch den Kanal; das ist eine öffentliche Schiffahrtsstraße, wo einen jeder sehen kann. Danach wird es keine großen Schwierigkeiten mehr geben. Warte nur, bis du die Gegend siehst!« Er stieß ein tiefes, zufriedenes Lachen aus, das mich gestern noch bis ins Mark hätte erschauern lassen. »Übrigens, da fällt mir ein«, fügte er hinzu, »wir müssen einen Tag in Kiel bleiben und eine Menge Vorräte an Bord nehmen. Wir wollen unabhängig vom Land sein.« Ich sagte nichts. Unabhängig vom Land in einem Siebentonner im Oktober! Welch erstrebenswertes Ziel!

Etwa um neun Uhr abends passierten wir die Spitze in Luv, fuhren in die Kieler Förde ein und kämpften uns sieben Meilen gegen den Wind bis zu ihrem Ende vor, wo Kiel liegt. Bis jetzt hatten mich – bis auf latentes Unwohlsein; ich wäre völlig hilflos, geschähe Davies etwas – Interesse und Aufregung gut auf den Beinen gehalten. Erst als ich beides fast vorbei glaubte, begann ich mich zu beunruhigen. Davies hatte mehrfach gedrängt, ich solle mich hinlegen und schlafen, und ich gab so weit nach, daß ich nach unten ging und mich auf dem Sofa in Lee mit Bleistift und Tagebuch zusammenrollte. Plötzlich war an Deck ein Flattern und Rasseln, und ich rutschte auf den Fußboden. »Was ist passiert?« rief ich in panischem Schrecken, als Davies sich zur Kabinentür hereinbeugte.

»Nichts«, sagte er und rieb sich die Hände, um sie zu wärmen. »Ich wende nur. Gib mir mal das Fernglas, ja? Da ist ein Dampfer voraus. Sag mal, wenn du dich wirklich nicht hinlegen willst, könntest du etwas Suppe machen. Laß mich eben einen Blick auf die Karte werfen.« Er studierte sie mit so viel Überlegung, daß es einen rasend machen konnte, während ich mich fragte, wie nahe der Dampfer sei und was die Yacht inzwischen machte.

»Ich nehme an, es ist nicht wirklich nötig, daß jemand am Ruder steht?« bemerkte ich.

»Oh, die Yacht kann man für eine Minute ruhig sich selbst überlassen«, sagte er, ohne aufzublicken. »Zwei, eineinhalb, eins – Lichter in Linie Südwest zu West – hast du ein Streichholz?« Er verbrauchte zwei und stürzte wieder nach oben.

»Du brauchst mich nicht, oder?« rief ich ihm nach.

»Nein, aber komm rauf, wenn du den Kessel aufgesetzt hast. Ganz schöner Betrieb die Förde hinauf. Herrliche Brise.«

Seine Beine verschwanden. Mich ergriff eine Art unbekümmerter Fatalismus, als ich mit meinen Notizen fertig war und eifrig den Ofen studierte. Er hielt mich auch noch aufrecht, als ich an Deck ging und den ›schönen Betrieb‹ beobachtete, dessen Schönheit vor allem auf der Menge in den Nebel fahrender Schiffe – Dampfer, Schmacken und Segler – beruhte, die einmal mehr die enge Wasserstraße der Förde befuhren und ihre unheilvollen roten, grünen und gelben Augen öffneten und schlossen, sie aufleuchten und verblassen ließen. Derweil vergrößerten Lichter an Land und Ankerlaternen meine Verwirrung, und pulsierende Schiffsschrauben erfüllten die Luft wie ferner Lärm in den Straßen von London. Wirklich, jedesmal wenn wir wendeten und schnell quer über die Förde kreuzten, fühlte ich mich wie eine ländliche Matrone, die ihre Röcke rafft, ehe sie abends eine verkehrsreiche Londoner Straße überquert. Davies war jedoch der Straßenbengel, der im Zickzack schadlos zwischen den Pferden durch hinübergelangt; und die ganze Zeit über ließ er sich gelassen darüber aus, wie einfach und sicher das Segeln bei Nacht sei, wenn man nur vorsichtig war, sich an die Regeln hielt und einwandfreie Lichter führte. Als wir uns dem Glühen am Himmel näherten, das Kiel anzeigte, passierten wir eine mächtige funkelnde Masse, die mitten im Fahrwasser vor Anker lag. »Kriegsschiffe«, murmelte er hingerissen.

Um ein Uhr ankerten wir vor der Stadt.

## 10. Kapitel
## *Seine Chance*

»Sag mal, Davies«, sagte ich, »wie lange wird die Reise nach deiner Meinung dauern? Ich habe nur einen Monat Urlaub.«

Wir standen an schrägen Pulten im Postamt Kiel; Davies kritzelte eifrig seinen Kartenbrief voll, während ich hilflos auf meinen starrte.

»Mein Gott!« sagte Davies und zuckte erschreckt zusammen. »Das sind ja nur noch drei Wochen; daran habe ich nie gedacht. Du könntest es nicht schaffen, eine Verlängerung zu bekommen, oder?«

»Ich könnte dem Chef schreiben«, räumte ich ein, »aber wohin soll die Antwort kommen? Ohne Adresse sind wir besser dran, denke ich?«

»Da wäre Cuxhaven«, überlegte Davies, »aber das liegt zu nah, und da wäre – aber wir wollen nicht verpflichtet sein, irgendwo an Land zu gehen. Ich werde dir was sagen, schreibe einfach ›Postamt Norderney‹, und nur deinen Namen, nicht den der Yacht. Vielleicht kommen wir dort hin und können nach Post fragen.« Der unbestimmte Charakter unseres Abenteuers war mir nie mehr aufgefallen als gerade jetzt.

»Wirst du das auch tun?« fragte ich.

»Oh, ich werde nicht wie du wichtige Briefe bekommen.«

»Aber was schreibst du?«

»Oh, einfach nur, daß wir eine herrliche Reise haben und auf dem Heimweg sind.«

Die Idee gefiel mir, und ich schrieb es ebenfalls in meinem Brief nach Hause, wobei ich hinzufügte, daß wir nach einem Freund von Davies suchten, der uns Jagdplätze zeigen könne. Ich schrieb auch meinem Chef (wobei mir die Schwere dieses Schrittes nicht bewußt war) und sagte, es sei möglich, daß ich um einen längeren Urlaub nachsuchen müsse, da ich wichtige Geschäfte in Deutschland abzuwickeln habe. Und ich bat ihn freundlich, an diese Adresse zu schreiben. Dann schulterten wir unsere Pakete und gingen wieder unserer Arbeit nach.

Zweimal brachten wir das Dingi voll mit Vorräten zur *Dul-*

*cibella,* die wichtigsten Dinge waren zwei große Kanister Petroleum als Reserve an Wärme und Licht sowie ein Sack Mehl. Außerdem Ersatztaue und Taljen, deutsche Seekarten von hervorragender Qualität, Zigarren, viele eigenartige Sorten Wurst und Büchsenfleisch, darüber hinaus verschiedener Ramsch, der am Ende nur dazu dienen würde, das lebhafte Verlangen meines Gefährten nach Überbordwerfen zu befriedigen. Meine Hauptsorge war Kleidung, denn wenn ich mich in Flensburg auch von noch so vielem großzügig getrennt hatte, meine Garderobe war immer noch sehr unangebracht, und ich hatte bereits zwei untadelige weiße Flanellhosen unwiederbringlich (»Wir werden sie über Bord werfen können«, sagte Davies hoffnungsvoll) ruiniert. Deshalb kaufte ich ein Paar hierzulande gebräuchliche große Seestiefel, filzgefüttert und mit Holzsohlen, und beide erstanden wir grobe Wollkleidung (wie sie die Fischer hier tragen), Hosen, Pullover, Mützen und Handschuhe, und zwar von einer Farbe, die mit Ölflecken und Ankerschlick harmonierte.

Am selben Abend warfen wir einen letzten Blick auf die Ostsee, segelten vorbei an Kriegsschiffen und Gruppen träger Yachten, die für den Winterschlaf zurechtgemacht waren. Indes dämmerte es über den prächtigen Küsten der Förde mit ihren von kupfernem Laub umgebenen Villen.

Wir umfuhren die letzte Landzunge, steuerten auf eine Schar bunter Lichter zu, holten die Segel nieder und legten an den riesigen Toren der Holtenauer Schleuse an. Daß sie sich für einen so winzigen Bittsteller öffnen würden, schien unvorstellbar. Aber sie öffneten sich, mit schwerfälliger Majestät, und unser kleiner Schiffsrumpf verlor sich im Schoß der Schleuse, die dazu ausersehen war, die größten Schlachtschiffe zu tragen. Ich dachte an einen heißen Sonntag im August bei Boulter und fragte mich, ob ich wirklich derselbe grämliche Geck war, der dort noch vor gut einem Monat schwitzend eine laute Menge von Londonern angerempelt hatte. Über uns leuchtete elektrisches Licht, aber es herrschte völlige Stille, bis eine einsame bemäntelte Gestalt uns anrief und den Schiffsführer verlangte. Davies lief einen Niedergang hinauf, verschwand mit der Gestalt im Mantel und kam wieder, wobei er ein Stück Papier in der Tasche knüllte. Es liegt jetzt vor mir und führt unter dem Stempel des Königlichen Zollamtes aus, daß für den Gegenwert einer Summe von zehn Mark für Gebühren und vier für die Tonnage ein kaiserlicher Schlepper das Fahrzeug *Dulcibella* (Schiffsführer A. H. Davies) durch den Kaiser-Wilhelm-Kanal von Holtenau nach Brunsbüttel bringen werde. Außerordentliche Gefälligkeit! Ich erröte, wenn ich mir dieses vergilbte Dokument ansehe und mich an die stolze Höflichkeit der großen Schleusentore erinnere; denn die verschlafenen Beamten des Königlichen Zollamts ahnten kaum, welch heimtückische kleine Viper sie für den geringen Zoll von vierzehn Shilling an den kaiserlichen Busen ließen.

»Scheint billig zu sein«, sagte Davies, als er bei mir war, »nicht wahr? Die haben einen regulären Tarif für Tonnage, den gleichen für Yachten wie für Überseedampfer. Wir brechen morgen um vier mit einigen anderen Booten auf. Ob Bartels wohl hier ist?«

Noch immer herrschte Stille, aber unsichtbare Kräfte waren am Werk. Die inneren Tore öffneten sich, und wir wurden durchgeschleust in ein großes Becken, in dem Seite an Seite eine Flottille von Segelfahrzeugen unterschiedlicher Größe festgemacht waren. Nachdem wir am Kai angelegt hatten, aßen wir zu Abend und schlenderten dann hinaus mit einer Zigarre und suchten die *Johannes*. Wir fanden sie zwischen einer Anzahl Galeoten; ihr Schiffer saß unten geziert vor einem glühenden Ofen und las mit einer Brille auf der Nase die Bibel. Er bot uns eine Flasche Schnaps und einige sehr kleine und harte Birnen an, während Davies ihn wegen seiner falschen Vorhersagen unbarmherzig hänselte.

»Der Himmel sah nicht gut aus«, sagte er nur und strahlte seinen unverbesserlichen jungen Freund nachsichtig an.

Ehe wir uns für die Nacht trennten, wurde verabredet, daß wir am Morgen neben der *Johannes* festmachten, wenn die Flottille zum Schleppzug durch den Kanal zusammengestellt wurde.

»Karl wird uns beide steuern«, sagte er, »und wir werden es in der Kabine warm haben.«

Der Plan wurde ausgeführt, wenn es in den frühen Stunden des dunklen und regnerischen Morgens auch nicht ohne viel Verwirrung und Verlust an Farbe abging. Lärmende kleine Schlepper trieben uns zu Gruppen zusammen, und, unter dem massigen Schanzkleid der *Johannes* halb verloren, wurden wir in dunkles Nichts gebracht. Falls es noch irgendwelche Zweifel gab, wie bedeutsam der Wechsel unserer Segelgewässer war, dann wurden sie in der Morgendämmerung beseitigt. Vom Deck der *Dulcibella* aus hatten wir überhaupt keine Sicht. Nur wenn man auf den Hauptmast kletterte, waren über die Ufer hinweg die weiten Ebenen Holsteins zu sehen, die grau und eintönig unter einem Nebeltuch lagen. Die sanfte Landschaft Schleswigs war jetzt ein grundloser Traum über das Vergangene, und kalter, durchdringender Regen gab der Inszenierung eines neuen Aktes den letzten Schliff einer dramatischen Vollkommenheit.

Zwei Tage lang fuhren wir langsam die mächtige Wasserstraße hinunter, die strategische Verbindung zwischen den beiden Meeren Deutschlands. Breit und gerade, die Ufer massiv befestigt, nachts elektrisch beleuchtet und heller als so manche Londoner Straße, von großen Kriegsschiffen und reichen Kaufleuten ebenso befahren wie von bescheidenen Küstenfahrzeugen, ist sie das Symbol der neuen und gewaltigen Kraft, die, kontrolliert vom Genie der Staatsmänner und Ingenieure, das Kaiserreich unwiderstehlich dem Ziel maritimer Größe entgegentrieb.

»Ist das nicht großartig?« sagte Davies. »Er ist ein feiner Kerl, dieser Kaiser.«

Karl war ein strubbeliger, starkknochiger Junge von etwa sechzehn, der außer Bartels das einzige Besatzungsmitglied auf der *Johannes* und ebenso schmutzig war wie sein Chef sauber. Ich empfand eine gewisse neidische Achtung vor diesem unansehnlichen Jungen und sah in ihm ein viel tüchtigeres Gegenstück zu mir, aber wie es ihm und seinem kleinen Chef je gelang, mit ihrem plumpen Schiff klarzukommen, war ein Wunder, das ich nie begriff. Unempfindlich gegen Regen und Kälte, steuerte er die *Johannes* hinter dem Schlepper die lange, graue Strecke hinunter, während wir und Bartels unten gemütliche Zusammenkünfte abhielten, manchmal in seiner Kabine, manchmal in unserer. Der Wärmespender in der letzteren begann uns ernste Sorgen zu machen. Zuletzt taten wir das einzig Richtige, wir brachten den Rippingill-Herd in den Wohnraum und befestigten ihn auf dem vorderen Ende des Kabinentisches, wo er uns wärmen und wir auf ihm kochen konnten. Als Zierstück war er monströs, und die Ölflecken, die er machte, waren ein abscheulicher Nachteil; aber die Hauptsache ist, wie Davies sagte, Behaglichkeit geht vor Sauberkeit.

Davies führte lange Gespräche mit Bartels, der sich in der Navigation der Watten, zu denen wir unterwegs waren, gründlich auskannte; sein Boot gehörte genau zu dem Typ der Fahrzeuge, die dort fahren. Ich werde den Augenblick nie vergessen, als ihm dämmerte, daß die Neugier seines jungen Freundes eine praktische Seite hatte; er hatte nämlich geglaubt, unser Ziel sei sein geliebtes Hamburg, die Königin der Städte, ein Ort, den man gesehen haben mußte, um dann sterben zu können.

»Es ist zu spät«, jammerte er. »Sie kennen die Nordsee nicht so gut wie ich.«

»Ach Unsinn, Bartels, es ist ganz gefahrlos.«

»Gefahrlos! Und habe ich Sie nicht in einem Sturm gefunden, als Sie auf dem Hohenhörn festsaßen, das Ruder gebrochen? Damals war Gott Ihnen gnädig, mein Sohn!«

»Ja, aber es war nicht mein F...« Davies hielt an sich. »Wir fahren heim. Da ist nichts dabei.« Bartels gab traurig auf.

»Es ist gut, daß Sie einen Freund haben«, war sein letztes Wort zu diesem Thema; trotzdem sah er mich immer wieder mit ziemlich zweifelnden Blicken an. Was Davies und mich betraf, so entwickelte sich unsere Freundschaft schnell innerhalb gewisser Grenzen; das Haupthindernis bestand – wie ich jetzt sehr wohl weiß – in seinem Widerwillen, über die persönliche Seite unseres Abenteuers zu sprechen. Ich andererseits sprach über mein Leben und meine Interessen mit schonungsloser Einsicht, zu der ich vor einem Monat noch nicht fähig gewesen wäre, und erhielt als Gegengabe den Schlüssel zu seinem Charakter. Er bestand in der Hingabe an die See, verbunden mit dem Feuer eines eingepferchten Patriotismus, der sich in betriebsamer körperlicher Anstrengung unaufhörlich um einen Ausweg bemühte; Bescheidenheit, geboren aus dem Wissen um seine eigenen Grenzen, war noch Öl in dieses Feuer. Zum ersten Mal erfuhr ich jetzt, daß er sich in früher Jugend vergeblich bei der Marine beworben hatte, der erste von mehreren Fehlschlägen in seiner Laufbahn. »Und mit etwas anderem kann ich mich nicht zufriedengeben«, sagte er. »Immerfort lese ich Bücher darüber und bin dennoch ein nutzloser Außenseiter.

Ich konnte nur in kleinen Booten herumtändeln, aber das war alles Zeitverschwendung, bis diese Chance kam. Ich fürchte, du wirst nicht verstehen, wie ich darüber fühle; aber endlich sehe ich irgendwie wenigstens einmal die Chance, mich nützlich zu machen.«

»Für Burschen wie dich«, sagte ich, »sollte es Chancen geben, ohne daß es eine zufällige Aufgabe wie diese ist.«

»Ach, was soll's? Solange ich diese nur habe. Aber ich weiß, was du meinst. Es muß Hunderte wie mich geben – ich kenne selbst eine ganze Menge –, die unsere Küsten wie ein Buch kennen: Untiefen, kleine Buchten, Tiden, Klippen; dazu gehört nichts, nur ein wenig Übung. Man sollte uns irgendwie als Marinereserve verwenden. Sie haben es mal versucht, aber die Sache verpuffte, und niemand kümmerte sich wirklich darum. Und was ist das Ergebnis? Wenn man jeden Mann unserer Reserven heranzieht, hat man genug, um die Flotte auf Kriegsstärke zu bringen, mehr aber auch nicht. Sie haben mit Fischern, Leuten von der Handelsmarine und Yachtbesatzungen herumgepfuscht. Man sollte sie eben alle erfassen, auch die aus den Kolonien. Besteht denn auch nur der geringste Zweifel, daß es, falls ein Krieg ausbricht, wilde Appelle an Freiwillige, zielloses Schnorren, Hast, Verwirrung und Verschwendung geben wird? Meine Idee ist, daß man viel weiter gehen und jeden tauglichen Mann ein paar Jahre als Seemann ausbilden sollte. Die Armee? Oh, ich denke, man sollte ihnen die Wahl lassen. Nicht etwa, daß ich über die Armee viel weiß oder mir viel aus ihr mache; hört man aber die Leute reden, könnte man glauben, sie sei ebenso wichtig wie die Marine. Wir sind eine Seefahrernation – wir sind durch die See großgeworden und leben von ihr; wir verhungern, verlieren wir die Herrschaft über sie. Wir sind einzig in dieser Art, genauso wie unser großes, nur durch die Meere verbundenes Imperium einzig ist. Und dennoch, mein Gott! Lies nur mal Brassey, Dilke und diese Marine-Jahrbücher, dann siehst du, welche Berge an Apathie und Eitelkeit angegriffen werden müßten. Es ist nicht die Schuld der Leute. Wir sind so lange sicher gewesen und reich geworden, daß wir vergessen haben, wem wir es zu danken haben. Aber es gibt keine Entschuldigung für diese Dummköpfe von Staatsmännern, wie sie sich nennen, die dafür bezahlt werden, daß sie die Dinge sehen wie sie sind. Sie mußten zu einem Amerikaner gehen, um ihr Abc zu lernen, und nur wenn sie von zivilen Agitatoren – einer Handvoll Männer, die man wegen ihrer Bemühungen verspottet – getreten und gestoßen werden, wachen sie auf, erledigen einige Arbeit, zeigen stolz darauf und gehen wieder schlafen, bis sie einen weiteren Tritt bekommen. Mein Gott, wir brauchen einen Mann wie diesen Kaiser, der nicht darauf wartet, daß man ihn tritt, sondern der wie ein Pferd für sein Land arbeitet und vorausschaut.«

»Wir bessern uns, nicht wahr?«

»Oh, selbstverständlich! Aber es ist ein unaufhörlicher, mühseliger Kampf; und wir sind nicht bereit. Sie reden von einem Zwei-Mächte-Standard ...« Er stürzte sich auf Gebiete, in die zu folgen mir der Platz verbietet. Es ist nur ein Beispiel für viele folgende ähnliche Gespräche, die alle in der brennenden Deutschlandfrage gipfelten. Weit davon entfernt, mich und das Außenministerium in seine vagen Beschimpfungen einzubeziehen, hatte er tiefe Achtung vor meinem gesunden Urteil und meiner Erfahrung als Mitglied dieser Institution; eine Achtung, die mich nicht wenig verlegen machte, wenn ich daran dachte, daß ich da Inhaltsangaben anfertigte, Zigaretten rauchte, tanzte und dinierte. Aber ich wußte etwas über Deutschland und konnte sein unermüdliches Fragen mit gewisser Autorität zufriedenstellen. Er lauschte immer wie gebannt, wenn ich beschrieb, wie dieses Land in der vergangenen Generation unter der Stärke und Klugheit seiner Herrscher wunderbar erwacht war; wenn ich von seinem patriotischen Eifer erzählte, von seiner überschäumenden industriellen Tätigkeit und von der stärksten aller Kräfte, die das moderne Europa gestalten, seinem Traum von einem Kolonialreich, das seine Landmacht in eine Seemacht verwandeln würde. Unbezwingbar auf der Grundlage reicher Bodenschätze, an die wir nicht gelangen können; der dunkle Trieb seines Volkes, der vom Genie seiner Herrscherhäuser nicht nur geleitet wird, sondern dem sie auch zuvorkommen; unser großer Handelsrivale der Gegenwart und künftiger Rivale auf See; als zunehmend erstarkendes Land in Zukunft ein immer bedrohlicherer Faktor für das zarte Geflecht unseres Empire, das äußeren Erschütterungen gegenüber so empfindlich ist wie Spinnweben, strahlenförmig geht es von einer Insel aus, deren Handel ihr Leben ist und deren tägliches Brot von der Freiheit der Meere abhängt.

»Und wir sind auf Deutschland nicht vorbereitet«, sagte Davies. »Wir halten nicht mit. Wir haben keinen Marinestützpunkt in der Nordsee und keine Nordseeflotte. Unsere besten Schlachtschiffe haben einen zu großen Tiefgang für Operationen in der Nordsee. Und, was alles überbietet, wir waren auch noch eselhaft genug, den Deutschen Helgoland zu geben, das ihre Nordseeküste beherrscht. Und nehmen wir mal an, sie schnappen Holland; spricht man nicht davon?«

Das führte dazu, daß ich die aufgeblähten Bestrebungen des Alldeutschen Verbands beschrieb und ihre unaufhörlichen Machenschaften, den Anschluß Österreichs, der Schweiz und – als direkte und offenkundige Bedrohung für uns – Hollands zu begünstigen.

»Ich verdenke es ihnen nicht«, sagte Davies, der bei allem Patriotismus nicht die Spur eines völkischen Ticks an sich hatte. »Ich verdenke es ihnen nicht: ihr Rhein hört auf deutsch zu sein, wo er am wertvollsten wird. Seine Mündung ist holländisch und würde ihnen großartige Häfen direkt gegenüber der britischen Küste verschaffen. *Wir* können nicht von Eroberung und Landraub sprechen. Wir haben uns einen hübschen Teil der Welt angeeignet, und sie haben jedes Recht, eifersüchtig zu sein. Sollen sie uns hassen und es sagen; es wird uns nur lehren, daß wir aufleben müssen, und nur darauf kommt es wirklich an.«

In diesen Gesprächen kam es zwischen uns zu einem einzigartigen geistigen Kontakt. Es war ja alles ganz gut und schön, daß ich wohltönende Gemeinplätze von mir gab, aber ich hätte mir bis jetzt nicht träumen lassen, ich wäre so vulgär, sie in die Praxis umzusetzen. Immer hatte ich den Fanatiker des Flottenvereins verabscheut, einen lästigen Schwarzseher, der seine Unwissenheit durch vieles Reden verbirgt und ewig sein Klagelied eines kummervollen Pessimismus herunterleiert. Mein Zusammentreffen mit Davies hat mir einen aufklärenden Schock versetzt, denn zumindest hier war ein Beispiel der Art, die Achtung erheischte. Es stimmt, er benutzte den üblichen Jargon und spickte seine stotternden Sätze (manchmal, wenn er aufgeregt war, mit der seltsamsten Wirkung) mit den herkömmlichen Schlagworten des Journalisten und Podiumredners. Aber seine innersten Überzeugungen schien er von der Seele der See selbst empfangen zu haben. Ein Stammtischkritiker ist eine

Sache, aber ein von Sonne und Seewasser verbrannter Eiferer, der unter persönlicher Unzufriedenheit leidet und nach Mitteln – und seien sie noch so unlauter – dürstet, um mit seinen Bemühungen zur großen Idee, der maritimen Oberherrschaft Großbritanniens, beizutragen, ist etwas ganz anderes. Er holte sich seine Inspirationen von der See und der Gischt selbst. Ich glaube, er unterhielt sich mit seiner Ruderpinne und ordnete seine Sprachbilder mit ihrer Hilfe. Ihn sprechen zu hören, das kam einem reinigenden Luftstrom gleich, der durch einen schwülen Clubraum weht, in dem Männer intellektuelle Plattheiten austauschen, alte Losungsworte murmeln, weggehen und nichts tun.

In unseren Gesprächen über Politik und Strategie waren wir Bismarcks und Rodneys, wir herrschten über Nationen und Kriegsflotten; und zweifellos unternahm unsere Phantasie manchmal ausschweifende Flüge. Die einfache Tatsache war, wir waren zwei junge Männer in einem Vergnügungsboot von sieben Tonnen und fanden Geschmack an Gewässerkunde und Polizeipflichten. Nicht, daß Davies jemals Zweifel hatte. Einmal auf die Spur gebracht, ging er seiner Absicht mit dem Glauben und der Hartnäckigkeit eines Kindes nach. Es war seine ›Chance‹.

## 11. Kapitel
# *Die Pfadfinder*

Am späten Nachmittag des zweiten Tages erreichte unsere Flottille die Elbe bei Brunsbüttel und wurde im inneren Hafenbecken aufgereiht, derweil ein großer Überseedampfer, der wie ein ärgerliches Baby wimmerte, sanft in die Schleuse geleitet wurde. Während dieser Verzögerung übergab Davies mir das Kommando und lief mit Ölkanne und Milchkrug davon. Ein Beamter in Uniform ging die Pier entlang von Schiff zu Schiff und bestätigte Papiere. Ich ging zu ihm hinauf mit unserer Gebührenquittung, die er nachlässig unterzeichnete. Dann blieb er stehen und murmelte: »Dultschibella.« Er kratzte sich den Kopf. »Das war der Name. Engländer?« fragte er.

»Ja.«

»Kleiner Lust-Kutter, stimmt; da hat jemand nach Ihnen gefragt.«

»Wer?«

»Ein Freund von Ihnen von einer großen Yachtbarke.«

»Oh, ich weiß. Sie fuhr nach Hamburg, nicht wahr?«

»Kein Glück, Kapitän. Sie befand sich auf der Ausreise.«

Was meinte dieser Mann? Er schien sich über irgend etwas sehr zu amüsieren.

»Wann war das? Vor etwa drei Wochen?« fragte ich gleichgültig.

»Vor drei Wochen? Es war vorgestern.«

»Wie schade, ihn um so kurze Zeit zu verpassen!«

Er lachte und zwinkerte mit den Augen.

»Hat er eine Nachricht hinterlassen?« fragte ich.

»Es war eine Dame, die sich erkundigte«, flüsterte der Bursche kichernd.

»Oh, wirklich«, sagte ich und kam mir allmählich höchst lächerlich vor, war aber sehr neugierig. »Und sie hat sich nach der *Dulcibella* erkundigt?«

»Herrgott, war die schwer zufriedenzustellen! Sie stand über mir, als ich die Bücher durchsuchte. ›Ein sehr kleines‹, sagte sie immer wieder, und: ›Sind Sie sicher, daß alle Namen hier sind?‹ Ich begleitete sie zu ihrem kleinen Boot, und sie ruderte im Regen davon. Nein, eine Nachricht hinterließ sie nicht. Für ein junges Fräulein, so ganz allein, war es ein Dreckwetter. Aber sie war sicher genug! Zu sehen, wie sie die Ebbe kreuzte beim Umschlagen der Tide, war ein Genuß.«

»Und die Yacht fuhr stromabwärts? Wohin wollte sie?«

»Wie soll ich das wissen? Bremen, Wilhelmshaven, Emden – irgendwo in der Nordsee; zu weit für Sie.«

»Da bin ich nicht so sicher«, sagte ich mutig.

»Ach! Sie wollen ihr doch wohl nicht in *dem* da folgen? Wollten Sie nicht nach Hamburg?«

»Wir können unsere Pläne ändern. Schade, daß wir sie verpaßt haben.«

»Überlegen Sie sich's gut, Kapitän, es gibt viele hübsche Mädchen in Hamburg. Aber ihr Engländer bringt ja alles fertig. Nun denn, viel Glück!«

Vergnügt lachend ging er weiter zum nächsten Boot. Davies kam bald mit seinen Kannen und einem Armvoll dunkler Roggenbrote zurück, gerade zur rechten Zeit, denn die Flottille drängte bereits in die Schleuse, und Bartels wurde ungeduldig.

»Die reichen für zehn Tage«, sagte Davies, als wir der Schar folgten und immer noch wie eine Klette an der Seite der *Johannes* hingen. Wir verbrachten die wenigen Minuten, da wir geschleust wurden, bei einem Abschiedsgespräch mit Bartels. Karl hatte ihre Hauptfalls zum Segelhissen am Spill festgemacht und ochste in einem Anfall von Fleiß mit ruckendem strubbeligem Kopf und schwitzendem dreckigem Gesicht. Dann wurden die Schleusentore geöffnet, und in einem Wirrwarr von Schreien, Winseln der Taljen und Knarren der Spieren ergoß sich unsere ganze Gesellschaft in den schmutzigen Schoß der Elbe. Die *Johannes* nahm unter dem Wind und mit der Tide Fahrt auf und fuhr zur Strommitte. Ein letzter Händedruck, dann schlippte Bartels die Hauptleine, und wir trennten uns. »Gute Reise!« – »Gute Reise!« Es blieb keine Zeit mehr für bedauernde Blicke, denn die Flut trieb uns hinaus, und erst als wir das Vorsegel gesetzt, eine kleine seichte Bucht angesteuert und den Anker fallen gelassen hatten, fanden wir die Muße, wieder an ihn zu denken, aber da waren er und die anderen Schiffe nur noch Schatten im trüben Osten.

Wir drehten uns in die Nähe einer Aufschüttung aus glattem, bläulichem Schlamm, die überging in einen unkrautbewachsenen Deich; dahinter lag das gleiche flache Land, farblos, feucht.

Ich erzählte Davies die Neuigkeiten, sobald der Anker gefallen war; instinktiv hielt ich – wie mein Informant – das Geschlecht des Fragers bis zuletzt heraus.

»Die *Medusa* ist vorgestern vorbeigekommen?« unterbrach er. »Und stromabwärts fuhr sie? Das ist ja seltsam. Warum hat er sich nicht erkundigt, als er die Elbe *hinauf*fuhr?«

»Es war eine Dame.« Trocken gab ich den Bericht des Beamten wieder und säuberte dabei mit einem Besen eifrig das Deck. »Jetzt sind wir quitt, nicht wahr?« endete ich. »Ich geh nach unten und mach den Ofen an.«

Davies war damit beschäftigt, die Ankerlampe zu setzen. Als ich ihn zuletzt sah, war er immer noch dabei, aber bewegungslos, die Laterne unter dem linken Arm, die rechte Hand am Fockstag und am halbgeknoteten Taljereep; er schaute starr den Fluß hinunter mit einem seltsamen Blick, halb triumphierend, halb verblüfft. Als er zu mir kam und sprach, schien er ein schwieriges Thema abzuschließen.

»Jedenfalls beweist es«, sagte er, »daß die *Medusa* wieder nach Norderney gefahren ist. Das ist die Hauptsache.«

»Vielleicht«, stimmte ich zu, »aber wir wollen mal zusammenfassen, was wir wissen. Erstens ist es sicher, von denen, die uns bis jetzt begegnet sind, hat noch keiner einen Verdacht gegen *uns* . . .«

»Ich habe dir doch gesagt, er hat es auf eigene Faust getan«, warf Davies ein.

»Oder zweitens gegen *ihn*. Falls er ist, was du meinst, ist es hier nicht bekannt.«

»Ich kann es nicht ändern.«

»Drittens erkundigt er sich nach dir auf dem Weg von Hamburg *zurück*, drei Wochen nach dem Ereignis. Es sieht nicht so aus, als glaube er, daß er dich erledigt hat – es sieht nicht so aus, als habe er beabsichtigt, dich zu erledigen. Außerdem schickt er seine Tochter, ein seltsames Verhalten unter diesen Umständen. Vielleicht ist alles ein Irrtum.«

»Es ist kein Irrtum«, sagte Davies halb zu sich selbst. »Aber hat er sie geschickt? Er hätte einen seiner Männer geschickt. Er kann überhaupt nicht an Bord sein.«

Das war ein neuer Aspekt.

»Was meinst du damit?« fragte ich.

»Er muß von Bord gegangen sein, als er in Hamburg eintraf; wegen irgendeines anderen Teufelswerks, nehme ich an. Jetzt segelt die Yacht zurück, kommt hier vorbei ...«

»Oh, ich verstehe! Es war eine private, ergänzende Erkundigung.«

»Ein schön langer Begriff dafür.«

»Würde das Mädchen allein mit der Besatzung zurücksegeln?«

»Sie ist mit der See vertraut – und vielleicht ist sie nicht allein. Da war diese Stiefmutter – aber an unseren Plänen ändert das überhaupt nichts. Wir werden morgen früh bei Ebbe segeln.«

Wir hatten an diesem Abend mehr als üblich zu tun; Vorräte zählen, Schränke aufräumen und bewegliche Sachen sichern. »Wir müssen sparsam sein«, sagte Davies, ganz genau, als wären wir Schiffbrüchige auf einem Floß. »Es ist eine elende Sache, landen zu müssen, um Öl zu kaufen«, war eine seiner Lieblingsäußerungen.

Ehe ich schlafen ging, mußte ich von einem neuen Navigationsfaktor Notiz nehmen, da die tidenfreie Ostsee jetzt hinter uns lag. Eine starke Strömung lief an unseren Seiten vorbei, und um elf mußte ich aufstehen und in Schlafanzug und Ölzeug (eine schreckliche Kombination) einen Warpanker ausbringen helfen. »Was ist das, warpen?« fragte ich, als wir wieder zugedeckt in der Koje lagen.

»Oh, das ist, wenn man ausläuft; dann muß man – aber das wirst du bald lernen.« Ich stählte mein Herz für den Morgen.

Und siehe da, am 5. Oktober segelten wir um acht Uhr den Fluß hinunter auf unser erstes Arbeitsgebiet zu. Es waren fünfzehn Meilen bis zur Mündung, trübe, traurige Meilen, wie die langweiligsten Strecken der unteren Themse. Aber die Landschaft war uns gleichgültig, und eine südwestliche Brise aus grauem Himmel hielt uns immerzu hin, nötigenfalls ein Reff zu setzen. Die Tide nahm an Stärke zu und trieb uns stromabwärts mit einer Gewalt, die bekräftigt wurde durch die Geschwindigkeit, mit der die Tonnen in Sicht kamen, sich neigten und verschwanden, jede in einem Strudel schmutzigen Schaums wogend. Ich merkte es zuerst kaum – wie ruhig war das Wasser, so gleichmäßig erschienen die Tonnen wie Meilensteine an einer Straße! –, daß die Küstenlinie im Norden schnell zurückwich und der ›Fluß‹ zu einem Belt tiefen Wassers wurde, der ein weites Mündungsgebiet umfaßte, drei, sieben, zehn Meilen breit, bis er sich mit der offenen See vereinigte.

»Mann, wir sind auf See«, rief ich plötzlich aus, »nachdem wir eine Stunde gesegelt waren!«

»Eben entdeckt?« sagte lachend Davies.

»Du hast gesagt, es seien fünfzehn Meilen«, beschwerte ich mich.

»Stimmt; bis wir diese Küste bei Cuxhaven hinter uns lassen; aber ich denke, du kannst schon sagen, wir sind auf See; selbstverständlich sind das alles Sände an Steuerbord. Schau mal! Etwas davon ist schon zu sehen.«

Er zeigte nach Norden. Ich sah mich etwas aufmerksamer um und bemerkte jenseits der Tonnenlinie einige Stellen, wo das Wasser wogte und arbeitete; an ein oder zwei Stellen bildeten sich weiße Streifen und Kreise; in einem dieser Kreise hatte sich ein glatter malvenfarbiger Buckel erhoben wie der Rücken eines schlafenden Wals.

Ich sah, daß ein alter Zauber Davies gefangennahm, als sein Blick zum leeren Horizont wanderte. Er erforschte auch alles mit kritischem Eifer, wie einer, der im Gesicht eines alten Freundes nach einem neuen Sinn sucht. Etwas von dieser Leidenschaft übertrug sich auf mich und beruhigte den bebenden Schauer, der mich ergriffen hatte. Das schützende Land war noch immer ein tröstender Nachbar, aber wir trennten uns schnell. Die Tide jagte uns, unterstützt von den straffen Segeln, flußabwärts, und bald waren wir auf der Höhe von Cuxhaven, das sich so tief hinter dem gewaltigen Deich duckte, daß von einigen Häusern nur die Schornsteine zu sehen waren. Etwa eine Meile weiter spitzte sich die Küste zu, und der unschuldige Deich wurde zu einer langen, niedrigen, mit Geschützen gespickten Festung.

Wir sausten hinaus auf die offene See und krängten schwer im jetzt ungehemmten Wind. Die Yacht hob und senkte sich in leichter Dünung, aber mein erster Eindruck war Staunen über die ruhige See, blies der Wind doch frisch und frei von Horizont zu Horizont.

»Mann, dort drüben ist jetzt alles Watt, und wir sind in Lee davon«, sagte Davies und schwang begeistert seine Hand über die See an unserer Backbordseite. »Das ist unser Jagdgebiet.«

»Was werden wir tun?« fragte ich.

»Stickers-Gat suchen«, antwortete er. »Es sollte bei Tonne K liegen.«

Eine rote Tonne mit großem K kam bald in Sicht. Davies spähte hinüber nach Backbord.

»Zieh mal das Schwert rauf, ja?« sagte er geistesabwesend und fügte hinzu: »Und gib mir das Fernglas, wenn du unten bist.«

»Laß nur. Ich hab's schon; komm ans Großsegel«, war die nächste Äußerung.

Er warf das Ruder herum und richtete die Yacht auf die unruhige und blasse Weite über dem untergetauchten Watt. Ein ›schlafender Wal‹, über dem eine leichte Dünung herrschte, lag direkt auf unserem Kurs.

»Übernimm bitte das Lot, ja?« sagte Davies höflich. »Ich kümmere mich um die Segel; wir kreuzen direkt gegen den Wind. Klar zum Wenden!«

Der Wind blies uns jetzt ins Gesicht, und eine volle halbe Stunde lang glitten wir durch immer schneller aufeinanderfolgende Wendemanöver vorwärts in den gewundenen Tiefen eines Priels, der die Untiefen westwärts durchzog. Ich kniete in einem Tauknäuel und hantierte – unter dem nebelhaften Eindruck, daß etwas sehr Kritisches sich vorbereite – mit dem Lot, stieß und bespritzte mich, rief die immer geringer werdenden Tiefen aus und war mir der Wichtigkeit meiner Funktion nur zu sehr bewußt. Davies schien überhaupt nicht hinzuhören, sondern kreuzte unerschütterlich weiter, jonglierte mit Ruderpinne, Segel und Karte, daß einem vom Zusehen schon schwindlig wurde. Trotz unseres Eifers schienen wir nur sehr langsam voranzukommen.

»Es hat keinen Zweck, die Tide ist zu stark; wir müssen es wagen«, sagte er schließlich.

»Was wagen?« fragte ich mich.

Unsere Kreuzstrecken wurden plötzlich länger und die von mir registrierten Tiefen seichter. Eine Zeitlang ging es gut, wir kamen besser voran. Dann kam eine längere Strecke als sonst.

»Zweieinhalb Faden – zwei – eineinhalb – ein Faden – nur noch fünf Fuß«, keuchte ich vorwurfsvoll. Das Wasser wurde kabbelig und schäumend.

»Es macht nichts, wenn wir es tun«, sagte Davies laut denkend. »Wir haben einen Strudel hier, und es wäre schade, ihn nicht zu nutzen. Klar zum Wenden! Zurück mit dem Klüver!«

Aber es war zu spät. Die Yacht reagierte nur schwach auf das Ruder, stoppte und krängte, wälzte sich und mahlte. Davies hatte das Großsegel im Nu unten; es deckte mich halb zu, als ich ängstlich und hilflos in Lee zwischen dem Gewirr von Tauen kauerte. Ich kroch aus den Falten und sah, wie er träumend am Mast stand.

»Es hat nicht viel Zweck bei ablaufendem Wasser«, sagte er, »aber wir werden versuchen zu warpen. Steck die Verholleine langsam aus, während ich den Warpanker ausbringe.«

Blitzschnell hatte er das Spanntau vom Dingi losgemacht, den Anker und sich ins Beiboot geworfen, war fünfzig Meter weit in tieferes Wasser gerudert und hatte den Anker fallen lassen.

»Hol ein jetzt«, rief er.

Ich holte ein und begann zu erkennen, was warpen heißt.

»Nur mit der Ruhe! Schinde dich nicht«, sagte Davies und sprang wieder an Bord.

»Sie kommt«, stieß ich triumphierend aus.

»Die Verholleine kommt, die Yacht nicht; du holst den Anker ein. Macht nichts, sie liegt hier gut. Laß uns zu Mittag essen.«

Die Yacht lag bewegungslos, das Wasser war sichtlich niedriger geworden. Kecke Wellen schlugen gegen die Seiten, aber so konfus mein Kopf auch war, mir war klar, daß es kein Anzeichen einer Gefahr gab. Davies war bereits unten und deckte, sehr zufrieden, den Tisch zu einem sorgfältiger als sonst zusammengestellten Mittagessen.

»Sie liegt ruhig, nicht wahr?« meinte er. »Wenn man wirklich mal im Sitzen essen möchte, gibt es nichts Besseres als aufzulaufen. Und überhaupt können wir hier so bequem arbeiten wie nirgends sonst. Du wirst sehen.«

Wie die meisten Landratten hatte ich ein gesundes Vorurteil gegen ›Auflaufen‹, so daß die Hinwendung meines Mentors zu dem kessen Paradoxon zuerst ziemlich ärgerlich war.

Nach dem Essen holten wir die Seekarte von den Mündungsgebieten mit dem großen Maßstab hervor, studierten sie aufmerksam und planten die Arbeit der nächsten Tage. Es ist nicht nötig, den gemeinen Leser mit ihren Feinheiten zu ermüden, und hier nicht Platz genug, sie zum Gewinn des eingeweihten Lesers darzustellen. Nur soviel: die drei breiten Wasserstraßen von Jade, Weser und Elbe teilen das Watt in zwei Hauptgruppen. Die westlichste hat einen symmetrischen Umriß, ein spitzwinkliges Dreieck, sehr ähnlich einem stahlbewehrten Spieß, wenn man sich die Halbinsel, von der sie ausgeht, als den hölzernen Schaft vorstellt. Die andere ist eine Anhäufung von Bänken, deren Basis an der Küste des Landes Hannover liegt; zwei Seiten davon sind leidlich sauber und gerade, und die dritte, die nach Nordwesten zeigt, ist zerfasert und zerrissen von der wütenden See, die tiefe Höhlungen herausgefressen und ihre hungrigen Greifarme bis weit ins Innere gestreckt hat. Das Ganze gleicht einem umgekehrten E oder, noch besser, einer primitiven Gabel, an deren drei tödlichen Zinken – dem Scharhörnriff, dem Knechtsand und der Tegeler Untiefe – ebenso wie an der nicht weniger tödlichen Spitze des Spießes manches gute Schiff bei Nordsturm zerschellt. Um bei diesem Vergleich zu bleiben, die Hohenhörnbank, an der Davies strandete, ist eine von denen, die zwischen der oberen und der mittleren Zinke liegen.

Unsere Aufgabe war es, den Spieß und die Gabel sowie die sich darin verzweigenden Priele zu erkunden. Ich benutze den allgemeinen Ausdruck ›Priel‹, aber tatsächlich sind sie in ihrer Art sehr unterschiedlich und werden im Deutschen mit verschiedenen Namen bedacht: Balje, Gat, Loch, Tief, Rinne. Für meine Zwecke brauche ich sie nur in zwei Sorten zu unterteilen: in solche, die bei jeder Tide Wasser führen, und andere, die bei Ebbe teilweise oder ganz trockenlaufen.

Davies erklärte, daß wir über die letzteren am meisten herausbringen müßten und sie unsere Hauptsorge sein würden, weil sie die ›Durchgangsstraßen‹ seien – die Verbindungsglieder zwischen den Mündungsgebieten. Auf der Seekarte sind sie an Reihen kleiner Y-förmiger Striche zu erkennen, die Pricken anzeigen, das heißt Stangen oder junge Bäume, die ins Watt gesteckt werden, um die Fahrrinne zu markieren. Die Striche selbst sind nur übliche Zeichen und entsprechen nicht im geringsten den einzelnen Pricken, die viel zu zahlreich und zu kompliziert sind, um sie auf einer Karte selbst im größten Maßstab genau anzuzeigen. Das gleiche trifft auf den Lauf der

Priele zu, deren kleinere Krümmungen nicht wiedergegeben werden können.

Die Yacht lag jetzt am Rande eines dieser tidenabhängigen Wasserwege. Es wird Stickers-Gat genannt, und man kann es nicht verfehlen, wenn man seinen Blick nach Westen entlang unserem Kurs ab Cuxhaven richtet. Es war, wie Davies mir erzählte, die letzte und kniffligste Strecke jener ›Abkürzung‹, die die *Medusa* an jenem denkwürdigen Tag genommen hatte – eine Strecke, die er selbst nicht erreicht hatte.

Als das Gespräch beendet war, gingen wir an Deck. Davies bewaffnete sich mit Notizbuch, Fernglas und dem Prismenkompaß, dessen Zweck – die Winkel der Priele anzuzeigen – mir erst oben offenbar wurde.

## 12. Kapitel
## *Meine Einführung*

Die Yacht lag (dank ihrer beiden Kimmkiele) mit sehr leichter Krängung in einer Art Mulde, die sie sich selbst ausgehoben hatte, und war deshalb noch von einem mehrere Zoll breiten Graben Wasser umgeben.

Meilenweit lag rundum Sandwüste. Nach Norden berührte sie den Horizont und wurde nur durch den blauen Fleck der Insel Neuwerk mit ihrem Leuchtturm unterbrochen. Nach Osten schien sie sich auch bis ins Unendliche zu erstrecken, nur der Rauch eines Dampfers zeigte, wo sie von der Elbe durchdrungen wurde. Nach Süden ging sie bis zum feinen Strich der Küste des Landes Hannover. Nur nach Westen waren ihre Umrisse durch Andeutungen der See unterbrochen. Dort regten sich kriechende weiße Fäserchen, die an einer Stelle im Nordwesten, von wo es wie Schlangengezisch herübertönte, zu einem wirren Knoten verschlungen waren. Die Wüste, wie ich sie nenne, war nicht ganz ohne eigene Züge. Ihre Farben wechselten von hellbraun an den vom Wind getrockneten höchsten Stellen, zu braun oder dunkelviolett an den noch nassen, und zu schiefergrau, wo Schlammflecken ihre reine Brust besudelten. Hier und da war eine Wasserlache, die der kraftlose Wind kräuselte; hier und da war sie mit Muscheln und Tang gesprenkelt. Und in unserer Nähe begann sich in Richtung auf den zischenden Knoten im Nordwesten unser armer kleiner Priel zu winden, erbarmungslos bloßgelegt als schlammiger Graben mit stehendem, kaum fußhohem Wasser, nicht tief genug, um unseren kleinen Warpanker zu verbergen, der in frechem Spott einen Arm emporreckte. Der langweilige, unfreundliche Himmel, der Wind, der in der Takelage stöhnte, als weine er verzweifelt um eine ihm entgangene Beute, machten die Szene unsagbar einsam.

Davies betrachtete sie für einen Augenblick mit Behagen, kletterte auf einen Aussichtspunkt auf dem Querbaum und verfolgte mit dem Fernglas den Lauf des Priels.

»Ziemlich gut ausgeprickt«, sagte er nachdenklich, »aber

eine oder zwei stehen sehr weit draußen. Mein Gott, das ist dort eine heikle Kurve.« Er nahm mit dem Kompaß eine Peilung, machte sich ein paar Notizen und dann einen kräftigen Sprung runter in den Sand.

Das war, wie ich sagen darf, die einzige Art ›an Land zu gehen‹, die er wirklich mochte. Wir liefen so schnell es unsere plumpen Seestiefel erlaubten, folgten dem Lauf unseres Priels nach Westen und erkundeten den Weg, dem wir folgen mußten, wenn die Tide auflief.

»Die einzige Möglichkeit, eine Gegend wie diese kennenzulernen, ist, sie bei Niedrigwasser zu sehen«, rief er. »Die Bänke sind dann trocken und die Priele deutlich zu erkennen. Schau dir diese Pricke an –« er blieb stehen und sagte verächtlich, »sie steht ganz falsch. Ich nehme an, der Priel hat hier seinen Lauf verändert. Es ist obendrein noch eine wichtige Kurve. Nähmst du sie als Wegweiser, wenn das Wasser höher ist, würdest du auflaufen.«

»Was sehr nützlich wäre«, meinte ich.

»Ach, zum Teufel!« lachte er. »Wir erkunden alles. Ich möchte in der Lage sein, ohne Fehler durch diesen Priel zu fahren. Das nächste Mal werden wir das auch.« Er blieb stehen und hantierte mit Kompaß und Notizbuch. Dann liefen wir weiter, bis der nächste Halt erforderlich war.

»Schau«, sagte er, »der Priel wird voller. Vor kurzem war er noch fast trocken. Siehst du jetzt die Strömung darin? Das ist die auflaufende Flut – vom Westen her, wohlgemerkt, das heißt von der Seite der Weser. Somit sind wir an der Wasserscheide vorbei.«

»Wasserscheide?« wiederholte ich verwirrt.

»Ja, so nenne ich das. Weißt du, ein großer Sand wie dieser ist wie eine Hügelkette, die zwei Ebenen teilt – er ist nie ganz flach, obwohl es so aussieht; da gibt es immer einen Punkt, oder besser einen Rücken, wo er am höchsten ist. Nun ist ein Priel, der diesen Sand durchschneidet, selbstverständlich immer dann am seichtesten, wenn er diesen Rücken überquert. Bei Niedrigwasser ist er da meistens trocken, und er wird allmählich tiefer, wenn er sich der See zu beiden Seiten nähert. Nun kann das Wasser bei Flut, wenn der ganze Sand bedeckt ist, laufen, wohin es will. Aber sobald die Ebbe einsetzt, fällt das Wasser zu beiden Seiten des Rückens ab, und aus dem Priel werden zwei Flüsse, die – *weg* von der Mitte – oder der Wasserscheide, wie ich es nenne – einander entgegengesetzt fließen. Ist jetzt die Ebbe vorbei und die Flut beginnt, wird der Priel von zwei Strömen gespeist, die *zur* Mitte fließen und sich dort treffen. Hier sind Elbe und Weser unsere beiden Zuführer. Nun geht diese Strömung nach Osten; wir wissen aber, daß zu dieser Tageszeit die Tide aufläuft, *also* liegt die Wasserscheide zwischen uns und der Yacht.«

»Warum ist es so wichtig, das zu wissen?«

»Weil diese Strömungen stark sind und man wissen möchte, wann man eine günstige verliert und auf eine schlechte trifft. Außerdem ist der Rücken der kritische Punkt, wenn du ihn bei fallender Tide überquerst und wissen willst, wann du ihn hinter dir hast.«

Wir zogen weiter, bis uns ein großes Haff den Weg versperrte. Es sah viel imposanter aus als der Priel, aber Davies bedachte es nach einem schnellen forschenden Blick mit einem verächtlichen Grunzen.

»Es ist eine Sackgasse«, sagte er. »Siehst du den Sandberg dahinter, bis zu dem es sich erstreckt?«

»Es ist ausgeprickt«, wandte ich ein und zeigte auf eine altersschwache Stange, die zitternd über der Bank hing und wie ein Finger den Schwindel rügte.

»Ja, so wird man in die Irre geführt; es ist eine alte Rinne, die versandet ist. Die Pricke ist ein Betrug; wir haben keine Zeit weiterzugehen, die Flut kommt schnell. Ich mache nur noch Peilungen von dem, was wir sehen können.«

Das falsche Haff war nur eins von mehreren, die im Westen sichtbar wurden, anschwollen und sich über die Rippen des sie zerteilenden Sandes hinweg die Hand reichten. Das ferne Zischen kam näher und wurde lauter und brachte ein tiefes Donnern mit sich. Wir kehrten dem Wind den Rücken zu und hasteten zur *Dulcibella* zurück, indes an unserer Seite die Strömung im Priel miteilte und anschwoll.

»Wir haben gerade noch Zeit, die andere Seite zu erledigen«, sagte Davies, als wir beim Boot ankamen, und ich beglückwünschte mich, daß wir unseren Stützpunkt wiedererlangten, ohne die Verbindungswege zu ihm abgeschnitten vorzufinden. Wir jagten in die Richtung, aus der wir morgens gekommen waren, planschten durch Lachen und übersprangen die Kinderrinnsale, die sich beim Steigen der Tide vom Mutterpriel durch Ritzen davonstahlen. Unsere Beobachtungen abgeschlossen, gingen wir zurück, machten einen weiten Bogen über erhöhten Boden, um der angreifenden Flut auszuweichen, und wateten das letzte Stück zur Yacht durch knietiefes Wasser.

Als ich dankbar an Bord kletterte, schien mir, ich höre eine ferne schleppende Stimme, die mißbilligend sagte, segeln halte einen nicht genug in Bewegung. Es war meine Stimme, Jahrhunderte zurück, in einem anderen Leben.

Von Osten und Westen her hatten sich zwei Wasserflächen über die Wüste geschoben, jede streckte Brandungszungen aus, die sich trafen und vereinigten.

Ich wartete an Deck und beobachtete den Todeskampf der erstickenden Sände unter dem erbarmungslosen Ansturm der See. Die letzten Bollwerke wurden zerschmettert, gestürmt und überwältigt; der Aufruhr der Geräusche ließ nach und festigte sich, die See fegte siegreich über die ganze Weite. Die *Dulcibella,* bis jetzt verächtlich träge, begann unter den Püffen, die sie erhielt, zu erwachen und zu beben. Dann ruckte sie mit einiger Mühe ins Gleichgewicht und bumste und strengte sich gereizt voller Ungeduld an, diesen frechen Eindringling zu überwältigen und ihn sich zum Sklaven zu machen. Bald spannte sich ihre Warpleine, und ihre Nase schwang langsam herum; nur ihr Heck bumste noch, mit abnehmender Kraft. Plötzlich war sie frei und trieb breitseitig mit dem Wind ab, bis der Anker sie zügelte und in Lee von ihm brachte, wo sie sich leicht und triumphierend wiegte. Gutmütige kleine Person! In ihrem Herzen war sie gleicherweise mit Sand und See befreundet. Nur wenn ihre alte und ihre neue Liebe den tödlichen Kampf um ihre Gunst aufnahmen und sie in diesem Spektakel roh behandelt wurde, erhob sich ihr Temperament aufrührerisch.

Wir kippten eine Tasse Tee, hißten die Segel und fuhren weiter nach Westen. Als wir die ›Wasserscheide‹ überwunden hatten, trafen wir auf eine starke Strömung, aber die Fahrtrichtung lag jetzt mehr bei Nordwest, so daß wir unseren Kurs ohne Kreuzen halten und folglich gegen die Tide ankämpfen konnten. »Gib ihr mal einen Fuß Schwert«, sagte Davies. »Wir kennen den Weg hier, und sie wird dadurch weniger stark abgetrieben; aber im allgemeinen werden wir ohne Schwert auskommen müssen – bei ablaufender Tide sogar immer. Wer aufläuft, wenn das Schwert unten ist, verdient abzusaufen.« Ich erkannte jetzt, wie wertvoll unser Spaziergang gewesen war. Die Pricken standen rechts von uns, aber sie waren nur schwankendes Rohr, gaben keinerlei Hinweis auf die Breite des Priels. Einige hatten ihre Spitze verloren und wurden vom steigenden Wasser verschlungen. Als wir an die Stelle kamen, wo sie aufhörten und das trügerische Haff lag, hätte ich mir äußerst verloren vorkommen sollen. Wir hatten die hohen und relativ ebenen Bänke überquert, die den Rücken der Gabel bilden, und fuhren jetzt in das Labyrinth alleinstehender Bänke, die die trichterförmige Höhlung zwischen oberer und mittlerer Zinke versperren. Das wußte ich aus der Seekarte. Mein unbewaffnetes Auge sah nichts als die offene See, die bei zunehmender Tiefe dunkelgrün wurde – eine störrische, drohende See, die ihre weißen Hauer zeigte. Die Wellen wurden länger und steiler, denn die Priele, obwohl immer noch gekrümmt, begannen sich zu vertiefen und zu verbreitern.

Davies hatte seine Peilungen und hielt sich zuversichtlich an seinen Kurs. »Jetzt ans Lot«, sagte er, »der Kompaß wird uns bald nicht mehr viel helfen. Wir müssen die Kante der Sände abtasten, bis wir an neue Pricken kommen.«

»Wo werden wir über Nacht vor Anker gehen?« fragte ich.

»Unter dem Hohenhörnsand«, sagte Davies, »um der alten Sache willen!«

Es dämmerte. Die Küstenlinie des Landes Hannover, nie sehr deutlich, war ganz verschwunden. Eine unheilvolle schwere Dünung unterlief den kurzen Seegang. Ich hörte nicht mehr auf Davies' Mitteilungen über sein geliebtes Hobby, sondern versuchte mit schwerer körperlicher Arbeit die Furcht zu ersticken; den ganzen Tag über hatte die Aussicht auf ein erstes Ankern auf See sie in mir wachgehalten.

»Lote jetzt wie der Teufel!« sagte er schließlich. Ich kam auf eineinhalb Faden. »Das ist die Bank«, sagte er. »Wir gehen ihr etwas aus dem Wege und lassen dann fallen.«

»Laß fallen!« hieß der Befehl nach einer Minute, und die Kette lief mit einem langgezogenen Stöhnen aus. Die *Dulcibella* wurde von ihr festgehalten und stellte sich keck der Nordsee und der hereinbrechenden Nacht.

»Das wär's!« sagte Davies, als wir das Großsegel geborgen hatten. »Sicher und gemütlich bei vier Faden Wassertiefe in einem herrlichen Sandhafen, keiner da, der uns belästigt, ganz für uns allein. Keine Gebühren, kein Gestank, kein Verkehr, keine Sorgen irgendwelcher Art. Es ist sogar noch besser als eine Ostseebucht, weniger scheußliche Zivilisation in dieser Gegend. Wir sind sieben Meilen von der nächsten Küste entfernt und noch fünf von Neuwerk – schau mal, sie machen den Leuchtturm an.« Im Osten war ein winziger Funke zu sehen.

»Ich nehme an, es ist alles in Ordnung«, sagte ich, »aber ich sähe lieber eine feste Mole irgendwo; die Nacht sieht böse aus, und die Dünung gefällt mir auch nicht.«

»Die Dünung ist nichts«, sagte Davies, »sie ist nur ein streunender Ablauf von draußen. Und was Molen angeht, du hast sie hier rundum, nur sind sie verborgen. Voraus und steuerbords ist Westhohenhörnsand, der sich genau wie eine Steinpier nach Südwesten krümmt. Du kannst hören, wie im Norden die Brandung gegen seine Außenseite schlägt. Dort habe ich damals fast Schiffbruch erlitten, und der kleine Priel, in den ich gestolpert bin, muß hier irgendwo in der Nähe sein. Eine halbe Meile entfernt – dort, backbords – liegt Osthohenhörn, wo ich aufgelaufen bin, nachdem ich dieses Wasserloch hier durchrast habe. Eine Meile achteraus liegt der Hauptteil der Sände, die oberste Zinke deiner Gabel. Du siehst also, wir sind eingeschlossen – praktisch. Sicherlich erinnerst du dich an die Seekarte? Nun, es ist ...«

»Oh, zum Teufel mit der Karte!« brach es aus mir heraus, da ich diesen Redefluß gewinnenden Trostes als zu betrüblich vielsagend empfand. »Schau es dir an, Mensch! Angenommen, es passiert was – angenommen, es kommt ein Sturm auf! Aber was nützt es, hier zu frösteln und die Aussicht anzustarren! Ich gehe nach unten.«

Unten gab es eine schlimme Viertelstunde, in der ich – ich schäme mich, es zu sagen – unsere Aufgabe vergaß.

»Auf welche Suppe hast du Lust?« fragte Davies scheu nach einigen Minuten finsteren Schweigens.

Diese einfache Bemerkung, die mehr Sicherheit ausdrückte als tausend technische Argumente, rettete die Situation.

»Sag mal, Davies«, sagte ich, »ich bin bestenfalls ein feiger Hund, und du sollst mich nicht schonen. Aber du bist nicht wie die Segler oder Seeleute, denen ich früher begegnet bin. Du bist so lässig und ruhig bei den außergewöhnlichen Sachen, die du erledigst. Ich glaube, du gefielst mir besser, wenn du gelegentlich mal wie ein Stallknecht fluchtest oder damit drohtest, mich in Eisen zu legen.«

Davies machte große Augen und sagte, es sei alles seine Schuld, weil er vergesse, daß ich nicht wie er an solche Ankerplätze gewöhnt sei. »Und übrigens«, fügte er hinzu, »was den Sturm angeht, so sollte es mich nicht wundern, wenn einer aufkäme, das Barometer fällt stark; aber er kann uns nichts anhaben. Weißt du, selbst bei Hochwasser ist die Drift der See ...«

»Oh, fang um Himmelswillen nicht wieder damit an. Du wirst noch beweisen, daß wir hier sicherer als in einem Hotel sind. Laß uns essen, und zwar verdammt gut!«

Das Abendessen verlief glatt, aber als gerade der Kaffee bereitet wurde, fing der Schiffsrumpf, der bisher regelmäßig gestampft hatte, an zu rollen.

»Ich wußte, daß es so kommen würde«, sagte Davies. »Ich wollte dich schon warnen, nur – die Ebbe hat *gegen* den Wind eingesetzt. Es ist ganz ungefährlich ...«

»Ich dachte, du hättest gesagt, bei fallender Tide werde es ruhiger werden.«

»Wird es auch, aber es kann einem *vorkommen*, als werde es rauher. Tiden sind eine seltsame Sache«, fügte er hinzu, als verteidige er einige nicht sehr ehrbare Bekannte.

Er beschäftigte sich mit seinem Logbuch und schwankte leicht im Gleichtakt mit den Bewegungen des Boots; ich versuchte, mein Tagebuch zu vervollständigen, konnte mich aber nicht konzentrieren. Jeder unbefestigte Gegenstand im Boot setzte sich hörbar in Bewegung. Kannen schepperten, Schränke klapperten, Kästen stießen hohle Seufzer aus. Kleine Gegenstände schlichen sich aus dunklen Verstecken und tanzten grotesk trunkene Figuren auf dem Fußboden wie Kobolde in einer verwunschenen Waldlichtung. Der Mast wimmerte qualvoll bei jeder Krängung, das Schwert hatte den Schluckauf und würgte. Oben schien man eine weitere Horde Dämonen freigelassen zu haben. Deck und Mast waren Leiter, die jeden Laut verstärkten: leichtes Klopfen der Tampen glich Hammerschlägen, und das Klatschen der Falls gegen den Mast schien dem Knattern eines Maxim-Maschinengewehrs ähnlich.

Der ganze Tumult schlug den Takt zu einem rhythmischen Chor, der einen rasend machen konnte.

»Wir könnten uns jetzt hinlegen«, sagte Davies. »Es ist halb elf.«

»Was, dabei schlafen?« rief ich. »Ich halte dies nicht aus. Ich muß etwas tun. Können wir nicht noch mal spazierengehen?« Ich sagte es in bitterem, halbirrem Spott.

»Selbstverständlich können wir«, sagte Davies. »Wenn dir ein bißchen Schwanken im Dingi nichts ausmacht.«

Ich überlegte mir meinen überstürzten Vorschlag noch einmal, aber es war zu spät, ihn zurückzunehmen, und ein verzweifelter Ausweg mußte gefunden werden. Ich fand mich an Deck wieder, hielt mich an einer Pardune fest und sah benommen nach unten und dann auf das Dingi, das längsseits in den Wellen der See wie ein Kork tanzte, während Davies Riemen und Dollen klarmachte.

»Spring«, rief er, und ehe ich meine fünf Sinne beisammen hatte, trieben wir in den steilen Wogen, von Tal zu Tal schaukelnd, in die Nacht hinaus. Davies lavierte unsere Walnußschale sorgsam über die Kämme. Er strengte sich dabei kaum an; er verließ sich darauf, daß die Tide uns ans Ziel brachte. Plötzlich hörte die Bewegung auf. Ein dunkler Hang tauchte in der Nacht auf, und das Dingi ruhte sanft in seichtem Wasser.

»Westhohenhörn«, sagte Davies. Wir sprangen hinaus und sanken in weichen Schlamm ein, zogen das Dingi ein oder zwei Fuß nach oben, stiegen die Bank hinauf und befanden uns auf hartem, nassem Sand. Der Wind sprang uns an und erstickte unsere Stimmen.

»Laß uns meinen Priel suchen«, schrie Davies. »Hier lang. Behalte das Feuer von Neuwerk direkt achteraus.«

Wir machten uns auf und gingen gebeugt mit langen Schritten gegen den Wind und gerade auf das Brüllen der Brecher an der anderen Seite des Sandes zu. Mir ging eine Zeile aus Matthew Arnolds ›Die nackten kiesigen Strände der Welt‹ durch den Kopf. ›Sieben Meilen von Land‹, dachte ich bei mir, ›fliehend wie Seevögel vom flüchtigen Sandeiland, umgeben von jagenden Gezeiten, geschlagen vom Meer, um Mitternacht bei nahem Sturm – abgeschnitten von unserer einzigen unsichern Zuflucht.‹ Falls je, dann war es jetzt an der Zeit, die Schwäche zu besiegen. Eine verrückte Fröhlichkeit kam in mir auf, als ich den Wind trank und vorwärts drängte. Nur eine oder zwei Minuten schienen vergangen zu sein, als Davies mich packte.

»Paß auf!« schrie er. »Da ist mein Priel.«

Der Boden fiel ab, und ein schnell laufender Fluß schimmerte vor uns auf. Wir folgten seinem Lauf nach Norden, stolperten in schlammigen Rissen, rutschten auf Tang, wurden allmählich blind vom feinen salzigen Gischt und taub vom Donnern der Meeresbrandung. Der Fluß wurde breiter, weißer, rauher, er sammelte sich zum Zusammenstoß und wurde zerschlagen und aufgelöst in milchigem Dunkel. Wir schwenkten nach rechts und planschten in gärendem Schaum. Davies' Stimme war in meinem Ohr, und sein Arm zeigte auf die See hinaus.

»Ungefähr hier – ist – es – wo – ich – zuerst auflief – damals schlimmer – Nordwestwind – dies – ist – nichts. – Laß – uns – ganz – rumgehen.«

Wir eilten mit dem Wind im Rücken davon und gingen die Brandung entlang. Ich verlor jeden Sinn für Zeit und Richtung. Ein weiterer See versperrte uns den Weg und wurde zu einem weiteren Fluß, als wir an seinem schrägen Ufer entlanggingen. Wieder hatten wir den berauschenden Wind im Gesicht. Dann schwenkte nach links ein Licht und verging flackernd, und jetzt blieben wir stehen und sahen uns prüfend um. Ich stolperte gegen etwas Scharfes – das Dollbord des Dingis. Also hatten wir die Umkreisung unserer unbeständigen Domäne beendet, dieser Trauminsel – Alptrauminsel, als die ich sie immer im Gedächtnis behalten werde.

»Du mußt auch rudern«, sagte Davies. »Es weht jetzt stark. Halte seine Nase etwas hoch – so gut du kannst!«

Wir schlingerten davon, mein Ruder war manchmal bis zur Ducht begraben, manchmal traf es nur die Blasen eines Wellenkamms. Davies im Bug gab mir von Zeit zu Zeit Anweisungen. Ich hörte, wie ihm der Gischt im Rücken gegen das Ölzeug klatschte. Dann glänzte ein bleiches Licht über die Wellen. »Vorsicht! Kommenlassen!«, und das Bugspriet der *Dulcibella*, angeschwollen zu gespenstischen Ausmaßen, erstach über mir die Dunkelheit. »Etwas zurück! Zwei gute Schläge. Riemen ins Boot! Spring jetzt!« Ich krallte mich an den stampfenden Rumpf und sprang. Davies folgte mit dem Spanntau, und das Dingi glitt nach achtern.

»Sie liegt jetzt wunderbar«, sagte er, als er das Tau festgemacht hatte. »Sie wird in der Flut nicht rollen, und wir haben schon fast Niedrigwasser.«

Ich glaube, es wäre mir einerlei gewesen, hätte sie auch noch so sehr gerollt. Ich war endlich von meinem Bammel geheilt.

Das war auch ganz gut, denn aus der Koje auf nasses Ölzeug geworfen zu werden ist ein entmutigender Tagesanfang. Das geschah etwa um acht. Die Yacht stampfte heftig; ich kroch auf allen vieren in die Kabine, wo Davies den Fußboden zum Frühstück deckte.

»Ich ließ dich schlafen«, sagte er, »wir können nichts tun, bis das Wasser fällt. Bei diesem Seegang würden wir den Anker nie lichten können. Komm und sieh es dir an. Es klärt jetzt auf«, fuhr er fort, als wir tiefgebückt an Deck standen und uns zur Sicherheit an Klampen festhielten. »Der Wind hat auf Nordwest gedreht. Er hat in voller Sturmstärke geweht, und die See ist jetzt am schlimmsten – fast Hochwasser. Du wirst sie nie schlimmer als so sehen.«

Auf das, was ich sah, war ich vorbereitet – meilenweit um uns stürmische See und ein Chaos von Brechern, wo unsere Trauminsel gestanden hatte – ich nahm es ruhig auf, irgendwie sogar begeistert. Die *Dulcibella* stellte sich dem Sturm so hartnäckig wie nur je, tauchte ihr Bugspriet in die See und warf grünes Wasser über ihren Bug. Eine Welle von Vertrauen und Zuneigung zu ihr stieg in mir auf. Ich hatte mich bisher über das Gewicht und die Größe ihres unhandlichen Ankers und seines Taus geärgert, jetzt aber erkannte ich deren Nützlichkeit; Lack, Farbe, makellose Decks und schneeweiße Segel waren alles geckenhafte Absurditäten einer verhaßten Vergangenheit.

»Was können wir heute tun?« fragte ich.

»Wir müssen schon innerhalb der Bänke bleiben und besonders vorsichtig sein, wo eine Dünung auftritt. Trotz der Sandbarriere ist die See hier steil. Aber weiter hinten können wir eine ganze Menge tun.«

Wir frühstückten schrecklich unbehaglich; dann rauchten und unterhielten wir uns, bis das Brüllen der Brecher abnahm. Beim ersten Auftauchen nackten Sandes fuhren wir unter Besan- und Vorsegel los, und ich lernte, wie man einen widerspenstigen Anker aus dem Boden freisegelt. Wir schwangen herum und jagten vor dem Wind nach Osten über das Gebiet, das wir am Vorabend überquert hatten, während eine Gruppe neuer Bänke sich langsam über den schnell schwächer werdenden Wellen erhob. Wir bewegten uns vorsichtig zwischen ihnen und um sie herum, loteten und beobachteten, drehten bei, wo der Platz es gestattete, und benutzten manchmal das Dingi. Ich begann zu erkennen, wo die Risiken bei dieser Art von Navigation lagen. Wo immer die Meeresdünung hereindrang oder der Wind einen langen, tiefen Priel hinunterwehte, mußten wir sehr vorsichtig sein und uns genügend Spielraum lassen. »Dies sind die Stellen, an denen man nicht auflaufen darf«, pflegte Davies zu sagen.

Am Ende überquerten wir wieder den Steilsand, aber auf einer anderen Route; wir ankerten nach einem mühseligen Tag in einem Einschnitt an seinem östlichen Rand eben außerhalb der Dünung, die von der unruhigen Elbemündung heranrollte. Die Nacht war klar, und als die Tide zurückging, lagen wir vollkommen ruhig; der Wind schickte nur ein leichtes Wellenkräuseln gegen unsere Seiten.

## 13. Kapitel
# *Die Bedeutung unserer Arbeit*

Nichts störte uns während der nächsten zehn Tage in unserer Arbeit. Zu jeder Tages- und mancher Nachtstunde, in Fahrt oder vor Anker, aufsitzend oder schwimmend, bei Regen und Sonne, in Wind und Flaute studierten wir das Bett der Mündungsgebiete und übten uns im Befahren des Prielnetzes; wir unterhielten keine Verbindung zum Land und näherten uns ihm kaum. Es war ein Leben der Mühe, des Ungeschütztseins und der Gefahr; auch ein Kampf gegen Unvorhergesehenes; denn stürmisches Herbstwetter war die Regel. Der Wind war rückdrehend und sprang von Südwest nach Nordwest und wehte nur an zwei milden Tagen sanft von Ost, der ungefährlichen Richtung in diesem Gebiet. Seine Stärke und Richtung bestimmten jede neue Wahl der Segelgründe. War er heftig und nördlich, erkundeten wir die inneren Sände, war er gemäßigt, den äußeren Rand; wurden wir überrascht, eilten wir an die nächstgelegene schützende Stelle.

Alles in allem glaube ich, daß wir nur wenige Fehler gemacht haben. Davies besaß eine höchst natürliche Begabung für die Arbeit. Jede Stunde, oft jede Minute, brachte ihr Problem, aber seine Findigkeit versagte nie. Je schwieriger es war, desto kühler wurde er. Er besaß auch jene Intuition, die unabhängig von erworbener Geschicklichkeit und die Wurzel allen Genies ist, was, um Fälle analog zu seinem zu nehmen, die höchste Eigenschaft eines vollkommenen Führers oder Pfadfinders ist. Ich glaube, er konnte den Sand riechen, wo er ihn nicht sehen oder berühren konnte.

Was mich betrifft, so war die See nie mein Element gewesen und würde es auch nie sein; dennoch, ich gewöhnte mich an dieses Leben, wurde abgehärtet und leidlich flink. Wie ein Soldat mehr in einer Woche Krieg lernt als in Jahren der Paraden und des Uniformputzens, so erlernte ich – fern von aller Erholung, auf dem Wege von einem gefährlichen Biwak zum andern, und bis zu einem gewissen Grade mit dem Leben allein von meinen Muskeln und meiner Wachsamkeit abhängig –

schnell meine Arbeit und erlangte darin eine gewisse Geschicklichkeit. Ich kannte mich im Dunkeln aus, konnte mit sparsamen Mitteln durch Böen gegen den Wind kreuzen, Peilungen nehmen und das Zusammenwirken von Wind und Tide abschätzen.

Wir waren meistens allein, aber gelegentlich trafen wir Galeoten wie die *Johannes*, die durchs Watt lavierten, und ein oder zweimal stießen wir auf eine Gruppe dieser Boote, die in einem engen Durchlaß ankerten und auf Wasser warteten. Beladen hatten sie einen Tiefgang zwischen sechs und sieben Fuß, unser eigener betrug ohne Schwert nur vier, aber wir nahmen deren durchschnittlichen Tiefgang als Maßstab für alle unsere Beobachtungen. Das heißt, wir machten uns daran zu ermitteln, wann und wie ein Schiff mit einem Tiefgang von sechseinhalb Fuß das Watt befahren konnte.

Noch ein Wort zu unseren Motiven. Davies war davon überzeugt, wie ich bereits sagte, daß dieses ganze Gebiet im Kriege ein idealer Jagdgrund für kleine, unabhängig operierende Seeräuberschiffe sei, und ich begann zu erkennen, daß er recht hatte; man braucht sich nur mal die drei Seestraßen anzusehen, die durchs Watt nach Hamburg, Bremen und Wilhelmshaven ins wirtschaftliche Herz Deutschlands führen. Sie sind wie Straßen, die ein gebirgiges Gebiet als Engpässe durchdringen, wo eine Handvoll verwegener Männer eine ganze Armee aufhalten kann.

Gehen wir dem Beispiel eines Landkrieges doch einmal nach. Man bevölkere die Berge mit wagemutigen und wendigen Leuten, die mit jedem Weg und Saumpfad innig vertraut sind, in kleinen Gruppen operieren und sich mit leichtem Gepäck schnell bewegen. Man erkenne, welchen Riesenvorteil solche Guerillas über einen Feind haben, der sich an ausgetretene Pfade klammert, sich in großen Einheiten bewegt, langsam ist und das ›Land nicht kennt‹. Man erkenne, daß sie über einen Gegner, der sie an Stärke weit übertrifft, nicht nur Verderben bringen, sondern einen passiven Widerstand auch verlängern können, nachdem die entscheidenden Schlachten längst geschlagen worden sind. Man erkenne auch, daß der starke Eindringling seinen schwer zu fassenden Widersacher nur besiegen kann, wenn er sich dessen Methoden aneignet, dessen Land kennenlernt und ihm an Beweglichkeit und List gleichkommt. Man sollte das

Beispiel nicht zu weit treiben, aber daß diese Art der Kriegsführung ihr Gegenstück auf See haben wird, ist eine Wahrheit, die nicht in Frage gestellt werden kann.

Davies setzte in seiner Begeisterung ihrer Bedeutung keine Grenzen. Das kleine Boot in seichten Gewässern spielte in seiner Vision von einem Seekrieg eine gewaltige Rolle, eine Rolle, die an Wichtigkeit noch zunahm, wenn der Krieg sich entwickelte und in den letzten Stadien seinen Höhepunkt erreichte.

»Die Flotten schwerer Schlachtschiffe sind ja ganz gut«, pflegte er zu sagen, »aber wenn beide Seiten etwa gleich stark sind, wird nach einigen Kriegsmonaten nichts mehr von ihnen übrig sein. Sie werden sich gegenseitig vernichten und als nominellen Sieger einen Admiral zurücklassen, der kaum noch ein Schlachtschiff zu seinem Ruhme zur Verfügung hat. Dann erst wird der wahre Kampf einsetzen; dann erst wird alles, was schwimmt, zum Wehrdienst genötigt werden, und jeder, der ein Boot steuern kann, seine Gewässer kennt und nicht einen Heller für sein Leben gibt, wird ausgezeichnete Aussichten haben. Das ist jedoch zweischneidig. Was kleine Boote in diesen Gewässern ausrichten können, ist klar genug; aber nimm jetzt unseren eigenen Fall. Sagen wir mal, wir würden auf hoher See von einem Bündnis geschlagen. Dann besteht die Gefahr des Verhungerns oder der Invasion. Das ist alles Quatsch, was die da von sofortiger Kapitulation reden. Wir können auf halber Ration leben, wieder zu Kräften kommen und bauen, wir brauchen nur Zeit. Inzwischen sind unsere Küsten und Häfen in Gefahr, denn die Millionen, die wir in Festungen und Minen anlegen, bringen uns nicht weit. Sie sind standortgebunden – reine passive Verteidigung. Wir brauchen Boote – Moskitos mit Stacheln, ganze Schwärme davon; Vorpostenboote, Aufklärungsboote, Torpedoboote; intelligent geführte Freischärlerfahrzeuge, bemannt mit Leuten aus der Gegend, die ziemlich freie Hand haben, ihr eigenes Spiel zu machen. Und was ist das für ein hervorragendes Spiel! Bei uns drüben gibt es ähnliche Gebiete wie hier – nicht halb so gut, aber ähnlich –, die Mündungen von Mersey, Dee, Severn, Wash und, die beste, von der Themse, mit all den Bänken von Kent, Essex und Suffolk. Aber was die Verteidigung unserer Küsten betrifft, so wie ich sie verstehe – da ist nichts, aber auch gar nichts! Nicht einmal kleine Torpedoboote werden von uns gebaut oder benutzt. Die schnellen ›Zerstörer‹ taugen nicht für diese Arbeit – zu lang und unlenksam und vor allem zu tief. Wir brauchen etwas Starkes und Einfaches mit geringem Tiefgang. Schlepper, Barkassen, kleine Yachten – alles würde zur Not recht sein, denn Erfolg würde von Intelligenz und nicht von brutaler Gewalt oder komplizierten Mechanismen abhängen. Viele würden vernichtet werden, aber was tut's? An rechten Männern würde es nicht mangeln, wenn man die Sache nur organisierte. Aber wo sind die Männer *da*für?

Oder nehmen wir mal an, wir würden auf See siegen und müßten eine Küste wie diese angreifen oder blockieren, die ganz und gar aus Watt besteht. Mit Improvisation kommt man nicht an gegen Leute, die in solchen Gewässern heimisch sind. Die Burschen von der Marine lernen es nicht, obwohl sie, bei Gott! die großartigste Truppe der Welt ist – in Schneid, Kühnheit und allem andern. Sie würden alles versuchen und häufig das Unmögliche schaffen. Aber ihre Boote gehen tief, und in dieser Art von Arbeit bekommen sie wenig Übung.«

Davies bestand hierbei nie auf seinem Argument, aber ich weiß, es war sein leidenschaftlicher Herzenswunsch, daß sich die Chance ihm böte, sein Wissen über diese Küste praktisch auszunutzen in dem Krieg, der, wie er glaubte, bald ausbräche; darin, dem faszinierendsten Feld für so etwas, sein ›hervorragendes Spiel‹ zu machen.

Ich kann seine Ansichten nur skizzieren. Als ich sie hörte, das Klatschen der Brandung und das Brodeln der Tiden im Ohr, machten sie einen tiefen Eindruck auf mich und gaben mir für die Arbeit genau die Begeisterung, die er von seinem Temperament her schon hatte.

Aber als die Tage vergingen und nichts geschah, das uns beunruhigte, verstärkte sich in mir das Gefühl, daß wir uns hinsichtlich unserer Aufgabe auf falschem Kurs befanden. Wir fanden nichts Verdächtiges, nichts, das auf ein wirklich hinreichendes Motiv für Dollmanns Tücke hinwies. Ich wurde ungeduldig und schlug vor, schneller westwärts zu fahren. Davies hielt noch immer an seiner Theorie fest, aber auch er hatte das gleiche Gefühl.

»Es hat etwas mit diesen Prielen im Watt zu tun«, beharrte er, »aber ich fürchte, daß wir, wie du sagst, noch nicht bis ins

Herz des Geheimnisses vorgedrungen sind. Niemand scheint sich auch nur die Bohne darum zu kümmern, was wir hier tun. Wir haben die Mündungsgebiete nicht so gut erledigt, wie ich es mir wünschte, aber wir sollten jetzt bei den Inseln weitermachen. Es ist dort genau die gleiche Arbeit und ebenso wichtig, glaube ich. Wir werden sicher bald auf eine Spur stoßen.«

Da gab es auch noch die Frage der Zeit, zumindest für mich. Ich mußte am 28. wieder in London sein, wenn ich keine Verlängerung erhielt – und gegenwärtig machten wir nur sehr langsame Fortschritte. Aber ich kann nicht mit gutem Gewissen sagen, daß ich ernsthaft Nachdruck darauf gelegt hätte: Wenn in unserem Unternehmen überhaupt ein Wert lag, dann mußte die offizielle Pflicht nachstehen. Der Staatsapparat würde unter meiner Abwesenheit nicht leiden; ich würde Ausreden vorbringen müssen, und die Ergebnisse ermutigten dazu.

In dieser Zeit verwitterte unser starkes kleines Schiff, es wurde schäbiger, der Firnis dünner, die Decks grauer, die Segel schmutziger und das Kabinendach dunkler, wo Ofenqualm es schwärzte. Aber die einzige Schönheit, die es je besaß, die der vollkommenen Tauglichkeit für seine Aufgaben, blieb erhalten. Und daß es mir bald heimisch wurde, machte es unvergleichlich. Meine Glieder paßten sich seiner verzwickten Enge an, mein Geschmack und meine Gewohnheiten richteten sich nach seiner einfachen häuslichen Sparsamkeit.

Aber Öl und Wasser gingen zur Neige, und die Zeit war gekommen, da wir gezwungen waren, an Land unsere Vorräte zu ergänzen.

## 14. Kapitel
## *Die erste Nacht bei den Inseln*

Eine niedrige Linie von Sanddünen, rosig und hellbraun in der untergehenden Sonne, am einen Ende ein kleines weißes Dorf, eng um einen wuchtigen Leuchtturm geschart – das war Wangerooge, die östlichste der Ostfriesischen Inseln, wie ich sie am Abend des 15. Oktober erblickte. Wir hatten beschlossen, sie zu unserem ersten Landeplatz zu machen. Da sie keinen Hafen besaß und bei Niedrigwasser von einem meilenbreiten Sandgürtel umgeben war, hatten wir sie bei steigender Tide angelaufen, bis wir festsaßen, um uns soviel Arbeit wie möglich zu ersparen beim Hin- und Hertragen der schweren Wasserfäßchen und Ölkanister, die wir auffüllen mußten. Drei Meilen südlich von uns waren in schwachen Umrissen die flachen Ebenen Ostfrieslands zu erkennen, unterbrochen nur von einigen Bäumen, ein oder zwei Windmühlen und einem Kirchturm. Dazwischen begann die seichte Weite der See sich in Haffs zurückzuziehen, von denen das größte die enge Wasserstraße war, auf der wir uns von Osten her genähert hatten. Diese setzte ihren Lauf parallel zur Insel nach Westen fort, und in ihr lagen etwa eine halbe Meile von uns entfernt drei Galeoten vor Anker.

Ehe wir mit dem Abendessen fertig waren, lag die Yacht hoch und trocken. Als wir gegessen hatten, belud Davies sich mit Kanistern und Fäßchen. Ich wollte meinen Part übernehmen, aber er überredete mich, an Bord zu bleiben; ich war todmüde nach einem ungewöhnlich langen und anstrengenden Tag, der morgens um zwei begonnen hatte, als wir unter Ausnutzung einer Portion günstigen Ostwinds zur Überquerung des ganzen Watts zwischen Elbe und Jade aufgebrochen waren. Für ein Boot, das so langsame Fahrt machte, war diese Leistung in zwei Tiden kaum zu bewältigen; wir hatten es noch eben geschafft, jedoch nur mit Hilfe unermüdlicher Wachsamkeit und unter schwerer körperlicher Anstrengung.

»Leg den Anker aus, wenn du geraucht hast«, sagte Davies, »und achte auf die Ankerlaterne; sie ist für mich der einzige Wegweiser hierher.«

Er ließ sich hinunter, und ich hörte das Knirschen der Seestiefel, als er in der Dunkelheit verschwand. Es war eine klare Sternennacht mit einem Hauch von Frost in der Luft. Ich steckte mir eine Zigarre an und streckte mich auf dem Sofa in der Nähe des wärmenden Ofens aus. Die Zigarre ging bald aus und fiel hinunter; ich döste unruhig, denn ich dachte an die Ankerlaterne. Einmal stand ich auf, blinzelte durch das halboffene Oberlicht, sah sie gleichmäßig brennen und legte mich wieder hin. Die Kabinenlampe brauchte Öl; sie war gerade dabei, mit einem rotglühenden Docht zu verlöschen, aber ich war zu schläfrig, mich darum zu kümmern, und sie ging aus. Ich steckte mir den Zigarrenstummel wieder an und versuchte, mich durch Nachdenken wachzuhalten. Es war das erstemal, daß wir beide uns für so lange Zeit getrennt hatten; aber wir hatten uns schon so daran gewöhnt, uns werde keiner stören, daß mich dies auch nicht im geringsten beunruhigt hätte, wäre da nicht die plötzliche Vorahnung gewesen, in dieser ersten Nacht des zweiten Stadiums unserer Arbeiten werde etwas passieren. Plötzlich hörte ich draußen ein Geräusch, einen klatschenden Schritt, als trete ein Mann in eine Pfütze. Ich war sofort hellwach, dachte aber gar nicht daran, etwa zu rufen: »Bist du das, Davies?«, denn ich wußte blitzartig, er war es nicht. Es war das Ausrutschen eines geheimnisvollen Mannes. Gleich hörte ich wieder einen Schritt – den dumpfen Tritt eines Stiefels auf Sand –, diesmal nahe an meinem Ohr, außen am Schiffsrumpf; dann weitere schwächer und weiter achtern. Ich stand leise auf und spähte durch das Oberlicht nach achtern. Ein Licht von unten herauf warf einen zitternden Schimmer auf den Besanmast; mit der Ankerlaterne hatte es nichts zu tun, denn die hing am Fockstag. Mein Herumstreicher hatte, wie ich begriff, ein Streichholz angezündet und las den Namen am Heck. Wie weit würde ihn seine Neugier noch treiben? Das Streichholz erlosch, wieder waren Schritte zu hören. Dann rief eine starke kehlige Stimme: »Yacht ahoi!« Ich schwieg. »Yacht ahoi!« diesmal etwas lauter. Eine Pause, dann ein Erzittern des Rumpfes, als Stiefel daran schabten und Hände nach dem Schandeck griffen. Mein Besucher war jetzt an Deck. Ich huschte nach unten, setzte mich aufs Sofa und hörte ihn sich auf Deck bewegen, schnell und dreist, zuerst zum Bug, wo er stehenblieb, dann zurück zur Kajüte mittschiffs. In der Kabine war es pechschwarz; ich hörte seine Stiefel auf dem Niedergang, als er nach den Stufen tastete. Der schwache Schein verschwand, den die Ankerlaterne ins Oberlicht geworfen hatte.

In wenigen Sekunden hätte ich dem Unbekannten gegenübergestanden, vielleicht mit ihm gesprochen, aber mir war diese Arbeit zu neu, und ich verlor den Kopf. Ich dachte nur an Davies' letzte Worte und sah ihn, wie er sich auf dem Watt verirrt hatte, ohne Licht, das ihn hätte zurückführen können, bei auflaufender Tide und schwer beladen. Ich fuhr unwillkürlich auf, stieß gegen den Tisch und machte den Ofen scheppern. Ein langer Schritt und ein Griff zum Niedergang, aber zu spät. Ich erwischte etwas, das feucht und fettig war; etwas zog und atmete schwer . . ., ich hielt einen großen Seestiefel umklammert, dessen Besitzer ich springen und über den Sand davonlaufen hörte. Ich kletterte nach draußen, schwang mich über Bord und folgte blindlings dem Geräusch. Er war um den Bug der Yacht herumgelaufen, ich tat es auch, duckte mich unter dem Bugspriet, übersah das Wasserstag und schlug mit dem Kopf heftig gegen ein Drahtseil und einen Block, deren Stärke und Größe zur Zierde der *Dulcibella* gehörten. Als mein Atem wieder einsetzte, mühte ich mich weiter voran, aber meine unsichtbare Beute war weit weg. Ich zog die schweren Stiefel aus, trug sie und lief auf Strümpfen, wobei ich mir sofort den Fuß an einer Muschel schnitt. Verfolgung war hoffnungslos, und zuletzt stolperte ich noch über ein Stück Treibholz, fiel lang hin und hatte starke Schmerzen in den Zehen.

Ich hinkte zurück und stellte fest, daß ich als aktiver Abenteurer einen sehr schlechten Start hatte. Ich hatte nichts gewonnen, nur viel Atem und Haut verloren und wußte nicht einmal sicher, wo ich war. Die Laterne der Yacht war erloschen, und selbst mit dem Leuchtturm Wangerooge als Wegweiser fiel es mir nicht leicht, sie wiederzufinden. Sie hatte keinen Anker draußen, die Tide mußte bald auflaufen. Und wie sollte Davies sie finden? Nachdem ich eine Weile kraftlos im Kreis gegangen war, ging ich dazu über, mich von Zeit zu Zeit flach hinzulegen in der Hoffnung, ihre Silhouette vor dem Sternenhimmel zu sehen. Damit hatte ich schließlich Erfolg, und mit Erleichterung und Demut ging ich an Bord, zündete die Ankerlaterne wieder an und brachte den Warpanker aus. Der fremde Stiefel lag am Fuße des Niedergangs, aber er sagte mir nichts, als ich ihn untersuchte. Es war elf Uhr, Niedrigwasser vorbei. Für Davies würde es knapp werden, wenn er ohne Hilfe des Dingis noch an Bord kommen wollte. Aber schließlich tauchte er auf alltägliche Weise wieder auf, erschöpft von seiner schweren Last, jedoch sehr gesprächig über seinen Besuch an Land. Er begann, während wir noch an Deck waren.

»Hör mal, wir hätten uns mehr absprechen sollen, was wir sagen, wenn man uns Fragen stellt. Ich hatte mir einen ruhig aussehenden Laden ausgesucht, aber er stellte sich als eine Art Kneipe heraus, wo man Schlehenschnaps trank – sie waren freundlich wie üblich, und sie bestürmten mich mit Fragen. Ich sagte, wir seien auf dem Rückweg nach England. Sie redeten den üblichen Quatsch über die Kleinheit des Boots usw. Mir fiel dabei ein, wir brauchen einen anderen Vorwand für unsere langsame Fahrt und die langen Aufenthalte, deshalb mußte ich mit den Enten kommen, obwohl wir mit denen, weiß Gott, keine Zeit verschwenden wollen. Dieses Thema war kaum ein Erfolg. Sie sagten, dafür sei es zu früh – neidisch, wie ich vermute –, aber dann machten sich zwei Burschen bemerkbar und baten, als Helfer angeheuert zu werden. Sie sagten, sie würden mit ihrem Stechkahn kommen; ohne Hilfe aus dem Ort würden wir nichts ausrichten. Zweifellos stimmt das, aber wie würden die uns lästig sein. Ich kam da heraus ...«

»Nur gut, daß dir das gelang«, warf ich ein. »Wir werden das Boot nie sich selbst überlassen können. Ich glaube, wir werden beobachtet.« Ich berichtete mein Erlebnis.

»Hm, schade, daß du nicht gesehen hast, wer es war. Verfluchtes Wasserstag!« (war seine taktvolle Reaktion auf meine Unbeholfenheit.) »In welche Richtung ist er gelaufen?« Ich zeigte vage nach Westen. »Nicht auf die Insel zu? Ich frage mich, ob es nicht jemand von den Galeoten ist. Sie ankern dort drüben im Priel; du kannst ihre Lichter sehen. Du hast kein Boot davonrudern hören?«

Ich machte ihm klar, daß ich als Detektiv so elend versagt hatte.

»Ich glaube, du hast dich ganz prächtig gehalten«, sagte Davies. »Hättest du gerufen, als du ihn zuerst hörtest, wüßten wir noch weniger. Und wir haben einen Stiefel, der sich als nützlich erweisen könnte. Ist der Anker draußen? Laß uns hinuntergehen.«

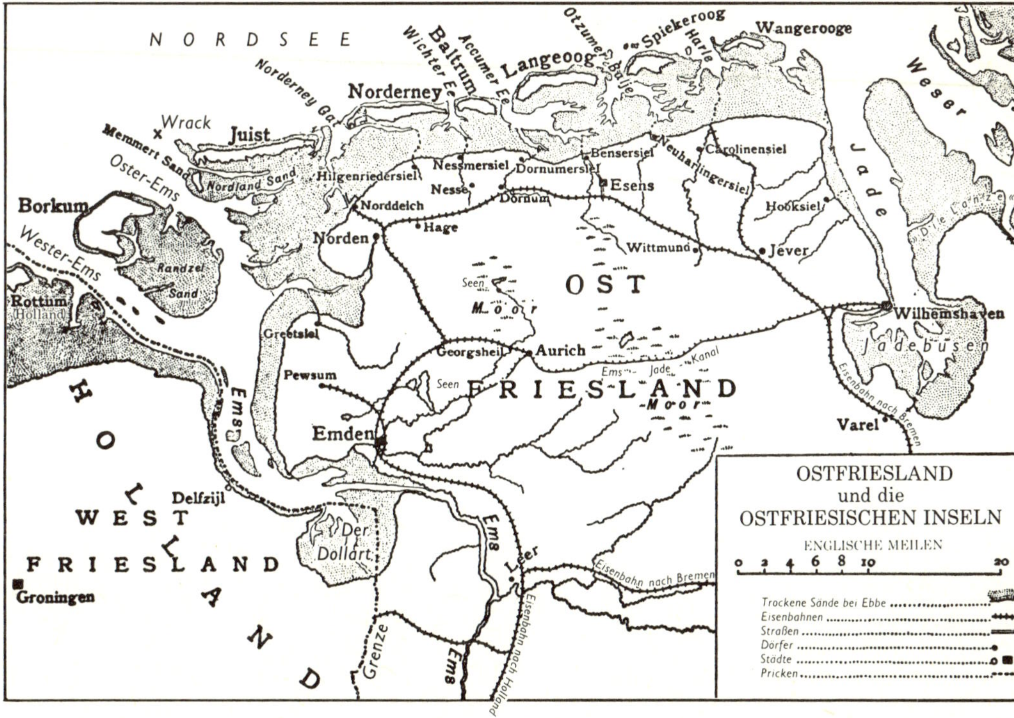
OSTFRIESLAND
und die
OSTFRIESISCHEN INSELN
ENGLISCHE MEILEN
0 2 4 6 8 10 20
Trockene Sände bei Ebbe
Eisenbahnen
Straßen
Dörfer
Städte
Pricken
NORDSEE
Wangerooge
Spiekeroog
Harle
Otzumer Balje
Langeoog
Accumer Ee
Baltrum
Wichter Ee
Norderney
Norderney Gat
Juist
Wrack
Memmert Sand
Nordland Sand
Oster-Ems
Borkum
Wester-Ems
Randzel Sand
Rottum (Holland)
Weser
Jade
»Die Lanze«
Wilhemshaven
Jadebusen
Eisenbahn nach Bremen
Varel
Carolinensiel
Neuharlingersiel
Hooksiel
Jever
Wittmund
Bensersiel
Esens
Dornumersiel
Dornum
Nessmersiel
Nesse
Hilgenriedersiel
Norddeich
Hage
Norden
OST
FRIESLAND
Seen
Moor
Aurich
Georgsheil
Ems - Jade - Kanal
Greetsiel
Pewsum
Emden
Ems
Delfzijl
Der Dollart
Leer
Eisenbahn nach Holland
Grenze
HOLLAND
WEST FRIESLAND
Groningen

Wir rauchten und unterhielten uns, bis die neue Flut sanft gegen die *Dulcibella* plätscherte und sie arglos hob.

Selbstverständlich, so meinte ich, ist vielleicht nichts daran. Der Besucher könnte ein gewöhnlicher Dieb gewesen sein; eine offenbar verlassene Yacht ist ein verlockender Köder. Davies wies diese Möglichkeit von Anfang an verächtlich zurück.

»In Deutschland sind sie nicht so«, sagte er. »In Holland, wenn du willst, bringen sie alles fertig. Und mir gefällt nicht, daß er die Laterne gelöscht hat, um Zeit zu gewinnen, falls wir nun nicht dagewesen wären.«

Mir gefiel das auch nicht. Obwohl ich in Einzelheiten Schnitzer gemacht hatte, begrüßte ich den Vorfall als ersten konkreten Beweis, daß das Ziel unseres Suchens kein Hirngespinst war. Als nächstes ging es darum: was war das Ziel unseres Besuchers? und was hätte er finden können?

»Die Seekarten selbstverständlich, mit all unsern Korrekturen und Notizen, sowie das Logbuch. Die würden uns verraten«, folgerte Davies sofort. Da ich seinen Glauben an die Prieltheorie nicht teilte, blieb ich endgültig gegen seine kostbaren Karten.

»Schließlich tun wir doch nichts Schlimmes, wie du selbst oft gesagt hast«, sagte ich.

Dennoch, als Hinweis auf unsere wahre Lebensweise waren sie die einzigen Gegenstände an Bord, die uns kompromittieren oder andeuten könnten, daß wir mehr waren als nur exzentrische junge Engländer, die wegen der Jagd (wovon die Schrotflinten zeugten) und zum Vergnügen herumkreuzten. Wir hatten zwei Sätze Seekarten, nämlich deutsche und englische. Die ersteren wollten wir in der Praxis verwenden und, wenn es die Lage erforderte, zusammen mit dem Logbuch verstecken. Mein Tagebuch, so beschloß ich, wollte ich immer bei mir tragen. Dann waren da noch die Marinebücher. Davies streifte sie mit einem mir wohlbekannten Blick.

»Wir haben zu viele davon«, sagte er mit dem Ton eines Kochs, der das Schicksal überflüssiger Kätzchen besiegelt. »Werfen wir sie über Bord. Sie sind sowieso alt, und ich kenne sie auswendig.«

»Aber nicht hier!« protestierte ich, als er mit gierigen Händen nach dem Regal griff. »Man würde sie bei Niedrigwasser finden. Ich ließ sie wirklich da, wo sie sind. Du hattest sie, als du letztes Mal hier warst, und Dollmann weiß, daß du sie hattest. Wenn du ohne sie zurückkommst, wird es komisch aussehen.« Sie blieben verschont.

Die englischen Seekarten – zwar nutzlos, aber zu unserer Rolle als englische Segler desto passender – blieben als glänzender Beweis unserer Unschuld offen liegen. Ein herrlich friedlicher Anblick, dachte ich. Eine Yacht von sieben Tonnen hat nicht gerade übergenug (trockene) Verstecke, und wir waren machtlos, falls man uns gründlich durchsuchen wollte. Falls an dieser Küste Geheimnisse zu hüten waren und wir als Spione verdächtigt wurden, konnte nichts einen offiziellen Besuch und eine Verwarnung verhindern. Kein Herumschleicher brauchte also davonzujagen, wenn er aufgeschreckt wurde, es sei denn, man hielt es für am klügsten, uns in Ruhe zu lassen, falls wir harmlos waren, und keinen Verdacht zu erregen, wo es noch keinen gab. Hier verloren wir uns in Vermutungen. Wessen Agent war der Herumschleicher? Falls Dollmanns, wußte dieser dann, daß die *Dulcibella* unversehrt und wieder in dem Gebiet war, aus dem er sie vertrieben hatte? Falls ja, würde er dann wieder zur Politik der Gewalt Zuflucht nehmen? Wir ertappten uns dabei, daß wir beide auf die unter dem Gestell festgebundenen Schrotflinten schauten, dann lachten wir und machten ein dummes Gesicht. »Ein Krieg des Geistes und nicht der Schrotflinten«, meinte ich. »Schauen wir mal auf die Seekarte.«

Der Leser ist mit dem Aussehen dieser einzigartigen Gegend bereits vertraut; ich brauche nur daran zu erinnern, daß das Festland jener Teil Preußens ist, der Ostfriesland genannt wird. Es ist eine kleine, flache Halbinsel, im Westen begrenzt von der Ems – dahinter liegt Holland – und im Osten von der Jade; ein niedrig gelegenes Land mit großen Marsch- und Heideflächen und wenigen größeren Städten; im Norden gibt es überhaupt keine größeren Orte. Sieben Inseln liegen vor der Küste. Außer dem rundlichen Borkum sind es alles dünne Streifen, fast halbmondförmig, kaum breiter als eine Meile, an den Enden sich verjüngend; die durchschnittliche Länge beträgt etwa sechs Meilen, von Norderney und Juist mit sieben beziehungsweise neun bis zum kleinen Baltrum, das nur zweieinhalb Meilen lang ist.

Von den untiefen Bereichen zwischen ihnen und dem Festland liegen bei Niedrigwasser zwei Drittel trocken, das restliche Drittel wird zu einem System von Haffs. Ihre Verteilung hängt von der natürlichen Strömung der Nordsee ab, die sich ihren Weg zwischen den Inseln bahnt. Jeder dieser Zwischenräume gleicht einem Flußstrich und wird von gefährlichen Bänken versperrt, über die sich bei jeder auflaufenden Tide die See ergießt und tiefe Tümpel aushebt. Diese erweitern und verzweigen sich nach Ost und West, wenn die eingeschlossene Strömung sich befreit, die Inseln umgibt und sich über die dazwischenliegenden Sandbänke ausbreitet. Aber je weiter sie vordringt, desto geringer wird ihre Schwemmkraft; das Ergebnis ist, daß keine Insel ganz von einem Niedrigwasserpriel umgeben wird. Etwa in Höhe der Inselmitte liegt hinter jeder eine ›Wasserscheide‹, die nur fünf oder sechs Stunden während der zwölfstündigen Tide bedeckt ist. Ein Boot, selbst mit leichtestem Tiefgang, das hinter den Inseln fährt, muß den richtigen Moment abpassen, wenn es über diese Stelle hinwegkommen will. Was die Schiffbarkeit angeht, so faßt der *Nordseelotse* sie mit diesen trockenen Worten zusammen: »Die Priele, die diese Inseln und das Festland voneinander trennen, erlauben den kleineren Schiffen jener Gegend den Verkehr zwischen Ems und Jade.« Die Inseln werden mit ein oder zwei Bemerkungen über Leuchtfeuer und Lichter abgetan.

Je eingehender ich die Karte betrachtete, desto verwirrter wurde ich. Die Inseln waren offenbar nur Sandbänke, mit einer Häusergruppe und einer Kirche darauf; der einzige Hinweis auf Leben in diesem trostlosen Gebiet bestand in dem gelegentlich auftauchenden Wort ›Badestrand‹. Die Insel Norderney stach in dieser Hinsicht selbstverständlich besonders hervor; aber selbst ihre Stadt, die ich vom Hörensagen als fröhlichen und vornehmen Badeort kannte, war für einige Monate im Jahr tot und leer und ohne wirtschaftliche Bedeutung. Kein Mensch könnte an der Festlandküste etwas unternehmen – einer eintönigen Deichlinie, nur gelegentlich unterbrochen von einem winzigen Dorf. Müßig sah ich mir die Namen der Dörfer an und fand, daß die meisten mit ›siel‹ endeten. Da gab es Carolinensiel, Bensersiel usw. Siel bedeutet entweder Abwasserkanal oder Deichschleuse; in diesem Fall das letztere, denn ich sah, daß jedes Dorf an der Mündung eines kleinen Flusses lag, der offensichtlich die Abwässer aus der Marsch mit sich führt.

Eine Schleuse ist erforderlich, denn bei Flut liegt das Land unter dem Meeresspiegel. Als ich dann auf das Watt davor schaute, sah ich, daß es quer herüber und auf jede Mündung zu mit Reihen von Pricken markiert war, was hieß, daß es einen tidenabhängigen Zugang zu jedem Dorf gab, den offensichtlich die Strömung des kleinen Flusses geschaffen hatte.

»Werden wir die erkunden?« fragte ich Davies.

»Ich sehe keinen Sinn darin«, antwortete er, »sie führen nur zu diesen unbedeutenden kleinen Orten. Ich nehme an, sie werden von den Galeoten aus der Gegend befahren.«

»Auch von deinen Torpedobooten und Vorpostenbooten?«

»Vielleicht, bei bestimmten Tiden. Aber ich kann nicht erkennen, welchen Wert sie haben, es sei denn als letzte Zuflucht für ein deutsches Boot. Sie führen zu keinem Hafen. Warte mal! Da ist ein kleiner Einschnitt im Deich bei Neuharlingersiel und Dornumersiel, was eine Art von Kaianlage bedeuten könnte, aber zu welchem Zweck?«

»Wir könnten doch den einen oder andern aufsuchen, nicht wahr?«

»Ja, ich glaube schon; aber wir wollen nicht in Dörfern herumtrödeln. Wir haben einen Haufen wichtiger Arbeiten zu erledigen, weiter draußen.«

»Nun, was hältst du von dieser Küste?«

Davies trug wieder die alte Theorie vor, aber diesmal mit solch einer Kraft und Heftigkeit, daß ich mehr als je zuvor beeindruckt war.

»Sieh dir diese Inseln an«, sagte er. »Sie bilden eindeutig die alte Küstenlinie, in die die See Breschen geschlagen hat. Das Gebiet hinter ihnen ist wie ein riesiger tidenabhängiger Hafen, dreißig Meilen lang und fünf breit. Er ist für Kriegsschiffe mit geringem Tiefgang unter erfahrener Lotsenführung wie geschaffen. Sie können durch die Lücken hinein- und hinausschlüpfen und von einem zum andern Ende umherstreifen. An der einen Seite ist die Ems, an der anderen liegen die großen Mündungsgebiete. Es ist ein idealer Stützpunkt für Torpedoboote.«

Ich stimmte zu (und stimme heute noch zu), zuckte aber dennoch die Achseln.

»Wir machen also mit unseren Erkundungen weiter wie bisher?«

»Ja, halten dabei aber scharf Ausschau. Denk daran, von jetzt an werden wir immer in Sichtweite von Land sein.«

»Was sagt das Barometer?«

»Es ist höher als seit langem. Ich hoffe, wir bekommen keinen Nebel. Ich weiß, diese Gegend ist berühmt für ihren Nebel; und schönes Wetter zu dieser Jahreszeit wäre schlecht für alle. Ich hätte lieber, daß es wehte, wenn wir nicht gerade diese Lücken erkunden sollten, wo ein Wind landeinwärts unangenehm wäre. – Halb sieben morgen früh, nicht später. Ich glaube, ich werde von jetzt an hier in der Kajüte schlafen, nach dem, was heute abend passiert ist.«

## 15. Kapitel
## *Bensersiel*

Die entscheidenden Ereignisse unserer Fahrt traten schon bald ein. Wenn ich zurückblicke auf das, was zu ihnen geführt hat und versuchen will, den Leser zu veranlassen, unseren Standpunkt ganz zu teilen, dann gebe ich am besten von den nächsten drei Tagen Auszüge aus meinem Tagebuch:

»16. Oktober (um 6.30 aufgestanden, Yacht liegt hoch und trocken). Von den drei Galeoten, die gestern im Priel vor Anker lagen, ist nur noch eine da . . . An diesem Morgen ging ich mit den Wasserfäßchen nach Wangerooge. Ich fand das Dorf halb verloren zwischen Wanderdünen, die mit mathematisch ausgerichteten Reihen von Meergrasbüscheln bepflanzt sind, um sie zu befestigen und eine Katastrophe (wie die pompejische) zu verhindern. Ein freundlicher Krämer erzählte mir alles Wissenswerte, was sehr wenig war. Die Inseln waren anscheinend, wie wir uns das vorgestellt hatten, zum größten Teil Ödland mit einer kleinen Bevölkerung von Fischern und einer beschränkten Zahl von Badegästen im Sommer. Die Saison ist jetzt vorbei, und das Geschäft ist flau. Es gibt noch einen kleinen Handel mit dem Festland in Galeoten und Leichtern, von denen einige aus den ›Siel‹-Orten kommen. ›Gibt es dort Häfen?‹ fragte ich. ›Schlammlöcher!‹ erwiderte er mit verächtlichem Lachen. (Er ist ein Zugereister, kein Einheimischer). Er sagte, er habe von Plänen gehört, sie zu verbessern, um die Inseln zu Heilbädern zu entwickeln, aber er hielt das nur für wilde Spekulationen.

Mit schweren Schritten zur Yacht zurück, beinahe von der Last erdrückt. Während Davies noch einmal hinüberging, erjagte ich auf der Pirsch mit der Flinte so etwas wie ein Exemplar der kleinsten Art von Zwergschnepfe, einer sehr kleinen; aber ich machte dabei großen Lärm, was, wie ich hoffe, irgend jemand von der Reinheit unserer Motive überzeugte.

Wir lichteten um eins den Anker und sahen uns beim Vorbeifahren die geankerte Galeote gut an. *Kormoran* stand auf ihrem Heck; sonst sah sie wie Hunderte andere aus. Niemand war an Deck.

Den ganzen Nachmittag bis zur Dunkelheit erkundeten wir die Harle, ein Loch zwischen Wangerooge und Spiekeroog; schwere Brandung draußen auf den Bänken ... So schön der Tag auch war, von See her ist die Szenerie außerordentlich einsam. Die nackten Flecken der beiden Inseln sind gräßlich in ihrer Öde; melancholisch herumliegende Stücke Treibholz waren die einzige Abwechslung, bis auf ein oder zwei groteske Leuchtfeuer und, am bizarrsten, einen großen Kirchturm, der an der Nordseite von Wangerooge tatsächlich *im* Wasser stand; ein markanter Zeuge für das Vordringen der See. Auf dem kaum erkennbaren Festland stand als sehr auffälliger Geländepunkt ein Turm, der, wie wir der Karte entnahmen, zu Esens gehörte, einer Stadt vier Meilen landeinwärts.

Die Tage werden kürzer. Sonnenuntergang ist kurz nach fünf, und eine Stunde später ist es zu dunkel, um Pricken und Tonnen deutlich zu erkennen. Die Tiden liegen jetzt auch ungünstig. Das Morgen- und Abendhochwasser ist zwischen fünf und sechs – gerade bei Dämmerung. Für die Nacht tasteten wir uns mit dem Lot in die Muschelbalje, einen Nebelpriel an der Innenseite von Spiekeroog, und lagen bei zwei Faden Tiefe, zwar fern von der äußeren Dünung, aber ein wenig rollend, als die Ebbe stark gegen den Wind einsetzte.

Eine Galeote mit westlicher Fahrt passierte uns, als wir die Segel bargen; zu dunkel, um ihren Namen zu erkennen. Später sahen wir ihre Ankerlaterne unseren Priel weiter rauf.

Das große Ereignis des Tages war ein kleines deutsches Kanonenboot, das langsam die Küste entlang nach Westen dampfte. Das war ungefähr um halb fünf, als wir gerade die Harle ausloteten.

Davies identifizierte es sofort als die *Blitz,* Fregattenkapitän von Brünings Kanonenboot. Wir fragten uns, ob er die *Dulcibella* erkannt hatte, aber jedenfalls schien die *Blitz* keine Notiz von uns zu nehmen und dampfte langsam weiter. Wir hatten schon erwartet, ihr zu begegnen, wenn wir die Inseln erreichten, aber ihr Anblick erregte uns doch sehr. Sie ist ein häßliches, verschrobenes kleines Schiff, grau bemalt, ein Schornstein. Davies verachtet das niedrige Freibord vorn; er sagt, lieber fahre er mit der *Dulci* zur See. Er kann Maße und Bewaffnung der *Blitz* wie am Schnürchen hersagen: hundertvierzig Fuß lang, fünfunfzwanzig Fuß breit; ein Geschütz Kaliber 12,7, eins 7,8, vier Maxim-Maschinengewehre – alten Typs. Wir gehen jetzt in die Koje; eine bitterkalte Nacht.

17. Oktober. Barometer fällt stark heute morgen zu unserem großen Entsetzen. Wind wieder aus SW und viel wärmer. Segeln um 5.30 und kreuzen mit der Tide über die ›Wasserscheide‹ hinter Spiekeroog. Das tat auch die Galeote, die wir gestern abend gesehen hatten, aber wir konnten sie wieder nicht identifizieren, da sie den Anker lichtete, ehe wir an ihren Liegeplatz kamen. Davies schwört jedoch, es sei die *Kormoran*. Wir verloren sie für den längeren Teil des Tages aus den Augen, während wir die Otzumer Balje (das Loch zwischen Langeoog und Spiekeroog) erkundeten und hin und wieder ungezielte Schüsse auf Seehunde und Seevögel abfeuerten ... (Nautische Einzelheiten ausgelassen) ... Abends eilten wir zurück an einen geschützten Ankerplatz und machten einen bösen Fehler; wir liefen doch tatsächlich, was uns noch nie passiert war, beim höchsten Stand der Tide auf Grund und sitzen jetzt auf dem Rand der Ruteplate südlich der Ostspitze von Langeoog hart und fest. Das Licht war schlecht, und eine falsch gesetzte Pricke legte uns rein; warpen schlug fehl, und um acht Uhr abends lagen wir auf einem wahren Berg von Sand, nur ein oder zwei Meter von der verdammten Pricke, die man als Köder für die Unvorsichtigen direkt auf die höchste Stelle gesetzt hatte. Stürmen wird es auch noch, es wird uns jedoch nicht viel ausmachen, da wir durch Bänke im Südwesten und Nordwesten geschützt werden, den Himmelsrichtungen, aus denen der Wind wahrscheinlich kommt. Wir hoffen, morgens um 6.15 aufzuschwimmen, aber um sicher zu sein, daß wir freikommen, haben wir die Yacht geleichtert und einigen Ballast ins Dingi gebracht – eine schreckliche Sache, mit den schweren, fettigen und schmutzigen Bleibarren zu hantieren. Die Kajüte glich einem Inferno, das Deck dem eines Kohlenschiffs und wir Schornsteinfegern.

Die Anker sind ausgebracht; mehr können wir nicht tun.

18. Oktober. Ein halber Südweststurm, als wir aufstanden, aber er half uns, um sechs sicher aufzuschwimmen. Das Dingi war von dem Gewicht des Bleis fast gesunken, und den Ballast wieder in die Yacht zu bringen war die mühsamste aller Arbei-

ten. Wir holten das Dingi längsseits, Davies sprang hinein (ließ es dadurch fast ganz absinken), brachte sich ins Gleichgewicht, stieß es von der Bordwand ab und befestigte, wenn immer es ihm gelang, einen Barren nach dem anderen an einer Tauschlinge, die durch das Toppfall gesichert war, an dem ich von Deck aus die Last hievte. Für einige Minuten stand es sehr kritisch, dann wurde es einfacher.

Es war neun, als wir die Barren an ihrem Platz verstaut hatten, eine schmutzige aber knifflige Arbeit, da sie wie ein Puzzle aneinanderpassen, und wenn einer falsch liegt, kriegt man die Fußbodenbretter nicht richtig hin. Als wir danach an Deck kamen, sahen wir zu unserer Überraschung die *Blitz* in der Schillbalje vor Spiekeroog vor Anker liegen, etwa eineinhalb Meilen entfernt. Sie muß bei Hochwasser in der Otzumer Balje Schutz vor dem Sturm gesucht haben; ein sauberes Stück Arbeit für ein Schiff dieser Größe, denn wie Davies sagt, hat sie einen Tiefgang von neun Fuß zehn Zoll, und tiefer als bis auf den Strich genau zwölf Fuß kann hier das Hochwasser bei Nippflut nicht sein. Auch einige Schmacken waren eingelaufen, und unseren Priel weiter runter lagen zwei Galeoten, aber wir konnten nicht erkennen, ob die eine die *Kormoran* war.

Als die Bänke auftauchten, lagen wir ruhiger; wir gingen an Land und unternahmen mit Kompaß und Notizbüchern einen langen, stürmischen Streifzug über die Ruteplate. Wir kamen um zwei zurück und entdeckten, daß das Barometer fast sichtbar fiel.

Ich schlug vor, mit der Abendflut nach Bensersiel zu fahren, einem der Dörfer auf dem Festland südwestlich, da es genau die richtige Gelegenheit war, falls wir überhaupt noch einen dieser ›Siel‹-Orte aufsuchen wollten. Davies wollte nicht so recht, aber die Ereignisse überwältigten ihn. Um halb vier brachte eine schwarze, zerfetzte Wolke, die bis in die See hinabzureichen schien, eine schreckliche Bö. Es folgte ihr eine tödliche Stille von zehn Minuten, indes der ganze Himmel wie von Rauchwölkchen wirbelte. Dann traf uns aus Nordwest ein eisiger Wind, der schnell umsprang, bis er aus Nordost kam; dort blieb er und wurde alle Augenblicke stärker.

›Von Nordwest auf Nordost – das tun nur die schlimmsten‹, sagte Davies.

Der Richtungswechsel änderte die ganze Lage (was Richtungswechsel schon oft bewirkt haben) und machte die Ruteplate zur Leeküste, während in Luv die tiefen Haffs der Otzumer Balje lagen, die an Spiekeroog grenzte, aber Wind und See immer noch große Abtrift bot. Wir mußten schnell raus und setzten deshalb das Besansegel. Fraglos hatten wir nach Luv zu kreuzen, denn in wenigen Minuten hatten wir einen Orkan. Wir mußten leewärts, und Davies wollte weiter hinein bis gut hinter den Jans Sand fahren und Bensersiel nicht riskieren. Ein Schnitzer von mir löste das Problem, als ich an die Winde ging, um den Anker zu hieven. Dreißig der vierzig Faden Tau waren draußen. Verwirrt durch die Schiffsbewegungen, blind durch einen Hagelschauer, vergaß ich die ungeheure Spannung des Taus, löste die Sperre am Beting und rastete sie nicht wieder ein. Um die Trommel lag nur noch eine Windung des Taus, bei normalem Wetter genug, um ein Weglaufen zu verhindern. Aber beim ersten Drehen der Windenkurbel begann es zu rutschen und zischte im Nu durch die Klüse hindurch über Bord. Ich versuchte noch, es mit dem Fuß zu treten, stolperte bei einem heftigen Stampfen der Yacht, hörte unten etwas klatschen und sah das letzte Stück davon verschwinden. Die Yacht fiel vom Wind und trieb heckwärts. Ich rief und hatte gerade noch genug Verstand, sofort das gereffte Focksegel zu setzen. Davies hatte das Boot sofort unter Kontrolle und steuerte nach Südwest. Ich ging nach achtern und fand ihn kühl wie immer.

›Macht nichts‹, sagte er, ›am Anker ist eine Boje. Wir kommen morgen wieder und holen ihn. Jetzt geht es nicht. Wir hätten das Tau sowieso schießen lassen müssen; Wind und See sind zu stark. Wir versuchen es mit Bensersiel. Auf Warpleine und -anker können wir uns hier nicht verlassen.‹

Es war eine aufregende Fahrt, querfeldein sozusagen, über eine nicht ausgepricke Wasserscheide; wir hatten jedoch Peilungen von unserem morgendlichen Streifzug. Den ganzen Weg seichtes Wasser und eine kraftlose See, die sich überall brach. Wir sichteten bald die Pricken nach Bensersiel; aber obwohl wir nur mit Besan und Fock segelten, fuhren wir zu schnell und mußten vor ihnen beidrehen, weil der Priel noch zu seicht aussah. Wir ließen das Schwert halb herunter und hielten die Yacht während einer sehr kritischen Periode in Luv. Am Ende mußten wir früher in den Priel einlaufen, als wir wollten, weil wir trotz allem leewärts trieben und das Tageslicht nachließ. Wir segelten um 5.15 los und rasten den Priel hinunter, links von uns die Pricken, die in Gischt und auflaufendem Wasser kaum zu erkennen waren. Davies stand vorn und signalisierte mit den Armen Backbord, Steuerbord oder rechts voraus, während ich, von einer Seite auf die andere geworfen und von den Wellenkämmen gepeitscht, mit dem Ruder kämpfte. Durch eine Regenbö hindurch tauchten die Küste und auf einem Kai rufende Männer auf. Davies schwang wie rasend den linken Arm; ich legte das Ruder hart Backbord, und wir waren bald in ruhigerem Wasser. Nach einigen Sekunden rauschten wir durch eine Lücke zwischen zwei Molen. Es zeigte sich ein kleiner viereckiger Hafen; zum Wenden reichte der Platz nicht aus, und wir hatten nicht genug Zeit, die Segel zu bergen. Davies warf deshalb einfach den Warpanker aus. Der faßte noch eben rechtzeitig, um unseren Schwung zu bremsen und das Bugspriet vor dem Kai zu bewahren. Ein Mann warf uns eine Leine zu, und wir legten, ziemlich verblüfft, an.

Verblüffter noch waren die Einheimischen, die anscheinend glaubten, wir seien vom Himmel gefallen. Sie waren sehr freundlich zu uns, aber ihre Enttäuschung konnten sie nicht verbergen; sie hatten, wie ich glaube, mit Bergungsarbeiten da draußen gerechnet. Alle waren sie peinlich hilfreich beim Segelbergen usw. Eine geschäftig auftretende Person in Uniform und mit Brille rettete uns. Er stieß die anderen zur Seite, stellte sich als Zollbeamter vor (man stelle sich das vor, so etwas in diesem absurden Schlammloch!), marschierte hinunter in die Kabine, die fürchterlich unaufgeräumt und klatschnaß war, holte Tinte, Federhalter und ein großes gedrucktes Formular hervor und wollte alles über Ladung, Mannschaft, letzten Hafen, Bestimmungsort, Lebensmittel, Vorräte usw. wissen. Keine Ladung (freut mich); Kapitän: Davies; Besatzung: ich; letzter Hafen: Brunsbüttel; Bestimmungsort: England. Welche Spirituosen wir haben? Whisky – vorgezeigt. Welches Salz? Eine Büchse Cerebos – vorgezeigt nebst einem feuchten Rest auf einer Untertasse. Welchen Kaffee und so weiter und so weiter? Er durchsuchte Schränke, befingerte die Flinten, durchstöberte die Kojen. Derweil lagen die deutschen Seekarten und das Logbuch, die belastenden Zeugen für unser Wirken, offen herum und schrien nach Beachtung, die sie nicht fanden. (In der Eile unseres Aufbruchs von der Ruteplate hatten wir die Sicherheitsvorkehrungen versäumt.) Als er das große Formular so weit ausgefüllt hatte wie nur möglich, wurde er plötzlich freundlich, gesprächig und durstig; als wir ihn dann bewirteten, wurde er gönnerhaft. Ihm schien zu dämmern, daß unter der groben, schmutzigen und von Salzwasser nassen Kleidung zwei verrückte und wohlhabende Aristokraten steckten, ehrenwerte Schützlinge für einen hohen Beamten. Er bestand darauf, daß wir unsere Kissen zum Trocknen in sein Haus brachten; und um ihn loszuwerden, denn wir waren hungrig und wollten endlich die Kleider wechseln und uns waschen, willigten wir ein. Er redete, bis er schließlich ging; wir versteckten Seekarten und Logbuch; aber er kam wieder, diesmal in der Uniform des Postamtsvorsteher, noch ehe wir mit dem Abendessen fertig waren. Er schleppte uns und die Kissen nach oben durch Dunkelheit und Schlamm zu seinem Häuschen nahe am Kai. Um hinzukommen, mußten wir über eine kleine Brücke gehen, die einen kleinen Fluß mit Schleusentoren überspannte, genau wie wir gedacht hatten.

Er zeigte seine Beute seiner Frau, die über die vornehmen Fremden ganz aufgeregt war und die Kissen mit Scheu entgegennahm. Als nächstes wurden wir zum Gasthaus gebracht und der Dorfrunde vorgeführt, wo wir über Enten und das Wetter redeten. (Niemand nimmt uns ernst; nie fühlte ich mich weniger wie ein Verschwörer.) Unser Freund, ein dummer Quatschkopf, ist eine enorm wichtige Person in seinem lächerlich kleinen Hafen, dessen Hauptkunde anscheinend das Langeooger Postboot ist, eine Galeote, die je nach Tide hin- oder herfährt. Auch ein paar Leichter kommen mit Ziegelsteinen und anderen Produkten aus dem Landesinneren den kleinen Fluß hinunter und werden zu den Inseln geschleppt. Der Hafen hat innerhalb der zwölfstündigen Tide für zwei Stunden eine Wassertiefe zwischen fünf und sieben Fuß. Herr Schenkel begleitete uns mit Reden zur Yacht zurück, die auf Schlamm ruhte – und da wären wir. Davies stellt sich an, als gäbe es hier Hafengestank, und sagt, er werde nicht schlafen können; er macht sich bereits Sorgen, wie er hier wieder wegkommen soll. An Land sagten sie, es sei unter Segel bei starkem Nordostwind unmöglich, da der Priel zu schmal sei, um darin zu kreuzen. Ich selbst empfinde das als große Erleichterung, nach vierzehn Tagen draußen, in irgendeinem Hafen zu sein. Keine Tiden oder Anker, an die man denken muß, kein Stampfen oder Rollen. Und morgen frische Milch!«

## 16. Kapitel
## *Fregattenkapitän von Brüning*

Um meine Geschichte in Erzählform wieder aufzunehmen.

Ich wurde am 19. um zehn nach einem langen und erquickenden Schlaf von Davies' Stimme geweckt, der draußen sein unverwechselbares Deutsch sprach. Noch im Schlafanzug schaute ich hinaus und sah ihn auf dem Kai im Gespräch mit einem Mann in langem Regenmantel und goldumrandeter Marinemütze. Er hatte einen kurzgeschnittenen kastanienbraunen Bart, ein strenges, stattliches Gesicht und war sehr lebhaft. Es regnete, und die Luft war rauh.

Sie sahen mich, und Davies sagte: »Hallo, Carruthers! Das ist Fregattenkapitän von Brüning von der *Blitz* – mein Freund Carruthers.«

Der Fregattenkapitän lächelte mich breit an; ich nickte mit dem ungekämmten Kopf. Für einen Augenblick war mir unsere Aufgabe ein Traum, und ich fühlte mich unaussprechlich erbärmlich und närrisch. Ich tauchte unter, hörte, wie sie sich voneinander verabschiedeten und Davies an Bord kam.

»Wir sollen ihn um zwölf im Gasthaus zu einem Gespräch treffen«, sagte er.

Er brachte die Nachricht, das Dampfbeiboot der *Blitz* sei mit der Morgentide gekommen, von Brüning habe er beim Einkaufen im Gasthof getroffen. Zweitens, auch die *Kormoran* sei eingelaufen und liege in unserer Nähe. Es war also klar, die letztere hatte uns beobachtet und stand mit der *Blitz* in Verbindung, und da wir in Bensersiel festsaßen, hatten beide die Gelegenheit ergriffen, uns näher in Augenschein zu nehmen. Was war bis jetzt geschehen? Nicht viel. Von Brüning hatte Davies mit herzlichem Erstaunen begrüßt und gesagt, er habe sich gestern gefragt, ob es die *Dulcibella* sei, die er hinter Langeoog ankern sehen habe. Davies hatte dargelegt, daß wir auf dem Weg von der Ostsee nach Hause seien und bei den Inseln Schutz gesucht hätten.

»Angenommen, er kommt an Bord und erbittet unser Logbuch«, sagte ich.

»Ich hole es raus«, sagte Davies. »Dieses Verstecken ist sowieso Blödsinn. Sag mal, ich würde mich am liebsten vor dem Gespräch drücken. Was sollen wir sagen? Das schlägt nicht in mein Fach.«

Wir entschlossen uns sofort zu einer wichtigen Änderung unseres Plans und legten als ersten logischen Schritt die Seekarten und das Logbuch wieder ins Regal. Sie enthielten nur Peilungen, Kurse und Meßwerte der Navigation. Für Davies waren sie schwer errungene Geheimnisse von lebenswichtigem Interesse, um deretwillen man lügen konnte, wie schwer und widerwärtig das Lügen auch sein mochte. Ich schätzte sie nicht so hoch ein, aber auf jeden Fall hatten wir jetzt beide das gleiche im Sinn. Wir würden in dem bevorstehenden Gespräch große Schwierigkeiten haben, falls wir versuchten, zu schlau zu sein, und die Tatsache verbargen, daß wir die Gegend erkundet hatten. Wir wußten nicht, wieviel von Brüning wußte. Wann hatte die *Kormoran* angefangen, uns zu beobachten? Offenbar bei Wangerooge, aber möglicherweise schon in den Mündungsgebieten, wo wir nicht einen Schuß auf Enten abgegeben hatten. Vielleicht wußte er sogar mehr – Dollmanns Tücke, Davies' Entkommen und unsere nachfolgenden Schritte –, wir konnten es nicht sagen. Andererseits war bekannt, daß Davies eine Marotte für Erkundungen hatte, und im September hatte er kein Geheimnis daraus gemacht. Es war sicherer, jetzt konsequent zu sein. Nach dem Frühstück beschlossen wir, etwas über die *Kormoran* herauszufinden, die auf der anderen Hafenseite auf dem Schlamm lag. Wir sprachen deshalb zwei kräftige Seeleute an, die auf ihrem Jersey die Aufschrift »Post« trugen und auffallend eine Gruppe schwerfälliger Friesen überragten, die alle ernst vom Kai auf uns runterstarrten wie auf ein seltsames Stück seemännischer Rarität. Die Zwillinge (als solche erwiesen sie sich) waren höchst umgängliche Riesen und luden uns zu einem Plausch an Bord des Postbootes ein. Es war leicht, das Gespräch ganz natürlich auf das von uns gewünschte Thema zu bringen, und so bekamen wir bald die interessantesten Informationen, vorgebracht in ungeziertestem Friesisch, aber verständlich genug. Sie nannten die *Kormoran* ein ›Strandgutbergungsboot‹ vom Memmertsand. Anscheinend lag am westlichen Ende von Juist, der Insel westlich von Norderney, das Gerippe eines französischen Kriegsschiffs, das vor vielen Jahren gestrandet war. Es hatte Goldbarren befördert, die trotz vieler Bemühungen nie geborgen worden waren. Eine Bergungsgesellschaft versuchte sich jetzt daran und arbeitete auf Memmert, einer angrenzenden Sandbank. »Dort ist Herr Grimm, der Aufseher«, sagten sie und zeigten hinüber zur Brücke über den Schleusentoren. (»Grimm« soll er heißen, weil das ihn treffend beschreibt.) Ein Mann in Lotsenjacke und mit Schirmmütze lehnte sich über die Brüstung.

»Was tut er hier?« fragte ich.

Sie antworteten, er komme häufig an die Küste, da die Arbeit am Wrack bei rauhem Wetter nicht möglich sei. Sie nahmen an, er hole mit seiner Galeote Ladung von Wilhelmshaven, wo die Gesellschaft ihren Betrieb und die Vorräte habe. Der Mann, ein ehemaliger Schlepperführer, stamme aus Aurich.

Wir besprachen diese Informationen, während wir über das Watt gingen, um uns den Priel bei Niedrigwasser anzusehen.

»Hast du im September schon etwas davon gehört?« fragte ich.

»Kein Wort. Ich bin nicht nach Juist gekommen. Vermutlich wäre ich, wenn ich Dollmann nicht getroffen hätte.«

Was in aller Welt bedeutete es nur? Wie wirkte es sich auf unsere Pläne aus?

»Schau dir seine Stiefel an, wenn wir an ihm vorbeigehen«, war alles, was Davies vorzuschlagen hatte.

Der Priel war jetzt ein Graben, in dem ein Rinnsal floß; er verlief ungefähr von Nord nach Ost und war anfangs von einer etwa eine Viertelmeile langen Buhne aus Weidengerten gesäumt. Es wehte immer noch frisch aus Nordost, und wir sahen, daß es unmöglich war, bei diesem Wind auszulaufen.

Also zurück zum Dorf, einem armseligen, trüben kleinen Ort. Wir passierten Freund Grimm auf der Brücke, einen dunkelhaarigen, glattrasierten, finsteren Mann, der *Schuhe* trug, und näherten uns dem Gasthaus.

»Wir haben uns noch nicht genug abgesprochen, nicht wahr?« sagte Davies. »Was ist mit unseren Zukunftsplänen?«

»Das haben wir weiß Gott nicht«, sagte ich. »Aber ich sehe auch nicht, wie wir das könnten. Wir müssen sehen, wie die Dinge laufen. Es ist schon nach zwölf, und es gehört sich nicht, zu spät zu kommen.«

»Nun, ich überlasse es dir.«

»Gut, ich werde mein Bestes tun. Du mußt dich nur zusammennehmen und, falls erforderlich, über den Streich, den dir Dollmann gespielt hat, eine Lüge erzählen.«

Die nächste Szene: von Brüning, Davies und ich sitzen bei Kaffee und Kümmel an einem Tisch im schäbigen Extrazimmer eines Gasthauses, von dem aus man den Hafen und die See überblickt; vor Davies liegt eine volle Streichholzschachtel. Der Fregattenkapitän hatte uns herzlich begrüßt, und ich muß sagen, ebenso wie Davies mochte ich ihn sofort; aber ich fürchtete ihn auch: er hatte ehrliche Augen, aber etwas scheußlich Kluges lag in ihnen.

Ich hatte Davies eingeschärft, frei und natürlich zu sprechen und zu fragen, als sei nichts Ungewöhnliches geschehen, seit er von Brüning das letztemal an Deck der *Medusa* gesehen hatte. Er müsse sich gleich zu Anfang nach Dollmann, dem gemeinsamen Freund, erkundigen und, falls er nach seiner Reise zur Elbe in dessen Begleitung gefragt werde, gehörig lügen in bezug auf die Gefahr, in der er gewesen war. Dies war eine klare und unabdingbare Notwendigkeit, und vieles war schwierig dabei. Davies erfüllte seine Pflicht überhastet und errötete, als er seine Frage in einer Weise stellte, die mich erschreckte. Dann fiel mir ein, daß seine Verlegenheit auf eine andere Ursache zurückzuführen war und ihr auch zugeschrieben werden würde.

»Herr Dollmann ist noch fort, denke ich«, sagte von Brüning. (Davies hatte in Brunsbüttel also recht gehabt.) »Haben Sie daran gedacht, ihn noch einmal aufzusuchen?« fügte er hinzu.

»Ja«, sagte Davies kurz.

»Nun, ich bin sicher, er ist noch fort. Aber seine Yacht ist wieder da, glaube ich – und Fräulein Dollmann, nehme ich an.«

»Hm!« sagte Davies. »Ein sehr gutes Boot, das.«

Unser Gastgeber lächelte und betrachtete gedankenvoll Davies, der sich elend fühlte. Ich sah eine Chance und ergriff sie schonungslos.

»Wir können wenigstens Fräulein Dollmann besuchen, Davies«, sagte ich und lächelte von Brüning bedeutungsvoll an.

»Hm!« sagte Davies. »Meinen Sie, daß er bald wiederkommt?«

Der Fregattenkapitän zündete sich eine Zigarre an und ließ

sich Zeit mit der Antwort. »Vermutlich«, sagte er nach einigem Paffen, »er bleibt nie lange fort. Aber Sie haben sie ja noch nach mir gesehen. Sind Sie nicht einen Tag, nachdem ich Sie zuletzt gesehen habe, gemeinsam zur Elbe gesegelt?«

»Oh, einen Teil des Weges«, sagte Davies betont gleichgültig. »Seither habe ich ihn nicht mehr gesehen. Er kam zuerst dort an, ist mir davongesegelt.«

»Er ist tatsächlich ausgerissen?«

»Er hat mich selbstverständlich besiegt; ich hatte stark gerefft. Außerdem . . .«

»Oh, ich erinnere mich, wir hatten schweren Wind, den Teufel von einem schweren Wind. An dem Tag habe ich an Sie gedacht. Wie sind Sie damit fertiggeworden?«

»Oh, es war ein günstiger Wind; es war nicht weit, wissen Sie.«

»Großer Gott! In *dem* . . .« Er wies mit dem Kopf zum Fenster, durch das man sehen konnte, wie der spitz zulaufende Mast der *Dulcibella* ernst zum Himmel zeigte.

»Es ist ein hervorragend seetüchtiges Boot«, sagte Davies entrüstet.

»Ich bitte tausendmal um Vergebung!« sagte von Brüning lachend.

»Erschüttern Sie nicht meinen Glauben an die *Dulcibella*«, warf ich ein. »Ich muß mit ihr noch nach England.«

»Gott bewahre! Ich dachte nur daran, daß an dem Tag einiger Seegang bei Scharhörn gewesen sein muß. Zweifellos eine ganz friedliche Angelegenheit, nicht wahr, Herr Davies?«

»Scharhörn?« sagte Davies, der die Eigentümlichkeit des letzten Satzes nicht richtig erfaßt hatte. »Oh, da sind wir nicht vorbeigekommen. Wir sind durchs Watt gefahren – über die Telte.«

»Über die Telte! Bei Nordweststurm!« Der Fregattenkapitän fuhr auf, hörte auf zu lächeln und starrte nur. (Die Überraschung war echt, das könnte ich beschwören.)

»Herr Dollmann kannte den Weg«, sagte Davies verbissen. »Er bot mir freundlicherweise an, mich durchzulotsen, sonst wäre ich nicht gefahren.« Es folgte eine kurze, verlegene Pause.

»Er hat Sie gut geführt, wie es scheint«, sagte von Brüning.

»Ja; dort ist jedoch eine häßliche Dünung, nicht wahr? Aber man erspart sich dadurch sechs Meilen – und das Scharhörnriff.

Nicht etwa, daß ich schneller ankam. Ich war dumm genug aufzulaufen.«

»Ah!« sagte der andere interessiert.

»Es machte jedoch nichts, denn ich war schon weit drinnen im Watt. Die Sände sind schwierig bei Hochwasser. Wir sind den Weg zurückgefahren, wissen Sie.«

(»Und wir sind jeden Tag aufgelaufen«, bemerkte ich resigniert.)

»Ist Ihnen die *Medusa* dort ausgerissen?« fragte von Brüning, der Davies immer noch mit einem seltsamen Blick musterte, den zu analysieren ich mich besorgt bemühte.

»Ich nehme an, sie haben es nicht gemerkt«, sagte Davies. »Das Wetter war sehr trübe und böig – und sie waren mir schon eine gewisse Strecke voraus. Es war sowieso nicht nötig, daß sie anhielten. Ich bin gut davongekommen; die Tide lief noch auf. Aber selbstverständlich habe ich dort über Nacht geankert.«

»Wo?«

»Dort drinnen, am Hohenhörn«, sagte Davies einfach.

»*Wo*?«

»Am Hohenhörn.«

»Ach, nein – haben die nicht bei Cuxhaven auf Sie gewartet?«

»Ich weiß es nicht; dort bin ich nicht hingefahren.«

Der Fregattenkapitän sah immer verwirrter aus.

»Ich meine, ich bin nicht durch den Nord-Ostsee-Kanal gefahren. Ich hatte es mir anders überlegt, denn am nächsten Tag hatten wir östlichen Wind. Es wäre ein wirkungsloses Kreuzen übers Watt nach Cuxhaven gewesen, während der Wind hinüber zur Eider günstig stand. Deshalb segelte ich dorthin und erreichte so die Ostsee. Es blieb sich alles gleich.«

Eine weitere Pause.

›Gut gemacht, Davies‹, dachte ich. Er hatte seine Geschichte gut erzählt, ohne in Spitzfindigkeiten zu verfallen. Ich wußte, er würde sie jedem anderen auch so berichtet haben, falls dieser keine unwiderlegbaren Beweise für unehrliches Spiel gehabt hätte.

Der Fregattenkapitän lachte plötzlich laut und herzlich auf. »Noch ein Schnaps?« sagte er. Dann zu mir: »Auf mein Wort, Ihr Freund macht mir Spaß. Es ist unmöglich, daß man ihn dazu bringt, Seemannsgarn zu spinnen. Ich nehme an, es ist ihm übel ergangen.«

»Das macht ihm nichts aus«, sagte ich, »das hat er gern. Vor Tagen hat er mit mir bei Sturm hinter dem Hohenhörn geankert; er sagte, es sei sicherer als ein Hafen und gesünder.«

»Ich wundere mich, daß er Sie gestern abend hergebracht hat. Es wehte doch ein günstiger Wind nach England; und es ist nicht sehr weit.«

»Wir hatten keinen Lotsen, dem wir folgen konnten, wissen Sie.«

»Ja, keinen mit reizender Tochter.«

Davies runzelte die Stirn und funkelte mich an. Ich war gnädig und wechselte das Thema.

»Außerdem«, sagte ich, »haben wir Anker und Tau draußen gelassen.« Ich beichtete meine Sünde.

»Nun, da eine Boje dran ist«, sagte von Brüning unüberlegt, »würde ich Ihnen raten, ihn so schnell wie möglich zu holen, sonst tut es ein anderer.«

»Ja, Carruthers, bei Gott!« sagte Davies eifrig. »Wir müssen hier mit der nächsten Tide raus.«

»Oh, das eilt nicht«, sagte ich, teils aus Taktik, teils wegen der Bequemlichkeit, die mir die Küste bot. Aufrecht auf einem Stuhl zu sitzen ist so etwas wie Luxus, wie gut die Sache auch sein mag, wegen der man wie ein Affe über einem Tisch in Kniehöhe hockt und einen stinkenden Ölofen vor seiner Nase hat.

»Die Leute hier sind doch ehrlich genug, nicht wahr?« fügte ich hinzu. Derweil die Worte über meine Lippen kamen, erinnerte ich mich an den mitternächtlichen Besucher bei Wangerooge und nahm an, von Brüning wolle auf eine Probe hinaus. Grimm (falls er der Besucher gewesen war) würde ihm erzählt haben, wie er mit knapper Not einer Entdeckung entgangen sei, und Verschwiegenheit unsererseits würde zeigen, daß wir etwas vermuteten. Ich hätte mich treten mögen, aber es war noch nicht zu spät. So nahm ich, ehe der Fregattenkapitän antworten konnte, den Stier bei den Hörnern und fügte hinzu:

»Mein Gott! Davies, ich habe den Burschen bei Wangerooge vergessen. Der Anker könnte doch gestohlen werden, wie Herr von Brüning sagt.«

Davies' Gesicht war ausdruckslos, aber von Brüning hatte sich mir zugewandt.

»Wir hätten uns nicht träumen lassen, daß es Diebe auf diesen Inseln gibt«, sagte ich, »aber in der einen Nacht hätte ich beinahe einen Kerl in flagranti ertappt. Er hatte gedacht, auf der Yacht sei niemand.«

Ich berichtete über den Vorfall in allen Einzelheiten und mit soviel Humor wie möglich. Unser Gast war amüsiert und entschuldigte die Inselbewohner.

»Es sind hervorragende Leute, aber sie werden mit räuberischen Instinkten geboren. Ihre Väter bestritten den Lebensunterhalt aus Wracks an dieser Küste; und die Kinder erbten eine Schwäche für das Plündern. Als der Leuchtturm Wangerooge gebaut wurde, ersuchten sie völlig guten Glaubens die Regierung um Schadenersatz. Die Küste ist jetzt gut befeuert, und unerwartete ›Glücksfälle‹ sind selten, aber der Anblick einer gestrandeten Yacht mit den Besitzern an Land würde die alte Leidenschaft entflammen; und verlassen Sie sich darauf, irgend jemand hat die Ankerboje gesehen.«

Bei dem Wort ›Wrack‹ hatte es mich geprickelt. War es eine weitere Probe? Unmöglich zu sagen; Kühnheit war jedoch sicherer als Zurückhaltung und könnte künftig Unannehmlichkeiten ersparen.

»Liegt nicht irgendwo weiter westlich das Wrack eines Schatzschiffes?« fragte ich. »Wir haben davon auf Wangerooge gehört.« (Meine erste Ungenauigkeit.) »Man sagte, eine Gesellschaft beute es aus.«

»Ganz recht«, sagte der Fregattenkapitän ohne ein Zeichen von Verlegenheit. »Mich wundert es nicht, daß Sie davon gehört haben. Es ist eine der wenigen Sachen, von denen die Leute hier reden. Es liegt auf dem Juister Riff. Es war die *Corinne,* eine französische Fregatte, die 1811 auf dem Wege von Hamburg nach Le Havre war, als Napoleon Hamburg so fest in der Hand hatte wie Paris. Sie beförderte eineinhalb Millionen in Goldbarren und war in Hamburg versichert; sie zerschellte bei vier Faden Wassertiefe und zerbrach, und dort liegt jetzt der Schatz.«

»Wurde er nie gehoben?«

»Nein. Die Versicherer konnten nicht zahlen und machten Bankrott, und das Wrack kam in die Hände Ihrer englischen Gesellschaft Lloyd's. Es blieb ihr Eigentum bis 1875, aber an die Barren ist sie nie herangekommen. Tatsächlich ist fünfzig

Jahre lang an dem Wrack nicht gekratzt worden, und seine genaue Lage wurde fraglich, denn der Sand verschlang jeden Mast. Die Rechte gingen durch verschiedene Hände und wurden 1886 von einer wagemutigen schwedischen Gesellschaft gehalten, die modernes Gerät verwendete, tauchte, baggerte und grub, eine Menge Holz und alten Kram auffischte und dann pleite ging. Seitdem haben sich zwei Hamburger Firmen an die Arbeit gemacht und ihr Kapital verloren. Alles in allem sind viele Menschen dabei draufgegangen und vermutlich eine Million an Geld. Die Barren liegen immer noch irgendwo.«

»Und was geschieht jetzt?«

»Nun, vor kurzem wurde eine kleine Gesellschaft hier in der Gegend gegründet. Sie hat eine Niederlassung auf Memmertsand und arbeitet mit großer Ausdauer. Ein Bremer Ingenieur gab den Hauptanstoß, und einige Leute von Norderney und Emden zeichneten das Kapital. Übrigens ist unser Freund Dollmann sehr daran interessiert.«

Aus dem Augenwinkel heraus sah ich Davies' besorgtes Gesicht, das mir seine stummen Bedenken verriet.

»Auf ihn dürfen wir nicht zurückkommen«, sagte ich lachend. »Es ist nicht fair gegenüber meinem Freund. Aber dies ist alles sehr interessant. Wird man je an diese Barren herankommen?«

»Ah, das ist der springende Punkt«, sagte von Brüning mit geheimnisvollem Augenzwinkern. »Es ist ein riesig schwieriges Unternehmen, denn das Wrack ist ganz auseinandergefallen und das Gold selbstverständlich am tiefsten versunken, da es am schwersten ist. Baggern ist nach einem gewissen Punkt nutzlos; die Taucher müssen dann im Sand Ausschachtungen vornehmen und diese, so gut es geht, abstützen. Jeder Sturm macht ihre Arbeit halb zunichte, und Wetter, wie wir es in den vergangenen vierzehn Tagen hatten, stellt alles auf den Kopf. Erst heute morgen traf ich den Aufseher, der sich zufällig hier aufhält. Er sah sehr schwarz in bezug auf eine Ausbeute.«

»Nun, es ist eine romantische Spekulation«, sagte ich. »Die Leute verdienen es, daß sie etwas für ihr Geld bekommen.«

»Ich hoffe, sie bekommen es«, sagte der Fregattenkapitän. »Tatsächlich halte ich selbst ein paar Anteile.«

»Oh, ich hoffe, ich habe keine indiskreten Fragen gestellt.«

»Du meine Güte, nein! Die ganze Welt weiß, was ich Ihnen

da erzählt habe. Aber Sie verstehen, in bezug auf Ergebnisse muß man in einem solchen Fall verschwiegen sein. Es geht um hohen Gewinn, und der Besitztitel ist nicht allzu einwandfrei. Es ist darum prozessiert worden. Nicht etwa, daß ich mir wegen meiner Investition große Sorgen mache, denn im schlimmsten Falle werde ich nicht viel verlieren. Aber man bekommt durch sie ein Interesse an dieser scheußlichen Küste. Wenn ich in die Gegend komme, gehe ich gelegentlich hin und schaue nach, wie sie vorankommen.«

»Es ist wirklich eine scheußliche Küste«, stimmte ich von Herzen zu, »aber Sie werden Davies nicht soweit bringen, dem beizupflichten.«

»Es ist ein herrliches Segelgebiet«, sagte Davies und schaute sehnsüchtig hinaus auf das vom Sturm weißgesprenkelte Grau der Nordsee.

Er mußte noch einige Neckereien erdulden, dann ging das Gespräch über auf unsere Segelabenteuer in der Ostsee und den Mündungsgebieten der Flüsse. Von Brüning nahm uns mit reizendster Höflichkeit und Geschicklichkeit ins Kreuzverhör. Keine seiner Fragen konnte uns auch nur im geringsten kränken, und uns blieb nur übrig, mit entsprechender Offenheit darauf zu antworten. Derart entlockte er uns Datum für Datum und Vorfall für Vorfall auf die natürlichste Weise. Als wir so sprachen, erstaunte es mich festzustellen, wie wenig verbergenswert war, und ich war aufrichtig froh, daß wir uns für die Freimütigkeit entschieden hatten. Meine Beredsamkeit ließ mich den Ton angeben, und Davies folgte mir, aber letztlich war *seine* Persönlichkeit unser starker Hort. Mir wurde das bewußt, als ich das Spiel seiner lebhaften Gesichtszüge beobachtete und hörte, wie er sich mühte, sein liebstes Hobby zu erläutern; all seine Lieblingsausdrücke ungehobelt in das quälendste Deutsch übersetzte. Er war überzeugend, denn er war ganz er selbst.

»Gibt es viele wie Sie in England?« fragte von Brüning einmal.

»Wie mich? Selbstverständlich – eine ganze Menge«, sagte Davies.

»Ich wollte, es gäbe mehr davon in Deutschland; hier spielen sie nur Segeln – die halbe Zeit an Land, saufen und faulenzen; bezahlte Besatzungen, saubere Hände, weiße Hosen; legen schon Mitte September für den Winter auf.«

»Wir haben nicht viele Yachten gesehen«, sagte Davies höflich.

Ich selbst spiegelte nicht vor, ein Davies zu sein. Meinem niedrigeren Charakter getreu beteuerte ich, die Deutschen hätten recht und zeichnete nicht ohne heimliches Behagen ein grelles Bild von den Schrecken des Segelns ohne Besatzung und von der Plackerei, die mir mein erbarmungsloser Schiffsführer auferlegte. Es war köstlich zu sehen, wie Davies zusammenzuckte, als ich meine erste Nacht in Flensburg beschrieb, denn so hatte ich schließlich doch noch meine Rache und schonte ihn nicht. Er ertrug meinen Spott tapfer, aber an seinem Verhalten sah ich sehr wohl, daß er mir die Neckerei mit der ›reizenden Tochter‹ noch nicht verziehen hatte.

»Sie sprechen gut deutsch«, sagte von Brüning.

»Ich habe in Deutschland gelebt«, antwortete ich.

»Zum Studium Ihres Berufs, wie ich annehme?«

»Ja«, sagte ich vorsorglich. »Öffentlicher Dienst«, war meine vorbereitete Antwort auf die nächste Frage, aber wiederum (krankhaft vielleicht) sah ich eine Fallgrube. Das Schreiben von meinem Chef, das ich in Norderney erwartete? Mein Name war bekannt, und wir wurden beobachtet. Man könnte es öffnen. Herrgott, wie nachlässig wir gewesen waren!

»Darf ich fragen, was Sie tun?«

»Ich bin im Außenministerium.« Es klang verdächtig, aber so war es nun mal.

»Wirklich – im Dienst der Regierung? Wann müssen Sie zurück sein?«

So kam die Frage nach unseren Zukunftsplänen auf, vorzeitig für mich, denn in meinem Kopf prallten zwei widerstreitende Theorien aufeinander. Aber der Inhalt des Briefes verfolgte mich, und »bist du in Verlegenheit, sag die Wahrheit«, war ein Grundsatz, den ich für vernünftig hielt. Also antwortete ich: »Ziemlich bald; in etwa einer Woche. Aber ich erwarte in Norderney einen Brief, der mir vielleicht eine Verlängerung gewährt. Davies sagte, es sei gut, diese Adresse anzugeben«, fügte ich lächelnd hinzu.

»Natürlich«, sagte von Brüning trocken; Scherze amüsierten ihn offensichtlich nicht mehr. »Aber dann haben Sie nicht mehr viel Zeit, nicht wahr?« fügte er hinzu. »Es sei denn, Sie lassen Ihren Schiffsführer im Stich. Es ist ein langer Weg nach England, und für Yachten ist nicht mehr die richtige Jahreszeit.«

Ich fühlte mich angetrieben.

»Oh, Sie verstehen nicht«, erläuterte ich, »*er* hat es nicht eilig. Er ist ein Mann mit viel Muße, nicht wahr, Davies?«

»Wie?« sagte Davies.

Ich übersetzte meine gemeine Frage.

»Ja«, sagte Davies arglos.

»Falls ich ihn allein lasse, wird er mich nicht vermissen – zumindest nicht als tüchtigen Seemann. Er wird einfach die Inseln entlangbummeln, auf Grund laufen, warpen, und etwa Weihnachten eintreffen.«

»Oder den ersten günstigen Sturm nach Dover ausnutzen«, sagte der Fregattenkapitän lachend.

»Oder das. Sie sehen also, wir haben es nicht eilig, und wir machen nie Pläne. Und was eine Direktfahrt nach England betrifft: ich bin nicht mehr so feige wie anfangs, aber da ist bei mir Schluß.«

»Sie sind mir ein seltsames Paar Janmaaten; welcher Ansicht sind Sie, Herr Davies?«

»Mir gefällt diese Küste«, sagte Davies. »Und – wir wollten Enten schießen.« Er war nervös und vergaß sich. Ich hatte bereits über unsere Jagdausrüstung und Ausbeute gewitzelt und gehofft, das Thema sei erledigt. Die Enten waren ein Vorwand und könnten zu Komplikationen führen. Ich wollte vor allem freie Hand.

»Was Wildgeflügel angeht«, sagte unser Freund, »würde ich Ihnen gern einen Rat geben, meine Herren. Es gibt viel hier, da jetzt das Herbstwetter eingesetzt hat. (Im September hätten Sie keinen Schuß abgegeben, Herr Davies; ich erinnere mich, daß Sie danach fragten, als ich Sie das letztemal sah.) Und selbst jetzt ist es noch etwas früh für Amateure. Jedes Kind kann sie bei hartem Winterwetter finden, aber jetzt sind sie noch scheu und erfordern schlaue Pirsch. Sie müssen einen Stechkahn und vor allem einen Mann aus der Gegend hier haben (Sie könnten ihn in der Back unterbringen) und dann ernsthaft ans Werk gehen. Nun, wenn Sie wirklich auf Jagd gehen wollen, könnte ich Ihnen helfen. Ich könnte Ihnen einen vertrauenswürdigen . . .«

»Oh, zu freundlich von Ihnen«, stammelte Davies mit noch unglücklicherem Akzent als sonst. »Wir können leicht selbst einen finden. Ein Mann auf Wangerooge bot sich . . .«

»So?« unterbrach von Brüning lachend. »Das überrascht mich nicht. Sie kennen die Friesen nicht. Die sind ohne Falsch, wie ich schon sagte, aber sie hängen an ihrem kleinen Nebenverdienst. Man hat sie um ihre Wracks betrogen, und sie sind deshalb um so empfindlicher wegen der Enten, die mehr einbringen als Fisch. Ein Fremder ist für sie ein Wilderer. Ihr Mann würde Sie auf Ihrer Jagd leicht irreführen.«

»Du sagtest ja, die benähmen sich seltsam, nicht wahr, Davies?« warf ich ein. »Schau mal, das ist sehr freundlich von Fregattenkapitän von Brüning, aber sollten wir uns nicht erst um meine Pläne kümmern, ehe wir auf die Jagd gehen? Laß uns direkt nach Norderney segeln, meinen Brief abholen und dann entscheiden. Aber wir werden Sie nicht wiedersehen, nehme ich an, Fregattenkapitän?«

»Warum nicht? Ich werde westwärts fahren und voraussichtlich Norderney besuchen. Sie kommen an Bord, wenn Sie dort sind, nicht wahr? Ich möchte Ihnen die *Blitz* zeigen.«

»Vielen Dank«, sagte Davies unbehaglich.

»Vielen Dank«, sagte ich, so herzlich ich konnte.

Wir brachen kurz danach auf.

»Nun, meine Herren, ich muß mich von Ihnen verabschieden«, sagte unser Freund. »Ich muß nach Esens fahren. Mit der Abendtide werde ich auf die *Blitz* zurückkehren, aber dann werden Sie mit Ihrem eigenen Boot zu tun haben.«

Es war ein rätselhaftes Gespräch gewesen, aber das größte Rätsel sollte noch kommen. Als wir zur Tür gingen, gab von Brüning mir ein Zeichen. Wir ließen Davies hinausgehen und blieben stehen.

»Ein Wort im Vertrauen, Herr Carruthers«, sagte er leise. »Sie halten mich nicht für aufdringlich, hoffe ich. Ich spreche nur aus großer Sorge um Ihren Freund. Es ist wegen der Dollmanns – Sie wissen, wie die Sache steht. Ich würde ihn nicht ermutigen.«

»Danke«, sagte ich, »aber wirklich ...«

»Es ist nur ein Wink. Er ist ein prächtiger junger Bursche, aber dazu noch – Sie verstehen – zu ehrlich und einfach. Ich nehme an, Sie haben Einfluß auf ihn, und den würde ich benutzen.«

»Es war mir nicht ernst damit«, sagte ich. »Die Dollmanns habe ich nie gesehen; ich dachte, sie seien Ihre Freunde«, fügte ich hinzu und sah ihm in die Augen.

»Ich kenne sie, aber« – er zuckte die Achseln –, »ich kenne jeden.«

»Was stimmt mit ihnen nicht?« sagte ich offen heraus.

»Leise, Herr Carruthers. Denken Sie daran, ich spreche aus reiner Freundschaft zu Ihnen als Fremde, Ausländer und junge Menschen. Ich halte Sie für diskret, sonst hätte ich kein Wort gesagt. Dennoch, ich möchte dies hinzufügen: Wir wissen sehr wenig über Herrn Dollmann, über seine Herkunft, sein Vorleben. Er ist halb Schwede, glaube ich, bestimmt ist er kein Preuße. Er kam vor drei Jahren nach Norderney, ist anscheinend reich und hat sich an verschiedenen wirtschaftlichen Unternehmen beteiligt. Nicht viele Möglichkeiten hier? Oh, es gibt mehr als Sie glauben – Entwicklung von Seebädern, wissen Sie, Bodenspekulation auf diesen Inseln. Unsaubere Praktiken? Oh, nein! Er ist völlig rechtschaffen in dieser Hinsicht. Aber er ist ein sonderbarer Kerl mit überspannten Gewohnheiten und – und, nun, wie ich schon sagte, man weiß wenig über ihn. Das ist alles, nur zur Warnung. Kommen Sie.«

Ich sah, daß es sinnlos war, ihn weiter zu drängen.

»Danke, ich werde daran denken«, sagte ich.

»Und hören Sie«, sagte er, als wir den Korridor hinuntergingen, »wenn Sie meinen Rat annehmen, dann werden Sie den Besuch auf der *Medusa* ganz unterlassen.«

Er sah mich fest an und lächelte ernst.

»Wieviel weißt du, und was hast du vor?« waren die Fragen, die meine Gedanken durchpulsten; aber ich konnte sie nicht äußern, sagte deshalb nichts und fühlte mich sehr jung.

Draußen traten wir auf Davies zu, der stirnrunzelnd die Aussichten erwog.

»Das kommt davon, wenn man Orte wie diesen anläuft«, sagte er zu mir. »Wir können hier tagelang festsitzen. Zuviel Wind, um mit dem Dingi auszuschleppen, und ein zu enger Priel, um darin zu kreuzen.«

Von Brüning hatte einen neuen Vorschlag parat.

»Warum habe ich nicht eher daran gedacht?« sagte er. »Ich werde Sie mit meiner Barkasse schleppen. Halten Sie sich um halb sieben bereit; dann werden wir genug Wasser haben. Meine Männer schicken Ihnen eine Leine rüber.«

Es war unmöglich abzulehnen, aber das Gefühl, wieder mal dirigiert zu werden, bedrückte mich; und die letzte Hoffnung auf ein Bett im Gasthaus schwand. Davies war auch nicht zu überschwenglich. Ein Schlepper bedeutete auch einen Lotsen, und von denen hatte er die Nase voll.

»Er hat grundsätzlich etwas gegen das Schleppen«, sagte ich.

»Typisch für ihn!« sagte der andere lachend. »Das wäre also geregelt!«

Vor der Gasthaustür stand für von Brüning ein leichter Einspänner bereit. Ich war neugierig betreffs Esens und was er dort zu erledigen hatte. Esens, sagte er, sei die größte Stadt dieser Gegend, vier Meilen landeinwärts.

»Ich muß«, sagte er unaufgefordert, »wegen eines Falls von Fischwilderei hinfahren – ein Holländer hat in unseren Hoheitsgewässern mit dem Schleppnetz gefischt. Das gehört zu meinen Aufgaben, wissen Sie – Polizeidienst.«

Hatten die Worte eine tiefere Bedeutung?

»Haben Sie jemals Engländer ertappt?« fragte ich unbekümmert.

»Oh, sehr selten; Ihre Landsleute kommen nicht bis hierher – außer zum Vergnügen.« Er verbeugte sich vor jedem von uns und lächelte.

»Davon gibt es in Bensersiel nicht viel«, sagte ich und lachte.

»Ich fürchte, Sie werden einen langweiligen Nachmittag verbringen. Hören Sie, ich weiß, Sie können Ihr Boot nicht ganz allein lassen, und Herrn Davies zu fragen hat keinen Zweck; aber wollen Sie nicht mit mir nach Esens fahren und sich eine friesische Stadt ansehen? Sie bekommen ja sonst einen trüben Eindruck von Ostfriesland.«

Ich entschuldigte mich und sagte, ich werde bei Davies bleiben; wir würden aufs Watt gehen und uns wegen des Auslaufens am Abend umsehen.

»Nun«, sagte er, »dann auf Wiedersehen! Bis heute abend. Halten Sie sich fürs Abschleppen um halb sieben bereit.«

Er saß auf und rasselte mit dem Wagen durch den Schlamm davon, überquerte die Brücke und verschwand im öden Hinterland.

## 17. Kapitel
## *Die Atmosphäre klärt sich*

»Glaubst du, daß er zur Polizei gegangen ist?« sagte Davies finster.

»Ich glaube nicht. Laß uns an Bord gehen, ehe uns der Zöllner aufhält.«

Eine kleinere Gruppe schwerfälliger Friesen stand immer noch nachdenklich bei der *Dulcibella.* Freund Grimm stand auf seiner Back und rauchte. Wir gingen schweigend an Bord.

»Zunächst einmal, wo genau liegt Memmert?« fragte ich.

Davies zog eine Seekarte aus dem Regal, sagte »da« und warf sich in voller Länge aufs Sofa.

Südlich von Juist liegt ans Emsdelta grenzend eine große Sandbank mit Namen Nordland. Ihr äußerster westlicher Rand wird auch bei höchster Tide nicht vom Wasser bedeckt: es blieb eine C-förmige Insel zurück, ein einfacher Haufen Sand wie ein Bumerang, etwa zwei Meilen lang, aber nur ungefähr 150 Meter breit, mit seltsam symmetrischem Umriß, außer an einer Stelle, die rund 400 Meter ausgebuchtet ist. Auf der englischen Seekarte ist sie vollkommen nackt, bis auf ein Leuchtfeuer am südlichen Ende; die deutsche Karte verzeichnet jedoch ein Gebäude an der ausgebuchteten Stelle. Das war offensichtlich die Niederlassung. ›Man stelle sich vor, dort zu leben!‹ dachte ich. Kein Wunder, daß Grimm grimmig war; kein Wunder, daß ihn regelmäßig nach Luftveränderung verlangte. Aber die Lagevorteile waren offenbar. Sie war bemerkenswert einsam, selbst in einer Gegend, in der Einsamkeit die Regel ist; und sie war dem Wrack nahe, das, wie wir gehört hatten, in zwei Meilen Entfernung auf dem Juister Riff lag. Schließlich war sie auch noch bei jedem Tidenstand anzulaufen, denn der sechs Faden tiefe Priel verläuft von der Emsmündung bis nahe an die Insel und schickt von dort einen Nebenarm nach Osten, der ihre Südspitze berührt und so einen Ankerplatz bietet, der zugleich bequem zu erreichen, tief und vor Stürmen von See her geschützt ist.

Das war Memmert, wie ich es auf der Karte sah und seine

Merkmale mechanisch registrierte, denn solange Davies gedankenlos und schweigsam so lag, war es sinnlos, Interesse zu heucheln. Ich wußte sehr wohl, was zwischen uns stand, aber ich sah nicht ein, warum gerade ich den ersten Schritt machen sollte, denn auch ich hatte einen Grund zur Klage, einen alten. Ich setzte mich auf mein Sofa und hielt in meinem Notizbuch das Wesentliche unseres Gesprächs im Gasthof fest, solange es mir noch frisch im Gedächtnis war, und bemühte mich, Schlußfolgerungen zu ziehen. Als aber das Schweigen andauerte und absurd wurde, warf ich meinen Stolz ab und das Notizbuch auf den Tisch.

»He, Davies«, sagte ich, »es tut mir schrecklich leid, daß ich dich mit Fräulein Dollmann aufgezogen habe.« (Keine Antwort.) »Hast du denn nicht gemerkt, daß ich nicht anders konnte?«

»Ich wollte, wir wären nie hergekommen«, sagte er mit harter Stimme. »Das kommt davon, wenn man überhaupt irgendwo an Land geht.« (Ich konnte mir nicht helfen, ich mußte lächeln, aber er sah mich nicht an.) »Hier sind wir, bloßgestellt, fortgeschickt, in Obhut genommen, versorgt wie Touristen von Cook's Reisebüro. Ich konnte deinem Spiel nicht folgen – das war für mich zu verflucht tief, aber ...«

Das kränkte mich.

»Hör mal«, sagte ich, »ich habe mein Bestes getan. Du hast doch alles vermurkst. Warum hast du die Enten erwähnt?«

»Wir wären da schon wieder rausgekommen. Warum hast du all das idiotische Zeug erwähnt – deinen Brief, das Außenministerium, die *Kormoran*, das Wrack, den ...«

»Du bist äußerst unvernünftig. Hast du nicht erkannt, welche Fallen da waren? Ich war dazu gezwungen, so wie die Sache lief. Wir waren unvorbereitet und sind recht gut davongekommen.«

Davies machte blindlings weiter. »Es war schon schlimm genug, alles über die Priele zu erzählen, über die Erkundungen ...«

»Wieso? Du hast doch selbst zugestimmt!«

»Ich habe dir nachgegeben. Jetzt können wir nichts mehr erkunden.«

»Da ist doch noch das Wrack.«

»Ach, zur Hölle mit dem Wrack! Das ist doch nur ein Vorwand, sonst hätte er nicht soviel Aufhebens davon gemacht. Da sind noch all diese Priele zu ...«

»Ach, zur Hölle mit den Prielen! Ich weiß, wir wollten freie Hand behalten, aber irgendwann müssen wir mal nach Norderney, und wenn Dollmann fort ist ...«

»Warum hast du Fräulein Dollmann erwähnt?« sagte Davies.

Wir hatten uns durch müßige gegenseitige Beschuldigungen zum wirklichen Ausgangspunkt vorgearbeitet. Ich wußte, Davies war nicht er selbst, und er würde erst zu sich selbst zurückfinden, wenn der Kern der Sache erreicht war.

»Hör mal«, sagte ich, »du hast mich hergebracht, damit ich dir helfe, denn ich bin, wie du sagst, klug, ich spreche deutsch und – segle gern.« (Ich konnte nicht anders, das mußte ich hinzufügen.) »Aber in dem Augenblick, da du mich wirklich brauchst, wendest du dich ab und stürzt dich auf mich.«

»Oh, das wollte ich nicht, wirklich nicht«, sagte Davies. »Es tut mir leid – ich war besorgt.«

»Ich weiß, aber das ist alles deine eigene Schuld. Du bist nicht aufrichtig zu mir gewesen. In dieser Angelegenheit liegt eine Schwierigkeit, über die du nie gesprochen hast. Ich habe dich nie gedrängt, weil ich dachte, du würdest dich mir anvertrauen. Du ...«

»Ich weiß, das habe ich nicht getan«, sagte Davies.

»Nun, das Ergebnis siehst du. Wir hatten keine freie Hand. Nichts von Dollmann zu sagen wäre töricht gewesen – zu sagen, er habe versucht, dich zu vernichten, wäre ebenso töricht gewesen. Die Geschichte, auf die wir uns geeinigt hatten, war die beste und sicherste, und du hast sie blendend erzählt. Aber aus zwei Gründen mußte ich die Tochter erwähnen: erstens weil du dich so verwirrt benommen hast, als die Dollmanns erwähnt wurden; damit hast du unsere ganze Position gefährdet. Zweitens weil deine Geschichte, obwohl die sicherste, bestenfalls immer noch verdächtig war. Selbst nach deiner eigenen Darstellung hat Dollmann dich schlecht behandelt, sagen wir mal unhöflich, obwohl du vorgabst, es nicht gemerkt zu haben. Du brauchtest ein Motiv, um das zu neutralisieren, und das dich bewegt, ihm noch einmal einen freundschaftlichen Besuch abzustatten. Ich habe es geliefert oder vielmehr von Brüning ermuntert, es zu liefern.«

»Warum sollte ich ihn überhaupt noch einmal besuchen?«

»Ach, komm ...«

»Aber siehst du denn nicht, in welch entsetzliche Verlegenheit du mich gebracht hast? Wie schuftig ich mir deswegen vorkomme?«

Ich sah es und fühlte mich selbst wie ein Schuft, als ich seinen ganzen Kummer begriff. Aber darüber hinaus hatte ich das Gefühl, daß wir, wessen Schuld es auch gewesen sein mochte, in eine lächerliche Lage hineingeraten und wie Figuren in einem dieser ermüdenden Theaterstücke waren, wo Mißverständnisse erzeugt und so sorgsam aufrechterhalten werden, daß die Zuschauer zu gelangweilt sind, um die Lösung des Problems abzuwarten. Auf der Bühne kann man das, wir aber brauchten die Lösung unseres Problems.

»Es tut mir sehr leid«, sagte ich, »aber ich wollte, du hättest mir alles erzählt. Möchtest du es nicht tun, jetzt? Nur die nackten Tatsachen. Ich hasse Sentimentalität – und du auch.«

»Mir fällt es sehr schwer, anderen etwas zu erzählen«, sagte Davies, »Sachen wie diese.« Ich wartete. »Ich mochte sie – sehr gern.« Unsere Blicke trafen sich für einen Moment, in dem alles gesagt wurde, was zu sagen war zwischen zwei Menschen unseres Phlegmas. »Und sie ist – ganz anders als er. Das war der Grund für meine Unentschlossenheit«, sprach er schnell weiter. »In der Schlei habe ich dir nur die Hälfte erzählt. Ich weiß, ich hätte offen sein und dich um Rat bitten sollen. Aber ich ließ den Dingen ihren Lauf. Ich habe immer gehofft, wir könnten herausfinden, was wir gesucht haben, und das Spiel gewinnen, ohne je wieder in ihre Nähe zu kommen.«

Ich wunderte mich nicht mehr über seine Hingabe an die Prieltheorie, da sie auf Überzeugung gegründet und so doppelt gefestigt war.

»Dennoch hast du immer gewußt, was passieren könnte«, sagte ich. »In der Schlei hast du davon gesprochen, daß du mit Dollmann abrechnen wolltest.«

»Ich weiß. Wenn ich an ihn dachte, wurde ich verrückt. Ich zwang mich, sie zu vergessen.«

»Was sich in Brunsbüttel wiederholte?« Ich dachte an die Nachricht, die wir dort erhalten hatten.

»Ja.«

»Davies, wir dürfen keine Geheimnisse mehr voreinander

haben. Ich werde offen sein. Bist du sicher, daß du dich nicht in ihr irrst? Du sagst – und ich möchte das als erwiesen annehmen –, Dollmann sei ein Verräter und Mörder.«

»Ach zum Teufel mit dem Mörder!« sagte Davies ungeduldig. »Was spielt das für eine Rolle?«

»Nun, also Verräter. Sehr gut, aber in diesem Fall mißtraue ich seiner Tochter. Nein, laß mich weiterreden. Sie war nützlich, um es gelinde auszudrücken. Sie hat dich ermuntert – du hast es mir erzählt –, die Fahrt zusammen mit ihnen zu unternehmen.«

»Halt, Carruthers«, sagte Davies fest. »Ich weiß, du meinst es gut, aber es hat keinen Zweck. Ich vertraue ihr.«

Ich überlegte einen Moment.

»In diesem Fall«, sagte ich, »habe ich einen Vorschlag. Laß uns, wenn wir hier raus sind, direkt nach England segeln.« (»Da, Fregattenkapitän von Brüning«, dachte ich bei mir, »du kannst nicht sagen, ich hätte deinen Rat mißachtet.«)

»Nein!« rief Davies, sprang auf und starrte mich an. »Eher lasse ich mich hängen. Überleg doch mal, was auf dem Spiel steht. Denk an den Verräter – im Komplott mit den Deutschen. Mein Gott!«

»Sehr gut«, sagte ich. »Ich bin ebenfalls fürs Weitermachen. Aber sehen wir den Tatsachen ins Auge. Wir *müssen* Dollmann unschädlich machen. Wir können es nicht, ohne *ihr* weh zu tun.«

»Ist das nicht zu vermeiden?«

»Selbstverständlich nicht. Sei vernünftig, Mann. Schick dich darein. Nächster Punkt: Es ist absurd zu hoffen, wir brauchten sie nicht mehr zu besuchen – zehn zu eins, daß wir das müssen, falls wir Erfolg haben wollen. Sein Mordversuch an dir ist die ganze Grundlage unserer Verdächtigungen. Und wir wissen nicht einmal sicher, wer er ist. Ich weiß, wir sind verpflichtet, jetzt direkt nach Norderney zu segeln; aber selbst wenn dem nicht so wäre, täten wir gut dran, weiter zu erkunden und zu schnüffeln? Das ist sehr zweifelhaft. Wir wissen, daß wir beobachtet, wenn nicht gar verdächtigt werden, und damit sind neun Zehntel unserer Macht dahin. Die Priele? Ja, aber ist es wahrscheinlich, daß man uns gestattet, sie auswendig zu lernen, wenn sie so lebenswichtig sind, auch wenn man uns für ehrliche Segler hält? Und im Ernst, sind sie, abgesehen von ihrem Wert in Kriegszeiten, den ich nicht bestreite, die Wurzel dieser ganzen Angelegenheit? Aber darüber werden wir gleich noch sprechen. Der springende Punkt ist jetzt, was sollen wir tun, wenn wir den Dollmanns begegnen?«

Schweißperlen standen Davies auf der Stirn. Ich fühlte mich wie ein Folterknecht, aber dagegen war nichts zu machen. »Ihn beschuldigen, daß er dich vernichten wollte? Unsere Aufgabe wäre damit erledigt. Wir müssen freundlich sein. Du mußt die Geschichte so wie heute erzählen und es darauf ankommen lassen, ob er sie glaubt. Falls ja, um so besser; falls nein, wird er nicht wagen, es zu sagen, und wir haben immer noch Chancen. Wir gewinnen Zeit und haben ihn gewaltig in der Hand – falls wir freundlich sind.« Davies zuckte zusammen. Ich zog die Daumenschraube noch stärker an. »Freundlich selbstverständlich zu beiden. Du weißt, daß du es vorher auch warst; du hast das Mädchen sehr gemocht – mir scheint, das muß noch so sein.«

»Ach, hör auf mit deiner teuflischen Logik.«

»Sollen wir aufgeben und nach England fahren?« fragte ich noch einmal, so wie ein Inquisitor sagen könnte: »Hast du jetzt genug?« Keine Antwort. Ich sprach weiter: »Um es zu vereinfachen, du magst das Mädchen immer noch.« Endlich rüttelte ich mein Opfer auf.

»Was, zum Teufel, meinst du, Carruthers? Daß ich meine Zuneigung zu ihr – ihre Unschuld – mißbrauche, um – gütiger Gott, was meinst du eigentlich?«

»Nein, nein, das nicht. So ein Schuft oder Narr bin ich nicht, und dazu kenne ich dich zu gut. Wenn sie nichts von den Eigentümlichkeiten ihres Vaters weiß und dich mag – und du magst sie – und du bist, wie ich dich kenne – oh, Himmel! Mann, sieh den Tatsachen ins Auge, werde dir klar über die Situation. Aber was ich meine, ist dies: Ist sie, *kann* sie sein, was du meinst? Stell dir seine Lage vor, wenn wir recht haben: das niederträchtigste Geschöpf auf Gottes Erde – eine schmachvolle Vergangenheit, die ihn dazu gebracht hat – im Solde Deutschlands. Ich möchte dir Schmerz ersparen.« Ich wollte noch hinzufügen: »Und wenn du auf der Hut bist, möchte ich unsere Chancen erhöhen.« Aber die Sinnlosigkeit solcher Vorschläge hieß mich schweigen. Was für einen Plan hatte ich da vorausgeahnt! Einen verlockenden und gleichzeitig redlichen Plan gegen solche Gegner; er würde diese hindernde Gegenströmung eben so oft zu unserem Vorteil ausschlagen lassen, wie wir die Strudel einer ungünstigen Tide in dieser schwierigen See bewältigt hatten. Aber Davies war nun einmal Davies, und da gab es eine Grenze; seine Treue und seine Einfachheit beschämten mich. Und das Bedauernswerte, das Grausame daran war, daß gerade diese Eigenschaften seine größte Pein waren und den Konflikt zwischen Liebe und Patriotismus auf die äußerste Spitze trieben. Man erinnere sich, daß der letztere sein dominierender Lebensantrieb war und seine Chance hier und jetzt lag – wenn man die Bitterkeit dieses Konflikts ermessen will.

Dieser Widerstreit lag jetzt in seinen letzten Wehen. Er hatte die Ellbogen auf den Tisch gestützt und die zuckenden Hände an die Stirn gepreßt. Er nahm sie herunter.

»Selbstverständlich müssen wir weitermachen. Es geht nicht anders, das ist alles.«

»Und du vertraust ihr?«

»Ich werde daran denken, was du gesagt hast. Vielleicht gibt es einen Ausweg. Und – ich möchte nicht mehr darüber sprechen. Was ist mit dem Wrack?«

Weiteres Argumentieren war sinnlos. Davies bemühte sich anscheinend, das Thema aus seinen Gedanken zu vertreiben, und ich tat mein Bestes, ihm nachzutun. Auf jeden Fall war die Atmosphäre geklärt – wir waren Freunde. Jetzt blieb uns nur noch, das Hauptproblem im Lichte des Gesprächs vom Vormittag anzupacken.

Jedes Wort dieser kritischen Unterhaltung, an das ich mich erinnerte, erörterte ich mit Davies, der nur unvollkommen all das verstanden hatte, was ihn nicht direkt betraf. Und dabei erkannte ich, mit welcher Klugheit jeder Satz von Brünings darauf abgezielt war, für jede von zwei Möglichkeiten zuzutreffen. Falls wir unschuldige Reisende waren, dann war er der freundliche Gastgeber, mitteilsam und hilfreich. Waren wir Spione, dann war seine Taktik ebenso anwendbar. Er hatte uns, was offenbaren Freimut anging, übertroffen und nichts verborgen, von dem er wußte, wir würden es selbst herausfinden; gleichzeitig hatte er es fertiggebracht, sich über unsere Schritte zu informieren und diese zu kontrollieren sowie uns Warnungen zu übermitteln, die nur verstand, wer schuldig war, die aber auch andeuteten, wie müßig und gefährlich unser

Spiel sei und wir besser Abstand davon nähmen. Aber in einer Hinsicht waren wir im Vorteil, und zwar mit der Version, die Davies von seinem Stranden am Hohenhörn gegeben hatte. So unergründlich unser Befrager auch war, er gab sich nicht nur den Anschein, daß ihm dieser Vorfall neu war, sondern er vermutete auch, welch finstere Bedeutung er hatte. Ein kleines Kreuzverhör über Einzelheiten wäre für Davies' Version fatal gewesen, aber darin lag auch unsere Stärke: Kreuzverhöre durfte er nicht wagen aus Furcht, er könnte Davies Mißtrauen einflößen, das dieser sonst vielleicht nie empfunden hätte. In der Tat, ich glaubte entdeckt zu haben, daß Furcht seiner ganzen Haltung uns gegenüber zugrunde lag; das sprach für die Überzeugung, die in mir seit Grimms heimlichem mitternächtlichem Besuch herangewachsen war: das Geheimnis dieser Küste sei so wichtiger und heikler Natur, daß man, um keine Aufmerksamkeit zu erregen, nur als letzte Zuflucht zu offenen Aktionen gegen Eindringlinge übergehen werde und nur bei unumstößlichen Beweisen für eine verbrecherische Absicht.

Nun zu unseren Anhaltspunkten. Ich war zu zweien gelangt, jeder der Keim einer anderen Theorie, und beide verdunkelt durch die vorherrschende Zweideutigkeit. Als wir jetzt mit der Seekarte hantierten und ich meiner Phantasie die Zügel schießen ließ, gewann einer der beiden, die Idee mit Memmert, sehr schnell an Präzision und Kraft. Es stimmt, die Informationen über das Wrack und von Brünings Beziehungen dazu waren von diesem bereitwillig zur Verfügung gestellt worden; ich hielt sie jedoch für Informationen, die nur dazu bestimmt waren, unserem Mißtrauen zuvorzukommen, da ihm klar war, daß wir ihn bereits mit Dollmann und möglicherweise auch mit Grimm in Verbindung brachten, und es war für ihn wahrscheinlich, daß wir auf üblichem Wege von den gemeinsamen Interessen dieses Trios an Memmert erfuhren. Soviel zu den Tatsachen; die Deutung nun, zu der er uns verleiten wollte, ging – da war ich überzeugt – völlig daneben. Er wollte in uns den Eindruck erwecken, der vergrabene Schatz selbst sei die Wurzel irgendeines Geheimnisses, das wir aufgespürt haben könnten. Ich weiß nicht, ob der Leser jenen schlauen Hinweis so richtig gewürdigt hat – jenen Wink, daß Geheimhaltung der Ergebnisse erforderlich sei, und zwar sowohl wegen der Höhe der Summe, die auf dem Spiel stehe, als auch wegen des nicht einwandfreien Besitztitels, der, wie er uns sorgsam hatte wissen lassen, durch britische Hände gegangen sei. Er wollte damit zu verstehen geben: »Seid nicht überrascht, wenn ihr mitternächtliche Besucher habt; Engländer, die in diesem Küstengebiet umherstreichen, werden verdächtigt, Agenten von Lloyd's zu sein.« Eine geistreiche Anspielung, die mich zu dem Zeitpunkt, als er sie machte, veranlaßt hatte, über eine neue und viel erträglichere Lösung unseres Rätsels nachzudenken, als sie uns sonst eingefallen wäre; dies war jedoch nur ein flüchtiger Zweifel gewesen, den ich jetzt ganz beiseite schob.

Tatsache war, jener Hinweis erklärte entweder alles oder nichts. Solange wir an unserer fundamentalen Annahme festhielten, daß nämlich Davies im September in eine Todesfalle gelockt worden war, erklärte er gar nichts. Es war zu phantastisch anzunehmen, wirtschaftliche Spekulation würde zu solchen Ausschreitungen führen. Wir befanden uns nicht auf einer Südseeinsel, noch waren wir Marionetten in einem Abenteuerroman. Wir befanden uns in Europa und hatten nicht nur mit einem Dollmann zu tun, sondern auch mit einem Offizier der deutschen Kaiserlichen Marine, den man kaum mit einem Wirtschaftsunternehmen in Verbindung bringen konnte, von dem man denkbarerweise vereinfachend sagen könnte, es fördere seine Ziele auf diese Weise. Es war schon erschütternd genug, ihn überhaupt in Verbindung mit einem solchen Schurken zu sehen, aber es wäre erklärlich, falls Motive des Reichs dahintersteckten – nicht jedoch, falls es finanzielle waren. Nein, wollten wir den Hinweis gelten lassen, mußten wir unsere ganze Suche von Anfang bis Ende als ein Hirngespinst abtun; den Mordversuch an Davies als Selbsttäuschung; das ganze Gefüge, das wir darauf aufgebaut hatten, als grundlos.

»Nun«, so kann ich den Leser sagen hören, »warum nicht? Du bist jedenfalls immer ein wenig skeptisch gewesen.«

Zugegeben. Dennoch kann ich wahrheitsgemäß sagen, daß ich kaum auch nur für einen Augenblick unsicher war. Viel war seit unserem Aufenthalt in der Schlei geschehen. Ich hatte den Mechanismus der Todesfalle gesehen; ich hatte mit Davies stürmische vierzehn Tage verbracht, von denen jede Stunde mein Vertrauen auf seine Seemannskunst und deshalb auch auf seinen Bericht von einem Ereignis vergrößert hatte, dessen richtige Auslegung zu einem großen Teil von einem ausgewogenen, seemännischen Urteil abhing. Schließlich war mir auch noch unbewußt klargeworden, und heute hatte ich es aus seinem Mund gehört, daß er auf Grund dieses Urteils persönlicher Rücksichtnahme zuwidergehandelt hatte, was für die überwältigende Kraft seiner redlichen Natur zeugte.

Welche Bedeutung hatte also Memmert? Anfangs wurde meine Aufmerksamkeit von dem Gebiet vor der Ems gefesselt, an deren Mündung der Sand grenzt. Wir hatten die Ems in unseren Kalkulationen immer ziemlich vernachlässigt, wofür es eine gewisse Entschuldigung gibt, denn auf den ersten Blick war sie im Vergleich zu den drei größeren Mündungsgebieten unwichtig. Die letzteren tragen Schiffe von größter Tonnage und größtem Tiefgang direkt bis an die Kais von Hamburg und Bremen und in die Kriegsmarinewerft Wilhelmshaven. Und zwei von ihnen, nämlich Elbe und Weser, sind Verkehrsträger größten Ausmaßes für das ganze Kaiserreich. Dagegen werden über die Ems nur kleinere Städte versorgt. Ein Blick auf die Karte erklärt dies. Man sieht ein sehr imposantes Mündungsgebiet mit größerem Ausmaß als jedes der drei anderen. Es hat eine Länge von dreißig Meilen und in der Nordsee eine Breite von zehn Meilen oder von ungefähr einem Siebtel der ganzen Seeküste; es wird draußen behindert durch Untiefen und in der Mitte versperrt durch die Insel Borkum, hat aber für einlaufende Schiffe zwei gute Tiefwasserpriele. Sie wälzen sich prächtig durch weite Sandflächen, vereinigen sich und nähern sich dem Festland in einem stattlichen Strom von drei Meilen Breite. Aber dann tritt eine beklagenswerte Verschlechterung ein. Die schiffbare Wasserstraße wird seichter und enger, Bänke in der Mitte versperren sie, und abschüssige Ufer verwehren den Zugang zum Land, der allein große Seehäfen schaffen kann. Alle Emshäfen sind tidenabhängig; Delfzyl auf der holländischen Seite ist bei Niedrigwasser trocken, und Emden, der deutsche Haupthafen, kann nur über eine Schleuse und einen eine Meile langen Kanal angelaufen werden.

Aber diese Wertminderung ist nur relativ. Beurteilt man die Ems auf ihre Vorzüge und nicht nach Maßgabe der Elbe, dann ist sie ein sehr wichtiger Fluß. Emden ist ein blühender und wachsender Hafen. Für flachgehende Fahrzeuge ist der Fluß bis weit ins Landesinnere schiffbar, wo er, unterstützt von Nebenflüssen und Verbindungskanälen, die Reichtümer eines großen

Gebietes erschließt. Ihn strategisch zu unterschätzen, gibt es noch weniger Grund. Er ist eines der großen Tore Deutschlands zur See hinaus; und er ist das westlichste Tor, Großbritannien und Frankreich am nächsten sowie an Holland grenzend. Sein großes gegabeltes Delta stellt zwei klaffende Breschen dar in diesem einzigartigen Wall von Inseln und Sandbänken, der die deutsche Küste schützt – eine Küste, die im Vergleich zur Größe des Reiches so kurz war, daß, wie Davies gesagt hatte, »jeder Zollbreit davon wichtig sein mußte«. Kriegsschiffe könnten diese Breschen bezwingen und das Festland an einem seiner verletzlichen Punkte bedrohen. Kaianlagen sind für solche Besucher kein Ziel; eine knifflige Navigation schreckt sie nicht ab. Sogar die schwersten Schlachtschiffe könnten sich dem Land bis auf Schlagweite nähern, Kreuzer und Militärtransporter bis auf die Höhe von Emden vordringen. Emden ist, worauf Davies oft hingewiesen hatte, mit Wilhelmshaven an der Jade durch einen Kanal verbunden, durch einen strategischen Kanal, der dazu bestimmt war, sowohl Kanonenboote als auch Handelsschiffe zu tragen.

Nun ist der Memmert ein Teil des äußeren Schutzwalls; seine spitz zulaufende Sandsichel genügt, die östliche Bresche zu beherrschen – er *mußte* mit der Verteidigung dieser Bresche in Zusammenhang stehen. Man konnte sich keinen trefflicheren Stützpunkt vorstellen: in sich abgeschlossen und isoliert, dennoch geschützt, erreichbar – besser als Juist und Borkum. Und angenommen, man wünschte die Art der Arbeit in strenge Geheimhaltung zu hüllen, welch bequemen Vorwand hatte man da mit dem Wrack und seinen vergrabenen Goldbarren, die in geringer Entfernung auf der anderen Seite des Fahrwassers lagen!

Auf Memmert befand sich die Niederlassung für die Bergungsarbeiten. Sie boten mit ihrem Baggern und Tauchen genau die Tarnung, die man brauchte. Das geschah unter Wasser, wo auch die wichtigsten Verteidigungswaffen der Häfen operieren, nämlich Minen und lenkbare Torpedos. Alle Einzelheiten der Geschichte deuteten etwas an: die »kleine Gesellschaft aus der Gegend«; der »Bremer Ingenieur« (ich fragte mich, wer er sein mochte?); die paar Anteile von Brünings, genug, um seine Besuche zu erklären; die Vorräte und Ausrüstung aus Wilhelmshaven, der Stadt mit der Kriegsmarinewerft.

So sehr ich es auch versuchte, ich vermochte Davies' Einbildungskraft nicht anzuregen wie meine eigene. Er war versessen darauf, nur Einwände zu sehen, die selbstverständlich zahlreich genug waren. War die Geheimhaltung unter dem Vorwand der Wrackbergung gesichert? Handelte es sich doch um ein Geheimnis, das viele miteinander teilen mußten: Taucher, Besatzungen von Schleppern, Arbeiter aller Art. Ich antwortete, daß Geschäftsgeheimnisse häufig unter nicht weniger schwierigen Umständen gewahrt würden, warum also nicht Geheimnisse des Reichs?

»Warum die Ems und nicht die Elbe?« fragte er.

»Vielleicht«, erwiderte ich, »birgt die Elbe ähnliche Rätsel.« Die Insel Neuwerk konnte, wenn wir recht hatten, ein zweites Memmert sein; als wir in der Gegend umhergekreuzt waren, hatten wir, mit unserer vorgefaßten Theorie beschäftigt, keinen Blick für solche Dinge. Außerdem sollten wir uns nicht zu ernst nehmen. Wir waren Amateure, keine Experten für Küstenverteidigung, und aus so vagen Gründen wählerisch einen Anhaltspunkt zurückweisen, der so weit ging wie dieser, hieße an seinem Glück herummäkeln. In diesem letzteren Argument lag eine entmutigende Folgerung, vor der ich in meiner neuerwachten Begeisterung die Augen verschloß. Waren wir als Amateure in der Lage, unseren Anhaltspunkt zu nutzen und genaue Kenntnisse von den fraglichen Verteidigungsanlagen zu erlangen? Davies, das wußte ich, glaubte fest daran, und das erklärte seine laue Ansicht über Memmert wohl mehr als ihm bewußt war. Er klammerte sich hartnäckiger denn je an seine ›Prieltheorie‹, überzeugt, daß sie ihm die einzige Gelegenheit bot, die er sich mit seinen besonderen Gaben zunutze machen konnte. Er gab jedoch zu, daß sie gegenwärtig in Verruf stand und wir nicht noch länger hier herumsitzen sollten, da die Kenntnis der Küstennavigation an sich schon als Verbrechen galt. »Es hat jedenfalls etwas damit zu tun!« beharrte er.

## 18. Kapitel
## *Kaiserliche Begleitung*

Memmert packte mich dann so, daß ein damit konkurrierender Gedanke, der mich während des Gesprächs mit von Brüning nicht wenig verwirrt hatte, ganz ausgeschlossen wurde.

Sein wiederholter Rat, wir sollten keine Zeit verlieren und unseren Anker auftreiben, hatte mir am Ende die Idee gegeben, daß er eifrig bemüht war, uns von Bensersiel und dem Festland wegzulocken. Anfangs hatte ich den Rat teils als Prüfung unserer Glaubwürdigkeit angesehen (wie ich dem Leser zu verstehen gegeben habe) und teils als indirekte Methode, irgendwelches Mißtrauen zu beschwichtigen, das Grimms mitternächtlicher Besuch bei uns ausgelöst haben könnte. Dann fiel mir ein, dies könnte Superschlauheit meinerseits sein, und der Gedanke, er wolle uns wegschicken, stellte sich wieder ein, als die Frage nach unseren Zukunftsplänen auftauchte und mich hemmte, einen Kurs festzulegen. Der Gedanke kehrte zurück, als von Brüning sich erbot, uns abends hinauszuschleppen. Er lag mir im Sinn, als ich von Brüning nach seinen Angelegenheiten an Land fragte, denn mir kam der Einfall, seine Landung hier sei nicht nur auf den Wunsch zurückzuführen, die Besatzung der *Dulcibella* zu inspizieren. Dann folgte seine völlig freimütige Erklärung (mit ihrer finsteren doppelten Bedeutung für uns) zusammen mit der Einladung an mich, ihn nach Esens zu begleiten. Aber nach dem Prinzip des ›timeo Danaos‹ usw. witterte ich sofort eine List; nicht etwa, daß mir auch nur im Traum eingefallen wäre, ich solle in Gefangenschaft gelockt werden; aber falls es hier etwas gab, das wir zwei in den wenigen uns verbleibenden Stunden entdecken könnten, war es ein kluger Plan, den Wachsamsten der beiden bis zur Stunde der Abfahrt wegzubringen.

Davies verachtete diese unbedeutenden Dörfchen, und ich empfand nur eine schwache Neugier für sie, hauptsächlich beeinflußt, fürchte ich, von dem Verlangen nach festem Boden, das er mit der mitleidslosen Strenge seiner Ausbildung bei mir nicht hatte kurieren können.

Aber es wäre unklug, auch nur die geringste Chance zu versäumen. Es war drei Uhr, und ich glaube, uns beiden wurde der Kopf träge vom Denken in solcher Enge. Ich schlug vor, wir sollten unseren Kriegsrat im Freien beenden; wir zogen Ölzeug an und gingen hinaus. Der Himmel hatte sich überzogen und zu einem bleiernen Baldachin aufgewölbt; der Wind trieb feinen, kalten Regen vor sich her. Man konnte das Murmeln der auflaufenden Flut draußen auf dem Watt hören, aber der Hafen lag immer noch hoch darüber; die *Dulcibella* und die anderen Boote kauerten tief in einem Bett aus schwarzem Schlamm. Das Interesse der Einheimischen schien endlich befriedigt zu sein, denn auf dem Ufer (einen Kai kann ich es nicht nennen) war keine Seele zu sehen; nur über der Vorderluke der *Kormoran* zeigte sich die Spitze eines schwarzen Südwesters, um die sich eine Rauchfahne kräuselte.

›Ich wollte, ich könnte mal einen Blick auf deine Ladung werfen, mein Freund‹, dachte ich bei mir.

Schweigend starrten wir auf Bensersiel.

»*Hier* kann nichts sein«, sagte ich.

»Was *kann* da sein?« sagte Davies.

»Was ist mit dem Deich?« sagte ich nach plötzlicher Eingebung.

Vom Ufer aus konnten wir die ganze Küstenlinie sehen, die fortlaufend eingedeicht ist, wie ich bereits gesagt habe. Der Deich war hier ein kräftiger, mit Ziegelsteinen bekleideter Damm, ähnlich dem, nur in kleinerem Maßstab, der die Elbe bei Cuxhaven säumte und wo wir die Mündungen von Kanonen gesehen hatten.

»Sag mal, Davies, glaubst du, man könnte diese Küste angreifen? Hier, meine ich, hinter diesen Inseln?«

Davies schüttelte den Kopf. »Daran habe ich auch gedacht. Da ist nichts drin. Es ist doch der allerletzte Ort auf Erden, an dem eine Landung möglich wäre. Kein Transporter könnte näher herankommen als bis zu der Stelle, wo die *Blitz* liegt, vier Meilen draußen.«

»Nun, sagtest du, jeder Zollbreit dieser Küste sei wichtig?«

»Ja, aber ich meinte das *Wasser*.«

»Nun, ich möchte mir den Deich ansehen. Gehen wir auf ihm spazieren.«

Meine so schnell entstandene Theorie fiel in dem Augenblick

in sich zusammen, als ich den Fuß auf den Deich setzte. Es war das unschuldigste Gebilde in der Welt – wie tausend andere in Essex und Holland – mit einem schmalen Pfad obendrauf, auf dem wir hintereinander gingen, die Arme in die Seite gestemmt, um bei den Windböen das Gleichgewicht zu bewahren. Unter uns lag auf der einen Seite das Watt und auf der anderen üppiges Marschland, durchsetzt mit viereckigen, von Gräben umgebenen Weiden. Nach einer halben Meile gingen wir hinunter und über Land in einem kurzen Bogen zurück; wir folgten einem wirren Weg, der hauptsächlich aus rechtwinkligen Abbiegungen und kleinen Stegen bestand, bis wir auf die Straße nach Esens stießen. Wir überquerten sie und entdeckten bald, daß uns das Flüßchen, von dem ich gesprochen habe, den Weg versperrte. Dies brachte einen Umweg über die Brücke im Dorf mit sich und ein verstohlenes Vermeiden der Post aus Furcht vor ihrem geschwätzigen Bewohner. Dann folgten wir dem Deich in der anderen Richtung, schlugen zuletzt einen Bogen über das Watt, über das jetzt die Tide schnell herankam, und gelangten so zur Yacht zurück.

Niemand schien auch nur die geringste Notiz von unserem Gang genommen zu haben.

Auf unserem Spaziergang hatten wir uns mit der Frage beschäftigt, was wir nun unternehmen sollten, und wenig darüber zu sagen gewußt. Wir sollten abends abfahren (es sei denn, die Polizei von Esens erschien auf der Szene) und waren verpflichtet, direkt nach Norderney zu segeln – die einzige Alternative dazu wäre die Entenjagd unter der Aufsicht einer ›vertrauenswürdigen‹ Person, die von Brüning ernennen würde. Darüber hinaus – Unklarheit und Schwierigkeiten aller Art.

Auf Norderney würde ich durch meinen Brief gebunden sein. Hatte man ihn erkennbar geöffnet und ordnete er meine Rückkehr an, blieb mir eine Woche, oder ich riskierte, Mißtrauen zu erwecken, wenn ich blieb. Dollmann war (laut von Brüning) fort und würde »vermutlich bald wiederkommen«, aber wie bald? Hinter Norderney lag Memmert. Wie konnten wir sein Geheimnis ergründen? Die Begeisterung, die es in mir geweckt hatte, machte einer kränkenden Hilflosigkeit Platz. Der Anblick der *Kormoran,* deren Besatzung sich seeklar machte, war eine beißende Kritik an meiner Diplomatie und vor allem an meiner lächerlichen Besichtigung des Deichs. Letzten Endes waren wir von Brünings Schützlinge und wurden von Grimm verfolgt. War es wahrscheinlich, daß sie uns erfolgreich sein ließen?

Die Tide wirbelte mit schokoladenbraunen Strudeln in den Hafen, und als sie stieg, schlenderte ganz Bensersiel, allen voran Herr Schenkel, hinunter zum Kai, um die Schiffahrt während der vergänglichen, jedoch wichtigen Stunde zu beobachten, in der das Schlammloch ein Seehafen war. Das Beiboot des Kapitäns schwamm bereits, seine Matrosen waren mit den Seitenlaternen und der Maschine beschäftigt. Als bekannt wurde, daß auch wir absegelten, und zwar unter so vornehmer Begleitung, steigerte sich die Aufregung.

Wieder breitete unser Freund vom Zoll Papiere zum Unterzeichnen aus, während ein Haufen hilfreicher Friesen, angeführt von den Riesenzwillingen vom Postboot, auf Deck drängte und uns auf ihre verwirrende Art seeklar machte. Wieder wurden wir zum Gasthaus gebracht und mit Ratschlägen, Warnungen und Trinksprüchen überschüttet. Dann zurück, wo wir die *Dulcibella* schwimmend vorfanden und von Brüning soeben eintraf; er verfluchte Wetter und Schlamm und zog Davies auf, der freundlich und heiter wie nur je war.

»Bergen Sie das Großsegel, Sie werden es nicht brauchen«, sagte von Brüning. »Ich werde Sie bis Spiekeroog schleppen. Es ist Ihr einziger Ankerplatz für die Nacht bei diesem Wind – unterhalb der Insel in der Nähe der *Blitz*, sonst würde es für Sie ein erfolgloses Kreuzen in der Dunkelheit gegen den Wind bedeuten.«

Diese Tatsache traf so sehr zu, und das Angebot kam so sehr wie gerufen, daß Davies' schwache Proteste mit einer Flut von Spott beiseitegefegt wurden.

»Und wie ich mir gerade überlegt habe«, endete der Fregattenkapitän, »werde ich die Reise mit Ihnen machen, wenn ich darf. Es ist angenehmer und trockener.«

Wir gingen alle drei an Bord der *Dulcibella.* Unsere Schleppleine wurde befestigt, und um halb sieben legte sich die kleine Barkasse ins Geschirr; inmitten einer Demonstration, die nicht herzlicher hätte sein können, wenn wir als Botschafter zu Besuch in einem befreundeten Land gewesen wären, schlängelten wir uns die Molen entlang.

Wir brauchten über eine Stunde für die fünf Meilen bis Spiekeroog, denn die *Dulcibella* war bei diesem steifen Wind von vorn eine schwere Last; Davies, wenn er auch nichts sagte, zeigte unverhohlen sein Mißtrauen gegen die Leistungsfähigkeit unseres Schleppers. Er überließ mir sofort das Ruder, stürzte sich auf die Ausrüstung und ruhte erst, als jedes Tau handlich, das Großsegel gerefft, das Kompaßhäuschen beleuchtet und alles bereit war, um jeden Augenblick die Segel zu setzen oder zu ankern. Unser Gast beobachtete diese Vorkehrungen mit ungeheurem Vergnügen. Er war ausgelassenster und boshaftester Stimmung, ließ Neckereien auf Davies und gespieltes Mitleid auf mich in Mengen fallen, lachte über unseren riesigen Kompaß, warf das Lot, erschreckte uns mit vorgetäuschten Lotungen und bezweifelte, daß seine Männer nüchtern seien. Ich bot ihm Unterhaltung und Wärme unter Deck an, aber er lehnte mit der Begründung ab, Davies könne versucht sein, die Schleppleine zu kappen und uns die Nacht auf einer sicheren Sandbank verbringen zu lassen. Davies nahm die Spöttelei unbewegt auf. Als er seine Arbeit erledigt hatte, übernahm er die Ruderpinne, setzte sich barhäuptig und beobachtete gespannt die Barkasse, den Kurs sowie die Einzelheiten und Chancen der Gegenwart. Ich holte Zigarren herauf, und wir setzten uns ihm gegenüber, Wind und Gischt im Rücken. Und so verbrachten wir den Rest der Fahrt; von Brüning war an mich und die Kabinenluke gelehnt, und rief er Davies mal keinen Scherz zu, führte er mit mir eine leichte und entzückende Unterhaltung – gerade noch die Nuance von Gönnerschaft im Ton, den der Altersunterschied zwischen uns rechtfertigte – über meine Zeit in Deutschland, über mir bekannte Orte, Leute und Bücher, über das Leben, vor allem das Leben eines jungen Mannes in England, ein Land, in dem er noch nie gewesen sei, das er aber zu besuchen hoffe. Ich antwortete, so gut ich konnte, bemühte mich, auf seine Stimmung einzugehen, die Sache wie ein Mann durchzustehen, Freude statt Demütigung aus der Ironie unserer Lage zu schöpfen, war aber kaum in der Lage, gegen ein betäubendes Gefühl von Niederlage und Unfähigkeit aufzukommen. Mich quälte auch der sonderbare Gedanke, daß mir Kenntnisse und Urteilsfähigkeit entglitten, als wir das Land hinter uns ließen und den Unbilden dieser strengen See wieder ausgesetzt waren. Davies stand, wie ich sehr wohl wußte, unter dem genau entgegengesetzten Zauber – ein Zauber, den nicht einmal die Schande der Schleppleine aufheben konnte. Sein Gesicht nahm im Schein des Kompaßhäuschens den gleichen Ausdruck von Zufriedenheit und Entschlossenheit an, den ich in der Nacht gesehen hatte, als wir von Kiel zur Schlei gesegelt waren. Er hatte weiß Gott mehr Grund zur Sorge als ich – ein zufälliger Kamerad in einem Abenteuer, das vor allem das seine war, das ihm alles auf der Welt bedeutete. Aber hier war er und spülte seine Verlegenheit im Salzwind fort, schöpfte Rat und Zuversicht aus der unversiegbaren Quelle all seiner Inspirationen – der See.

»Er sieht glücklich aus, nicht wahr?« sagte der Fregattenkapitän einmal. Ich brummte zustimmend, beschämt zu entdecken, wie ärgerlich mich diese Bemerkung machte.

»Sie werden doch daran denken, was ich Ihnen gesagt habe«, sagte er mir ergänzend ins Ohr.

»Ja«, sagte ich. »Aber ich würde Fräulein Dollmann gern mal sehen. Wie ist sie?«

»Gefährlich.«

Was ich gern glaubte.

Der Rumpf der *Blitz* tauchte plötzlich auf; eine Minute später klatschte unser Warpanker über Bord, und die Barkasse kam rückwärts längsseits.

»Gute Nacht, meine Herren«, sagte unser Passagier. »Hier sind Sie sicher genug, und morgen früh können Sie in zehn Minuten hinüberfahren und Ihren Anker holen, falls er noch dort ist. Dann werden Sie einen günstigen Ostwind haben – nach England, wenn Sie wollen. Falls Sie sich entschließen, noch ein wenig länger in dieser Gegend zu bleiben und ich zu erreichen bin, können Sie darauf zählen, daß ich Ihnen helfe, bei der Jagd oder sonstwie.«

Wir dankten ihm, schüttelten ihm die Hand, und weg war er.

»Er ist jedenfalls ein ungeheuer feiner Kerl«, sagte Davies, und ich stimmte dem von Herzen zu.

Das beengte wachsame Leben begann wieder. In gewisser Weise waren wir »sicher genug«, aber eine Warpleine und ein Anker von zwanzig Pfund boten eine armselige Sicherheit, falls der Wind umsprang oder stärker wurde. Pläne für unvorhergesehene Ereignisse mußten gemacht und Deckswachen bis Mitternacht gehalten werden, als sich das Wetter anscheinend besserte und die Sterne erschienen. Das Barometer stieg, deshalb legten wir uns hin und schliefen sozusagen unter den Fittichen der kaiserlichen Regierung.

»Davies«, sagte ich, als wir in der Koje lagen, »es ist nur eine Tagesreise nach Norderney, nicht wahr?«

»Bei günstigem Wind weniger, wenn wir außerhalb der Inseln direkt segeln.«

»Es ist also abgemacht, daß wir das morgen tun?«

»Das nehme ich an. Wir müssen zuerst den Anker holen. Gute Nacht.«

## 19. Kapitel
## *Der Rubikon*

Es war ein kalter, diesiger Tagesanbruch, das Barometer stieg, der Wind war zu einer leichten Brise abgefallen, die immer noch aus Nordost kam. Unsere faltigen und schmutzigen Segel reagierten kaum darauf, als wir über die ölige Dünung nach Langeoog krochen. »Nebel und Flauten«, prophezeite Davies. Auf der *Blitz* war alles auf den Beinen, als wir sie passierten, und kurz darauf dampfte sie hinaus auf See. Als sie die Barre überquert hatte, drehte sie nach Westen und verlor sich im Dunst. Es wäre schlimm, wenn ich erklären müßte, wie wir die kleine Ankerboje in der ausdruckslosen grauen Öde fanden. Ich weiß nur, daß ich ununterbrochen lotete, während Davies steuerte, bis er mit dem Bootshaken nach etwas grapschte und die Boje schließlich an Deck lag. Ihr folgte bald das Tau und endlich das rostige Monstrum, noch ekelhafter als sonst, nach seinem langen Aufenthalt im Schlick.

»Alles in Ordnung«, sagte Davies. »Jetzt können wir überall hin.«

»Nun, es bleibt bei Norderney, nicht wahr? Darauf haben wir uns geeinigt.«

»Ja, ich denke, das haben wir. Ich frage mich, ob es nicht am kürzesten wäre, wenn wir unterhalb von Langeoog segelten.«

»Bestimmt nicht«, drängte ich. »Die Tide läuft ab, und das Licht ist schlecht; es ist neues Gebiet, wir müßten eine Wasserscheide überqueren und würden sicher auf Grund laufen.«

»Also gut – außen herum. Klar zum Wenden.« Wir drehten uns langsam und fuhren in Richtung offene See. Ich stelle diese Tatsache fest, aber in Wirklichkeit hätte er mich hinbringen können, wohin er wollte, denn Land war nicht in Sicht, nur ein paar geisterhafte Pricken.

»Ich fände es schade, wenn wir jenen Priel auslassen würden«, sagte Davies seufzend. »Jetzt, da uns die *Kormoran* nicht beobachten kann.« (Wir hatten sie den ganzen Morgen noch nicht gesehen.)

Ich ging wieder ans Lot, abgeneigt, ein unfruchtbares Streitgespräch erneut zu beginnen. Ich hatte das sichere Gefühl, daß Grimm seine Arbeit für jetzt erledigt hatte und sich auf dem kürzesten Weg nach Norderney und Memmert befand.

Wir waren bald draußen und fuhren westwärts, unseren Mastbaum querab, die Dünen der Insel in Lee noch eben erkennbar. Dann erstarb die Brise zu einem bloßen Windhauch und ließ uns träge in einer langen Dünung rollen. Verzehrt von Ungeduld, endlich weiterzukommen, sah ich ein Verhängnis, als der Wind nach vierzehn Tagen nutzlosen Umherfahrens aussetzte, in denen wir im allgemeinen zuviel davon gehabt hatten und immer genug für unsere Zwecke. Ich versuchte unten zu lesen, aber das abscheuliche Spritzen des Schwerts trieb mich wieder nach oben.

»Können wir nicht schneller fahren?« platzte es einmal aus mir heraus. Ich hatte das Gefühl, wir sollten eigentlich eine ganze Pyramide dünnen Segeltuchs obenhaben, Spinnacker, Außenklüver und was nicht alles mehr.

»Ich bin nicht für Geschwindigkeit«, sagte Davies kurz. Er tat getreulich sein Bestes, um die Yacht vorwärts zu ›schieben‹, aber schwacher Luftzug und völlige Flaute waren den ganzen Tag über die Regel, und nur durch zweistündiges Schleppen mit dem Dingi am Nachmittag schafften wir die ganze Länge von Langeoog; vor Dunkelwerden krochen wir an einen Ankerplatz hinter Baltrum. Genau genommen, so glaube ich, hätten wir die ganze Nacht über auf offener See bleiben sollen, aber ich hatte nicht den Mumm, dies vorzuschlagen. Davies war nur zu froh, daß er eine Entschuldigung hatte, sich bei auflaufender Tide durch die Untiefen der Accumer Ee schlängeln zu können. Das Wetter hatte sich im weiteren Verlauf des Tages langsam aufgeklärt, aber wir lagen kaum zehn Minuten vor Anker, als sich von See her eine weiße Nebelwand heranwälzte und uns verschlang. Davies befand sich im Dingi bereits draußen, und ich mußte ihn mit dem Nebelhorn zurücklotsen, dessen dumpfe Töne ganze Scharen von Seevögeln aus den Sandbänken rundum aufscheuchten und sie flatternd und klagend zu uns brachten, ein unheimlicher unsichtbarer Begleitchor zu meinem traurigen Solo.

Der Nebel hing auch am 21. bei Tagesanbruch noch schwer um uns, wurde aber etwa um acht Uhr durch eine leichte südliche Brise teilweise zerrissen, gerade rechtzeitig für uns, um den ausgeprickten Priel hinter Baltrum zu durchfahren, ehe die Tide die Wasserscheide hinter sich ließ.

»Wir werden heute nicht weit kommen«, sagte Davies philosophisch. »Und so kann es noch eine ganze Weile gehen. Es ist eine regelrechte herbstliche Hochdruckzone – das Barometer steht auf 775 Millimeter und rührt sich nicht. Diese steife Brise war die letzte eines stürmischen Äquinoktiums.«

Als wäre es eine Selbstverständlichkeit, fuhren wir heute auf der Route unterhalb der Inseln. Es war jetzt der kürzeste Weg zum Hafen von Norderney und kaum weniger knifflig als die Wichter Ee, die anscheinend fast ganz durch Sandbänke versperrt wird und tatsächlich die unpassierbarste all dieser Durchfahrten zur Nordsee ist. Aber wie ich schon sagte, diese Art von Navigation, die mir immer ein Rätsel war, verblüffte mich aufs äußerste bei diesigem Wetter. Jeder Versuch, mich zu orientieren, machte mich schwindlig. So plagte ich mich mit der Arbeit am Lot und wechselte diese mit dem scheußlichen Warpen ab, wenn wir irgendwo mal aufgelaufen waren. Bis zwei Uhr hatte ich zwei Pausen; eine von einer Stunde, als wir in windstillen Nebel gerieten, und eine andere von wenigen Augenblicken, als Davies sagte: »Dort ist Norderney.« Ich sah über einem langen unkrautbewachsenen Hang, der noch naß von der zurückweichenden See war, eine Gruppe von Sanddünen, genau wie hundert andere, die ich, nun aber erfüllt von einem neuen und einzigartigen Interesse, kürzlich gesehen hatte.

Die übliche Formel »Wieviel hast du jetzt?« zügelte meine Träumerei, und ein »Ruder liegt bei Lee« beendete sie zunächst ganz. Wir kreuzten weiter (denn der Wind lag jetzt recht voraus) in sehr seichtem Wasser.

Plötzlich sagte Davies: »Ist das voraus ein Boot?«

»Meinst du die Galeote?« fragte ich. Ich konnte deutlich eins dieser vertrauten Schiffe etwa eine halbe Meile entfernt noch eben in Sichtweite erkennen.

»Meinst du, es ist die *Kormoran?«* fügte ich hinzu. Davies sagte nichts, aber er wurde unaufmerksam bei seiner Arbeit. »Kaum vier Faden« von mir ging unbemerkt an seinem Ohr vorbei, und einmal berührten wir Grund, kamen aber durch ein Spiel der Strömungen wieder frei. Dann kam plötzlich: »Klar bei Anker. Laß fallen.« Wir ankerten mitten in der engen Wasserstraße, der wir bis jetzt gefolgt waren. Ich holte die

Hauptgei auf und barg ohne Hilfe die Focksegel. Als das erledigt war, starrte Davies durch sein Fernglas noch immer nach Luv, und zu meinem Erstaunen merkte ich, daß seine Hände heftig zitterten. Das hatte ich an ihm nie gesehen, selbst nicht in Augenblicken, in denen eine falsche Handbewegung den Tod auf einer umbrandeten Sandbank bedeutet hätte.

»Was ist los?« fragte ich. »Ist dir kalt?«

»Das kleine Boot«, sagte er. Ich blickte ebenfalls nach Luv und sah jetzt etwas Weißes, das sich scharf abhob.

»Kleines stehendes Sturmsegel und Klüver; stimmt, das ist es«, sagte Davies nervös stotternd zu sich selbst.

»Wer? Was?«

»Das Dingi der *Medusa.*«

Er gab oder vielmehr drückte mir das Fernglas in die Hand, immer noch starrend.

»Dollmann?« rief ich aus.

»Nein, es gehört *ihr* – sie segelt es immer. Sie kommt, um mich – um uns zu begrüßen.«

Durch das Fernglas wurde das Weiße zu einem anmutigen weißen Segel, querab vor der leichten Brise dahinter. Eine Ecke der Wasserstraße verbarg den Rumpf, dann glitt es in Sicht. Jemand saß achtern und steuerte, ob Mann oder Frau, das konnte ich nicht sagen, denn das Segel verbarg fast die ganze Gestalt. Zwei volle Minuten lang – zwei bedeutungsvolle Minuten – beobachteten wir schweigend. Die feuchte Luft trübte mir die Linsen, aber ich behielt sie am Auge, denn ich mochte Davies nicht anschauen. Schließlich hörte ich, wie er tief Atem holte, sich aufrichtete und eines seiner charakteristischen »hms« von sich gab. Dann ging er rasch nach achtern, machte die Leine unseres Dingis los und zog es längsseits.

»Du kommst mit«, sagte er, sprang hinein und setzte die Dollen ein. (Seine Hände waren wieder ruhig.) Ich lachte und gab dem Dingi einen Schubs.

»Ich möchte lieber, daß du mitkommst«, sagte er trotzig.

»Ich möchte lieber bleiben. Ich werde aufräumen und den Wasserkessel aufsetzen.« Davies hatte einen halben Riemenschlag gemacht und wieder aufgehört.

»Sie sollte nicht an Bord kommen«, sagte er.

»Vielleicht möchte sie«, legte ich nahe. »Frostiger Tag, weit von zu Hause, allgemeine Höflichkeit . . .«

»Carruthers«, sagte Davies, »wenn sie an Bord kommt, dann denke daran, daß sie außerhalb dieser Angelegenheit steht. Von ihr können wir keine Anhaltspunkte erfahren.«

Eine kleine Lektion, die mich mehr geärgert hätte, würde ich mir nicht triumphierend gesagt haben, daß wir ein für allemal, mochte es nun gut oder schlecht sein, den Rubikon überschritten hatten.

»Diesmal ist es deine Angelegenheit«, sagte ich, »mach damit, was du willst.«

Er ruderte mit kräftigen Schlägen davon. »Ganz er«, dachte ich bei mir: barhäuptig, beperlt vom Tau des Nebels; alte Öljacke (nur ein Knopf); grauer Jerseypullover; graue Wollhose (wie die eines Hochseefischers) in lange Stiefel gesteckt. Die Vision von seinem Gegenbild, dem Schäker in Cowes, ging mir für einen Augenblick durch den Kopf. Und was sein Gesicht anging – nun, nur danach konnte ich urteilen und staunen, daß er sein Dilemma bei beiden Hörnern so fest wie seine Riemen ergriff.

Ich sah zu, wie sich die beiden Boote einander näherten. Normalerweise hätten sie sich in etwa dreihundert Meter Entfernung getroffen, aber es kam etwas dazwischen. Zuerst blieb das Segelboot stecken und schwang herum. »Aufgelaufen«, schloß ich. Das Ruderboot schoß noch vorwärts, blieb aber dann auch stecken. Von beiden drang ein gewaltiges Klatschen der Riemen herüber, dann Stille. Der Gipfel der Wasserscheide, ein gegenständlicher Rubikon, alltäglich und schlickig, mußte anscheinend noch überquert werden. Aber das war zu vermeiden. Zwei Boote fuhren auf die nördliche Seite der Wasserstraße zu; zwei Gestalten standen am Rand des Sandes, jede zog an einer Leine. Dann ging Davies über den Sand, und ein Mädchen – ich sah es jetzt – kam ihm entgegen. Und dann dachte ich, es sei an der Zeit, unter Deck zu gehen und aufzuräumen.

Nichts auf Erden hätte die Kabine der *Dulcibella* zu einem einer Dame würdigen Empfangsraum machen können. Ich konnte mich nur eilig bemühen, sie mit Hilfe von Putzwolle und Besen so ansehnlich wie möglich zu machen; ich ordnete die durcheinandergebrachten Bücher; das Sammelsurium von Pfeifen, Seekarten, Überbleibsel von Ausrüstungsgegenständen und so weiter, all das Zeug, das sich immer wieder ansammelte, wie kurze Zeit auch vergangen sein mochte, seit wir zuletzt aufgeräumt hatten, warf ich in Regale und Schränkchen. Dann machte ich den Ofen an und verhüllte den Tisch mit einer sauberen weißen Decke.

Es mochten etwa zwanzig Minuten vergangen sein, und ich scheuerte vergebens an dem Rauchfleck an der Kabinendecke, als ich das Geräusch von Riemen und Stimmen draußen hörte. Ich warf die Putzwolle in die Back, machte einen heftigen Reinigungsangriff auf meine Hände und stieg den Niedergang hinauf. Unser Dingi kam gerade längsseits, Davies saß rudernd am Bug, ihm gegenüber am Heck ein junges Mädchen mit grauer Schottenmütze, lose sitzender wasserdichter Jacke und dunklem Sergerock, wobei unter diesem ein Paar stilgerechte Gummistiefel hervorschauten, die, *mutatis mutandis,* denen von Davies sehr ähnlich waren. Ihr Haar war wie seins mit Feuchtigkeit benetzt, und ihre rosigbraune Haut brachte einen Ton lieblicher Farbe in den trüben, schauerlichen Hintergrund.

»Da ist er«, sagte Davies. Nie klang mir sein »mein Freund Carruthers« so angenehm in den Ohren, nie das folgende »Fräulein Dollmann« so mißtönend. Jede dieser vier Silben war eine Lüge. Zwei ehrliche englische Augen schauten hinauf in meine; eine ehrliche englische Hand – ist dies insularer Unsinn? Vielleicht, aber ich bleibe dabei – eine braune, feste Hand (nein, nicht so sehr klein, mein sentimentaler Leser) ergriff meine. Selbstverständlich hatte ich starke Gründe, abgesehen vom völkischen Instinkt, sie für englisch zu halten, aber ich glaube, selbst wenn ich keine gehabt hätte, würde ich Deutschland jedenfalls zu einer geschickten Aneignung gratuliert haben. Wenn sie etwas sagte, erkannte ich an ihrer Stimme, daß sie seit ihrer Kindheit gewohnt war, deutsch zu sprechen; Diktion und Akzent waren fehlerfrei, zumindest für mein englisches Ohr, aber der angeborene Klang des Einheimischen fehlte ihr.

Sie kam an Bord. Zuerst führten wir ein nichtssagendes Gespräch über Zeit und Wetter, aber wir beendeten es, da wir es alle von Herzen wollten. Keiner von uns äußerte seine echten Skrupel. Meine waren wirklich auch zu neu und rudimentär, um einer Äußerung wert zu sein. Deshalb sprach ich nüchtern über Tee und Wärme, aber ich begann an meine Übereinkunft mit Davies zu denken.

»Dann nur für ein paar Minuten«, sagte sie.

Ich reichte ihr meine Hand und zog sie hinauf. Sie betrachtete Deck und Takelage mit starkem Interesse – einem atemlosen, hungrigen Interesse –, rührend anzusehen.

»Sie haben die *Dulcibella* früher schon mal gesehen, nicht wahr?« sagte ich.

»Ich bin noch nicht an Bord gewesen«, antwortete sie.

Dies kam mir seltsam vor; aber dann hatte ich von Davies über seine Tage bei Norderney im September wiederum zu wenige Einzelheiten erfahren.

»Selbstverständlich, *das* da hat mich verwirrt«, rief sie plötzlich aus und zeigte auf den Besanmast. »Ich wußte, da war etwas anders.«

Davies hatte die Festmacherleine belegt und mußte jetzt die Herkunft des Besans erklären. Es war ein mühsamer Prozeß, und die Aufmerksamkeit seiner Zuhörerin wandte sich bald von diesem Thema ab und richtete sich ganz auf ihn – er war bereits mehr als halb in sie versunken –, und das Ergebnis war eine günstige Gelegenheit für den urteilsfähigen Beobachter. Es dauerte nicht lange, aber ich nutzte es gut aus; bereitete einigen Schmerzen ein tiefes Grab, tat ein wenig innige Buße, sagte mir, ich sei ein zynischer Narr gewesen, weil ich dies nicht vorausgesehen hatte, und stellte mich der neuen Situation mit dem Gefühl der Beklommenheit; ich schäme mich nicht, es zuzugeben, denn ich mochte Davies und war erpicht auf unsere Aufgabe.

Das Mädchen konnte niemals schuldig sein am Anschlag auf Davies. War sie etwa ein unbewußtes oder ein widerwilliges Werkzeug gewesen? Falls das letztere zutraf, kannte sie dann das Geheimnis, nach dem wir suchten? In höchstem Grade unwahrscheinlich, entschied ich. Aber getreu unserer Übereinkunft, deren Bedeutung ich jetzt vollkommen würdigte, warf ich meine diplomatischen Waffen beiseite und schreckte ebenso stark oder sagen wir fast so stark vor der Anstrengung zurück, direkt wie indirekt aus einer solchen Quelle Informationen zu erlangen. Es war nicht unsere Schuld, daß sie uns im Gespräch und durch ihr Verhalten ein Bild von der Sache gab. Davies wußte bereits mehr als ich.

Wir verbrachten einige Minuten an Deck, in denen sie mit einer drolligen Mischung aus professionellem Scharfsinn und persönlicher Neugier eifrig nach Bauart, Ausrüstung und Seetüchtigkeit unseres Bootes fragte.

»Wie haben Sie es an jenem Tag ganz allein geschafft?« fragte sie plötzlich Davies.

»Oh, es war ganz ungefährlich«, war seine Antwort. »Aber es ist viel besser, einen Freund zu haben.«

Sie sah mich an und – nun, in diesem Augenblick hätte ich für Davies mein Leben gegeben.

»Vater sagte, Sie würden in Sicherheit sein«, bemerkte sie mit Entschiedenheit – einer leicht übertriebenen Entschiedenheit, dachte ich. Dann wandte sie sich einem Tau oder Block zu und fuhr mit ihren Fragen fort. Sie fand den Kompaß beeindruckend, und das Geschirr des verhaßten Schwerts faszinierte sie besonders. Dauernd fragte sie, ob dies in England so üblich sei.

Bei aller oberflächlichen Ungezwungenheit waren wir zurückhaltend und verlegen. Der Gang unter Deck bot eine willkommene Abwechslung, und wir wären auch alles andere als Menschen gewesen, hätten wir nicht an den Ungewöhnlichkeiten der Kabine unwillkürlich unseren Spaß gehabt. Ich ging zuerst hinunter, um nach dem Tee zu sehen, und ließ sie zurück bei dem Bemühen, einander die Theorie eines englischen Rettungsboots begreiflich zu machen. Sie folgten bald, und ich sehe noch immer, wie sie gebückt zur Tür hereinkommt, sanft wie eine Katze am hinderlichen Schwert vorbeigeht, sich auf das Sofa an Steuerbord setzt und ihre Umgebung mit furchtsamer Begeisterung in sich aufnimmt, die beim Anblick der primitiven Einrichtung und schäbigen Annehmlichkeiten unserer Bude zu hellem Entzücken wird. Sie erforschte die Ecken und Winkel unseres Rippingill-Ofens, befingerte die Schrotflinten und das Durcheinander in den Regalen und spähte mit gezierter Ehrfurcht in die Back. Alles war eine Quelle der Fröhlichkeit, von unserer gebückten Haltung bis zur peinlichen Unzulänglichkeit von Löffeln und der ›Yachtheit‹ (mit einem anderen Wort kann man das nicht beschreiben) des Brotes, das in Bensersiel gekauft worden war und unter der Lagerung und dem Klima gelitten hatte. Diese Tatsache kam heraus und führte, während wir darauf warteten, daß das Wasser kochte, zu einigen Fragen nach dem Sturm und unserem Besuch dort. Das Thema, schwerwiegend für uns, schien für sie nicht von besonderer Bedeutung zu sein. Als wir von Brüning erwähnten, zeigte sie keinerlei Gemütsbewegung; sie gab sich im Gegenteil besondere Mühe – aus einem unschuldigen Motiv heraus, das jedermann leicht erraten konnte – zu zeigen, daß sie über ihn mit leidenschaftsloser Gelöstheit sprechen konnte.

»Er kam uns besuchen, als Sie zuletzt hier waren, nicht wahr?« sagte sie zu Davies. »Er kommt oft. Manchmal geht er mit Vater nach Memmert. Sie wissen von Memmert? Die tauchen dort nach Geld in einem alten Wrack ...«

Ja, wir hatten davon gehört.

»Selbstverständlich haben Sie. Vater ist Direktor der Gesellschaft, und Fregattenkapitän von Brüning hat an ihr großes Interesse. Sie haben mich mal in der Tauchglocke mit hinuntergenommen.«

Ich murmelte: »Wirklich?«, und Davies säbelte angestrengt am Brot herum. Sie mußte unser einfältiges Schweigen mißdeutet haben, denn sie hielt inne und richtete sich mit einem Anflug von Hochmut auf, der auf Davies überhaupt keinen Eindruck machte. Ich hätte laut lachen mögen über diese durchsichtige kleine Komödie der Irrungen.

»Haben Sie Gold gesehen?« fragte Davies schließlich mit heiserem Ernst. Irgendwas mußte gesagt werden, sonst würden wir unser Ziel verfehlen; aber ich ließ es ihn sagen. Er hatte nicht meinen Glauben an Memmert.

»Nein, nur Schlamm und Holz – oh, ich vergaß ...«

»Sie müssen nicht die Geheimnisse der Gesellschaft ausplaudern«, sagte ich lachend. »Fregattenkapitän von Brüning wollte uns nicht ein Wort über das Gold sagen.« (»Das heißt Selbstverleugnung!« sagte ich zu mir.)

»Oh, ich glaube, das macht nicht viel«, sagte sie ebenfalls lachend. »Sie sind nur Besucher.«

»Stimmt«, sagte ich zurückhaltend. »Nur vorbeikommende Reisende.«

»Sie werden auf Norderney anlegen?« sagte sie unbefangen. »Herr Davies sagte ...«

Ich sah Davies an; es war seine Angelegenheit. Offen und ehrlich kam seine Antwort in unbeholfenem Deutsch.

»Selbstverständlich wir werden. Ich möchte wiedersehen Ihren Vater.«

Bis jetzt war ich mir über seine endgültige Entscheidung unschlüssig gewesen; denn seit unserer Verständigung in Bensersiel hatte ich immer das Gefühl gehabt, daß ich ihn sich sehr schwer hatte abrackern lassen. Diese rückhaltlosen Worte, klar und unmittelbar über alles hinausgehend, auf was ich gehofft hatte, brachten mich zur Besinnung und zeigten mir, daß sein Verstand gegenüber meinem weit vorausgedacht und darüber hinaus eine doppelte Absicht verfolgt hatte, die mir nicht im Traum eingefallen wäre.

»Mein Vater ...« sagte Fräulein Dollmann. »Ja, ich bin sicher, er wird froh sein, Sie zu sehen.«

In ihrem Ton lag keine Überzeugung, und ihr Blick war in die Ferne gerichtet und besorgt.

»Er ist jetzt nicht hier, nicht wahr?« fragte ich.

»Woher wissen Sie das?« (Eine scheue mädchenhafte Verwirrung.) »Oh, Fregattenkapitän von Brüning ...«

Ich hätte hinzufügen können, es sei schon immer sonnenklar gewesen, daß in diesem Besuch ein Benehmen lag, das ihr Vater vielleicht nicht billigte. Ich versuchte ihr ohne Worte zu sagen: »Das werde ich Ihnen nicht erzählen«, und hatte womöglich Erfolg damit.

»Ich habe es Mr. Davies schon vorhin erzählt, als wir uns wiedersahen«, fuhr sie fort. »Ich erwarte ihn sehr bald zurück – tatsächlich schon morgen; er hat aus Amsterdam geschrieben. Er ließ mich in Hamburg zurück und ist seither weggeblieben. Ich glaube, er nimmt an, Mr. Davies würde in der Ostsee bleiben, da die Jahreszeit so weit fortgeschritten ist. Aber – aber ich bin sicher, er wird froh sein, Sie zu sehen.«

»Liegt die *Medusa* im Hafen?« fragte Davies.

»Ja, aber wir wohnen jetzt nicht darauf. Wir sind in unserer Villa in der Vico-von-Bülow-Allee – das heißt meine Stiefmutter und ich.«

Sie fügte ein paar Einzelheiten hinzu, und Davies schrieb ernst mit einem Bleistift ihre Adresse auf eine Seite des Logbuchs; eine Formalität, die irgendwie die Situation zu regeln schien.

»Morgen werden wir auf Norderney sein«, sagte er.

Unterdessen kochte das Wasser im Kessel fröhlich vor sich hin, und ich machte den Tee – Kakao sollte ich sagen, denn die Speisekarte wurde mit Rücksicht auf den Geschmack unseres Gastes geändert. »Dies macht Spaß!« sagte sie, und unter allgemeiner Zustimmung gaben wir – drei junge, hungrige Seeleute – uns den Vergnügungen eines Picknicks aus dem Stegreif hin. Eine solche Gelegenheit kam vielleicht nie wieder – *carpamus diem.*

Aber das Bankett wurde nicht zelebriert. Wie beim Festmahl des Belsazar erschien eine Schrift an der Wand, keine übernatürliche Inschrift, sondern ein gedruckter Name, ein englischer Familienname mit Titel und Initialen in billigen Goldlettern auf dem Rücken eines alten Buches; ein stiller, spöttischer Zeuge unserer gemütlichen Party. Die Katastrophe kam und ging so plötzlich vorbei, daß ich damals kaum eine Ahnung hatte, was sie verursacht haben könnte; aber jetzt weiß ich, wie es dazu kam. Unser Gast saß am vorderen Ende des Sofas an Steuerbord, nahe am Schott. Davies und ich saßen ihr gegenüber. Entlang dem Schott befand sich in Kopfhöhe das Bücherregal, dessen Inhalt, man möge sich erinnern, ich erst vor einer halben Stunde sorgsam ausgerichtet hatte. Von den Folgen meines Tuns hatte ich mir wenig träumen lassen. Eine Kleinigkeit, vielleicht das Logbuch, das Davies vom Regal gezogen hatte, ließ ihre Aufmerksamkeit sich auf den Rest unserer Bücherei richten. Während ich mit dem Kakao beschäftigt war, hörte ich, wie sie einige Titel buchstabierte, darin herumblätterte und Davies tadelte, daß er auf seine Bücher so wenig achtgab. Plötzlich herrschte Schweigen, was mich aufblicken und an ihr eine überraschende und mitleiderregende Veränderung bemerken ließ. Sie starrte Davies mit großen Augen und offenem Mund an, brennende Röte überzog ihre Stirn, ihr Gesichtsausdruck glich dem eines Schlafwandlers, der aufwacht und nicht weiß, wo er ist.

Sie schien mit ihren Gedanken weit weg zu sein und mühte sich, irgendeinen furchtbaren Traum aus der Vergangenheit zu deuten; befand sich aber auch in der Gegenwart und krümmte sich vor einer widerwärtigen Wirklichkeit. Sie blieb so für vielleicht zehn Sekunden, dann – tapfer wie sie war – beherrschte sie sich, schaute sich langsam um und nach oben mit einem kreisenden Blick, seltsamerweise in der Art wie Davies, und sprach. Es sei spät, sie müsse gehen – ihr Boot sei nicht sicher. Gleichzeitig stand sie auf, um zu gehen – oder vielmehr rutschte sie auf dem Sofa, denn ein Aufstehen war unmöglich. Wir saßen da wie unmanierliche Tölpel in größter Verwunderung.

Davies hatte anfangs gesagt: »Was ist los?« Dann hatte ihn wieder die Verblüffung erfaßt. Ich erholte mich als erster und protestierte ungeschickt, da doch der Kakao jetzt bereitstand, sie habe ja noch Zeit, und mit Nebel sei auch nicht zu rechnen. Bei dem Versuch zu antworten, ging ihre Selbstbeherrschung verloren, armes Kind, und ihr Rückzug wurde zur blinden Flucht wie die eines verwundeten Tiers, derweil jeder niedrige Umstand ihre panische Furcht noch zu steigern schien.

Beim Verlassen des Sofas kippte sie den Tisch etwas über und goß Kakao auf ihren Rock; sie stieß sich den Kopf mit schmerzender Gewalt am scharfen Türsturz und stolperte auf den Stufen des Niedergangs. Ich war dicht hinter ihr, aber als ich an Deck kam, war sie bereits an der Gilling und holte das Dingi heran. Sie war hineingesprungen und hatte die Ruder ergriffen, noch ehe sie in ihren überstürzten Bewegungen innehielt. Erst jetzt ging ihr die offenkundige Tatsache auf, daß dies unser Dingi war und jemand sie begleiten mußte, um es zurückzubringen.

»Davies wird Sie hinüberrudern«, sagte ich.

»Oh, nein, danke«, stammelte sie. »Wenn Sie so freundlich wären, Herr Carruthers? Sie sind an der Reihe. Nein, ich meine, ich wollte ...«

»Mach schon«, sagte Davies auf englisch zu mir.

Ich bestieg das Dingi und bedeutete ihr, mir die Riemen zu geben. Sie sah mich anscheinend nicht und stieß ab, als Davies ihr die Jacke reichte, die sie in der Kabine vergessen hatte. Von uns beiden versuchte keiner, die Situation durch konventionelle Entschuldigungen zu retten. So blieb es ihr überlassen, so zu tun, als entschuldige sie sich, ein Versuch, der so mutig und dennoch so erbärmlich lahm war, daß mein ganzer Körper vor heißer Scham prickelte. Sie machte die Sache nur noch schlimmer, und Davies unterbrach sie.

»Auf Wiedersehen«, sagte er einfach.

Sie schüttelte den Kopf, bot ihm nicht einmal die Hand und ruderte davon. Davies wandte sich scharf ab und ging unter Deck.

Diesmal gab es keinen schlammigen Rubikon, der uns behinderte, denn die Tide war ein gut Teil aufgelaufen, die Sände waren mit Wasser bedeckt. Ich erbot mich noch einmal, die Riemen zu übernehmen, aber sie nahm keine Notiz davon und ruderte weiter. So blieb ich ein schweigender Passagier auf der Heckbank, bis wir bei ihrem Boot ankamen, einem schmucken, kleinen Segelgig, gebaut nach einem in dieser Gegend üblichen Modell mit rundem Bug und kleinen Seitenschwertern. Es schwamm bereits, hing aber sicher an einem Tau mit kleinem Dreganker, den sie jetzt einholte.

»Wie Sie sehen, lag Ihr Boot ja doch ganz sicher«, sagte ich.

»Ja, aber ich konnte nicht bleiben. Herr Carruthers, ich möchte Ihnen etwas sagen.« (Ich wußte, was kam; wieder einmal von Brünings Warnung.) »Ich habe soeben einen Fehler gemacht; es hat keinen Zweck, daß Sie uns morgen besuchen.«

»Warum nicht?«

»Sie werden meinen Vater nicht antreffen.«

»Ich dachte, Sie hätten gesagt, er komme wieder.«

»Ja, mit dem Morgendampfer; aber er wird sehr beschäftigt sein.«

»Wir können warten. Wir haben noch mehrere Tage Zeit, und wir müssen sowieso wegen einiger Briefe vorbeikommen.«

»Sie dürfen unseretwegen Ihre Abreise nicht aufschieben. Das Wetter ist endlich doch noch gut geworden. Es wäre schade, die Chance einer ruhigen Fahrt nach England zu verpassen. Die Jahreszeit ...«

»Wir haben keine festen Pläne. Davies möchte noch etwas jagen.«

»Mein Vater wird viel zu tun haben.«

»Wir können *Sie* aufsuchen.«

Ich stellte mich weiterhin absichtlich dumm, denn obwohl dieses Fechten mit einem erschöpften Mädchen unfair war, stand unsere Aufgabe auf dem Spiel. Wir würden, komme was da wolle, nach Norderney fahren und früher oder später Dollmann treffen. Es hatte keinen Zweck, das Gegenteil zu versprechen. Ich hatte mich gegenüber von Brüning nicht verpflichtet und würde es ihr gegenüber auch nicht tun. Die einzige Alternative war, die Übereinkunft mit Davies zu verletzen (die durch das gegenwärtige Fiasko sicherlich geschwächt worden war), frei heraus zu sprechen und zu versuchen, sie zur Verbündeten zu gewinnen. Gegen ihren eigenen Vater? Ich wich der Verantwortung aus und berechnete die Kosten eines Fehlschlags – eines sicheren Fehlschlags, nach ihrem Verhalten zu urteilen. Sie begann wie benommen und verwirrt ihr Luggersegel zu setzen, während unsere beiden Boote langsam nach Lee abtrieben.

»Vater hätte es vielleicht nicht gern«, sagte sie so leise und mit derart zitternden Lippen, daß ich ihre Worte kaum erfaßte. »Er mag Ausländer nicht sehr. Ich fürchte – er sollte Herrn Davies nicht mehr sehen.«

»Aber ich dachte ...«

»Es war falsch von mir, an Bord zu kommen – es fiel mir plötzlich ein, aber ich konnte es Herrn Davies nicht sagen.«

»Ich verstehe«, antwortete ich. »Ich werde es ihm sagen.«

»Ja, daß er nicht in unsere Nähe kommen darf.«

»Er wird es verstehen. Ich weiß, es wird ihm sehr leid tun, aber«, fügte ich fest hinzu, »Sie können ihm unbedingt vertrauen, daß er das Richtige tun wird.« Und wie ich betete, daß dies sie zufriedenstellte! Gott sei Dank tat es das.

»Ja«, sagte sie, »ich glaube, ich habe mich von ihm nicht verabschiedet. Würden Sie das für mich tun?« Sie reichte mir die Hand.

»Noch etwas«, sagte ich und hielt sie fest, »von dieser Begegnung wird wohl besser nichts gesagt?«

»Nein, nein, nichts. Es darf nie herauskommen.«

Ich ließ das Schandeck des Gig los und sah zu, wie sie das Segel straff zog und ein oder zweimal gegen den Wind kreuzte. Dann ruderte ich so schnell ich konnte wieder zurück zur *Dulcibella.*

# 20. Kapitel
## *Das kleine schäbige Buch*

Ich fand Davies am Kabinentisch, inmitten eines Durcheinanders von Büchern. Das Regal war leer, sein Inhalt zwischen Tassen und auf den Fußboden geworfen. Wir sprachen gleichzeitig.

»Nun, was war es?«

»Nun, was hat sie gesagt?«

Ich gab nach und erzählte kurz meine Geschichte. Er hörte schweigend zu und trommelte mit einem Buch auf den Tisch.

»Es ist kein Abschied«, sagte er, »aber mich wundert es nicht; sieh her!« Er hielt mir einen kleinen Band hin, dessen Äußeres mir bekannt vorkam, sein Inhalt weniger. Wie ich in einem früheren Kapitel schon angemerkt habe, war Davies' Bücherei, abgesehen von Tidenkalendern, ›Lotsen‹ usw., auf zwei Kategorien von Büchern beschränkt: die über Seekriegsführung und die über sein eigenes Hobby, das Segeln mit kleinen Yachten. Von letzteren hatte er sechs oder sieben, darunter *Die ›Falke‹ in der Ostsee* von Knight, *Segeltouren* von Cowper, *Den Priel hinunter* von Macmullen und andere weniger bekannte Geschichten abenteuerlicher Reisen. In einige von ihnen hatte ich gelegentlich kaum mehr als einen Blick hineingeworfen, denn zum Lesen ließ uns unser Leben keine Muße. Dieser spezielle Band nun war – nein, ich sollte ihn besser nicht zu ausführlich beschreiben, aber ich will sagen, daß er alt und anspruchslos war, gebunden in billiges Leinen von ziemlich antiquiertem Stil, mit einem Titel, der ihn als Führer für Segler in einem bestimmten britischen Mündungsgebiet auswies. Ein zum Teil weggekratzter weißer Aufkleber trug die Aufschrift »3 Pence«. Ich hatte ohne besonderes Interesse ein- oder zweimal einen Blick darauf geworfen.

»Nun?« sagte ich und blätterte einige vergilbte Seiten um.

»Dollmann!« rief Davies. »Dollmann hat es geschrieben.«

Ich drehte die Titelseite um und las: »Von Lieutenant X., Royal Navy.« Der Name selbst sagte mir nichts, aber ich begann zu verstehen.

Davies sprach weiter: »Der Name steht auch auf dem Buchrücken – und ich bin sicher, es war das letzte, das sie sich angesehen hatte.«

»Aber woher weißt du ...?«

»Und hier ist der Mann selbst. Ein Esel bin ich, daß ich das nicht eher gesehen habe. Schau dir dieses Titelbild an.«

Es war ein trauriges Stück Illustration von altmodischer Art, der es an Schärfe und Schliff mangelte, die dennoch eindrucksvoll war. Es war offensichtlich die Reproduktion – wenn auch eine billige und unvollkommene – eines Fotos. Es zeigte eine kleine Yacht vor Anker unterhalb eines Waldes mit dem Besitzer in Hemdsärmeln auf Deck; einem gutgebauten, kräftigen Mann, jung, mittelgroß, glattrasiert. An seinem Gesicht schien nichts bemerkenswert zu sein; das Porträt war nicht genug vergrößert und vom Ausdruck her ein starres, typisches ›Fotogesicht‹.

»Wie kannst du ihn erkennen? Du hast gesagt, er sei fünfzig und habe einen grauen Bart.«

»An der Form seines Kopfes; die hat sich nicht verändert. Sieh mal, wie er nach oben breiter und dann flacher wird – irgendwie keilförmig – mit hoher, steiler Stirn; es ist auf diesem Bild kaum zu erkennen.« (Diese Dinge waren schwer wahrnehmbar, aber ich sah, was Davies meinte.) »Größe und Figur stimmen ebenfalls, und die Daten in etwa. Schau mal unten.«

Unter dem Bild standen der Name der Yacht und ein Datum. Im selben Jahr war auch das Buch erschienen.

»Vor sechzehn Jahren«, sagte Davies. »Er sieht darauf aus wie einige dreißig, nicht wahr? Und jetzt wie fünfzig.«

»Laß uns mal überlegen. Vor sechzehn Jahren war er noch Engländer; ein Offizier in der Kriegsmarine Ihrer Majestät. Jetzt ist er Deutscher. Irgendwann zwischen damals und heute geriet er, nehme ich an, in Schwierigkeiten – Schande, Flucht, Exil. Wann mag das passiert sein?«

»Seit drei Jahren sind sie hier; das hat von Brüning gesagt.«

»Es war lange vorher. Sie hat seit ihrer Kindheit deutsch gesprochen. Was meinst du, wie alt sie ist? Neunzehn bis zwanzig?«

»Ja, ungefähr.«

»Sagen wir mal, sie war vier, als dieses Buch erschien. Nicht lange danach muß es zu dem Krach gekommen sein.«

»Und seitdem halten sie sich in Deutschland versteckt.«

»Ist dies ein sehr bekanntes Buch?«

»Ich habe nie ein anderes Exemplar gesehen; dies habe ich in einem Antiquariat aufgelesen, für drei Pence.«

»Sie hat es gesehen, sagst du?«

»Ja, ich bin sicher.«

»War sie im September nie bei dir an Bord?«

»Nein. Ich hatte beide eingeladen, aber Dollmann hat sie entschuldigt.«

»Aber *er* – er ist an Bord gekommen? Du hast es gesagt.«

»Einmal. Am ersten Tag hat er sich zum Frühstück eingeladen. Mein Gott! Ja. Du meinst, er hat das Buch gesehen?«

»Das erklärt eine Menge.«

»Das erklärt alles.«

Wir verfielen für ein oder zwei Minuten in tiefes Nachdenken.

»Meinst du wirklich, *alles?«* sagte ich. »In diesem Fall sollten wir sofort absegeln und die ganze Angelegenheit vergessen. Er ist nur ein armer Teufel mit einer Vergangenheit, auf deren Geheimnis du zufällig gestoßen bist; halb verrückt vor Angst hat er versucht, dich zum Schweigen zu bringen. Aber du willst keine Rache, also geht es dich nichts an. Wir können ihn ruinieren, wenn wir wollen, aber ist es das wert?«

»Du meinst nicht ein Wort von dem, was du da sagst«, meinte Davies, »wenn ich auch weiß, warum du es sagst, und vielen Dank, alter Bursche. Ich meinte nicht ›alles‹. Er steckt mit den Deutschen im Bunde, warum hätte Grimm uns sonst nachspioniert und von Brüning uns ins Kreuzverhör genommen? Wir müssen herausfinden, was er vorhat und ebenso wer er ist. Und sie – was hältst du jetzt von ihr?«

Ich ließ mein Schuldbekenntnis aufrichtig klingen. »Unschuldig und unwissend«, lautete mein Urteil. »Das heißt, sie weiß nichts von den verräterischen Machenschaften ihres Vaters, ist sich aber sehr wohl im klaren, daß sie englische Flüchtlinge mit einer Vergangenheit sind, die es zu verbergen gilt.« Ich sagte noch andere Sachen, aber die sind unwichtig. »Nur«, endete ich, »macht es das Dilemma unendlich schlimmer.«

»Es gibt überhaupt kein Dilemma«, sagte Davies. »Du hast in Bensersiel gesagt, wir könnten ihm nichts anhaben, ohne sie zu verletzen. Nun, ich kann nur sagen, wir müssen es schaffen.

Wenn es jemals eine Zeit gegeben hat, aufzuhören und wegzulaufen, dann als wir ihr Dingi sahen. Da hatte ich eine schlimme Minute.«

»Sie hat uns nun doch noch ein oder zwei Anhaltspunkte gegeben.«

»Dafür können wir nichts. Abzulehnen, sie an Bord zu nehmen, hätte bedeutet, unsere Sache verraten; nur die Tatsache, daß sie uns Anhaltspunkte gegeben hat, ist entscheidend. Sie darf nicht deswegen leiden.«

»Was wird sie tun?«

»Zu ihrem Vater halten, nehme ich an.«

»Und was sollen wir tun?«

»Ich weiß noch nicht; wie könnte ich auch? Das hängt davon ab – aber der springende Punkt ist, daß wir zwei Ziele haben, beide gleich wichtig – mein Gott, ja, gleich wichtig! –, nämlich ihn unschädlich zu machen und sie zu schonen.«

Es gab eine Pause.

»Das ist ein ziemlich schwieriges Vorhaben«, bemerkte ich. »Ist dir klar, daß wir in diesem Augenblick vermutlich das erste Ziel schon erreicht haben? Wenn wir jetzt nach Hause fahren, ins Marineministerium gehen und unsere Tatsachen vorlegen würden, was wäre das Ergebnis?«

»Das Marineministerium!« sagte Davies mit unbeschreiblicher Verachtung.

»Nun, dann auch noch Scotland Yard. Beide suchen unseren Mann, möchte ich behaupten. Es wäre seltsam, wenn es beiden gemeinsam nicht gelänge, ihn zu vertreiben und dabei zufällig zu entdecken, was hier vorgeht, oder auf diesen Teil der Küste so sehr die Aufmerksamkeit zu lenken, daß weitere Geheimhaltung unmöglich ist.«

»Es kommt nicht in Frage, daß wir sie ihren Vater verraten lassen und dann weglaufen! Außerdem wissen wir nicht genug, und man würde uns vielleicht nicht glauben, von welcher Seite man es auch betrachtet. Es wäre ein feiges Verfahren.«

»Nun, damit wäre das erledigt«, antwortete ich hastig. »Jetzt möchte ich noch einmal die Tatsachen durchgehen. Wann hast du sie zum erstenmal gesehen?«

»An jenem ersten Morgen.«

»Am Vorabend war sie nicht im Salon?«

»Nein – und er hat sie auch nicht erwähnt.«

»Du wärst am nächsten Morgen weggefahren, wenn er dich nicht besucht hätte?«

»Ja, das habe ich dir doch gesagt.«

»Er hat ihr gestattet, dich zu überreden, die Reise mit ihnen gemeinsam zu machen?«

»Das nehme ich an.«

»Aber er hat sie unter Deck geschickt, als er dich gelotst hat?«

»Selbstverständlich.«

»Sie sagte vorhin, ihr Vater hätte gesagt, du seist in Sicherheit. Was hattest du ihr denn zuvor erzählt?«

»Das war, als ich sie auf dem Sand traf. (Übrigens war es keine zufällige Begegnung; sie hatte sich erkundigt und durch einen Schiffer von uns erfahren, der die Yacht bei Wangerooge gesehen hatte; sie ist schon einmal hier gewesen.) Sie fragte sofort nach jenem Tag und begann sich zu entschuldigen – ziemlich verlegen, weißt du – für die Unhöflichkeit, daß sie in Cuxhaven nicht auf mich gewartet haben. Ihr Vater habe gemeint, er müsse sofort nach Hamburg weiter.«

»Aber du bist ja nicht in Cuxhaven gewesen. Hast du ihr das erzählt? Was genau hast du ihr gesagt? Es ist wichtig.«

»Ich steckte in einer furchtbaren Klemme, weil ich nicht wußte, was er ihr gesagt hatte. Also drückte ich mich unbestimmt aus, und dann stellte sie die gleiche Frage wie von Brüning: ›Herrschte denn nicht eine schreckliche See am Scharhörn?‹«

»Dann wußte sie also gar nicht, daß du die Abkürzung gefahren warst?«

»Nein, er hat nicht gewagt, es ihr zu sagen.«

»Sie wußte aber, daß sie selbst sie fuhren?«

»Ja, das hätte er ihr nicht verheimlichen können. Sie hätte es erfahren bei einem Blick durch die Luke auf die See, wegen der kürzeren Fahrtzeit und so weiter.«

»Aber als die *Medusa* beidrehte und er dir zurief, ihm zu folgen – hat sie da nicht gemerkt, was vorging?«

»Nein, offenbar nicht. Versteh doch, bei dem Wetter konnte sie unter Deck unmöglich hören, was wir sagten. Ich konnte sie nicht ausfragen, aber es war klar genug, was sie dachte, daß er nämlich aus dem genau entgegengesetzten Grund beigedreht hatte, um mir zu sagen, *er* nehme die Abkürzung, und ich solle nicht versuchen, ihm zu folgen.«

»Darum legte sie die Betonung so auf das Warten auf dich in Cuxhaven?«

»Selbstverständlich, meine Fahrt hätte ja länger gedauert.«

»Sie hatte keine Ahnung von einem unredlichen Spiel?«

»Keine, soweit ich das sehe. Schließlich war ich ja auch da, lebend und wohlbehalten.«

»Aber sie bereute, dich überhaupt veranlaßt zu haben, an dem Tag zu segeln, und daß sie nicht gewartet hat, um dich sicher eintreffen zu sehen?«

»So wird es wohl sein.«

»Nun, was hast du von Cuxhaven gesagt?«

»Nichts. Ich gab ihr zu verstehen, daß ich dort war, und als ich sie dort nicht gefunden habe, durch die Eider in die Ostsee gesegelt sei, weil ich es mir mit dem Kanal anders überlegt hätte.«

»Was ist nun mit ihrer Rückreise von Hamburg? War sie allein?«

»Nein, ihre Stiefmutter war dabei.«

»Hat sie gesagt, sie hätte sich nach dir in Brunsbüttel erkundigt?«

»Nein; ich nehme an, das mochte sie nicht. Und es bestand auch kein Anlaß dazu, denn mein Weg über die Eider erklärte es.«

Ich überlegte. »Bist du sicher, sie hatte keine Ahnung, daß du die Abkürzung gefahren bist?«

»Ganz sicher; aber vielleicht vermutet sie es jetzt. Sie vermutete unredliches Spiel, als sie das Buch sah.«

»Selbstverständlich, aber ich dachte an etwas anderes. Es sind jetzt zwei Geschichten im Umlauf – deine an von Brüning, die wahre, daß du der *Medusa* auf der Abkürzung gefolgt bist, und Dollmanns, die er seiner Tochter erzählt hat, du seist um Scharhörn gefahren. Das ist offensichtlich seine Version von dieser Angelegenheit – die Version, die er gegeben hätte, falls du ertrunken wärst und man sich jemals erkundigen würde; die Version, auf die er seine Mannschaft eingeschworen hätte, falls diese die Wahrheit entdeckte.«

»Aber er muß diese Geschichte fallenlassen, wenn er weiß, daß ich lebe und wieder hier bin.«

»Ja, aber nehmen wir mal an, von Brüning sieht ihn, ehe er weiß, daß du wieder hier bist, und will die Wahrheit über diesen Vorfall erfahren. Wenn ich von Brüning wäre, würde ich sagen: ›Was ist übrigens aus dem jungen Engländer geworden, den Sie weggelockt und in die Ostsee geschickt haben?‹ Dollmann würde seine Version geben, und von Brüning, der unsere gehört hat, wüßte, daß er lügt und versucht hat, dich absaufen zu lassen.«

»Spielt es eine Rolle? Er muß doch längst wissen, daß Dollmann ein Schurke ist.«

»Das haben wir angenommen, aber wir können uns irren. Wir tappen immer noch im dunkeln, wie Dollmanns Beziehung zu den Deutschen ist. Vielleicht wissen sie nicht einmal, daß er Engländer ist, oder sie wissen es, kennen aber nicht seinen wirklichen Namen und seine Vergangenheit. Welche Wirkung deine Geschichte auf die Beziehungen der Deutschen zu ihm haben wird, können wir nicht vorhersagen. Aber eins ist mir klar: es ist von uns von größtem Interesse, den Status quo solange es geht zu erhalten, die Gefahr, in die du an jenem Tag geraten bist, als unbedeutend hinzustellen und Zeugnis abzulegen für Dollmanns Verteidigung. Das können wir jedoch nicht, wenn deine Geschichte und seine voneinander abweichen. Es würde nicht nur ihn ruinieren (das ginge noch hin), sondern auch Zweifel auf uns werfen.«

»Wieso?«

»Wenn die Abkürzung so gefährlich ist, daß er nicht zugeben darf, dich hingeführt zu haben, dann ist sie auch gefährlich genug, dich unredlichen Spiels verdächtig zu machen; genau diese Vermutung wollen wir vermeiden. Wir wollen für einfache Reisende gehalten werden, die mit keinem eine Zeche zu begleichen haben und keine Geheimnisse erkunden wollen.«

»Also, was schlägst du vor?«

»Ich glaube, wir stehen bis jetzt ganz gut. Laß uns annehmen, wir hätten von Brüning in Bensersiel Sand in die Augen gestreut. Auf dieser Annahme sollten wir unser Vorgehen aufbauen. Zunächst: wir müssen Dollmann zum frühestmöglichen Moment zeigen, daß du wieder hier bist, und ihm Zeit geben, seine Taktik zu revidieren, ehe er sich kompromittiert. Nun ...«

»Aber sie wird ihm sagen, daß wir zurück sind«, unterbrach Davies.

»Das glaube ich nicht. Wir haben vorhin verabredet, über

die Episode dieses Nachmittags zu schweigen. Sie erwartet nicht, uns noch einmal wiederzusehen.«

»Nun, er kommt morgen mit dem Frühboot, hat sie gesagt. Was heißt das? Ein Boot – von wo?«

»Ich weiß. Von Norddeich, vom Festland auf der anderen Seite. Von der Stadt Norden führt eine Eisenbahnverbindung dorthin, und eine Dampffähre fährt zur Insel.«

»Wann?«

»Dein Kursbuch wird es uns sagen – hier ist es. – Winterfahrplan, 8.30, Ankunft 9.05.«

»Laß uns sofort aufbrechen.«

Wir hatten zuerst mit der Tide zu kämpfen, aber als wir die Wasserscheide erst einmal hinter uns gelassen hatten, wurde der Priel besser, auch der Nebel lichtete sich nach und nach. Zwischen den Inseldünen tauchte ein Leuchtturm auf, und ehe die Dämmerung hereinbrach, sahen wir undeutlich die Türme und Dächer einer Stadt und zwei lange, schwarze Piers, die sich nach Süden erstreckten. Wir waren kaum noch eine Meile entfernt, als sich der Wind ganz legte und wir ankern mußten. Entschlossen, unser Ziel an diesem Abend noch zu erreichen, warteten wir, bis die Ebbeströmung einsetzte, dann schleppten wir die Yacht mit dem Dingi. Dabei fiel plötzlich wieder Nebel, genau wie gestern. Ich schleppte gerade und hörte selbstverständlich sofort auf zu rudern; aber Davies rief mir vom Ruder her zu, ich solle weitermachen, er komme schon klar mit Lot und Kompaß. Und das Ende war, daß wir etwa um neun sicher im fünf Faden tiefen Fahrwasser nahe dem östlichen Pier ankerten, wie uns eine kurze Erkundung bewies. Es war ein kleines Meisterstück geschickter Seemannskunst gewesen.

Es herrschte äußerste Stille, bis unser Anker hinunterrasselte. Dann kam aus Richtung Pier ein dumpfer Ruf, und bald hörten wir, wie ein Boot den Weg zu uns suchte. Es war ein höflicher aber verschlafener Hafenbeamter, der sich flüchtig nach Einzelheiten über uns erkundigte und sich, als er sie bekommen hatte, an den früheren Besuch der *Dulcibella* erinnerte.

»Wohin wollen Sie?« fragte er.

»Nach England – früher oder später«, sagte Davies.

Der Mann lachte spöttisch. »Dieses Jahr nicht mehr«, sagte er. »Wir werden noch eine Woche Nebel haben – das ist immer so – und dann Stürme. Es ist besser, Sie lassen Ihre Jolle hier. Für Sie betragen die Gebühren monatlich nur sechs Pence.«

»Ich werde es mir überlegen«, sagte Davies. »Gute Nacht.«

Der Mann verschwand wie ein Gespenst in der dichten Nebelnacht.

»Ist die Post geöffnet?« rief ich ihm nach.

»Nein, morgen um acht«, kam es aus dem Nebel zurück.

Wir waren zu aufgeregt, um gemütlich zu essen oder friedlich zu schlafen. Bis zu diesem Abend hatten wir noch nie in vollem gegenseitigen Vertrauen miteinander gesprochen, aber jetzt zerbrach Davies die letzten Schranken seiner Zurückhaltung und ließ mich in sein Innerstes blicken. Er liebte sein Vaterland und das Mädchen, zwei arglose Leidenschaften, die gegenwärtig sein gesamtes moralisches Fassungsvermögen beanspruchten. Da blieb kein Raum für Kasuistik. Eine Leidenschaft gegen die andere abzuwägen, wobei ihm die mißtönenden Stimmen von Ehre und Schicklichkeit in den Ohren gellten, das hatte ihn zu lange fruchtlos gequält. Beide waren recht, keine konnte aufgegeben werden. Falls die Tatsachen sich mit ihnen unversöhnlich zeigten, *tant pis pour les faits.* Es mußte eine Möglichkeit geben, entweder beide zu befriedigen oder sonst keine.

Ich wäre ein geistloser Hund gewesen, hätte ich mich seiner Stimmung nicht angepaßt. Aber in Wirklichkeit gefiel es mir, daß er den Knoten genau zu diesem Zeitpunkt zerhaute. Auch ich war der stellvertretenden Kasuistik müde, und der Reiz unseres Unternehmens, erhöht durch die Entdeckung am Nachmittag, hatte auf mich noch nie so stark gewirkt. Um nicht unaufrichtig zu sein, ich kann nicht so tun, als hätte ich die Lage mit der gleichen Zielstrebigkeit gesehen wie er. Als ich London verließ, vertrat ich noch sehr weltliche Anschauungen, und niemand kann sein Temperament innerhalb von drei Wochen ändern. Ich sagte das auch ganz klar zu Davies und empfand eine wahrhaft perverse Befriedigung dabei, ihm mit heftigem Nachdruck einige soziale Wahrheiten zu sagen, die sich auf seine Zuneigung zur Tochter eines Verfemten bezogen. Wahrheiten nenne ich sie, aber ich äußerte sie mehr mechanisch als aus Überzeugung, und er hörte unbewegt zu. Und inzwischen eignete ich mir unbekümmert seine eigene Lösung an. Falls dies unserem Abenteuer einen Zug verrückten Rittertums verlieh, das besser zu einem fahrenden Ritter des Mittelalters als zur nüchternen, modernen Jugend paßte – nun, Gott sei dank war ich nicht zu nüchtern und noch jung genug, um mit wilder Phantasie, wenn nicht gar mit meiner ganzen Person nach diesem Wahngebilde zu greifen – oder wohl besser: *auch* mit meiner Person, denn Galahads sind nicht so häufig, als daß das einfache Volk nicht Mut aus ihrem Beispiel ziehen und so etwas wie blindes Vertrauen in ihre zehnfache Kraft setzen müßte.

Ein romantisches Ideal auf einen Arbeitsplan einzuschränken ist sehr schwierig.

»Wir werden die Angelegenheit von rückwärts her erörtern müssen«, sagte ich. »Was soll der letzte Schritt sein? Denn durch den müssen alle anderen bestimmt werden.« Darauf gab es nur eine Antwort: Dollmann mitsamt seinen Geheimnissen, seiner Tochter und allem anderen ganz aus Deutschland wegzuschaffen. Nur so konnten wir das doppelte Ziel erreichen, das wir uns gesetzt hatten. Welche Freude ist es doch, eine äußerste Notwendigkeit zu finden, wenn man von Zweifeln bedrängt wird, wie unerreichbar sie auch scheinen mag! Wir klammerten uns an diese eine und begannen von rückwärts her zu argumentieren. Als erste Lektion lernten wir: so zahlreich und stark die Gegner auch sein mochten, gegen die wir uns zu behaupten hätten, unser einziger offener Feind mußte Dollmann sein. Um was es bei diesem Kampf ging, durfte nur uns und ihm bekannt sein. Falls wir gewannen und herausfanden, was er vorhatte, mußten wir unseren Erfolg um jeden Preis vor seinen deutschen Freunden verheimlichen und ihn von ihnen trennen, ehe er sich bloßstellte. (Man wird bemerken, daß ein vergnügtes Hinnehmen dieser Einschränkung unseren optimistischen Geist verrät.) Die nächste Frage, wie wir herausfinden sollten, was er vorhatte, war ein gut Teil heikler. Wenn wir nicht Dollmanns Identität entdeckt hätten, wäre da eine ziemlich harte Nuß zu knacken gewesen. Aber diese Entdeckung war aufklärend. Sie ließ zwei Methoden des Vorgehens plastisch hervortreten, die wir bis jetzt nebelhaft zu kombinieren versucht hatten, schwankend zwischen der einen und der anderen, wobei jeder von uns beiden zu unterschiedlichen Zeiten von verschiedenen Motiven beeinflußt worden war. Die eine war, sich auf selbständiges Forschen zu verlassen, die andere, Dollmann sein Geheimnis direkt durch List oder

Drohungen zu entreißen. Die Lehre des Tages war, die erstere aufzugeben und die letztere zu ergreifen.

Die Aussichten für unser selbständiges Forschen waren um keinen Deut besser als vorher. Uns standen zwei Theorien zur Verfügung, die der Priele und die von Memmert. Die erstere lahmte aus Mangel an Bestätigung; die letztere schien ebenfalls geschwächt zu sein. Für Fräulein Dollmann waren die Arbeiten am Wrack offensichtlich das, als was sie ausgegeben wurden, nichts sonst. Diese Tatsache selbst war unwichtig, denn es war kristallklar, daß sie mit den verräterischen Intrigen ihres Vaters nichts zu tun hatte, falls er in solche verwickelt war. Aber wenn Memmert sein Wirkungskreis für diese war, dann war es beunruhigend zu entdecken, daß ihr dieser Wirkungskreis so vertraut war, sie leichthin von einem Abstieg in der Taucherkugel sprach, auch andeutete, Ergebnisse aus diesem Geheimnis seien nur für den örtlichen Gebrauch bestimmt. Nichtsdestoweniger war der Reiz von Memmert, auf das uns die Spur von Grimm gebracht hatte, dem einzigen bis jetzt faßbaren Anhaltspunkt, immer noch sehr groß. Der wirklich triftige Einwand war die unüberwindliche Schwierigkeit – bekannt wie wir waren und beobachtet wie wir wurden –, die Bedeutung des Sandes kennenzulernen. Falls es dort etwas Wichtiges zu sehen gab, würde man uns nicht gestatten, es zu besichtigen; versuchten wir es trotzdem und es mißlang, riskierten wir alles. Genau an dieser Stelle wurde das letzte aller Mißverständnisse zwischen mir und Davies beseitigt. In Bensersiel war er durch meine Argumente über Memmert mehr beeinflußt worden, als er zugab, aber damals war er (wie ich andeutete) von einem radikalen Vorurteil befangen. Die Prieltheorie war für ihn eine Art von Religion geworden, die doppeltes Heil versprach: er hätte dadurch nicht nur ein Zusammentreffen mit den Dollmanns vermieden, sondern auch Erfolg bei der Suche gehabt mit Methoden, in denen er mehr als Meister war. Sie aufgeben und Zuflucht zur Spionage gegen Marineverteidigungsanlagen nehmen zu müssen, war eine Idee, die er fürchtete und der er mißtraute. Es war nicht die Frage der Moral bei diesem Verfahren, was ihn plagte. Er war viel zu klardenkend, um vor der Tatsache die Augen zu verschließen, daß wir eigentlich Spione gegen eine ausländische Macht in Friedenszeiten waren, oder um sein Gewissen durch trügerische Unterscheidungen hinsichtlich der Art unserer Operation zu beruhigen. Die ausländische Macht war für ihn Dollmann, ein Verräter. Das war seine endgültige Rechtfertigung, die er sich unerschrocken aneignete und an der er bis zuletzt festhielt. Es war eher so – er kannte seine Grenzen –, daß sein ganzes Wesen vor solchen Aktionen zurückschreckte, die die Memmert-Theorie mit sich brachte. Und in dieser Abneigung lag viel gesunder Menschenverstand. Soviel zum selbständigen Forschen.

Andererseits war der Weg jetzt frei für die andere Methode. Davies fürchtete sich nicht mehr, der verzwickten Lage auf Norderney entgegenzutreten; und an diesem Tag hatte uns ein glücklicher Zufall eine neue und starke Waffe gegen Dollmann beschert. Wie stark sie genau war, konnten wir noch nicht sagen, denn wir hatten erst einen kurzen Blick auf seine Vergangenheit geworfen, und seine tatsächlichen Beziehungen zur Regierung waren uns nicht bekannt. Aber wir wußten, wer er war. Wenn wir dieses Wissen gewandt nutzten, könnten wir ihm dann nicht den Rest abringen? Wenn wir uns vorfühlten selbstverständlich, uns von seinem Verhalten leiten ließen, aber am Ende hart zuschlagen und alles in diesen Schlag legen würden? So jedenfalls sah unser Plan an diesem Abend aus.

Als ich mich später in der Koje wälzte, erinnerte ich mich an das kleine schäbige Buch, zündete eine Kerze an und holte es hervor. Im Vorwort wurde gesagt, es sei während eines zweimonatigen Urlaubs vom Marinedienst geschrieben worden, und die Hoffnung ausgedrückt, es möge Yachtbesitzern von Nutzen sein. Der Stil war schlicht, jedoch gelehrtenhaft und prägnant. Von der persönlichen Eigenart des Autors war keine Spur vorhanden, bis auf einen gewissen unterdrückten Genuß an der Beschreibung von Bänken und Untiefen, was mich an Davies mahnte. Ansonsten fand ich das Buch langweilig, und ich schlief tatsächlich darüber ein.

## 21. Kapitel
## *Blindlings nach Memmert*

»Da kommt er«, sagte Davies. Es war neun Uhr am nächsten Tag, dem 22. Oktober. Wir standen an Deck und erwarteten die Ankunft des Dampfers von Norderney. Das Wetter hatte sich nicht geändert – immer noch strenge Kälte bei hohem Barometerstand und unbeständigen Windstößen. Aber der Morgen war herrlich klar, bis auf einen leichten Dunst, der sich von See her wie Rauch kräuselte, und auf einen dünnen, trüben Nebelschleier am nördlichen Horizont. Der Hafen lag offen vor uns und sah – eingefaßt von zwei langen Piers, die sich eine halbe Meile weit von der Insel bis zur Reede (dem Riffgat) erstreckte, wo wir lagen – sehr zivilisiert aus. Ein Fremder hätte ihn für einen tiefen und geräumigen Hafen halten können, aber das war selbstverständlich eine Täuschung, auf die Flut zurückzuführen. Davies wußte, daß drei Viertel davon Schlamm waren, der Rest bestand aus einem ausgebaggerten Priel entlang dem westlichen Pier. Einige Schlepper, ein Bagger und eine Postfähre mit Dampf auf hatten an der Seite festgemacht, an der anderen eine Gruppe Galeoten. Hinter diesen lag noch ein Schiff, eine Galeote in der Bauart, aber strahlend wie eine Königin unter Schlampen; die lackierten Seiten und Spieren blitzten orange in der Sonne auf. Dies, die schneeweißen Segelhüllen und das Funkeln von Messing und Rotguß wiesen es als Yacht aus. Ich hatte sie bereits durch das Glas gemustert und am Heck den Namen *Medusa* gelesen. Einige Seeleute schwabberten die Decks, man konnte das Klatschen des Wassers und das Scheuern der Schrubber hören. »*Die* können uns sowieso sehen«, hatte Davies gesagt.

Was das anging, so konnte uns die ganze Welt sehen – ganz gewiß der einlaufende Dampfer, denn wir lagen so nahe am Pier, wie es die Sicherheit erlaubte, querab von seinem Liegeplatz, den wir an einer Gangway und einer Gruppe von Seeleuten erkannten.

Ein Paketboot, nicht größer als ein großer Schlepper, näherte sich von Süden.

»Denke daran, wir wissen angeblich nicht, daß er kommt«, sagte ich. »Gehen wir unter Deck.« Außerdem hatte unser Oberlicht, das ›Remisendach‹ der Kabine, kleine längliche Seitenfenster. Wir putzten die an Backbord und beobachteten durch sie die Ereignisse, wobei wir auf dem Sofa knieten.

Die Schaufelräder des Dampfers liefen rückwärts und verursachten einen Schwell, der uns bis zu den Speigatts rollen ließ. An Bord schienen sehr wenige Passagiere zu sein, aber alle starrten auf die *Dulcibella*, während das Paketboot längsseits an den Pier ging. Auf dem Vorderdeck standen einige Marktfrauen mit Körben, ein Briefträger und ein dürrer junger Mann, der Hotelkellner sein mochte. Auf dem Achterdeck standen nahe beieinander zwei Männer im Ulster und mit weichem Filzhut.

»Dort ist er!« sagte Davies mit gespanntem Flüstern. »Der große.« Aber der große drehte sich abrupt um, während Davies sprach, und ging hinter das Deckhaus, so daß ich nur den flüchtigen Eindruck von einem grauen Bart und einer hohen gebräunten Stirn hinter einer Wolke von Zigarrenqualm hatte. Es war launisch von mir, aber um die Wahrheit zu sagen, ich vermißte ihn kaum, so sehr beschäftigte mich der kleinere Mann, der weiterhin an der Reling lehnte und gedankenvoll die *Dulcibella* durch einen goldgeränderten Kneifer betrachtete. Ein blasser, verwelkter alter Mann, mürrisch, mit buschigem, angegrautem Schnurrbart und pechschwarzem Knebelbart. Der auffallendste Zug aber an ihm war die Nase, die breit und flach kaum wahrnehmbar in den runzligen Wangen unterging. Sie war unten leicht schnabelförmig und hing über einer riesigen Zigarre, die wie eine soeben abgefeuerte Kanone auf uns gerichtet war. Er sah gescheit wie Satan aus, und man würde sagen, er lächelte heimlich.

»Wer ist das?« flüsterte ich Davies zu.

(Wir brauchten nicht zu flüstern, taten es aber instinktiv.)

»Kann ich mir nicht denken«, sagte Davies. »Hallo! Der Dampfer fährt rückwärts, und sie sind nicht an Land gegangen.«

Einige Pakete und Postsäcke waren rübergeworfen worden, und der dürre Kellner sowie zwei Marktfrauen waren über die Gangway gegangen, die jetzt hochgezogen wurde, und standen auf dem Kai. Ich glaube, ein oder zwei Leute waren vorher von uns unbemerkt an Bord gegangen, aber im letzten Augenblick sprang ein Mann, den wir vorher nicht bemerkt hatten, hinunter aufs Vorderdeck. »Grimm!« stießen wir beide gleichzeitig aus.

Der Dampfer heulte scharf auf, ging rückwärts in einem Kreis in die Fahrrinne und dampfte ab. Er verschwand bald hinter dem Pier, aber der Qualm zeigte, daß er in Richtung offene See fuhr.

»Was soll das bedeuten?« fragte ich.

»Es muß noch einen anderen Kai näher an der Stadt geben«, sagte Davies. »Laß uns an Land gehen und deine Briefe holen.«

Wir hatten an dem Morgen lange und sorgfältig Toilette gemacht und fühlten uns etwas verlegen voreinander, als wir zum Pier ruderten. Wir trugen verknitterte blaue Anzüge, Hemd mit Kragen und braune Schuhe. Es war das erstemal seit zwei Jahren, daß ich Davies in einem Aufzug sah, der seriöser Kleidung nahekam, aber ein vornehmer Badeort verlangt selbst außerhalb der Saison Achtung; außerdem wollten wir Freunde besuchen.

Wir machten das Dingi an einer Eisenleiter des Piers fest und fanden unseren Fragesteller vom Vorabend rauchend in der Tür eines Schuppens mit der Aufschrift »Hafenmeister«. Nachdem wir einige Höflichkeiten ausgetauscht hatten, erkundigten wir uns nach dem Dampfer. Er antwortete, es sei Samstag und er sei deshalb weiter nach Juist gefahren. Ob wir ein gutes Hotel suchten? Das ›Germania‹ habe noch geöffnet und so weiter.

»Juist, mein Gott!« sagte Davies, als wir weitergingen. »Warum fahren die drei nach Juist?«

»Ich hätte gedacht, das sei ziemlich klar. Sie sind auf dem Weg nach Memmert.«

Davies stimmte zu; beide sahen wir sehnsüchtig nach Westen auf einen strohfarbenen Streifen in der See.

»Meinst du, die haben eine Zusammenkunft?« sagte Davies.

»Sieht so aus. Wir werden vermutlich die *Kormoran* hier finden, von widrigen Winden aufgehalten.«

Und bald darauf fanden wir sie, hinter der Gruppe von Galeoten auf der anderen Seite des Hafens. Zwei Männer, deren Gesichter wir uns gut ansahen, saßen auf dem Lukendeckel und besserten ein Segel aus.

Sonnenüberflutet, jedoch still wie ein Grab, glich die Stadt einem toten Schmetterling, für den die heilenden Strahlen zu spät gekommen sind. Wir gingen durch verlassene Parkanlagen, die beherrscht wurden von einem prachtvollen Kasino, dessen Hallen mit Stühlen und Tischen überladen waren, vorbei an Kiosken und Cafés, großen weißen Hotels mit verschlossenen Läden, vorbei an Warenhäusern und Marktständen und all dem schalen Bodensatz vulgärer Frivolität bis zur Post. Zumindest dort herrschte Leben. Ich erhielt einige Briefe und kaufte einen Fahrplan, aus dem wir erfuhren, daß der Dampfer täglich über Norderney nach Borkum fuhr und wöchentlich dreimal in Juist anlegte (wenn es das Wetter erlaubte). Auf dem Rückweg sollte er heute um 19.30 in Norderney eintreffen. Dann fragte ich nach dem Weg zum ›Germania‹. »Denn«, sagte ich, »welche Grundsätze du auch haben magst, Davies, wir werden das beste Frühstück einnehmen, das es für Geld gibt. Wir haben den ganzen Tag noch vor uns.«

Das Hotel ›Germania‹ lag an der nördlichen Strandpromenade. Es verkündete auf einem beleuchteten Schild: »Preise einschließlich Licht und Bedienung für Wintergäste, besondere Betreuung von Invaliden und so weiter.« Hier im Restaurant mit großen Glasfenstern, das unbewegte blaue Meer vor uns ausgebreitet, frühstückten wir königlich, schickten den Kellner fort und prüften bei einer langen und würzigen Havanna in Ruhe meine Post.

»Welche Verschwendung an guter Diplomatie!« war mein erster Gedanke, denn in keinem war herumgekramt worden, soweit wir es nach genauester Untersuchung beurteilen konnten, die sich selbstverständlich vor allem auf die amtlich frankierten Briefe (zu meinem Erstaunen waren es zwei) von der Regierung richtete.

Im ersten mit Datum vom 6. Oktober hieß es:

»Lieber Carruthers,

nehmen Sie sich auf jeden Fall noch eine Woche.

Ihr und so weiter.«

Der zweite (»dringend«) war an meine Wohnung adressiert und mir nachgesandt worden. Er war mit Datum vom 15. Oktober, annullierte den ersten Brief und forderte mich auf, unverzüglich nach London zurückzukehren.

»... tut mir sehr leid, Ihren Urlaub zu verkürzen, aber wir

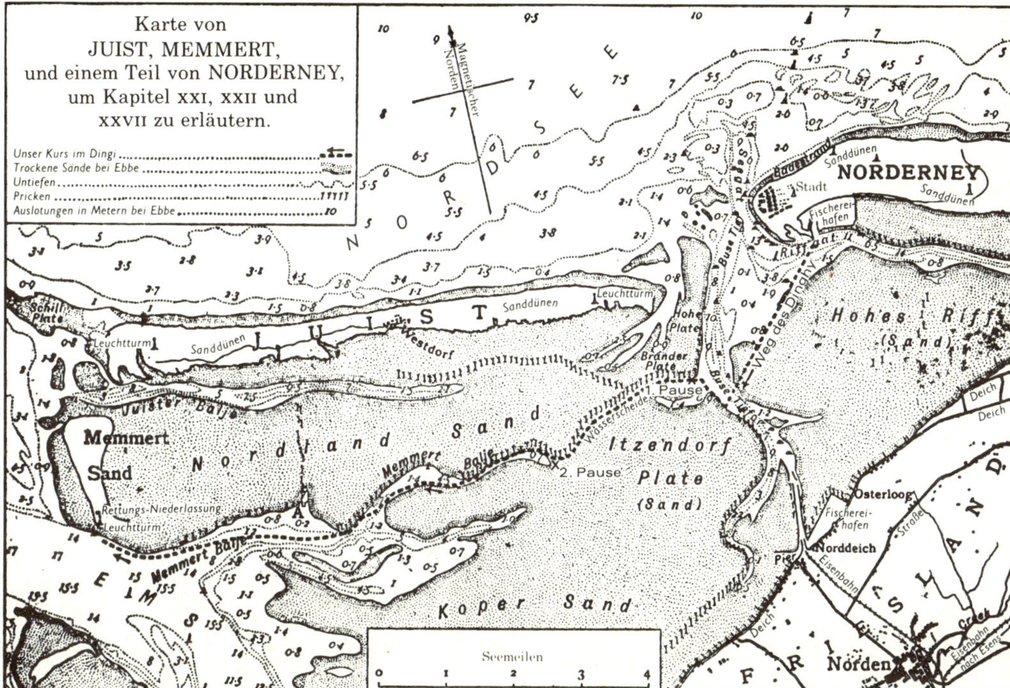

Karte von
JUIST, MEMMERT,
und einem Teil von NORDERNEY,
um Kapitel XXI, XXII und
XXVII zu erläutern.
Unser Kurs im Dingi
Trockene Sände bei Ebbe
Untiefen
Pricken
Auslotungen in Metern bei Ebbe
Magnetischer Norden
NORDSEE
NORDERNEY
Sanddünen
Stadt
Badestrand
Fischerei-hafen
Seegat
Buse Tief
Riffgat
Weg des Dinghy
Hohes Riff
(Sand)
JUIST
Sanddünen
Leuchtturm
Westdorf
Schill Plate
Hohe Plate
Brander Plate
1. Pause
Wasserscheide
Juister Balje
Memmert Sand
Nordland Sand
Itzendorf Plate
(Sand)
Memmert Balje
2. Pause
Rettungs-Niederlassung
Koper Sand
EMS
Seemeilen
0 1 2 3 4
Deich
Osterloog
Fischerei-hafen
Norddeich
Pier
Eisenbahn
Straße
Norden
Eisenbahn nach Esens
FRIESLAND

haben sehr viel zu tun und sind gegenwärtig personell schwach besetzt.

Ihr und so weiter.«

Da war noch eine kurze Nachschrift, die besagte, beim nächsten Mal möge ich so gut sein, genauere und bestimmtere Angaben über meinen Aufenthaltsort während meiner Abwesenheit zu hinterlassen.

»Ich fürchte, dieser Brief hat mich nie erreicht«, sagte ich und gab ihn Davies.

»Du wirst nicht gehen, nicht wahr?« sagte er, schaute aber dennoch mit unverhohlener Ehrfurcht auf die Handschrift des großen Mannes unter dem stolzen, offiziellen Briefkopf. Unterdessen entdeckte ich in einer Ecke des Umschlags einige Worte: »Keine Sorge, der Chef macht sich nur wichtig. M.« Ich zerriß den Umschlag sofort. Es gibt Betriebsgeheimnisse, die man selbst seinem besten Freund nicht enthüllt, weil es unanständig und treulos wäre. Über die anderen Briefe brauche ich nichts zu sagen; ich lächelte bei einigen und errötete bei anderen – alle waren sie Stimmen von einem unendlich weit entfernten Leben. Davies war inzwischen in die Nachrichten einer deutschen Zeitung vertieft, die er Zeile für Zeile buchstabierte, wobei er sich ungeduldig wegen der Bedeutung der Worte an mich wandte.

»Hallo!« sagte er plötzlich. »Immer das alte Spiel! Hörst du das Nebelhorn?«

Ein Nebelvorhang war am nördlichen Horizont hochgekommen und zog langsam aber sicher auf den Strand zu.

»Das spielt keine Rolle, nicht wahr?« sagte ich.

»Nun, wir müssen zur Yacht zurück. Wir können sie im Nebel nicht alleinlassen.«

Wir hatten auf dem Rückweg einige Einkäufe zu erledigen und kamen auf der Suche nach einigen Geschäften in die Vico-von-Bülow-Allee, deren Lage wir uns merkten. Ehe wir den Hafen erreichten, war der Nebel um uns; er fiel in dichten Massen über die Straßen her. Glücklicherweise fuhr eine Straßenbahn direkt zur Pierspitze, sonst hätten wir den Weg verloren und Zeit verschwendet, die schließlich für uns von unschätzbarem Wert war. Kurz darauf stießen wir auf das Hafenamt, das unser Merkzeichen für die Leiter war, an der wir das Dingi angebunden hatten. Derselbe Beamte erschien wieder und hielt gutmütig die Festmacherleine, während wir die Pakete verstauten. Er wollte wissen, warum wir die Fleischtöpfe des ›Germania‹ verlassen hatten. Um nach unserer Yacht zu sehen, selbstverständlich. Das sei nicht nötig, warf er ein; solange der Nebel blieb, würde der Verkehr ruhen, und da der Nebel zu dieser Stunde gekommen sei, werde er bleiben. Falls sich der Nebel lichtete, werde er für uns ein Auge auf die Yacht werfen. Wir dankten ihm, meinten jedoch, wir würden an Bord gehen.

»Sie werden Mühe haben, sie jetzt zu finden«, sagte er. Die Entfernung betrug höchstens siebzig Meter, aber wir mußten eine systematische Methode anwenden, übrigens die gleiche, die Davies gestern abend beim Anlaufen des östlichen Piers benutzt hatte.

»Rudere im rechten Winkel zum Pier hinaus«, sagte er jetzt. Ich tat es, und Davies lotete zwischen den Schlägen mit seinem Riemen. Er stieß nach zwanzig Metern, der Breite des ausgebaggerten Priels an dieser Stelle, auf Grund. Dann wandten wir uns nach rechts und bewegten uns sanft vorwärts, immer in Berührung mit dem Rand der Schlickbank (genau wie Blinde, die den Rand eines Bürgersteigs entlangtappen) oder mit kurzen Abstechern davon, bis die *Dulcibella* in Sicht kam.

»Das ist viel Glück«, kommentierte Davies. »Wir hätten sonst einen Kompaß haben müssen.«

Wir tauschten mit dem Mann auf dem Pier Rufe aus, um zu zeigen, daß wir angekommen waren.

»So etwas ist eine sehr gute Übung«, sagte Davies, als wir umgestiegen waren.

»Du hast einen sechsten Sinn«, stellte ich fest. »Wie weit könntest du so fahren?«

»Weiß nicht. Laß es uns noch mal versuchen. Ich kann nicht den ganzen Tag stillsitzen. Laß uns diesen Priel erkunden.«

*»Warum nicht nach Memmert fahren?«* sagte ich im Scherz.

»Nach Memmert?« sagte er langsam. »Mein Gott, das ist ein Gedanke!«

»Du meine Güte! Mensch, ich hab nur Spaß gemacht. Es sind geschlagene zehn Meilen.«

»Mehr«, sagte Davies geistesabwesend. »Es ist nicht so sehr die Entfernung – wie spät ist es? Viertel nach zehn. Viertel Ebbe. Was rede ich da nur? Wir haben gestern abend unsere Pläne gemacht.«

Aber als ich zu meiner Verwunderung sah, daß es ihm ernst war, stachelte mich die Großartigkeit des Gedankens auf, den ich erweckt hatte. Vertrauen in sein Können war mir zur zweiten Natur geworden. Ich war sofort von der Logik der Sache hingerissen, von ihrer Größe, der Vollkommenheit dieser Gelegenheit, wenn wir sie wie durch ein Wunder ergreifen und nutzen konnten. Irgend etwas geschah heute auf Memmert; unsere Leute waren hingefahren; wir waren hier, zehn Meilen entfernt in verhüllendem, blindmachendem Nebel. Es war bekannt, daß wir hier waren – Dollmann und Grimm wußten es; die Besatzung der *Medusa* wußte es; die Besatzung der *Kormoran* wußte es; der Mann auf dem Pier, ob es ihn kümmerte oder nicht, wußte es. Aber keiner von denen kannte Davies so wie ich. Würde jemand auch nur für einen Augenblick im Traum . . .?

»Warte mal«, sagte Davies. »Gib mir zwei Minuten.« Er schnappte sich die deutsche Seekarte. »Wohin genau wollen wir?« (»Genau!« Dieses Wort gefiel mir sehr.)

»Selbstverständlich zur Niederlassung. Sie ist unsere einzige Chance.«

»Dann hör zu. Es gibt zwei Routen: die äußere über die offene See um Juist herum und dann nach Süden – die einfachste, jedoch die längste. Die Niederlassung ist an der Südspitze, und Memmert ist fast zwei Meilen lang.«

»Wie weit wäre das?«

»Gut sechzehn Meilen. Und wir müßten die längste Strecke des Weges in der Brandung nahe an Land rudern.«

»Kommt nicht in Frage; dort ist es auch zu belebt, wenn es aufklärt. Der Dampfer hat diese Route genommen und wird auf ihr zurückkommen. Wir müssen innen herum übers Watt fahren. Aber träume ich? Könntest du überhaupt den Weg finden?«

»Das wollte ich meinen. Aber ich glaube, du siehst den Haken nicht. Es ist die Uhrzeit und die fallende Tide. Hochwasser war um viertel nach acht; jetzt ist es viertel nach zehn, und die Sandbänke laufen trocken. Wir müssen durch das Seegat und auf den ausgeprickten Priel treffen, die Memmert-Balje, auf sie treffen, uns strikte an sie halten – wir können nicht um einen Zoll abweichen – und die Wasserscheide überqueren, bevor es zu spät ist. Sie ist verteufelt schlimm, wie ich auf der

Karte sehen kann. Nicht einmal ein Dingi kommt eine Stunde vor oder nach Niedrigwasser über sie hinweg.«

»Und wie weit ist es bis zur Wasserscheide?«

»Gütiger Gott! Wozu reden wir hier herum? Umziehen, Mann, umziehen! Wir können reden, während wir uns umziehen.« (Er begann eilig die Straßenkleidung auszuziehen, ich ebenfalls.) »Es sind mindestens fünf Meilen bis zu ihrem Ende, sechs mit den Krümmungen; eineinhalb Stunden hart rudern, zwei bei Berücksichtigung der Zeit, die wir jeweils mit dem Überprüfen unseres Standorts verlieren. Bist du fit? Du wirst am meisten rudern müssen. Dann sind es noch sechs oder sieben Meilen – leichtere. Und dann – was tun wir, wenn wir ankommen?«

»Überlaß das mir«, sagte ich. »Bring du mich hin.«

»Nehmen wir an, es klart auf.«

»Nachdem wir angekommen sind? Schlecht, aber wir müssen das riskieren. Wenn es auf dem Hinweg aufklart, macht es nichts auf dieser Route; wir werden meilenweit von Land sein.«

»Was ist mit dem Rückweg?«

»Wir werden jedenfalls auflaufende Tide haben. Wenn sich der Nebel hält – schaffst du es bei Nebel *und* Dunkelheit?«

»Die Dunkelheit erschwert es nicht, wenn wir Licht haben, um Kompaß und Seekarte zu lesen. Putz du den Docht der Lampe im Kompaßhäuschen – nein, den der Ankerlaterne. Jetzt gib mir die Schere und sag für zehn Minuten kein Wort. Überlege inzwischen und lade ins Dingi (mein Gott, mach aber kein Geräusch!) Fressalien und Whisky, Bootskompaß, Lot, Ankerlaterne, Streichhölzer, den kleinen Bootshaken, Dreganker und Tau.«

»Nebelhorn?«

»Ja, und auch Nebelpfeife.«

»Schrotflinte?«

»Wozu?«

»Wir sind auf Enten aus.«

»Gut. Und umwickle die Riemendollen mit Putzwolle.«

Davies vertiefte sich in die Seekarten, ich erledigte leise meine Aufgaben. Nach zehn Minuten stand er auf dem Niedergang und winkte mich zu sich.

»Ich bin fertig«, flüsterte er. »*Sollen* wir nun gehen?«

»Ich habe es mir überlegt«, antwortete ich. »Ja.«

Dies stimmte nur in etwa, denn in Worten hätte ich nicht jedes Für und Wider vorbringen können, die ich gegeneinander abgewogen hatte. Es war ein Impuls, der mich vorwärtstrieb, aber ein auf Vernunft gründender Impuls; vielleicht mit einer Spur von Aberglauben: unsere Suchfahrt hatte bei Nebel begonnen und mochte passenderweise bei solchem enden.

Es war fünf nach halb elf, als wir uns geräuschlos abstießen. »Laß es treiben«, flüsterte Davies, »die Ebbe wird es am Pier vorbeitragen.«

Wir glitten entlang der *Dulcibella,* die dann verschwand. Dann saßen wir etwa fünf Minuten ruhig und schweigend, während das Gurgeln der Tide zwischen den Pfählen kam und ging. Das Dingi schien sich nicht von der Stelle zu rühren, so muß es den Insassen eines Ballons in den Wolken vorkommen, der vom Wind getrieben wird. In Wirklichkeit trieben wir aus dem Riffgat hinaus ins Seegat. Das Dingi wiegte sich in einer leichten Dünung.

»Rudere jetzt«, sagte Davies leise, »in langen und gleichmäßigen Schlägen, vor allem gleichmäßig – beide Arme mit gleicher Kraft.«

Ich saß auf der Ducht am Bug, er mir gegenüber auf der Heckbank, die linke Hand hinter sich an der Ruderpinne, den rechten Zeigefinger auf einem quadratischen Papier, dem Ausschnitt einer Seekarte, das auf seinen Knien lag. Auf der Ducht mittschiffs zwischen uns lagen Kompaß und Uhr. Zwischen diesen drei Gegenständen – Kompaß, Uhr und Karte – schoß sein Blick andauernd hin und her. Fast nie schaute er auf oder hinaus; nur gelegentlich warf er seitwärts ein scharfes Auge auf die flüchtigen Blasen, um zu sehen, ob ich eine gleichbleibende Geschwindigkeit beibehielt. Meine Pflicht war, sein Automat zu sein, das menschliche Äquivalent zu einer Schiffsmaschine, deren Umdrehungen gezählt und vom Navigator als Daten benutzt werden können. Meine Arme mußten gleichmäßig wie zwei Kolben arbeiten, die Energie, die sie antrieb, so kontrollierbar wie Dampf sein. Dieses Ideal war schwer zu erreichen, denn der komplexe Sterbliche neigt dazu, sich auf alle seine Sinne zu verlassen, die Gott ihm gegeben hat, was ihn für mechanische Genauigkeit ungeeignet macht, wenn ein Sinnesorgan (in meinem Fall das Augenlicht) ausfällt. Anfangs kam von

Davies dauernd ein »links« oder »rechts«, begleitet von einem Sprudeln am Ruder.

»So geht es nicht, ich muß zuviel steuern«, sagte Davies ohne aufzublicken. »Behalte deinen Schlag bei, aber höre mir zu. Kannst du die Kompaßrose erkennen?«

»Wenn ich mich vorbeuge.«

»Laß dir Zeit und werde nicht nervös, aber jedesmal, wenn du dich beim Rudern vorbeugst, mußt du sie dir gut anschauen. Der Kurs ist Südwest zu West. Für dich dementsprechend also Nordost zu Ost, richte das Heck danach aus. Es wird schwer sein, aber es wird einiges Steuern ersparen und mir eine freie Hand geben, wenn ich sie brauche.«

Nicht ohne Mühe tat ich, was er sagte, und unsere Fahrt ging allmählich glatter, bis er gar nichts mehr zu sagen brauchte. Das einzige Geräusch war noch das Lispeln der Brandung – wie leichtes Kochen in einer Kasserolle an Backbord – und das gedämpfte Ächzen der Riemendollen. Ich brach das Schweigen einmal, um zu sagen: »Es ist sehr seicht.« Ich war mit dem rechten Riemen auf Sand gekommen.

»Nicht sprechen«, sagte Davies.

Es war etwa eine halbe Stunde vergangen, dann lotete er zusätzlich zu seinen anderen Tätigkeiten. »Plumps« machte das Lot in gleichmäßigen Abständen, und während er die Leine einholte, steuerte er mit der Hüfte. Zuerst ging sehr wenig Leine weg, dann noch weniger. Wieder geriet ich auf Grund und sah mit einem Seitenblick Tang. Plötzlich hatte er mit dem Lot einen tiefen Wurf, und das Dingi, frei von dem leichten Widerstand, den seichtes Wasser einem kleinen Boot immer entgegensetzt, schoß schnell vorwärts. Zugleich erkannte ich am Wallen des ruhigen Wassers, daß wir uns in einem starken Ebbstrom befanden.

»Das Buse-Tief«, murmelte Davies. »Jetzt hart rudern und gleichmäßig wie eine Uhr.«

Für hundert Meter oder mehr legte ich mich in die Riemen und ließ das Boot fliegen. Davies hatte Lotungen von sechs Faden, bis das Wasser, so plötzlich, wie es tiefer geworden war, wieder seichter wurde – zehn Fuß, sechs, drei, einen – und das Dingi auflief.

»Gut!« sagte Davies. »Rückwärts mit dem Boot! Nur rechts rudern!«

Das Dingi drehte sich, den Bug nach Nordnordwest. »Mit beiden Armen zugleich! Kümmere dich jetzt nicht um den Kompaß; nur rudern und auf meine Anordnungen achten. Jetzt wird es knifflig.«

Er legte die Seekarte beiseite, warf das Lot unter die Heckbank und lotete auf den Windungen der tropfenden Leine kniend, ununterbrochen mit dem Stiel des Bootshakens, einem plumpen Gerät, das fußweise eingekerbt war und das wir für diesen Zweck schon oft benutzt hatten. Auf einmal war mir klar, daß es nicht weiterging, denn das Dingi schlingerte und drehte sich wie ein Hund, der hin und her läuft, um seine Fährte wiederzufinden.

»Stoppen«, sagte er plötzlich, »und Dreganker auswerfen!«

Ich gehorchte, wir drehten bei und schaukelten in der leichten Strömung, deren Richtung Davies mit dem Kompaß feststellte. Dann gab er sich für eine halbe Minute konzentriertem Nachdenken hin. Am meisten fiel mir an ihm auf, daß er auch nicht einen Augenblick den Nebel beobachtete; ein wohl nutzloses Unterfangen (denn unsere Sichtweite betrug etwa fünf Meter), aber ich konnte nicht anders, ich tat es, während ich mich ausruhte. Er entschied sich, und wir fuhren weiter, diesmal gerade und schnell wie ein Pfeil und in Wasser, das tiefer war, als der Bootshaken reichte. An seinem Gesicht sah ich, daß er einen kühnen Ausweg gewählt hatte, dessen Ausgang noch in der Schwebe war ... Wieder berührten wir Schlick, und die Freude des Künstlers über ein gelungenes Werk glänzte in seinen Augen. Wir wichen aus und fuhren nach Westen; zum ersten Male starrte er jetzt hinaus in den Nebel.

»Da ist eine!« rief er schließlich. »Langsam jetzt!«

Eine Pricke, eines dieser üblichen aufrechten jungen Bäumchen, tauchte aus dem Nebel auf. Er hielt es fest, und wir blieben stehen.

»Drei Minuten Pause jetzt«, sagte er. »Wir liegen ziemlich gut in der Zeit.«

Es war zehn nach elf. Ich aß ein paar Kekse und nippte am Whisky, während Davies die nächsten Schritte vorbereitete.

Wir hatten den östlichen Ausgang von Memmert-Balje erreicht, von dem Priel, der unterhalb von Juist von Ost nach West direkt zur Südspitze Memmerts führt. Wie wir dort hingelangt sind, war mir damals unerklärlich. Nur soviel: Davies'

Methode war es, den Priel, der Buse-Tief heißt, zu überqueren und auf der anderen Seite an einer Stelle weit südlich des Ausgangs der Memmert-Balje (wegen des nordwärts gerichteten Ebbstroms) anzukommen, dann nördlich zu fahren und den Ausgang zu suchen. Der Halt zuvor war an der Itzendorfplate durch einen tiefen Einschnitt, einen toten Wasserarm mit breiter Mündung, verursacht worden, den Davies beinahe für die Balje selbst gehalten hätte. Wir hatten keine Zeit, am Rande so tiefer Einschnitte entlangzufahren; darum der Spurt quer über die Mündung mit der Möglichkeit, den oberen Rand ganz zu verpassen und entweder auf die See hinausgetragen zu werden oder fruchtlos die Kante entlangzuirren.

Die nächsten drei Meilen waren am kritischsten. In ihnen lag die Wasserscheide, deren Länge und Tiefe zweifelhaft waren; in ihnen lag auch die Krux der ganzen Fahrt, eine Stelle, an der sich der Priel teilt, wobei unser Arm weiter nach Westen verläuft und der andere nach Nordwesten abzweigt. Wir mußten gegen die Zeit rudern und dennoch die Krux überwinden. Hinzu kam, daß wir die Strömung bis zum Überqueren der Wasserscheide gegen uns hatten; daß die Tide in ihrem hinderlichsten Stadium war – zu niedrig, um Abkürzungen zu riskieren, zu hoch, um den Rand des Priels klar zu erkennen; daß der Kompaß bei den kleineren Krümmungen überhaupt keine Hilfe war.

»Es wird Zeit«, sagte Davies, und weiter ging es.

Ich hielt mich an den tröstlichen Gedanken, daß wir für den Rest der Strecke Pricken an unserer Steuerbordseite haben würden; an unserer Steuerbordseite, sage ich, denn die Erfahrung hatte uns gelehrt, daß alle Priele parallel zur Küste und zu den Inseln einheitlich an der Nordseite ausgeprickt sind. Jedermann, der weniger zuversichtlich wäre als Davies, hätte der Versuchung nachgegeben, sich sklavisch auf diese Seezeichen zu verlassen, von einem zum anderen zu kriechen und kostbare Zeit zu verschwenden. Aber Davies kannte unsere Freundin ›Pricke‹ und ihre Besonderheiten zu gut und verließ sich lieber auf sein Tastgefühl, das kein Nebel auf Erden hätte beeinträchtigen können. Falls wir eine sahen, schön und gut, dann würden wir wissen, auf welcher Seite des Priels wir uns befanden. Aber selbst auf diesen Vorteil verzichtete er nach kurzer Strecke und kreuzte hinüber zur südlichen, nicht ausgeprickten

Prielseite, steuerte und lotete sich am Rand entlang, benutzte sozusagen die Itzendorfplate als Handlauf eines Geländers. Er war, wie er mir später erzählte, dazu gezwungen angesichts der Krux, daß die ineinander übergehenden Prickenreihen uns in unheilbare Verwirrung gestürzt hätten. Unser Arm war der südliche; daraus folgte, daß wir die südliche Bank benutzten und auf jede Hilfe seitens der Pricken verzichten mußten, bis sicher war, daß wir die kritische Stelle passiert hatten.

Für eine Stunde waren wir äußerst angespannt, ich körperlich, er geistig. Ich konnte nicht richtig in Schwung kommen, denn immer wieder mußten Kleinigkeiten überprüft werden. Andauernd rutschte mein rechter Riemen über Schlick oder Tang, und der Rückwärtssog des seichten Wassers hemmte unser Vorankommen. Einmal standen wir beide im Schlamm und zerrten an den Seiten des Dingis, dann wieder hinein und blindlings weiter. Der Nebel brachte mich durcheinander, ich verlor jedes Gefühl für Zeit und Raum und fühlte mich wie eine empfindungslose Marionette, die nach einer verrückten Musik ohne Melodie und Takt stampft und zuckt. Die verschwommene Gestalt von Davies, wie er so dasaß, den rechten Arm nach vorn und nach hinten schwang, war ein Uhrwerk, verrückt wie ich, aber belehrend und schwatzhaft in seiner Verrücktheit. Der Bootshaken, den er mit kreisendem Schwung handhabte, begann in meiner erhitzten Phantasie groteske Formen anzunehmen: bald war er der Fühler eines tastenden Insekts, bald einer der beiden Handantriebshebel am Rollstuhl eines Beingelähmten, jetzt der Bergstock eines wahnsinnigen Alpinisten, der auf einem Stuhl sitzt und auf eine Phantom-Wasserscheide klettert und klettert. In einem Winkel des mir noch verbliebenen Verstandes wohnten zwei beharrliche Gedanken: »Wir müssen weitereilen« und »wir verirren uns«. Was das letztere betrifft, so nehme man sich im Londoner Nebel einen jener Fackelträger, und man wird die gleiche Erfahrung machen: er führt einen immer den Weg, den man für falsch hält. »Wir rudern ja zurück!«, das habe ich, wie ich mich erinnere, Davies einmal zugerufen, als mir bewußt wurde, daß jetzt mein linker Riemen gegen Hindernisse klatschte. »Blödsinn!« sagte Davies. »Wir sind rüber zur anderen Seite gekreuzt.« Ich bekam einen Rückfall.

Allmählich wurde mein Verstand wieder klar, dank der sich

bessernden Bedingungen. Es ist selten ein Unglück ohne Glück. Der Stand der Tide hatte, obwohl er mit einem totalen Fehlschlag für uns hätte verbunden sein können, den ausgleichenden Vorteil, daß je niedriger er wurde, unser Priel um so schmaler und deutlicher erkennbar. Dann kam der Zeitpunkt, da Kompaß und Bootshaken gleichermaßen überflüssig wurden, weil unser Geländer, der schlammige Rand des Priels, jetzt in der Nähe mit dem Auge zu erkennen war; immer rechts, denn die Krux lag weit hinter uns, und die Nordseite war unser Wegweiser. Uns blieb nur, mit Macht und Kraft vorwärtszudrängen, ehe das Bett der Wasserrinne austrocknete.

Welch ein Rennen war das! Wirklich homerisch; ein Kampf zwischen Menschen und Göttern, denn waren die Götter etwas anderes als personifizierte Naturgewalten? Wenn auch der Gott der fallenden Tide nicht zum Kreis der Olympier gehört, so ist er trotzdem eine mächtige Gottheit. Davies verließ seinen Posten und ruderte im Gleichtakt mit. Unter gemeinsamer Anstrengung schoß das Dingi unentwegt nach vorn.

Meine Handflächen, so abgehärtet sie auch waren, schmerzten von Wasserblasen. Das Tempo war für meine Kräfte und für meinen Atem zu hitzig.

»Ich muß mich mal ausruhen«, keuchte ich.

»Gut, ich denke, wir sind über die Wasserscheide hinweg«, sagte Davies.

Wir hielten das Dingi an, und er stieß den Bootshaken an der Seite hinunter. Der glitt sanft nach achtern, und selbst mein verwirrter Verstand begriff, was das bedeutete.

»Drei Fuß und mit der Strömung. *Gut* drüber hinweg«, sagte er. »Ich werde rudern, während du dich ausruhst und ißt.«

Es war kurz nach eins, und wir hatten nach seiner Rechnung noch acht Meilen vor uns, unter Berücksichtigung der Wegkrümmungen.

»Aber das ist nur eine Frage der Muskelkraft«, sagte er.

Ich glaubte ihm aufs Wort und kaute an Zunge und Keksen. Was die Muskelkraft anging, so waren wir beide in guter Kondition. Er war frisch, und meine Erschöpfung war hauptsächlich auf sprunghafte Anstrengungen zurückzuführen, die in dem ungeheuren Spurt gipfelten. Was den Nebel betraf, so hatte er mehr als einmal eine schwache Neigung verraten, sich zu lichten; er war dünner und durchsichtiger geworden, um sich dann, wie das bei Nebel so ist, immer wieder schwer wie eine Bettdecke zu senken.

Von hier aus wird der Priel nach Westen immer breiter und tiefer, bis er die Ausmaße eines großen Flusses hat, und geht schließlich ins Mündungsgebiet der Ems über. Seine nördliche Begrenzung, der Rand vom Nordland-Sand, führt direkt nach Memmert und ist vollständig ausgepricht. Man wird also verstehen, warum Davies den Rest seines Problems so leicht nahm. Verglichen mit den Heldentaten, die er schon vollbracht hatte, war es ein Kinderspiel, denn er hatte immer den sichtbaren Rand, mit dem er Kontakt hielt, wenn er wollte, oder zu dem er im Zweifelsfall zurückkehrte. Übrigens machte er zwei gewagte Abweichungen; die erste, um einfach Zeit zu sparen, die zweite, teils um Zeit zu sparen, teils um einer unangenehmen Stelle auszuweichen, da, wo in dem gleichförmigen Sand eine kleine Wasserstraße mit Pricken und einem eigenen Delta abzweigt. Während der ersten Abweichung, der kürzesten aber brillantesten, ließ er mich rudern und widmete sich den Feinheiten unseres Kurses; während der zweiten und zwischendurch auf den Strecken ruderte er mit gelegentlichen Pausen, in denen er auf die Karte sah. Wir gingen zu langem, gleichmäßigem Schlag über und ließen die Meilen schnell hinter uns, wobei wir kaum ein Wort wechselten, bis Davies am Ende einer langen Ruderstrecke plötzlich durch die Leere sagte:

»Wo sollen wir jetzt landen?«

Eine Sandbank ragte vor uns auf, gekrönt von einer einsamen Pricke.

»Wo sind wir?«

»Eine viertel Meile vor Memmert.«

»Wie spät ist es?«

»Fast drei.«

## 22. Kapitel
## *Das Quartett*

Seine Gewalttour war beendet, und für den Augenblick überkam ihn eine Art Zusammenbruch.

»Wozu in aller Welt sind wir nur hergekommen?« murmelte er. »Ich fühle mich etwas schwindlig.«

Ich ließ ihn einen Schluck Whisky trinken, der ihn neu belebte. Dann einigten wir uns flüsternd auf gewisse Punkte.

Nur ich würde an Land gehen. Davies erhob zwar aus Loyalität Einwände, aber gesunder Menschenverstand, der sich mit seiner starken Abneigung gegen An-Land-Gehen vereinigte, entschied die Angelegenheit. Zwei würden wahrscheinlich leichter entdeckt als einer. Ich sprach gut deutsch und konnte, falls ich gestellt wurde, meinen Rückzug mit ein paar groben Worten decken. Im wollenen Arbeitsanzug, in Seestiefeln, Öljacke und tief in die Stirn gezogenem Südwester sollte man mich im Nebel für einen Friesen halten. Davies mußte das Dingi hüten, aber wie würde ich es wiederfinden? Ich hoffte es ohne Hilfe zu schaffen, wenn ich den Rand des Sandes entlangging; falls er jedoch einen langen Pfiff hörte, sollte er ins Nebelhorn blasen.

»Nimm diesen Taschenkompaß«, sagte er. »Entferne dich nie vom Strand, ohne ihn vorher zu benutzen, und lege ihn zur Ruhestellung auf den Boden. Nimm auch diesen Kartenteil – er könnte sich als nützlich erweisen; aber du kannst die Niederlassung nicht verfehlen; wie mir scheint, liegt sie in der Nähe des Strandes. Wie lange bleibst du weg?«

»Wieviel Zeit habe ich?«

»Die neue Flut kommt schon – sie läuft seit fast einer Stunde auf. Die Bank« – er nahm Augenmaß – »wird in eineinhalb Stunden mit Wasser bedeckt sein.«

»Das sollte reichen.«

»Mach's nicht zu knapp. Es ist steil hier, aber weiter drüben ist es vielleicht weniger abschüssig. Falls du durch Wasser waten mußt, wirst du mich nie finden und auch verteufelten Lärm machen. Hast du Uhr, Streichhölzer, Messer? Kein Messer?

Nimm meins; gehe niemals ohne Messer weg.« (Das war seine seemännische Vorstellung von Tüchtigkeit.)

»Warte mal, wir müssen einen Treffpunkt ausmachen, falls ich mich verspäte und ich dich hier nicht antreffe.«

»Verspäte dich besser nicht. Wir müssen wieder bei der Yacht sein, ehe man uns vermißt.«

»Aber vielleicht muß ich mich verstecken und die Dunkelheit abwarten – der Nebel könnte sich lichten.«

»Ich glaube, wir waren Narren, hierher zu kommen«, sagte Davies verdrießlich. »An einem Ort wie hier *gibt* es keine Treffpunkte. Hier ist der beste, den ich auf der Karte sehe – ein großer Signalturm an der Spitze von Memmert. Du wirst daran vorbeikommen.«

»Gut. Ich gehe jetzt.«

»Viel Glück!« sagte Davies schwach.

Ich stieg aus, kletterte einen schlickigen, fünf bis sechs Fuß hohen Abhang hinauf, erreichte festen nassen Sand und schritt davon, die trägen, kleinen Wellen der Balje links unter mir. Ein Nebelvorhang fiel zwischen Davies und mir, und ich war allein – allein, aber wie es mich erregte, festen Sand zu spüren, der unter meinen Stiefeln knirschte; zu wissen, daß er zu trockenem Boden führte, wo ich, was sich auch ereignen mochte, meinen Verstand voll ausspielen konnte. Munter bahnte ich meinen Weg durch den Nebel.

Gütiger Himmel! Was war das? Ich blieb stehen und lauschte. Über das Wasser hinweg von links her ertönten, gedämpft durch den Nebel, aber deutlich zu hören, drei Doppelschläge auf Glocke oder Gong. Ich sah auf meine Uhr.

»Schiff vor Anker«, sagte ich mir. »Sechs Glasen in der Nachmittagswache.« Ich wußte, die Balje war hier eine tiefe Reede, wo ein Schiff, das die Osterems anlief, sehr wohl ankern mochte, um den Nebel abzuwarten.

Ich wollte gerade weitergehen, als aus derselben Richtung ein weiterer Ton folgte, diesmal ein Hornsignal. Dann begriff ich – nur auf Kriegsschiffen gibt es Hornsignale; also war die *Blitz* hier; was auch sehr natürlich war, dachte ich, und ging weiter. Der Sand wurde trockener, das Wasser entfernte sich weiter; dann kam ein dünner, schwarzer Tangstreifen; die Hochwassermarke. Ein paar vorsichtige Schritte nach rechts, ich trat auf Meergrasbüschel. Es war Memmert. Ich zog die Karte heraus und frischte mein Gedächtnis auf. Nein, es konnte keinen Irrtum geben: ich mußte die See links liegenlassen und mich rechts halten. Ich folgte dem Tangstreifen in Sichtweite, aber achtete auch darauf, zur Geräuschverminderung auf dem Gras zu gehen.

Plötzlich wäre ich fast über einen massigen Eisenträger gestolpert; andere, ein ganzes rostiges Geflecht erschien über mir und um mich herum wie die Arme eines gespenstischen Polypen.

›Was ist denn das für ein teuflisches Spinnennetz?‹ dachte ich und stolperte wieder hinaus. Ich hatte mich auf das Postament eines riesigen Dreigestells verirrt, dessen dürre Beine kreuz und quer gestützt waren und dessen Spitze sich oben im Nebel verlor – der Signalturm, wie ich mich erinnerte. Hundert Meter weiter war ich schon wieder auf den Knien und lauschte äußerst angestrengt, denn mehrere leise Geräusche lagen in der Luft: Stimmen, das Schleifen eines Bootskiels, jemand pfiff eine Melodie. Das kam alles von vorn; weiter links, das heißt von See her, hatte ich akustischen Beweis, daß dort ein Dampfboot lag – ein kleines, denn es ließ nur wenig Dampf ab. Von rechts hörte ich noch nichts, aber dort mußte die Niederlassung sein.

Ich bereitete mich vor, meine Basis zu verlassen, und legte den Kompaß auf den Boden – Kurs ungefähr Nordwest. (»Südost – Südost, um zurückzufinden«, wiederholte ich für mich wie ein Kind, das eine Lektion auswendig lernt.) Dann gab ich von meinen beiden Verbündeten einen, den Strand, auf und verließ mich ganz auf den anderen, den Nebel.

»Mach das Spiel«, sagte ich mir. »Keiner erwartet dich, keiner wird dich erkennen.«

Ich stieß in Etappen von jeweils ungefähr zehn Metern schnell vor; unterdessen verschwand das Gras und machte weichem, mit Fußspuren bedecktem Sand Platz. Ich bewegte mich vorsichtig, denn es zeigten sich Hindernisse; ein Anker, ein Haufen rostiger Kabel, dann ein Boot kieloben, auf dem eine stinkende alte Meerschaumpfeife lag. Dort blieb ich stehen und strengte die Ohren an, denn aus vielen Richtungen kamen Geräusche: wieder das Pfeifen (jetzt hinter mir); schwere Schritte vor mir; das Murmeln eines Gesprächs aus kehligen Stimmen irgendwo dahinter – fünfzig Meter entfernt, schätzte ich; aus derselben Richtung drang mir ein beißender Geruch starken Tabaks in die Nase. Dann schlug eine Tür zu.

Ich steckte den Kompaß in die Tasche (dachte: ›Südost, Südost‹) und die Pfeife zwischen die Zähne (bah! schmeckt widerlich), zog mir den Südwester tiefer ins Gesicht und ging gebückt in Richtung der Tür. Vor mir rief jemand: »Karl Schicker!« Eine Stimme näher bei mir, die des Mannes, dessen Schritte ich gehört hatte, nahm den Ruf auf: »Karl Schicker!« Auch ich nahm ihn auf, drehte mich um und rief so rauh und kehlig wie möglich: »Karl Schicker!« Die Schritte gingen ganz in meiner Nähe vorbei, und mit einem Blick über die Schulter sah ich einen jungen Mann, ähnlich gekleidet wie ich, nur trug er eine Seehundsmütze statt eines Südwesters. Er schien beim Gehen Geld in die Hand zu zählen. Vom Strand kam ein Ruf zurück, das Pfeifen hörte auf.

Ich merkte jetzt, daß ich mich auf einem Trampelpfad befand. Solche Begegnungen waren gefährlich, deshalb bog ich seitlich ab, aber nicht ohne böse Ahnungen, denn der Weg führte zu den kehligen Stimmen und zur zugeschlagenen Tür, und diese waren meine einzigen Wegweiser zur Niederlassung. Plötzlich und viel früher als erwartet, war vor mir – eher zu ahnen als zu sehen – eine Wand; jetzt war sie zu erkennen, die Seite eines niedrigen Wellblechgebäudes. Eine Erkundungspause wäre unbedingt erforderlich gewesen, aber die Gruppe der sich unterhaltenden Männer hatte mich vielleicht gehört, und ich durfte auf keinen Fall den Eindruck eines herumschnüffelnden Fremden erwecken. Ich zündete ein Streichholz an, ein zweites, zog schwer paffend an meiner Pfeife (wie ich es bei Kanalarbeitern gesehen hatte) und suchte anhand der Geräusche den Verlauf der Wand herauszufinden. Im Pfeifenkopf befand sich noch ein alter Tabakrest, der abscheulichen Qualm erzeugte. In diesem Augenblick schlug wieder die Tür zu, und ein anderer Name (den ich vergessen habe) wurde gerufen. Ich stellte fest, daß ich mich am Ende eines rechteckigen Gebäudes befand, einer ›Baracke‹, ähnlich denen auf dem Kasernengelände von Aldershot, und die Tür, die ich gehört hatte, links um die Ecke war. Dort mußte eine Gruppe Männer stehen, von denen abwechselnd jeweils einer hineinging. Nachdem ich geräuschvoll ausgespuckt hatte, folgte ich nach rechts der Wand, bog um die Ecke und ging gemächlich weiter, vorbei an Zeichen von Häuslichkeit wie Waschtrog und Regenfaß und kam dann auf einen gefliesten Weg, der zu einer offenen Tür führte. Ich sah jetzt die Ecke eines zweiten Gebäudes, auch aus Zinkblech, im rechten Winkel zum ersten, aber höher als dieses. Ich wollte mich gerade Erkundungen zuwenden, als ich hörte, wie vor mir ein Fenster an der Baracke geöffnet wurde. Undeutlich sah ich im Nebel, wie sich eine Hand hinausstreckte und etwas wegwarf – ein Zigarrenstummel? Die Hand, eine saubere mit goldenem Siegelring, blieb einen Augenblick auf dem Rahmen liegen und schloß dann das Fenster.

Die Lage der Gebäude war mir jetzt klar. Das Fenster gehörte zum selben Raum wie die zugeschlagene Tür, denn ich hörte deutlich, wie die letztere mir gegenüber auf der anderen Seite geöffnet und zugemacht wurde. Mir fiel ein, es könne interessant sein, mal in den Raum zu sehen. »Mach dein Spiel«, erinnerte ich mich und ging auf Zehenspitzen ein paar Schritte zurück, wandte mich um und schlenderte gelassen am Fenster vorbei, paffte meine scheußliche Pfeife und warf einen langen, gemächlichen Blick hinein – um so gemächlicher, als mir sofort klar war, daß sich drinnen niemand an mir störte. Wie erwartet (angesichts des Nebels und der Stunde), brannte drinnen Licht. Das Bild, das sich mir einprägte, war wie folgt: ein kleiner Raum mit lackierter Bretterwand und wie ein Büro möbliert; in der hinteren rechten Ecke ein Büroschreibtisch, dahinter Grimm auf einem hohen Schemel, mit dem Profil zu mir, beim Geldzählen; vor ihm in verlegener Haltung und Seemannskleidung ein stämmiger Bursche, in der Hand einen Taucherhelm. Mitten im Raum ein Brettertisch, darauf ein großer, schwarzer Gegenstand. In seiner Nähe mit dem Rücken zu mir, den Blick auf Schreibtisch und Taucher gerichtet, rekelten sich auf Stühlen zwei Männer: von Brüning und ein älterer Mann mit kahlem, gelblichem Kopf (zweifellos Dollmanns Begleiter auf dem Dampfer). Auf einem anderen, gegen das Fenster gelehnten Stuhl saß Dollmann.

Das waren die wesentlichen Merkmale der Szene; um mir auch Einzelheiten einzuprägen, mußte ich sie noch einmal untersuchen. Ich bückte mich und schlich leise wie eine Katze zurück, bis ich unter dem Fenster und, wie berechnet, direkt hinter Dollmanns Stuhl war. Dann hob ich sehr vorsichtig den Kopf. Im Raum war nur ein Augenpaar, das ich überhaupt zu fürchten hatte, und zwar Grimms, der, sein Profil mir zugewandt, am weitesten von mir saß. Sofort stellte ich mich so, daß Dollmanns Rücken zwischen ihm und mir war; dann sah ich mir alles genau an. Dabei spürte ich, wie mir der kalte Schweiß auf der Stirn stand und am Rücken kitzelte, nicht aus Furcht oder vor Aufregung, sondern weil ich mich einfach schämte. Denn zweifellos beobachtete ich die Zusammenkunft einer echten Bergungsgesellschaft. Es war Zahltag, und die Direktoren machten anscheinend eine Bestandsaufnahme der geleisteten Arbeit – das war alles.

Über der Tür hing ein alter Stich eines Zweideckers unter vollen Segeln; an der Wand hatte man eine Seekarte und den Bauplan eines Schiffs befestigt. Überbleibsel der untergegangenen Fregatte gab es reichlich. Auf einem Regal über dem Ofen war eine Pyramide überkrusteter Kanonenkugeln; an der Wand hingen, von Nägeln gehalten, einzelne rostzerfressene alte Pistolen und etwas, das ich für den Rest eines Sextanten hielt. In einer Ecke stand auf dem Fußboden eine altehrwürdige kleine Schiffskanone mit Lafette und allem Drum und Dran. Aber nichts wirkte auf mich so stark wie ein Haufen Holz auf dem Fußboden, kein Feuerholz, sondern unverkennbar Wrackholz, schwarz wie Sumpfeiche, mit festgebackenem altem Schlamm an einigen Stellen. Es war aber nicht so sehr der Anblick dieses Holzes, der mich verblüffte. Es war vielmehr die Tatsache, daß ein Bruchstück davon, ein gekrümmter Balken, besetzt mit ein paar massiven Bolzen, auf dem Tisch lag und offenbar Gegenstand ernsten Interesses war. Der Taucher hatte sich umgedreht und sprach gestikulierend darüber; von Brüning und Grimm trugen eindringlich eine andere Ansicht vor. Der Taucher schüttelte wiederholt den Kopf, zuckte schließlich die Achseln, grüßte und verließ den Raum. Ihre Bewegungen hatten mich ziemlich oft veranlaßt, den Kopf zu ducken, aber jetzt kümmerte es mich schon beinahe nicht mehr, ob ich nun gesehen würde oder nicht. Alle Schwächen meiner Theorie stürmten auf mich ein – Davies' Argumente in Bensersiel; Fräulein Dollmanns gedankenloses Gerede; die (angesichts der Umstände) Leichtigkeit, mit der ich diesen Ort hier erreicht hatte, keine Hindernisse zu überwinden, kein Schloß aufzubrechen; die unverhohlene Reise Dollmanns, seines Freundes und Grimms nach Memmert; jetzt dieser Blick auf geschäftsmäßige

Routinearbeit. Innerhalb weniger Augenblicke fiel ich immer tiefer in Zweifel. Wo waren meine Minen, Torpedos und Unterseeboote, wo meine kaiserlichen Verschwörer? Lag schließlich doch noch Gold auf dem Boden dieses kleinlichen Geheimnisses? War Dollmann schließlich doch nur ein gewöhnlicher Verbrecher? – ›Sei kein Narr‹, sagte eine schwache Stimme der Vernunft. ›Da sind deine vier Männer. Warte ab.‹

Noch zwei Beschäftigte kamen kurz hintereinander in den Raum und erhielten ihren Lohn; der eine sah aus wie ein Heizer, der andere wie ein Vorgesetzter, sagen wir, wie der Kapitän eines Schleppers. Mit dem letzteren gab es eine weitere Diskussion über den Wrackbalken, und dieser Mann zuckte ebenfalls die Achseln. Als er ging, war die Zusammenkunft anscheinend beendet. Grimm klappte sein Buch zu, ich ging wieder auf die Knie, denn ein allgemeines Stühlerücken begann. Zugleich hörte ich, wie auf der anderen Seite des Gebäudes meine Gruppe Männer in Richtung Strand davonging, spuckend und schwatzend. Als nächstes ging jemand durchs Zimmer auf mein Fenster zu. Ich kroch auf allen vieren zur Seite, stand auf und drückte mich flach gegen die Wand; widerwärtige Mutlosigkeit ergriff mich. Ich hatte die Absicht, mich nach Südosten zu verdrücken, sobald die Luft rein war. Aber das nächste Geräusch traf mich wie ein elektrischer Schlag – es war das Klingeln und Kratzen von Vorhangringen. Schnell wie der Blitz war ich wieder an meiner alten Stelle und fand die Sicht durch einen Kretonnevorhang versperrt. Er bestand aus einem Stück, hatte keinen Spalt, der mir nützen könnte, aber er fiel nicht gleichmäßig, sondern bauschte sich unter einem gewissen Druck – menschliche Schultern, nach der Form zu urteilen. Dollmann, folgerte ich, saß noch immer auf seinem Platz. Ich war gereizt, als ich feststellte, daß ich kaum ein Wort hören konnte, nicht einmal, wenn ich das Ohr an die Glasscheibe legte. Nicht etwa, daß sie ihre Stimmen absichtlich gedämpft hätten; sie führten ihre vertrauliche Unterhaltung in normalem Ton, aber Glas und Vorhang schwächten die Worte ab. Dennoch konnte ich bald einige kennzeichnende Merkmale unterscheiden. Von Brünings Stimme – die einzige, die ich schon vorher gehört hatte – erkannte ich sofort, und die von Dollmann an seiner Sitzposition. Die dritte, ein barsches Krächzen, gehörte dem alten Mann, den ich der Bequemlichkeit halber vorzeitig Herrn Böhme nennen werde. Die Stimme war für Grimm zu alt; außerdem hatte sie den Klang von Autorität und befaßte sich im Augenblick mit einem scharfen Verhör. Drei seiner Sätze hörte ich genau: »Wann war das?« »Weiter gingen Sie nicht?« und »Zu weit, kommt nicht in Frage.« Dollmanns Stimme, obwohl mir am nächsten, war am schlechtesten zu verstehen. Sie war hartnäckig monoton. Und was war das für eine seltsame Bewegung des Vorhangs hinter seinem Rücken? Ja, er hatte, die Hände hinter sich, eine Falte vom Kretonne gepackt und knautschte ihn. »Du fühlst dich unbehaglich, mein Freund«, kommentierte ich. Plötzlich warf er den Kopf zurück – ich sah es am Vorhang – und sprach so laut, daß mir nicht ein Wort entging. »Also gut, mein Herr, Sie werden sie heute abend beim Essen treffen; ich werde beide einladen.«

(Man wird nicht erstaunt sein zu erfahren, daß ich sofort auf meine Uhr sah. Und obwohl eine Menge Zeit vergeht, das aufzuschreiben, was ich hier erzählt habe, war es erst viertel vor vier.) Er fügte noch etwas über den Nebel hinzu, und sein Stuhl knarrte. Ich duckte mich sofort, hörte den Mißton der Vorhangringe und: »Immer noch dick.«

»Ihr Bericht, Herr Dollmann«, sagte Böhme barsch. Dollmann ging vom Fenster fort und rückte den Stuhl an den Tisch; die beiden anderen zogen ihren heran und setzten sich.

»Chatham«, sagte Dollmann, als verkünde er eine Überschrift. Das Wort war leicht zu verstehen, da er es scharf ausstieß; man kann sich vorstellen, wie überrascht ich war. »In dieser englischen Werftstadt bist du also im letzten Monat gewesen!« sagte ich mir. Eine Karte knisterte, und ich wußte, sie beugten sich darüber, während Dollmann etwas erklärte. Aber jetzt ging mir die Geduld aus, denn nicht eine Silbe erreichte mich mehr. Ich hockte mich auf die Fersen und sann nach einem Ausweg. Sollte ich mich zur Tür schleichen und es dort versuchen? Zu gefährlich. Auf das Dach klettern und am Ofenrohr lauschen? Zu laut, und überhaupt hoffnungslos. Ich versuchte es am Griff der oberen Hälfte des Fensters, einem ganz einfachen zweigeteilten, das sich senkrecht öffnen ließ. Es hatte keinen Zweck; es widerstand sanftem Zug und würde sich plötzlich knarrend öffnen, wenn ich Gewalt anwendete. Ich nahm Davies' Messer und steckte die Spitze der Klinge zwischen die beiden Rahmen, um ihnen Spiel zu geben – ohne Erfolg. Aber es war ein Seemannsmesser, das außer der großen Klinge einen Marlspieker hatte.

Gerade jetzt wurde drinnen die Tür geöffnet und wieder geschlossen, und ich hörte hinter der Ecke von rechts Schritte. Ich hatte die Geistesgegenwart, nicht einen Augenblick zu verlieren, sondern ging leise (gesegnet sei der friesische Sand!) um die Ecke des anderen, rechtwinklig dazu stehenden Gebäudes. Jemand, den ich nicht sehen konnte, ging vorbei, bis seine Stiefel auf Fliesen klapperten und dann auf Brettern widerhallten. ›Grimm ist in sein Wohnzimmer in der anderen Barackenhälfte gegangen‹, folgerte ich. Die kostbaren Minuten verrannen – fünf, zehn, fünfzehn. Kam er nicht wieder? Dann dürfte ich nämlich nicht an meinen Platz zurück. Achtzehn – er kam heraus. Diesmal schlich ich mich kühn heran, als der Mann eben vorbei war. Ich sah undeutlich eine Gestalt und klar genug das Schimmern eines weißen Papiers in ihrer Hand. Er ging um die Ecke und betrat wieder den Raum.

Hier spürte ich einen Rückfall in Zweifel, die ich jedoch überwand. ›Wenn dies eine wichtige Geheimsitzung ist, warum stellen sie dann keine Wachen auf?‹ Antwort, die einzig mögliche: ›Weil sie auf sich allein gestellt sind. Ihre Arbeiter und alle anderen, denen wir bis jetzt begegnet waren, wissen nichts. Der wirkliche Zweck dieser Bergungsgesellschaft (eine armselige Spekulation, so meine ich) war einzig, einen Vorwand für solche Geheimsitzungen zu liefern.‹ – ›Warum dann ein Vorhang?‹ – ›Weil dort Karten sind, Dummkopf!‹

Ich war wieder am Fenster, aber hilflos gegenüber dem gleichmäßigen Fluß des vertraulichen Gesprächs. Aber ich wollte nicht aufgeben. Das Schicksal und der Nebel hatten mich hergebracht, mich, vielleicht die einzige Seele, die durch die Kette von Umständen sowohl den Willen als auch die Möglichkeit hatte, diesen vier Männern ihr Geheimnis zu entwinden.

Der Marlspieker! Wo die untere Fensterhälfte auf das Fensterbrett traf, versank es in einer flachen Rinne. Ich steckte die Spitze in den Spalt zwischen Rahmen und Brett und drückte mit langsam zunehmender Kraft, die ich bis auf den Bruchteil einer Unze regulieren konnte, auf den starken Hebel. Der Rahmen gab mit dem kleinstmöglichen Widerstand und in kaum wahrnehmbarem Maße nach. Ich hob ihn bis an die

Oberkante der Rinne und noch etwas höher, alles in allem etwa einen halben Zoll. Aber für die Geräusche von drinnen machte es einen merklichen Unterschied, so als ob man den Fuß vom Dämpfer eines Klaviers nimmt. Mehr konnte ich nicht tun, denn ich hatte keinen Hebelansatz mehr für meinen Marlspieker, und ich wollte das Gewonnene nicht riskieren, indem ich meine Hände dazwischenschob.

Die Hoffnung sank wieder, als ich die Wange auf das nasse Fensterbrett legte und das Ohr an den Spalt hielt. Meine Männer saßen rund um den Tisch und verwiesen auf Papiere, die ich rascheln hörte. Dollmann hatte seinen ›Bericht‹ offenbar beendet, und ich hörte nur noch selten seine Stimme; Grimms gelegentlich, von Brünings und Böhmes häufig; wie zuvor konnte ich mich jedoch nur bei letzterem darauf verlassen, daß er ein klar zu verstehendes Wort sagte. Denn unglücklicherweise schmiedeten die Schurken dieses Stücks ein Komplott ohne Rücksicht auf dramatische Tauglichkeit oder auf meine Interessen. Vertieft in ein Thema, mit dem sie alle vertraut waren, machten sie nur Anspielungen, unvollständige Sätze und redeten technischen Kram. Viele Wörter, die ich aufschnappte, waren mir unbekannt. Der Rest bestand hauptsächlich aus Buchstaben oder statistischen Angaben über Tiefe, Entfernung und ein oder zweimal über Zeiten. Die Buchstaben kehrten oft wieder und schienen, soweit ich mir das zusammenreimen konnte, der Kode zu sein. Die Zahlen, die sich darum scharten, waren meistens sehr klein mit Kommastelle. Am wütendsten machte mich, daß Hauptwörter so selten waren.

Dem Leser zu berichten, was ich gehört habe, ist unmöglich; so chaotisch war nämlich das meiste, daß es in meiner Erinnerung nicht haften blieb. Ich kann nur erzählen, welche Fragmente bei mir haften blieben und welche unbestimmte Klassifizierung ich daraus entwickelte. Die Buchstaben reichten von A bis G. Meine beste Chance für ein ununterbrochenes Stück kam, als Böhme – er las, wie ich glaube, schnell von einem Papier ab – die Buchstaben, beginnend mit G, rückwärts durchging und zu jedem eine Bemerkung machte wie folgt: »G ... fertiggestellt. F ... schlecht ... 1,3 (Meter?) ... 2,5 (Kilometer?). E ... zweiunddreißig ... 1,2. D ... drei Wochen ... dreißig. C ...« und so weiter.

Ein anderes Mal ging er die Liste erneut durch, wobei er nur die Buchstaben nannte und von Grimm lakonische Antworten bekam – Antworten, die anscheinend aus Zahlen bestanden, aber ich war nicht sicher. Minutenlang hörte ich nichts weiter als kratzende Tintenfedern und undeutliches Gemurmel. Aber aus diesem Misthaufen fischte ich fünf Perlen – vier Hauptwörter mit Zischlauten und einen Namen, den ich schon kannte. Die Hauptwörter waren: Schlepper, Wassertiefe, Eisenbahn und Lotsen. Der Name, ebenfalls mit Zischlaut und so am leichtesten zu verstehen, war Esens.

Zweimal oder dreimal mußte ich vom Fenster zurücktreten, um meinen verkrampften Hals zu entspannen, wobei ich jedesmal auf die Uhr sah, denn ich lauschte ebenso gegen die Zeit, wie wir gegen sie gerudert waren. Man würde uns zum Essen einladen, deshalb mußten wir rechtzeitig wieder an Bord sein, um die Einladung entgegenzunehmen. Der Nebel hing immer noch schwer, und das Licht, nie gut, verschlechterte sich noch. Wie würden *sie* zurückkommen? Wie waren sie von Juist herübergekommen? Konnten wir ihnen zuvorkommen? Fragen von Zeit, Tide und Entfernung – genau die Rechenaufgaben, mit denen ich nicht fertig wurde – lenkten meine Aufmerksamkeit ab, als sie ganz woanders hätte sein sollen. Zwanzig nach vier – fünf vor halb fünf – jetzt war es nach halb fünf, dem Zeitpunkt, an dem die Bank sich mit Wasser bedecken würde, wie Davies gesagt hatte. Ich sollte mich auf den Weg zum Signalturm machen, aber der stand gefährlich nahe dem Dampfboot, dem Trampelpfad und so weiter, von wo ich gelegentlich immer noch Stimmen hörte.

Es muß etwa fünf nach halb fünf gewesen sein, als drinnen wieder Stühle gerückt wurden. Dann stand einer auf, nahm Papiere an sich und ging hinaus; ein anderer, der nicht aufzustehen brauchte (also Grimm), folgte ihm.

Für eine Minute herrschte Schweigen im Raum. Danach hörte ich zum ersten Male eine Unterhaltung in einfacher Umgangssprache ohne Gekratze und Geraschel als Begleitung. ›Dies muß ich noch abwarten‹, dachte ich und wartete.

»Er besteht darauf zu kommen«, sagte Böhme.

»Ach!« (von Brünings Ausruf des Erstaunens und Protests.)

»Ich habe gesagt, am 25.«

»Warum?«

»Die Tide ist günstig. Selbstverständlich mit dem Abendzug.

Sagen Sie Grimm, er soll bereit ...« (Eine Frage von Brünings, die nicht zu verstehen ist.)

»Nein, bei jedem Wetter.«

Von Brüning lachte und sagte einige Worte, die ich nicht hören konnte.

»Nur einer, mit halber Ladung.«

»... treffen?«

»Am Bahnhof.«

»So – was macht der Nebel?«

Das war anscheinend wirklich das Ende. Beide Männer standen auf, Schritte kamen auf das Fenster zu. Ich sprang zur Seite, als ich hörte, daß es geöffnet wurde, und ging im Schutze des Geräusches rückwärts in Sicherheit. Von Brüning rief: »Grimm!« Dies und das offene Fenster ließen mich feststellen, daß mein Herweg jetzt zu gefährlich war, um ihn auch als Rückweg zu nehmen. Die einzige Alternative war, einen Kreis um das größere der beiden Gebäude zu schlagen – und ein unendlicher Kreis schien es zu sein –, wobei ich die ganze Zeit wußte, daß damit mein Kompaßkurs ›Südost‹ wertlos wurde. Ich kam an einer Tür mit Vorhängeschloß vorbei, ging um zwei Ecken und stand vor der Leere des Nebels. Ich nahm den Kompaß und blieb stehen, um zu überlegen. ›Südost zu – ich bin jetzt weiter östlich – Ost müßte reichen.‹ Ab ging ich mit einem Fehler von ganzen vier Kompaßstrichen über Grasbüschel und durch tiefen Sand. Der Strand kam mir viel entfernter vor, als ich gedacht hatte, und ich begann unruhig zu werden. Ich zerbrach mir den Kopf über den Kompaß und wurde mir schließlich klar darüber, daß ich mich verirrt hatte. Ich hatte soviel Vernunft, die Sache nicht noch schlimmer zu machen, und versuchte nicht etwa, den richtigen Weg wiederzufinden, sondern entschied mich für das kleinere von zwei Übeln und blies die Pfeife, zuerst leise, dann lauter. Hinter mir erschallte dumpf ein Nebelhorn. Ich pfiff noch einmal und rannte um mein Leben, während dann und wann das Horn ertönte. Nach drei oder vier Minuten war ich am Strand und im Dingi.

## 23. Kapitel
## *Geänderte Taktik*

Ohne ein Wort zogen wir los und ruderten außer Sichtweite des Strandes. Eine Stimme rief uns an. »Ruf zurück«, flüsterte Davies, »tue so, als wären wir eine Galeote.«

»Ho-a«, rief ich, »wo bin ich?«

»Vor Memmert«, kam es zurück. »Wohin soll es gehen?«

»Delfzyl«, flüsterte Davies.

»Delf-zyl«, brüllte ich.

Ein Satz, der mit »Anker« endete, war die Antwort.

»Die Flut reißt uns nach Osten«, flüsterte Davies. »Sitz ruhig.«

Wir hörten nichts mehr. Nachdem wir uns einige Minuten hatten treiben lassen, sagte Davies: »Glück gehabt?«

»Ein oder zwei Anhaltspunkte und eine Einladung zum Abendessen.«

Die Anhaltspunkte ließ ich für später; es ging um die Einladung, ich erklärte Davies, wie sehr wir uns beeilen mußten.

»Wie werden *sie* zurückkommen?« sagte Davies. »Wenn der Nebel sich hält, wird der Dampfer bestimmt Verspätung haben.«

»Wir können uns auf nichts verlassen«, antwortete ich. »In der Nähe der Niederlassung lag ein Dampfboot, und der Nebel kann sich lichten. Und wie kommen wir am schnellsten zurück?«

»Bei dieser Tide nach Kompaß direkt nach Norderney; wir werden über allen Bänken Wasser haben.«

Er hatte alle Vorbereitungen getroffen, die Lampe schon vorher angezündet, den Kompaß in Position gebracht; wir brachen sofort auf. Er saß am Bugriemen, wo er die Nase des Bootes besser unter Kontrolle hatte; Lampe und Kompaß standen auf dem Boden zwischen uns. Die Dämmerung verdichtete sich zur Dunkelheit – einer erstickenden, undurchdringlichen Dunkelheit –, und wir rasten noch immer entschlossen über diese weglose Einöde, saßen und schaukelten im gedämpft orangefarbenen Lichtpfuhl. Um Erschöpfung und Ungewißheit zurückzudrängen, sann ich über meine Anhaltspunkte nach und versuchte, mir jedes flüchtige Wort, das ich gehört hatte, ins Gedächtnis zu meißeln.

»Wovon gibt es hier sieben?« rief ich Davies einmal zu (wobei ich an A bis G dachte). »Entschuldigung«, fügte ich hinzu, denn es kam keine Antwort.

»Ich sehe einen Stern«, war mein nächstes Wort nach langer Pause. »Jetzt ist er weg. Da ist er wieder. Direkt achtern.«

»Das ist der Borkumer Leuchtturm«, sagte Davies sofort. »Der Nebel lichtet sich.«

Ein scharfer Westwind peitschte uns das Gesicht, und so schnell, wie er aufgekommen war, rollte der Nebel in gewaltigen Massen von uns fort und entblößte das reine und klare gestirnte Himmelsgewölbe, das, vom letzten Dämmerlicht im Westen noch erhellt, sich im Osten vom aufgehenden Mond rötete. Der Leuchtturm Norderney blitzte rechts voraus; Davies löste endlich seinen müden Blick vom Lichtpfuhl.

»Verdammt!« sagte er nur und drückte damit seine ›Dankbarkeit‹ für diese ›Gnade‹ aus. Ich empfand sehr ähnlich, denn konnte sich Davies im Dingi bei Nebel wohl mit jedem Dampfer messen, so verlor er doch bei klarer Sicht seine Vorgabe.

Es war Viertel vor sieben. »In einer Stunde schaffen wir es, wenn wir uns ranhalten«, verkündete er, nachdem er eine grobe Peilung mit beiden Leuchtfeuern genommen hatte. Er zeigte mir einen Stern, der immer genau achtern sein mußte. Dann widmeten sich mein schmerzender Rücken und die wunden Hände wieder ihrer Arbeit.

»Was hast du vorhin von sieben Dingen geredet?« sagte Davies.

»Wovon gibt es hier sieben?«

»Inseln selbstverständlich«, sagte er. »Ist das der Anhaltspunkt?«

»Vielleicht.«

Dann folgte das einzigartigste all unserer Gespräche. Zwei Gedächtnisse sind besser als eins, und je früher ich ihm die Chiffre in seines ebenso wie in meines meißelte, desto besser würde unsere Erinnerung sein. Also trug ich, bei sparsamstem Gebrauch des Atems, meine ganze Geschichte vor und beantwortete seine atemlosen Fragen. Es bewahrte mich davor, vom

Stern hypnotisiert, und uns beide, der Übermüdung bewußt zu werden.

»Spioniert in Chatham, dieser Lump!« zischte er.

»Was hältst du davon?« fragte ich.

»Nichts über Schlachtschiffe, Minen, Festungen?« sagte er.

»Nein.«

»Nichts über die Ems, Emden, Wilhelmshaven?«

»Nein.«

»Nichts über Transporte?«

»Nein.«

»Ich glaube – ich hatte – doch recht – hat etwas zu tun – mit den Prielen – hinter Inseln.«

Und so gewann das abgenutzte Glaubensbekenntnis neue Lebenszuversicht; mir hatten sich allerdings die Worte, die dem entgegenstanden, am tiefsten eingeprägt.

»Esens«, protestierte ich, »die Stadt hinter Bensersiel.«

»Wassertiefe, Lotsen, Schlepper«, sprudelte es aus Davies heraus.

»Kilometer, Eisenbahn«, von mir und so weiter.

Ich würde den gerechten Abscheu des Lesers verdienen, wenn ich fortführe, einen solchen Dialog wiederzugeben. Es genügt zu sagen, uns wurde sehr bald klar, daß uns das Wesen des Komplotts immer noch ein Rätsel war. Andererseits gab es neue Spuren in Fülle; die Frage begann bereits Gestalt anzunehmen: sollten wir ihnen folgen oder auf die Entscheidung von gestern abend zurückkommen, mit jeder nur greifbaren Waffe zuzuschlagen? Es war auch eine drängende Frage, die letzte von vielen – sollten die Dringlichkeiten an diesem überfüllten Tag denn überhaupt kein Ende nehmen? –, drängend aus Gründen, die ich nicht klar umreißen konnte, aber überzeugt, daß wir bis zur Essenszeit am Abend eine Antwort parat haben mußten.

Unterdessen näherten wir uns Norderney; das Seegat hatten wir bereits durchfahren; von der letzten Flut unter uns günstig getragen und das rote Licht am Westpier voraus, begannen wir unbewußt, in unseren Anstrengungen nachzulassen. Aber ich wagte nicht, mich auszuruhen, denn ich hatte ein Stadium der Erschöpfung erreicht, in dem mechanische Bewegung meine einzige Hoffnung war.

»Licht achteraus«, sagte ich. »Zwei – weiß und rot.«

»Ein Dampfer«, sagte Davies, »fährt aber nach Süden.«

»Drei jetzt.«

Ein hübsches Dreieck von Edelsteinen – Topas, Rubin, Smaragd – hing ständig hinter uns.

»Nach Osten gedreht«, sagte Davies. »Reißen wir uns zusammen – Dampfer von Juist. Nein, bei Gott, zu klein. Was ist das nur?«

Wir mühten uns weiter ab, während die Edelsteine an Glanz zunahmen, als der Dampfer aufholte.

»Langsam«, sagte Davies. »Mir kommen die Lichter bekannt vor – das Beiboot der *Blitz* –, lassen wir uns nicht dabei erwischen, daß wir wie Verrückte in schmutzigen Schweiß gebadet rudern. Halte ein wenig zum Land hin.«

Er hatte recht, und wie im Traum sah ich Gerenne und Gestoße auf derselben kleinen Pinasse, die uns von Bensersiel abgeschleppt hatte.

»Jetzt sind wir erledigt«, hatte ich gedacht, wie ich mich erinnere, denn das starke Schuldgefühl des Ausreißers war in mir und eine frühere Bemerkung von Brünings über ›Polizei‹ in meinen Ohren. Aber die Pinasse war schon auf gleicher Höhe und an uns vorbei, ehe ich in Verzweiflung fallen konnte.

»Drei stehen hinter dem Windhutzen«, sagte Davies. »Was sollen wir tun?«

»Folgen«, antwortete ich und versuchte einen schwachen Schlag, aber das Riemenblatt glitt über das Wasser.

»Laß uns ein wenig warten«, sagte Davies. »Wir kommen sowieso zu spät. Wenn sie zur Yacht gehen, werden sie glauben, wir seien an Land.«

»Unsere Straßenkleidung – die liegt herum.«

»Bist du in der Lage zu sprechen?«

»Nein, aber wir müssen. Wir können auch nicht den geringsten Verdacht riskieren.«

»Dann gib mir deinen Riemen, alter Junge, und zieh dir den Mantel über.«

Er löschte die Laterne, steckte sich eine Pfeife an und ruderte langsam weiter, während ich als schlaffer Haufen am Heck saß und meine letzten Willensreserven der Befreiung des Geistes vom müden Fleisch widmete.

Nach etwa zehn Minuten hatten wir den Pier umfahren und

sahen die Marsstenge der Yacht vor dem Himmel. Ich sah auch, daß das Beiboot längsseits lag, und sagte es Davies. Dann steckte ich mir eine Zigarette an und machte den jämmerlichen Versuch zu pfeifen. Davies folgte dem Beispiel und gab eine seltsame Melodie von sich, die ich für »Home, sweet home« hielt, aber er hatte nicht das geringste musikalische Gehör.

»Also, ich glaube, die sind an Bord«, sagte ich. »In der Kabine ist Licht. Ahoi da«, rief ich, als wir herankamen. »Wer ist dort?«

»Guten Abend, mein Herr«, sagte ein Matrose, der die Yacht mit einem Bootshaken von der Pinasse abhielt. »Es ist Fregattenkapitän von Brünings Beiboot. Ich glaube, die Herren möchten mit Ihnen sprechen.«

»Ehe wir antworten konnten, kam vom Deck der Dulcibella der Ruf: »Da sind Sie ja!« Undeutlich tauchte die Gestalt von Brünings am Niedergang auf. Unter Deck war ein Rumoren, das von Brüning mit seiner munteren Begrüßung beinahe übertönt hätte. Unterdessen knarrte der Niedergang unter einer neuen Last, und Dollmann kam herauf.

»Sind Sie's, Herr Davies?« sagte er.

»Hallo, Herr Dollmann«, antwortete Davies, »wie geht's?«

Dazu muß ich erklären, daß wir zwischen Yacht und Pinasse geglitten waren, deren Besatzung uns Platz gemacht hatte. Ihre Steuerbordlaterne war direkt hinter und über uns und warf ihre grünen Strahlen schräg auf das Deck der *Dulcibella*, derweil das Dingi mit uns dazwischen in tiefem Schatten lag. Die ausgeklügeltste Berechnung hätte uns keine günstigeren Bedingungen für einen Augenblick sichern können, den ich immer gefürchtet hatte: die Begegnung zwischen Davies und Dollmann. Der erstere hatte seine Riemen eingezogen und blieb sitzen; halb der Yacht zugewandt, sah er zu seinem Feind hinauf. Kein Zug seines Gesichts war für den letzteren zu erkennen, während diese erbarmungslosen grünen Strahlen – der Leser kennt ihre entstellende Wirkung auf die menschliche Physiognomie – voll auf Dollmanns Gesicht fielen. Es war aus der Nähe mein erster offener Blick auf ihn, und in der Sicherheit meiner dunklen Umgebung weidete ich mich mit dem Luxus eines abergläubischen Abscheus an der fahlen, lächelnden Maske, die sich für ein paar Augenblicke herüberbeugte und auf Davies hinuntersah. Eine der Launen dieses grellen Lichts war, daß es Bart und Schnurrbart auslöschte oder zumindest durchdrang und so die Umrisse von Lippen und Kinn enthüllte, diejenigen Züge also, die Charakterfehler am sichersten verraten, vor allem, wenn das Opfer lächelt. Der Leser beschuldige mich, wenn er will, ich erniedrige mich zu melodramatischer Ausschmückung; er wende ein, meine voreingenommene Einbildung habe zu dem Ergebnis beigetragen; dennoch kann ich nie mehr den Eindruck von einer zur Karikatur übertriebenen boshaften Tücke und niederträchtigen Leidenschaft verwischen, den ich in jenen wenigen Augenblicken erhielt. Eine andere Laune des Lichts war, daß es den Mann mit seinem Porträt, als er noch jünger und bartlos war, auf der Titelseite seines Buches identifizierte; eine weitere, die widerwärtigste und seltsamste von allen, daß es ihn dem reizenden jungen Mädchen sehr ähnlich zeigte, das gestern bei uns gewesen war.

Genug! Nie wieder werde ich so sündigen. In Wahrheit bin ich vielmehr geneigt, über diese Begegnung zu lachen als vor ihr zu schaudern, denn unterdessen war der dritte unserer ungebetenen Gäste mit rasselndem Schnaufen auf die Bühne und ins unirdische Licht getreten wie ein Dämon aus einer Falltür. Und da standen sie in einer Reihe, wie Verbrecher vor der Urteilsverkündung, während wir, die wahren Übeltäter, uns nur Erklärungen anzuhören brauchten. Selbstverständlich waren sie einleuchtend genug. Dollmann, der die Yacht morgens im Hafen gesehen habe, sei auf der Rückkehr von Memmert vorbeigekommen, um uns zum Abendessen einzuladen. Da er an Bord niemanden gefunden und angenommen habe, wir seien an Land, habe er vorgehabt, in der Kajüte eine Nachricht für Herrn Davies zu hinterlassen. Sein Freund, Herr Böhme, ›der ausgezeichnete Ingenieur‹, sei versessen darauf gewesen, sich das kleine Schiff anzusehen, das so weither komme, und er wisse, Davies würde gegen das Eindringen nichts haben. Überhaupt nicht, sagte dieser; ob sie nicht bleiben und einen Drink nehmen wollten? Nein, aber würden wir zum Abendessen in Dollmanns Villa kommen? Mit Vergnügen, sagte Davies, aber wir müßten uns zuerst umkleiden. Bis jetzt waren wir Herr der Lage gewesen, aber nun begann von Brüning, der sich als einziger von den dreien ganz wohlzufühlen schien, mit seiner Gegenoffensive.

»Wo sind Sie gewesen?« fragte er.

»Oh, wir sind ein wenig herumgerudert, nachdem sich der Nebel gelichtet hat«, sagte Davies.

Ich nehme an, er dachte, diese Ausrede würde Zustimmung finden, aber während er sprach, merkte ich zu meinem Entsetzen, daß ein verirrter Lichtstrahl auf dem Knäuel weißer Putzwolle spielte, das eine der beiden Dollen zierte; wir hatten vergessen, dieses verräterische Zubehör zu beseitigen. Deshalb fügte ich hinzu:

»Wieder mal auf Entenjagd.« Dabei hob ich eine der Flinten und ließ das Licht auf dem Lauf aufblitzen. Mir selbst klang meine Stimme heiser und fern in den Ohren.

»Immer Enten«, sagte von Brüning lachend. »Kein Glück, wie ich annehme?«

»Nein«, sagte Davies, »aber nach Sonnenuntergang sollte eine günstige Zeit . . .«

»Wie, bei auflaufender Tide und wasserbedeckten Bänken?«

»Wir haben einige gesehen«, sagte Davies verdrießlich.

»Ich werde Ihnen mal was sagen, mein eifriger junger Jäger, es ist unbesonnen von Ihnen, Ihr Boot bei Dunkelheit ohne Licht vor Anker liegenzulassen. Ich bin an Bord gegangen, Ihre Laterne zu suchen und zu setzen.«

»Oh, danke«, sagte Davies. »Wir haben sie mitgenommen.«

»Um Büchsenlicht zu haben?«

Wir lachten verlegen, und Davies brachte eine wunderschöne deutsche Redewendung zustande, die dem Sinne nach hieß: »Sie könnte sich als nützlich erweisen.« Glücklicherweise blieb es dabei, denn die Lage war bestenfalls angespannt und hätte eine Verlängerung nicht vertragen. Das Beiboot kam wieder längsseits, und die Eindringlinge verließen britischen Boden, wobei sie trotz der kecken Lässigkeit von Brünings wie eine ziemlich niedergeschlagene Gesellschaft aussahen. So sehr niedergeschlagen, daß ich, so heftig meine Unruhe auch war, mir den Mut nahm und Davies – während Herr Böhme umstieg – zuflüsterte: »Bitte Dollmann zu bleiben, während wir uns umkleiden.«

»Warum?« flüsterte er.

»Mach schon.«

»Sagen Sie, Herr Dollmann, möchten Sie nicht bei uns an Bord bleiben, während wir uns umkleiden? Es gibt eine Menge zu erzählen und – und wir könnten mit Ihnen nachkommen, wenn wir fertig sind.«

Dollmann war noch nicht in die Pinasse umgestiegen.

»Mit Vergnügen«, sagte er, aber dann kam ein unheilvolles Schweigen, das von Brüning brach.

»Oh, kommen Sie, Dollmann, lassen Sie die beiden allein«, sagte er brüsk. »Sie würden dort unten nur schrecklich im Wege sein, und wir werden nie zum Abendessen kommen, wenn Sie sie ihr Seemannsgarn spinnen lassen.«

»Und es ist jetzt viertel nach acht«, brummte Böhme aus seiner Ecke hinter dem Windhutzen. Dollmann gab nach und entschuldigte sich; dann dampfte die Pinasse davon.

»Ich glaube, ich kapiere«, sagte Davies, als er mir an Bord half, mich fast hochzog. »Jedoch ziemlich riskant, wie?«

»Ich wußte, sie würden Einspruch erheben – wollte mich nur vergewissern.«

Die Kajüte war genau wie wir sie verlassen hatten, unsere Straßenkleidung unordentlich auf den Kojen, ein oder zwei Schränkchen halb offen.

»Nun, ich frage mich, was sie hier unten gemacht haben«, sagte Davies.

Ich ging sofort ans Bücherregal.

»Fällt dir hier etwas auf?« fragte ich, auf dem Sofa kniend.

»Das Logbuch ist umgestellt worden. Ich schwöre, es stand vorher am anderen Ende.«

»Das macht nichts. Noch etwas?«

»Mein Gott! Wo ist Dollmanns Buch?«

»Es ist zwar hier, aber nicht, wo es sein sollte.« Ich hatte es, wie man sich erinnern wird, über Nacht gelesen und morgens voll ins Blickfeld zwischen die anderen Bücher gestellt. Ich fand es jetzt dahinter eingequetscht, was zeigte, daß jemand, der keine Zeit zu verlieren hatte, es grob nach hinten geschoben hatte.

»Was hältst du davon?« sagte Davies.

Er brachte Longdrinks, und wir gestatteten uns zehn Minuten absoluter Ruhe, lang auf dem Sofa ausgestreckt.

»Die trauen Dollmann nicht«, sagte ich. »Mir ist das schon auf Memmert aufgefallen.«

»Wodurch?«

»Zuerst, als sie über dich und mich redeten. Er mußte sich rechtfertigen und hatte einen Mordsbammel. Böhme bedrängte ihn hart. Dann zum Schluß, als er den Raum verließ, gefolgt von Grimm, der, da bin ich sicher, geschickt wurde, ihn zu beobachten. Während seiner Abwesenheit haben die beiden anderen das Treffen für den Abend des 25. besprochen. Und wieder eben jetzt, als du ihn gebeten hast zu bleiben. Ich glaube, es entwickelt sich alles so, wie ich es mir gedacht habe. Von Brüning und durch ihn Böhme (der ›Bremer Ingenieur‹) kennen die Geschichte von der Abkürzung und vermuten, es war ein Anschlag auf dein Leben. Dollmann darf das nicht zugeben, denn, mal abgesehen von der Moral, könnte ihn nur äußerste Notwendigkeit dazu gebracht haben, das heißt, er weiß, daß du für ihn gefährlich und nicht nur ein neugieriger Fremder warst. Nun, wir kennen sein Motiv, aber die anderen noch nicht. Das beweist die Lage des Buches.«

»Ob *er* es reingeschoben hat?«

»Um zu verhindern, daß sie es sehen. Es gibt keinen denkbaren Grund, daß *sie* es versteckt haben sollten.«

»Das führt uns weiter«, sagte Davies. »Es zeigt, daß sie seinen richtigen Namen kennen. Warum sollte er sonst das Buch reinschieben? Aber sie wissen nicht, daß er ein Buch geschrieben hat und ich ein Exemplar davon besitze.«

»Auf jeden Fall *glaubt* er, daß sie es nicht wissen; mehr können wir noch nicht sagen.«

»Und was denkt er über mich – und dich?«

»Das ist der springende Punkt. Ich wette zehn zu eins, er wird von Zweifeln gemartert und würde eine Menge dafür geben, fünf Minuten mit dir allein sprechen zu können, um zu sehen, wie die Sache steht, und um deine Version von dem Vorfall bei der Abkürzung zu hören. Aber das erlauben sie ihm nicht. Sie wollen ihn in unserer und uns in seiner Gesellschaft beobachten. Du siehst, es wird ein interessantes Wiedersehen für dich und ihn.«

»Nun, dann laß uns diese ekelhaften Sachen anziehen«, stöhnte Davies. »Ich werde noch eben über Bord springen.« Eine wirksame Abwechslung war nötig, und so folgte ich seinem Beispiel, so ungewöhnlich die Stunde für ein Bad auch war.

»Ich glaube, ich weiß, was da vorhin geschehen ist«, sagte ich, als wir uns unter Deck mit rauhen Handtüchern eifrig abrieben. »Sie kamen angedampft und fanden keinen an Bord. ›Ich werde eine Nachricht hinterlassen‹, sagt Dollmann. ›Keine eigenmächtigen Kontakte‹, sagen sie (oder denken sie); ›wir kommen mit und nehmen die Chance wahr, das Wespennest zu inspizieren.‹ Sie gehen hinunter, und Dollmann, der weiß, wonach er als erstes schauen muß, sieht das verdammte Beweisstück, das ihm ins Gesicht starrt. Sie werfen unter anderem beiläufig einen Blick auf das Bücherregal, untersuchen, sagen wir mal, das Logbuch, und er schafft es, das Buch aus dem Blickfeld zu schieben. Aber er konnte es nicht wieder an seinen Platz stellen, als die Unterbrechung durch uns kam. *Dann* hätte es Aufmerksamkeit erregt, und Böhme ging nach ihm aus der Kajüte, wie du weißt.«

»Das ist alles sehr schön«, sagte Davies und hielt in seiner Toilette inne, »aber vermuten sie, wie wir den Tag verbracht haben? Mein Gott! Carruthers, die Karte mit dem ausgeschnittenen Stück, dort ist sie auf dem Gestell.«

»Wir müssen es darauf ankommen lassen und sie mit allen Kräften bluffen«, sagte ich. Tatsache war, ich konnte Davies nicht klarmachen, daß er an diesem Tag etwas sehr Bemerkenswertes vollbracht hatte. Diese vierzehn gewundenen Meilen, blind durchfahren, ganz zu schweigen von der Rückfahrt und meinen Heldentaten, stellten eine Leistung dar, die verwegen und unwahrscheinlich genug war, um jeden Verdacht weit hinter sich zu lassen. Dennoch, von Brünings Neckerei war beunruhigend, und falls ihm oder ihnen auch nur eine dunkle Ahnung über unsere Expedition gekommen war, gab es Möglichkeiten uns zu prüfen. Das zu vereiteln würde unsere ganze Frechheit erfordern.

»Was schaust du da nach?« fragte Davies. Ich war bei der Etappe Kragen und Kragenknopf, hatte aber aufgehört, um den Fahrplan zu studieren, den wir morgens gekauft hatten.

»Jemand besteht darauf, am 25. mit dem Nachtzug nach irgendwo zu kommen«, erinnerte ich ihn. »Böhme, von Brüning und Grimm sollen diesen Jemand abholen.«

»Wo?«

»An einem Bahnhof, ich weiß nicht wo. Sie schienen es als gegeben hinzunehmen. Aber es muß irgendwo an der See sein, denn Böhme sagte, die ›Tide ist günstig‹.«

»Das kann irgendwo zwischen Emden und Hamburg sein.«

»Nein, da gibt es eine Grenze; es ist vermutlich in der Nähe. Grimm soll kommen, und er ist auf Memmert.«

»Hier ist die Karte – Emden und Norddeich sind die einzigen Eisenbahnstationen an der Küste, bis man nach Wilhelmshaven kommt, nein, nach Carolinensiel; aber das ist weit östlich.«

»Und Emden liegt weit südlich. Sagen wir also Norddeich, aber nach diesem Fahrplan kommt kein Zug mehr nach 18.15; das ist schwerlich ›Nacht‹. Wann ist am 25. Hochwasser?«

»Wollen mal sehen – hier heute abend um halb neun; in Norddeich wird es ebenso sein. Also am 25. irgendwann zwischen halb elf und elf Uhr abends.«

»Da kommt aus Leer um 21.22 ein Zug nach Emden, und noch einer aus dem Norden um 22.50.«

»Verläßt du dich auf einen weiteren Nebel?« sagte Davies spöttisch.

»Nein, aber ich möchte wissen, wie unsere Pläne sind.«

»Können wir damit nicht warten, bis diese verfluchte Inspektion vorüber ist?«

»Nein, das können wir nicht; wir würden in Schwierigkeiten kommen.« Das war kein leerer Gemeinplatz, denn ich hatte einen eigenen Plan parat, war jedoch nicht geneigt, ihn Davies darzulegen.

Inzwischen war es Zeit zu gehen, ob wir nun fertig waren oder nicht. Wir ließen die Kajüte wie sie war, änderten nichts und versteckten nichts. Das war der sicherste Kurs, dachten wir, trotz des Risikos einer weiteren Durchsuchung. Aber wie gewöhnlich steckte ich das Tagebuch in meine Brusttasche und vergewisserte mich, daß auch die beiden amtlichen Briefe aus England sicher darinsteckten.

»Was schlägst du vor?« fragte ich, als wir wieder im Dingi waren.

»Es ist ein Fall von ›Kommando zurück!‹ Die Fahrt heute war eine Chance, wie wir sie nie wiederbekommen. Wir müssen auf die Entscheidung von gestern abend zurückkommen, ihnen sagen, daß wir eine Weile bleiben werden. Zur Jagd, werden wir wohl sagen müssen.«

»Und zum Flirten?« schlug ich vor.

»Nun, darüber wissen alle Bescheid. Wir müssen auf eine Chance warten, uns Dollmann im stillen vorzunehmen. Nicht heute abend, denn wir brauchen Zeit, um deine Anhaltspunkte zu erwägen.«

»Erwägen?« sagte ich. »Das ist milde ausgedrückt.«

Wir waren an der Leiter, und wie matt und steif ich war, merkte ich erst, als ich die eiskalten Sprossen berührte, von denen jede einzelne in meinen wunden Händen wie rotglühendes Eisen brannte.

Der verspätete Dampfer lief gerade ein, als wir den Fuß auf den Kai setzten.

»Mein Gott, und dennoch! Warum eigentlich nicht heute abend?« nahm er den Faden wieder auf und ging den Pier hinunter in einem Schritt, dem ich mich nicht anpassen konnte.

»Langsam«, protestierte ich. »Und überhaupt, ich bin ganz und gar dagegen. Ich glaube, der heutige Tag hat unsere Chancen verdoppelt, aber wenn wir unsere Taktik nicht ändern, hat er unser Risiko verdoppelt. Wir stecken in einem zu verwickelten Netz. Mir gefällt diese Inspektion nicht, und ich fürchte diesen schlauen alten Böhme, der sie angeregt hat. Allein die Tatsache ihrer Einladung zeigt, daß wir schlecht dastehen, denn sie kam von Brünings Warnung in Bensersiel zum Trotz und riecht ungewöhnlich nach Verhaftung. Es gibt eine Kluft zwischen Dollmann und den anderen, aber es ist eine kitzlige Sache, unseren Keil da hineinzutreiben. Und was heute abend betrifft, das ist hoffnungslos. Die sind auf der Hut und werden uns keine Chance geben. Und wissen wir schließlich genug? Wir wissen nicht, warum er aus England geflohen und Deutscher geworden ist. Es kann wegen eines Verbrechens gewesen sein, für das er ausgeliefert werden würde, aber vielleicht auch wegen etwas anderem. Nehmen wir an, er trotzt uns. Da ist das Mädchen, weißt du – es bindet uns die Hände; wenn er davon erst einmal Wind bekommt und unsere Schwäche ausnutzt, dann ist das Spiel aus.«

»Worauf willst du hinaus?«

»Wir wollen ihn aus Deutschland weghaben, aber er wird wahrscheinlich eher aufs Ganze gehen als seine Position hier aufgeben. Sein Anschlag auf dich ist der Maßstab für sein Interesse daran. Soll der heutige Tag nun vergeudet werden?« Wir kamen durch die öffentlichen Anlagen, und ich ließ mich auf eine Bank fallen, um einen Augenblick auszuruhen, dürres Laub knisterte unter mir. Davies blieb stehen und trat mit der Schuhspitze nach den Kieselsteinen.

»Wir haben zwei wertvolle Anhaltspunkte«, fuhr ich fort;

»das Treffen am 25. ist einer und der Name Esens der andere. Wir können sie bis in alle Ewigkeit erwägen; ich bin dafür, sie zur Grundlage unseres Handelns zu machen.«

»Wie?« sagte Davies. »Wir stehen hier im Scheinwerferlicht, und wenn wir erwischt ...«

»Dein Plan – ah! – ist so riskant wie meiner, sogar riskanter«, erwiderte ich und stand mit einem Ruck auf, denn ein krampfartiger Schmerz hatte mich ergriffen. »Wir müssen uns trennen«, fügte ich hinzu, als wir weitergingen. »Wir wollen ihnen mit einem Schlag beweisen, daß wir harmlos sind, und zugleich einen neuen Anfang machen. Ich fahre zurück nach London.«

»Nach London!« sagte Davies. Wir standen gerade unter einer Bogenlampe, und wäre es nach der Bestürzung gegangen, die sich auf seinem Gesicht zeigte, hätte ich Kamtschatka sagen können.

»Nun, schließlich sollte ich dort ja wohl in diesem Moment sein«, stellte ich fest.

»Ja, ich vergaß. Und ich?«

»Du kannst ohne mich nicht weitermachen, also legst du die Yacht hier auf – läßt dir Zeit.«

»Während du ...«

»Nachdem ich über Dollmanns Vergangenheit Erkundigungen eingezogen habe, werde ich als ein anderer wiederkommen und die Anhaltspunkte verfolgen.«

»Da wirst du dich beeilen müssen«, sagte er zerstreut.

»Ich kann es noch rechtzeitig zum 25. schaffen.«

»Wenn du sagst ›Erkundigungen einziehen‹«, fuhr er fort, »dann hoffe ich, du meinst nicht, daß du andere Leute auf seine Spur setzen willst.«

»Er ist jagdbares Wild!« konnte ich mir nicht verkneifen zu sagen, denn es gab Augenblicke, in denen ich mich über das gewissenhafte Festhalten an unserer aufopfernden Aufgabe erzürnte.

»Das Wild gehört uns oder keinem«, sagte Davies scharf.

»Oh, ich werde das Geheimnis hüten«, lenkte ich ein.

»Laß uns zusammenbleiben«, brach er aus. »Ich werde ohne dich alles verpfuschen. Und wie sollen wir miteinander in Verbindung bleiben – uns treffen?«

»Irgendwie – das kann warten. Ich weiß, es ist ein Sprung ins Dunkle, aber in der Dunkelheit liegt Sicherheit.«

»Carruthers! Was reden wir hier überhaupt? Wenn die auch nur den Schatten einer Ahnung haben, wo wir heute gewesen sind, dann verrätst du uns, wenn du dich nach London absetzt. Die werden glauben, wir kennen ihr Geheimnis und machen uns davon, um Gebrauch davon zu machen. *Das* bedeutet Verhaftung, wenn du so willst.«

»Pessimist! Habe ich nicht beglaubigte schriftliche Beweise in der Tasche – offizielle Briefe, die mich zurückrufen, heute erhalten? Um so weniger ist es eine Täuschung, als diese Briefe ja geöffnet worden sein könnten; geschickt gemacht, ist es unmöglich, das festzustellen. Wenn man im Zweifel ist, soll man die Wahrheit sagen!«

»Es ist seltsam, wie oft sich das bei diesem Spionagegeschäft auszahlt«, sagte Davies nachdenklich.

Wir waren unter dem Glanz elektrischen Lichts durch menschenleere Straßen gegangen, ich mit bleiernem Schlurfen, er zielbewußt in vorgebeugter Haltung und mit schwingenden Armen, was seine übliche Gangart an Land war.

»Nun, wie entscheidest du dich?« sagte ich. »Hier ist die Vicco-von-Bülow-Allee.«

»Mir gefällt das nicht«, sagte er, »aber ich vertraue deinem Urteil.«

Wir bogen langsam in die Straße ein und gingen noch einige letzte Punkte durch, bei denen eine vorherige Absprache erforderlich war. Als wir schon direkt vor dem Tor der Villa waren, sagte ich: »Lege dich auf keinen Termin fest, sage nichts, das dich daran hindert, mit der Yacht im Wasser noch mindestens eine Woche hierzubleiben.« Und als wir an der Tür warteten, damit man uns auf unser Klingeln hin öffnete, war mein letztes Wort: »Kümmere dich nicht darum, was *ich* sage. Wenn uns die Dinge verdächtig vorkommen, werden wir unser Schiff vielleicht leichtern müssen.«

»Leichtern?« flüsterte Davies. »Oh, ich hoffe, ich mache keinen Blödsinn.«

»Ich hoffe, ich bekomme keinen Krampf«, murmelte ich mit zusammengebissenen Zähnen.

Man wird sich erinnern, daß Davies noch nie in der Villa gewesen war.

## 24. Kapitel
## *Der Impaß*

Die Tür eines Zimmers im Erdgeschoß wurde uns von einem Diener geöffnet. Als wir eintraten, hörte das Klavier auf zu klirren, und eine heiße Woge von Gerüchen, gemischt mit Zigarrenqualm, stieg mir in die Nase. Als erstes sah ich über Davies' Schulter hinweg, als er vor mir ins Zimmer ging, eine Frau – die Quelle des Parfüms, entschied ich –, die sich vom Klavier abwandte, als er vorbeiging, und ihn von oben bis unten mit geringschätziger Vertraulichkeit musterte, die ich ihr sofort erbittert verübelte. Sie trug ein Abendkleid, auffällig in Schnitt und Farbe; besaß eine gewisse überschwengliche Schönheit, die nicht ganz der Natur zuzuschreiben war, und einen ansehnlichen Mangel an Bildung. Ein nächster Blick zeigte mir Dollmann, der ein Glas Weinbrand hinstellte und sich mit einem gewissen Erschrecken aus einem tiefen Sessel erhob; ein weiterer fiel auf von Brüning, der zurückgelehnt in einer Ecke des Sofas saß und rauchte; auf demselben Sofa in der anderen Ecke war – ja, selbstverständlich war sie es – Clara Dollmann; aber wie die Umgebung einen Menschen verändern kann! mußte ich unwillkürlich denken. Ansonsten stellte ich fest, daß das Zimmer prunkhaft ausgestattet und stickig von Ofenwärme war. Davies steuerte direkten Kurs auf Dollmann und schüttelte ihm mit geschäftsmäßiger Entschlossenheit die Hand. Dann kreuzte er zum Sofa hinüber und überließ mich dem Feind.

»Herr ...« sagte Dollmann.

»Carruthers«, sagte ich deutlich. »Ich war vorhin bei Davies im Boot, aber ich glaube, er hat mich nicht vorgestellt. Und jetzt hat er es wieder vergessen«, fügte ich trocken hinzu und schaute zu Davies hinüber, der, nachdem er Fräulein Dollmann erreicht hatte, seinen Blick unsicher von ihr auf Dollmann richtete, ein Bild sprachloser Verlegenheit. (Der Fregattenkapitän nickte mir zu und rekelte sich gähnend.)

»Von Brüning hat mir von Ihnen erzählt«, sagte Dollmann und beachtete meine Anspielung nicht, »aber ich war mir des Namens nicht sicher. Nein, es war nicht der Augenblick für

Formalitäten, nicht wahr?« Er lachte plötzlich freudlos auf. Ich hielt ihn für erregt und reizbar; dennoch, bei Lichte betrachtet, war er in gewisser Hinsicht eine angenehme Überraschung. Die bemerkenswerte Kopfform vermittelte den Eindruck von intellektueller Kraft und rastloser, beinahe wahnsinnig rastloser Energie.

»Was soll's?« sagte ich. »Ich habe schon so viel von Davies – und von Fregattenkapitän von Brüning – über Sie gehört, daß wir schon alte Freunde zu sein scheinen.«

Er warf mir einen zweifelnden Blick zu, und vom Klavier her kam eine Ablenkung.

»Und nun laßt uns, um Himmels willen, Herrn Böhme beim Abendessen Gesellschaft leisten!« rief die Herrin.

»Ich möchte Sie meiner Frau vorstellen«, sagte Dollmann.

Dies war also die Stiefmutter; unverkennbar eine Deutsche, möchte ich hinzufügen.

Ich machte meine Verbeugung und wurde ähnlich offen wie Davies einer Musterung unterzogen, nur fiel sie für mich freundlicher aus und endete mit einem Lächeln auf karminroten Lippen.

Alles setzte sich in Bewegung, und es folgten weitere Vorstellungen. Davies wurde zur Stiefmutter geführt, und ich selbst fand mich mit beschleunigtem Puls und dem plötzlichen Gefühl für kommende zusätzliche Verwicklungen der Tochter gegenübergestellt. Selbstverständlich war ich entschlossen, unsere gestrige Begegnung zu ignorieren, und hatte angenommen, sie würde es auch tun. Und sie tat es; wir begegneten einander wie völlig Fremde; ich wagte auch nicht (denn andere Blicke lagen auf uns), ihr irgendein Zeichen des Verständnisses zu übermitteln. Aber im nächsten Augenblick fragte ich mich, ob ich nicht in eine Falle geraten sei. Sie hatte versprochen, nichts zu erzählen, aber unter welchen Umständen? Wieder sah ich die Szene: das diesige Watt, das schmucke kleine Segelboot und seine reizende junge Herrin, frisch wie eine Blume im Tau, aber bleich und zermürbt von einer entsetzlichen Angst, an meine Ehre appellierend, alles zu tun, damit wir drei uns nie wiedersähen. Sie hatte versprochen zu schweigen, und zwar ebenso in ihrem wie in unserem Interesse, unter der stillschweigenden Bedingung, daß wir ihren Vater nicht träfen, was ich allerdings nicht zugesagt hatte. Die Bedingung war verletzt, nicht durch ihre oder unsere Schuld, aber sie war verletzt. Es stand ihr frei, ihrem Vater gegen uns zu helfen, und half sie ihm nun? Mich beunruhigte die Veränderung an ihr, daß sie – wie kann ich es nur sagen, ohne zu kränken? – weniger im Gegensatz zu ihrer Umgebung stand, als ich erwartet hätte. In Kleid, Haltung und Benehmen gab sie zu sehr den Stil der anderen Frau wieder; tatsächlich entsprach sie in etwa meiner ursprünglichen Vorstellung von ihr, die ich Davies gegenüber so brutal geschildert hatte und die sich dann, wie ich glaube, als so außerordentlich falsch erwiesen hatte. Bei der üblen Verblüffung, die mir diese Entdeckung bescherte, sah ich, das darf ich wohl sagen, so dumm aus wie vorher Davies, und noch dümmer, denn die stickige Hitze des Zimmers und seine vergiftete Atmosphäre, die so schnell auf die gesunde, beißende Kälte der Luft draußen folgten, verursachten bei mir eine Schwäche, in der dieses moralische Hindernis meine Kampfkraft noch lähmte. Auf von Brünings Gesicht lag ein höhnisches Lächeln, unter dem ich zusammenzuckte; und als ich mich umdrehte, starrte mich ein weiteres Augenpaar an, das von Böhme, dessen untersetzte Gestalt an einer Falttür zum Nebenzimmer aufgetaucht war. Die Serviette in der Hand nahm er die Szene vor sich mit selbstgefälligem Wohlwollen, aber außerordentlichem Scharfsinn in sich auf. Mir fiel sofort eine schwache rote Strieme auf, die sich vom Elfenbein des kahlen Kopfes abhob; ich hatte zu oft an der gleichen Stelle gelitten, um nicht zu wissen, daß sie vom Eingang zu unserer Kajüte herrührte.

»Böhme, dies ist der andere junge Forscher«, sagte von Brüning. »Herr Davies hat ihn vor einem Monat gekapert und solange schikaniert und hungern lassen, bis er sich unterwarf; die beiden werden gemeinsam noch absaufen. Ich glaube, seine Leiden sind schrecklich gewesen.«

»Seine Leiden sind vorüber«, erwiderte ich. »Ich habe gemeutert – bin desertiert. Stimmt's Davies?« Ich ertappte Davies, wie er feierlich und taktlos Fräulein Dollmann anstarrte.

»Oh, wie?« stammelte er. Ich erklärte es ihm auf englisch. »Oh, ja, Carruthers hat zu gehen heim«, sagte er in seinem Kauderwelsch.

Alle schwiegen für eine kurze Weile, nicht einmal von Brüning hatte eine spöttische Bemerkung parat.

»Also, werden wir denn nie zum Essen kommen!« sagte die

Frau des Hauses ungeduldig, und damit gingen wir alle auf die Falttür zu. Bis jetzt war alles fast ohne Förmlichkeit abgelaufen, und im Eßzimmer war noch weniger davon zu merken. Böhme setzte sein Mahl mit Appetit fort; wir anderen nahmen anscheinend nach Belieben Platz, doch es gab eine Sitzordnung. Dollmann saß am einen Ende der kleinen Tafel, rechts von ihm Davies und links Böhme; Frau Dollmann befand sich am anderen Ende mit mir an ihrer rechten und von Brüning an ihrer linken Seite. Fräulein Clara als siebente Person saß zwischen dem Fregattenkapitän und Davies an der mir gegenüberliegenden Seite. Da keine Diener kamen, bedienten wir uns selbst. Ich habe eine vage Erinnerung an verschiedene ausgezeichnete Gerichte und eine deutliche an eine Fülle von Wein. Jemand füllte mein Glas mit Champagner, und ich gestehe, daß ich es mit ehrlicher Gier leerte, wobei ich den Künstler segnete, der seinen Geist hervorgelockt, die Frucht, die ihn beherbergt, und die Sonne, die sie gewärmt hatte.

»Warum reisen Sie so plötzlich?« fragte von Brüning mich über den Tisch hinweg.

»Hatte ich Ihnen nicht gesagt, daß wir hier wegen einiger Briefe vorbeikommen mußten? Ich erhielt sie heute morgen und damit unter anderem die Aufforderung, zur Arbeit zurückzukehren. Selbstverständlich muß ich gehorchen.« (Ich merkte, daß ich auf eisiges Schweigen traf.) »Ärgerlich ist daran nur, daß zwei Briefe da waren und ich, wäre ich nur zwei Tage früher gekommen, nur den ersten erhalten hätte, der eine Urlaubsverlängerung gewährte.«

»Sie sind sehr gewissenhaft. Wie sollte man es erfahren?«

»Ah, aber der zweite war ziemlich dringend.« Wieder unbehagliches Schweigen, das Dollmann brach.

»Übrigens, Herr Davies«, begann er, »sollte ich mich bei Ihnen entschuldigen ...«

Dies ging mich nichts an, und je weniger Interesse ich zeigte, desto besser. Deshalb wandte ich mich Frau Dollmann zu und verwünschte den Nebel.

»Sind Sie den ganzen Tag über im Hafen gewesen?« fragte sie. »Wie kommt's, daß Sie uns dann nicht besucht haben? War Herr Davies so schüchtern?« (Neugier oder Arglist?)

»Ganz im Gegenteil, aber ich war es«, antwortete ich kühl. »Sehen Sie, wir wußten, daß Herr Dollmann fort war, und wir sind wirklich nur wegen der Briefe hierhergekommen; außerdem kannten wir Ihre Adresse nicht.« Ich sah Clara an und stellte fest, daß sie, unser kleines Zwiegespräch anscheinend nicht hörend, sich fröhlich mit von Brüning unterhielt.

»Die hätte Ihnen jeder sagen können«, sagte die Frau und zog die Augenbrauen hoch.

»Das gebe ich zu, aber unmittelbar nach dem Frühstück kam der Nebel und – nun, man kann eine Yacht nicht im Nebel alleinlassen«, sagte ich mit berufsmäßiger Gründlichkeit.

Von Brüning spitzte die Ohren. »Ich lasse mich hängen, wenn das Ihre Maxime war«, sagte er lachend. »Sie sind viel zu gern an Land!«

Ich warf ihm einen protestierenden Blick zu, als wollte ich sagen: »Welchen Sinn hat Ihre Warnung, wenn Sie mich nicht danach handeln lassen?«

Denn selbstverständlich waren meine Ausreden hauptsächlich dazu bestimmt, daß sie ihm und Fräulein Dollmann schmeckten. Wenn die Dame, an die ich sie richtete, sie ungenießbar fand, dann war es nicht meine Schuld.

»Dann haben Sie den ganzen Tag über in der erbärmlich kleinen Kajüte gesessen?« beharrte sie.

»Den ganzen Tag«, sagte ich ehern. »Das war am sichersten.« Und wieder sah ich Fräulein Dollmann offen und ehrlich an. Unsere Blicke trafen sich; sie senkte ihren sofort; ich konnte gerade noch etwas daraus erfahren. Denn wenn ich jemals Schmerz unter einer Maske gesehen habe, dann auf ihrem Gesicht. Nein, sie hatte nichts gesagt.

Ich glaube, ich verwirrte ihre Stiefmutter, die mit ihren weißen Schultern zuckte und sagte, in diesem Fall frage sie sich, warum wir es gewagt hätten, unser kostbares Boot allein zu lassen und zum Abendessen zu kommen. Wenn wir die friesischen Nebel so gut kennen würden wie sie ...

Oh, legte ich dar, so ängstlich seien wir nun auch wieder nicht, und was ein Abendessen an Land betreffe, wenn sie nur wüßte, welch spartanisches Leben wir führten ...

»Oh, um Gottes willen, erzählen Sie mir nichts davon!« rief sie und schnitt eine Grimasse. »Ich hasse es, wenn man Yachten auch nur erwähnt. Wenn ich daran denke, wie ich mit der furchtbaren *Medusa* von Hamburg gekommen bin ...« Ich schenkte ihr nur halbe Aufmerksamkeit und lauschte mit einem

Ohr angespannt der Entwicklung zu meiner Rechten. Davies, das wußte ich, steckte mittendrin und war nicht gerade glücklich unter dem Blick Böhmes, aber er hielt sich mannhaft. »Meine Schuld« ... »plötzlich Bö« ... »ganz ungefährlich« waren einige Brocken, die ich aufschnappte; zu meinem Schrecken stellte ich jedoch fest, daß er versuchte, mit Brotkrumen und Tafelmessern etwas graphisch darzustellen. Das Gespräch schien einen peinlichen Ausgang zu nehmen, und plötzlich wandte sich Böhme, der rechts von mir saß, an mich. »Sie fahren morgen früh nach England?« fragte er.

»Ja«, antwortete ich, »ich glaube, um Viertel nach acht geht ein Dampfer.«

»Das ist gut. Wir werden Reisegefährten sein.«

»Fahren Sie auch nach England?« fragte ich mit sehr bösen Ahnungen.

»Nein, nein! Ich muß nach Bremen, aber wir werden dann bis – Sie fahren über Amsterdam, wie ich vermute? –, bis Leer gemeinsam reisen. Das wird sehr angenehm werden.« Ich bildete mir ein, daß in seinem Ton ein teuflisches Behagen lag.

»Sehr«, stimmte ich zu. »Sie sind also nur zu einem kurzen Aufenthalt hier?«

»So lange wie gewöhnlich. Ich besichtige die Arbeiten auf Memmert etwa einmal im Monat, bleibe über Nacht bei meinem Freund Dollmann und seiner reizenden Familie« – er blickte grinsend in die Runde – »und fahre zurück.«

Ob mein nächster Schritt richtig oder falsch war, werde ich nie erfahren, jedenfalls folgte ich einem starken Instinkt. »Memmert«, sagte ich, »erzählen Sie mir mehr über Memmert. Wir haben eine ganze Menge darüber von Fregattenkapitän von Brüning gehört, aber ...«

»Er war hoffentlich verschwiegen«, sagte Böhme.

»Er hat aufgehört, als es am interessantesten wurde.«

»Was ist das da über mich?« mischte sich von Brüning ein.

»Ach, ich sagte, wir brennen darauf, mehr über Memmert zu erfahren, nicht wahr, Davies?«

»Oh, ich weiß nicht«, sagte Davies, offensichtlich entsetzt über meine Verwegenheit, aber das machte mir nichts aus. Wenn er mir die Kartenhand verdarb, um so besser; ich beabsichtigte, ihm seine zu verderben.

»Sie haben uns eine Menge Geschichte beigebracht, Fregattenkapitän, aber Sie haben sie nicht auf den heutigen Stand gebracht.« Das Dreierbündnis lachte, Dollmann schallend.

»Und?« sagte von Brüning. »Ich habe Ihnen sehr gute Gründe genannt, in die Sie sich gefügt haben.«

»Und jetzt versucht er, *mich* auszuholen«, sagte Böhme mit seinem krächzenden Kichern.

»Warten Sie mal, mein Herr, ich habe dafür eine Entschuldigung. Der Fregattenkapitän war nicht nur geheimnisvoll, sondern er war auch ungenau. Ich wende mich an Sie, Herr Dollmann, denn es betraf Sie. Als wir ihn in Bensersiel trafen, fragte ihn Davies, ob Sie daheim seien, worauf er es verneinte. Wann Sie denn zurückkommen würden? Vermutlich bald, aber wann, wisse er nicht.«

»Oh, das hat er gesagt?« sagte Dollmann.

»Nun, nur drei Tage später kommen wir nach Norderney und stellen fest, daß Sie am selben Tag zurückgekommen und nach Memmert gefahren sind. Übrigens wieder einmal der rätselhafte Memmert. Aber jetzt wird es noch rätselhafter, denn am Abend statten nicht nur Sie und Herr Böhme ...«

»Welcher Scharfsinn!« sagte von Brüning lachend.

»... sondern auch Fregattenkapitän von Brüning uns in seinem Beiboot einen Besuch ab, und alle kommen Sie von Memmert!«

»Und daraus schließen Sie?« sagte von Brüning.

»Nun, daß Sie in Bensersiel – vor drei Tagen – gewußt haben müssen, wann Herr Dollmann wiederkommt, da Sie für heute eine Verabredung mit ihm auf Memmert hatten.«

»Was ich vor Ihnen geheimhalten wollte?«

»Ja. Und darum bin ich so neugierig; es ist einzig Ihre Schuld.«

»So scheint's zu sein«, sagte er mit gespielter Zerknirschung. »Aber füllen Sie Ihr Glas und sprechen Sie weiter. Warum sollte ich Sie täuschen wollen?«

»Das möchte ich ja gerade wissen. Kommen Sie, bekennen Sie. War heute nicht etwas Wichtiges auf Memmert im Gange? Etwas, das mit Gold zu tun hat? Haben Sie es untersucht, sortiert, gewogen oder was? Sie haben es insgeheim zum Festland gebracht?«

»Ein wohl nicht besonders geeigneter Tag dazu. Aber langsam, Herr Carruthers, angeln Sie ja nicht nach Eingeständnissen. Wer hat gesagt, wir hätten Gold gefunden?«

»Nun, haben Sie?«

»Schon besser! Nichts ist so gut wie Freimut, mein junger Forscher. Da ich jedoch keine Befugnis habe, fürchte ich, daß ich Ihnen überhaupt nicht helfen kann. Versuchen Sie es lieber wieder bei Herrn Böhme. Ich bin nur zufälliger Zuschauer.«

»Mit Anteilen!«

»Ah, daran erinnern Sie sich? (Er erinnert sich an alles!) Also dann mit einigen Anteilen, aber ohne sachverständige Kenntnisse. Nun, Böhme ist der technische Berater. Retten Sie mich, Böhme!«

»Sachverständige Kenntnisse kann ich nicht leugnen«, sagte Böhme mit humorigem Ernst, »aber ich leugne die Verantwortung. Nun, Herr Dollmann ist Vorsitzender der Gesellschaft.«

»Und ich«, sagte Dollmann mit lautem Lachen, »muß mich zurückziehen auf die Anteilseigner, deren Interessen ich zu schützen habe. Bei diesen vertraulichen Angelegenheiten kann man nicht vorsichtig genug sein.«

»Hier ist einer, der seine Zustimmung gibt«, sagte ich. »Kann er die anderen nicht vertreten?«

»Erpreßt durch Folter«, sagte von Brüning. »Ich widerrufe.«

»Machen Sie sich nichts aus denen, Herr Carruthers«, rief Frau Dollmann, »die ziehen Sie nur auf. Aber ich werde Ihnen einen Wink geben: keine Frau kann ein Geheimnis . . .«

»Ah!« rief ich triumphierend. »Sie sind dort gewesen?«

»Ich? Ich nicht, ich verabscheue die See! Aber Clara war dort.« Alle sahen Clara an, die ihrerseits in naiver Verwirrung von mir zu ihrem Vater sah.

»Wirklich?« sagte ich etwas nüchterner. »Aber vielleicht kann sie nicht frei entscheiden, ob sie sprechen soll.«

»Vollkommen frei!« sagte Dollmann.

»Ich bin erst einmal dort gewesen, vor einiger Zeit«, sagte sie, »und habe überhaupt kein Gold gesehen.«

»Unter Aufsicht«, bemerkte ich. »Verzeihen Sie, ich meine, vielleicht haben Sie nur das gesehen, was man Ihnen gestattete. Und auf jeden Fall hat das Fräulein weder sachverständige Kenntnisse noch Verantwortung und vielleicht auch keine Anteile. Ihr Fachgebiet ist der Liebreiz, und nicht, finanzielle Geheimnisse zu wahren.«

»Ich habe mein Bestes getan, Ihnen zu helfen«, sagte die Stiefmutter.

»Sie sind alle gegen uns, Davies.«

»Oh, gib's auf, Carruthers«, sagte Davies auf englisch.

»Er ist unersättlich«, sagte von Brüning. Dann schwiegen alle; es war klar, sie wollten noch mehr herausbekommen.

»Gut, ich werde meine eigenen Schlüsse ziehen«, sagte ich.

»Das ist interessant«, sagte von Brüning. »In welcher Hinsicht?«

»Mir beginnt es zu dämmern, daß Sie uns in Bensersiel zum Narren gehalten haben. Erinnerst du dich nicht, Davies, welches Interesse er an allem hatte, was wir taten? Ich frage mich, ob er fürchtete, unser Forscherdrang könne uns vielleicht nach Memmert führen.«

»Auf mein Wort, dies ist finsterster Undank. Ich dachte, ich hätte mich Ihnen gegenüber besonders liebenswürdig gezeigt.«

»Ja, wirklich, besonders wegen der Entenjagd! Wie nützlich Ihr Mann aus der Gegend gewesen wäre – für uns und für Sie!«

»Weiter«, sagte der Fregattenkapitän gelassen.

»Warten Sie mal; ich überlege.« Und todernst dachte ich über all meinen Leichtsinn nach, als ich die Hände an die glühende Stirn legte und mich fragte, wann ich mit diesem zwar verführerischen aber gefährlichen Schwindel aufhören sollte. Zu weit gehen hieß völlige Bloßstellung herausfordern, zu früh aufhören war ebenfalls gefährlich.

»Wovon spricht er, und warum geht diese lächerliche Geheimnistuerei weiter?« fragte Frau Dollmann.

»Ich dachte an dieses Abendessen und wie es zustandegekommen ist«, fuhr ich langsam fort.

»Sie haben keinen Grund zur Beschwerde, hoffe ich?« sagte Dollmann.

»Selbstverständlich nicht! Improvisierte gesellschaftliche Zusammenkünfte sind immer die angenehmsten, und diese war köstlich improvisiert. Nun wette ich, daß ich weiß, wie es dazu kam! Haben Sie auf Memmert nicht über uns gesprochen? Und hat nicht einer vorgeschlagen ...«

»Man könnte fast glauben, Sie seien dort gewesen«, sagte Dollmann.

»Sie können Ihrem scheußlichen Klima danken, daß wir nicht dort waren«, erwiderte ich lachend. »Aber wie ich bereits sagte, hat nicht einer von Ihnen vorgeschlagen – wer wohl? –, nun, ich glaube, es war nicht der Fregattenkapitän ...«

»Warum nicht?« sagte Böhme.

»Es ist schwer zu erklären – sagen wir, es ist Intuition –, ich bin sicher, er ist für uns eingetreten. Und ich glaube nicht, daß es Herr Dollmann war, weil er Davies bereits kennt und immer auf der Hut ist. Um es kurz zu machen, ich schwöre, es war Herr Böhme, der morgen früh abreist und keinen von uns je gesehen hatte. Sie waren es, der vorgeschlagen hat, man solle uns zum Essen heute abend einladen – zur Inspektion?«

»Inspektion?« sagte Böhme. »Welch merkwürdiger Gedanke!«

»Sie können es jedoch nicht leugnen! Und noch etwas, vorhin im Hafen – nein, das geht zu weit; ich würde Sie ungeheuer beleidigen.« Ich stieß ein herzliches Lachen aus.

»Kommen Sie, heraus damit! Ihre Halluzinationen sind ergötzlich.«

»Wenn Sie darauf bestehen, aber dies ist eine ziemlich delikate Angelegenheit. Sie wissen, daß wir ein wenig überrascht waren, Sie alle an Bord anzutreffen. Und haben Sie, Herr Böhme, schon immer ein so tiefes Interesse an kleinen Yachten gehabt? Ich fürchte, unsere haben Sie mit einem gewissen Opfer an Bequemlichkeit inspiziert.« Und ich warf einen Blick auf das Zeichen, das er von der Begegnung mit unserem Türsturz trug. Verhaltene Fröhlichkeit brach aus, an der Dollmann den lautesten Anteil hatte.

»Ich habe Sie gewarnt, Böhme«, sagte er. Der Ingenieur nahm den Scherz, so gut es ging, hin.

»Wir müssen uns bei Ihnen entschuldigen«, gab er zu.

»Nicht der Rede wert«, sagte Davies.

»*Er* hat nichts dagegen«, sagte ich, »ich bin der Gekränkte. Ich bin sicher, Sie haben Davies nie mißtraut – wer könnte das auch?« (Wer könnte das wirklich? Hier befand ich mich auf festem Boden.) »Der springende Punkt ist, wofür haben Sie *mich* gehalten?«

»Vielleicht halten wir Sie immer noch dafür«, sagte von Brüning.

»Oho! Immer noch mißtrauisch? Treiben Sie mich nicht zum Äußersten.«

»Zu welchem Äußersten?«

»Wenn ich wieder in London bin, werde ich zu Lloyd's Versicherungen gehen! Ich habe den schwachen Punkt in Ihrem Besitztitel nicht vergessen.« Es herrschte beeindruckendes Schweigen.

»Meine Herren«, sagte Dollmann mit übertriebener Feierlichkeit, »wir müssen uns mit diesem furchtbaren jungen Mann auf Bedingungen einigen. Was sagen Sie?«

»Bringen Sie mich nach Memmert«, rief ich aus. »Das sind meine Bedingungen!«

»Sie nach Memmert bringen? Aber ich dachte, sie reisten morgen nach England.«

»Das sollte ich auch, aber dafür bleibe ich.«

»Sie sagten, es sei dringend. Ihr Gewissen ist sehr weit.«

»Das ist meine Angelegenheit. Werden Sie mich nach Memmert bringen?«

»Was meinen Sie, meine Herren?« sagte Böhme kopfnickend. »Ich glaube, wir sind eine Entschädigung schuldig. Dann unter dem Versprechen strengster Geheimhaltung?«

»Selbstverständlich, da Sie mir jetzt trauen. Aber Sie zeigen mir alles – auf Ehrenwort –, Wrack, Niederlassung, alles?«

»Alles. Wenn Sie nichts gegen einen Taucheranzug einzuwenden haben.«

»Sieg!« rief ich triumphierend. »Wir haben unsere Absicht durchgesetzt, Davies. Und jetzt, meine Herren, macht es mir nichts aus zu sagen, daß Schluß ist mit dem Spaß, soweit es mich betrifft; trotz Ihres freundlichen Angebots muß ich morgen unter den Fittichen des guten Herrn Böhme nach England aufbrechen. Und falls Sie mein weites Gewissen beunruhigt (denn ich sehe, Sie halten mich für eine wendische Person), hier sind die Briefe, die ich heute morgen erhalten habe; sie bestätigen meine Identität als einen bescheidenen, aber achtbaren Angestellten im britischen Öffentlichen Dienst, der von einem tyrannischen Vorgesetzten aus dem Urlaub geholt wird.« (Ich holte die Briefe hervor und warf sie Dollmann hin.) »Ah, Sie lesen vielleicht nicht so gut Englisch? Ich möchte sagen, Herr Böhme kann es.«

Ich ließ Böhme nach Herzenslust und unbeobachtet Daten, Poststempel und Inhalt prüfen und wandte mich meiner schönen Nachbarin zu, die darüber klagte, daß ihr im Kopf alles rundherum gehe, was kein Wunder war. Aber in diesem Augenblick und sehr zu meinem Erstaunen mischte sich Davies ein.

»Ich würde gern nach Memmert gehen«, sagte er.

»Sie?« sagte von Brüning. »Nun, das überrascht mich aber.«

»Aber du wirst doch ebenfalls nicht hierbleiben, Davies«, wandte ich ein.

»Doch, ich werde«, antwortete er. »Ich habe dir doch gesagt, daß ich bleiben würde. Wenn du mich so im Stich läßt, muß ich Zeit haben, mich umzusehen.«

»Sie brauchen nicht so zu tun, als könnten Sie nicht allein segeln«, sagte von Brüning.

»Zu zweit macht es mehr Spaß; ich denke, ich werde einem anderen Freund telegrafieren. Inzwischen möchte ich mir Memmert ansehen.«

»Das ist doch nur eine Ausrede«, sagte ich.

»Ich möchte auch Enten schießen«, fuhr Davies errötend fort. »Ich habe es immer vorgehabt. Und Sie haben versprochen, mir dabei zu helfen, Fregattenkapitän.«

»Jetzt können Sie sich nicht drücken«, sagte ich lachend.

»Gewiß nicht«, sagte der unbewegt, »aber ich würde Herrn Davies ehrlich raten, das Beste aus diesem guten Wetter zu machen, wenn er in dieser Jahreszeit noch jemals heimkommen will.«

»Es ist zu gut«, sagte Davies. »Ich ziehe Wind vor. Wenn kein Freund kommen sollte, glaube ich, werde ich mit dem Segeln aufhören, die Yacht hierlassen und im nächsten Jahr wiederkommen.«

Die Verbündeten tauschten bedeutsame Blicke aus.

»Sie können sie in meiner Obhut lassen«, sagte Dollmann, »und morgen mit Ihrem Freund abreisen.«

»Danke, aber das hat keine Eile«, sagte Davies und errötete tiefer als je. »Mir gefällt Norderney – und wir könnten in Ihrem Dingi noch einmal miteinander segeln, Fräulein Dollmann«, platzte er heraus.

»Ich danke Ihnen«, sagte sie mit der tiefen, nüchternen Stimme, die ich gestern gehört hatte, »aber ich glaube, ich werde nicht mehr segeln – es wird zu kalt.«

»Oh, nein«, sagte Davies, »es ist hervorragend.« Aber sie hatte sich von Brüning zugewandt und nahm keine Notiz.

»Nun, dann sende mir einen Bericht über Memmert, Davies«, sagte ich lachend mit dem Gedanken, die Aufmerksamkeit von seiner Abfuhr zu lenken. Aber Davies, der seine Seele nun einmal erleichtert hatte, schien seine Schüchternheit abgelegt zu haben und starrte mit dem gelassenen, hartnäckigen Ausdruck, den ich so gut an ihm kannte, nur seine Nachbarin an. Das war das Ende dieser heiklen Themen, und fröhliche Geselligkeit griff um sich.

Guter Wein und gute Stimmung sind mir nie gleichgültig gewesen, und es lag auch nicht an zu wenigen Aufforderungen, daß ich so sparsam wie möglich trank und mich fröhlicher gab, als mir wirklich zumute war. Gewiß waren es auch nicht irgendwelche subtilen Bedenken in bezug auf den Charakter der Herren, deren Gastfreundschaft wir genossen – Bedenken, von denen, wie ich wußte, Davies befallen war. Er aß sehr wenig und trank nichts. Auf jeden Fall war er unerschütterlich in solchen Angelegenheiten und würde, da bin ich ganz sicher, jederzeit unsere Speisen mit Petroleumgeschmack dem besten Essen auf der Welt vorgezogen haben. Es war eine sehr gesunde Vorsicht, die mich warnte, das beste je von menschlichem Geist erfundene Gehirntonikum zu mißbrauchen. Ich hatte Memmert ›herausimpassiert‹, so wie man beim Kartenspiel durch Impaß eine niedrige fängt, wenn man schon eine höhere in der Hand hat; ich hatte jedoch zuviel Achtung vor unseren Gegnern, um auf eine vermeintliche Sicherheit zu spekulieren, die wir damit gewonnen hatten. Sie hatten mich den Stich gewinnen lassen, aber ich schrieb ihnen ein besseres Wissen von meinem Blatt zu, als sie zu zeigen beliebten. Andererseits hielt ich mich an den Grundsatz, daß es bei jedem Konflikt ebenso verhängnisvoll ist, die Schwierigkeiten des Feindes zu unterschätzen wie die eigenen zu überschätzen. Ihre größte – und sie vertausendfachte die Aufregung des Wettstreits – war, dessen war ich gewiß, die Furcht, irrtümlich zuzuschlagen; einen Vorschlaghammer zu benutzen, um eine Nuß zu knacken. Mit dem Knacken riskierten sie Publizität, und die, davon war ich überzeugt, bedeutete den Tod für ihr Geheimnis. Selbst wenn man annahm, sie hätten unseren Impaß entdeckt und mutmaßten, wir hätten von kaiserlichen Plänen Wind bekommen, rechnete ich dennoch auf Immunität, zumindest solange sie glaubten, wir befänden uns auf der falschen Fährte und Memmert, und zwar nur Memmert, sei die Quelle unserer Vermutungen.

Ich war bereit, wenn nötig zu einer solchen Ansicht zu ermutigen. Ich würde zugeben, von Brünings Uniform habe seine

Verbindung zu Memmert merkwürdig erscheinen lassen; gegenüber Davies hätte ich angedeutet, denn ihm mit seiner Begeisterung für die Marine hätte ich es vorgespiegelt, daß die Arbeiten am Wrack in Wirklichkeit solche an Verteidigungsanlagen der Marine seien. Falls sie weitergingen und vermuteten, wir hätten versucht, an diesem Tag nach Memmert zu gelangen, war die Lage schlimmer, aber nicht verzweifelt; denn den Verdacht, sie würden den letzten Schritt tun und annehmen, wir seien tatsächlich auf Memmert gewesen und hätten ihr Gespräch belauscht, wollte ich einfach erst hegen, wenn man mich festgenommen hatte.

Wie nahe wir der Festnahme genau waren, werde ich nie erfahren, aber ich habe guten Grund zu glauben, daß wir am Rande schwebten. Unser Erfolg reichte mir völlig, und nur bei gelegentlichen Rückblicken folgte ich dem Spiel der sich bekriegenden verborgenen Strömungen. Dennoch, wenn ich auf die Szene zurückblicke, möchte ich mich dafür verbürgen, daß es in ganz Europa an jenem Abend keine Gesellschaft von sieben Personen gegeben hat, auf der ein Student menschlicher Verhaltensformen ein so reiches Feld, so edle und unedle Bestrebungen, solch gemeine und heilige Ängste, ja, so mitleiderregende Seelenqualen vorgefunden hätte. Wir befanden uns zwar, oberflächlich betrachtet, in zwei verschiedenen Lagern, aber nicht einer von uns stimmte ganz mit einem anderen überein. Jeder trug bei dem großen Schwindelmanöver eine Maske, mit Ausnahme der Dame zu meiner Linken, wie ich denken möchte, die über ihr eigenes Wohlbehagen hinaus – das sie ohne Einschränkung pflegte – nur ein eigensüchtiges Ziel verfolgte: die intime Verbindung von Brünings mit ihrer Stieftochter – und das verfolgte sie offen.

Nicht einmal Böhme und von Brüning stimmten ganz überein, und wenn moralische Entfernungen zählen, befanden Davies und ich uns meilenweit voneinander. Er saß zwischen Dollmann und dessen Tochter, den lebenden Symbolen zweier einander genau entgegengesetzter Leidenschaften, die miteinander in Einklang zu bringen er sich geschworen hatte, und wahrte ein Gleichgewicht, das ich, obwohl seine Bestrebungen dem Namen nach auch die meinen waren, nicht erreichen konnte. Für mich war der Mann die zentrale Figur; wenn ich Aufmerksamkeit zu vergeben hatte, dann schenkte ich sie ihm. Angeekelt suchte ich nach seinen geheimen Triebfedern, bemerkte die Beweise großen Talents, das vergeudet und geschändet war; fragte mich, wo er am verletzlichsten sei; ob er uns oder seine Kollegen am meisten fürchtete; ob er zugänglich war für Reue und Scham; ob er weitere Verbrechen plante. Das Mädchen war nebensächlich. Nach dem ersten Überraschungsschock hatte ich bald genug entdeckt, daß sie wie wir anderen eine Maske aufgesetzt hatte, denn sie war viel zu unschuldig, um das Täuschungsmanöver zu stützen, und der gestrige Tag war mir noch frisch in Erinnerung. Ich war gezwungen, den bei ihr vorausgesetzten Charakter weiterhin auszunützen; es wäre pharisäerhaft von mir, würde ich behaupten, daß ich in bezug auf sie irgendwelche moralischen Höhen erklomm – in diesem Maße hatten Wein und Aufregung mein besseres Ich abgestumpft. Ich dachte, sie sehe hübscher aus als je, und mit der Zeit verfiel ich in eine zynische Unbekümmertheit um sie. Der Blick auf ihr häusliches Leben und die verzweifelten Ausflüchte, zu denen sie (gezwungenermaßen oder aus eigener Sorge um Davies) getrieben wurde, um ihn abzuweisen oder fallenzulassen, berührten mich nicht so, wie sie es getan hätten, wenn sie das krönende Argument für unseren gestern abend angenommenen Kurs gewesen wären, nämlich unser Ziel ohne Lärm und Skandal zu erreichen, Dollmann zu entwaffnen, ihm aber zu helfen, den Bundesgenossen zu entkommen, die er verraten hatte. Für Davies war der Mann, wenn schon keine Abstraktion, dann doch höchstens ein schädliches Ungeziefer, das man zum Wohl der Öffentlichkeit zertrampelt; dagegen war das Mädchen in der niederträchtigen Umgebung und mit der unheilvollen Zukunft zur wahren Quelle seiner Impulse geworden.

Und die anderen Spieler? Böhme war *meine* Abstraktion, die Festung, deren Fundamente wir unterhöhlten, die Verkörperung der systematisierten Kraft, die dem Deutschen eigen ist. Bei von Brüning war der persönliche Faktor die Hauptsache. So gefühllos ich an diesem Abend auch war, gelegentlich mußte ich mich doch fragen, wenn er mit Clara Dollmann sprach und lachte, was er – da er ihren Vater kannte – in seinem Innersten fühlte und meinte. Es ist ein Punkt, den ich nicht verfolgen kann und will, und Gott sei Dank spielt das jetzt auch keine Rolle mehr; dennoch, mit größerer Kenntnis der Tatsachen und, ich glaube, einem reiferen Urteil komme ich oft auf diese Diskussion zurück und gelange, ich weiß nicht auf welchen unlogischen Nebenwegen, immer wieder zu demselben Schluß: daß ich den Mann mochte und noch mag.

Was die Zeit anging, so benahmen wir uns wie Sportsleute und gaben ihnen mehr als zwei Stunden, damit sie sich über uns klarwerden konnten. Erst als durch Tabakqualm und Wärme sich meine Schwäche wieder einstellte und mich ein stechender Krampf warnte, daß menschliche Kräfte ihre Grenzen haben, erhob ich mich und sagte, wir müßten gehen; ich müsse morgen früh aufstehen. Über die Verabschiedung bin ich mir im unklaren, aber ich glaube, Dollmann war am herzlichsten, jedenfalls mir gegenüber, woraus ich Gutes weissagte. Böhme sagte, er werde mich wiedersehen. Von Brüning, der zwar ebenfalls zum Hafen mußte, betrachtete es als noch zu früh zu gehen und sagte Lebewohl.

»Sie werden noch über uns sprechen wollen«, habe ich nach meiner Erinnerung mit dem letzten Aufflackern von Fröhlichkeit gesagt, das ich noch aufbringen konnte.

Wir befanden uns wieder auf der Straße in silberner, hauchloser Nacht, betraten schwindelig wieder die fettige Leiter, waren wieder in der Kajüte, wo ich, so wie ich war, auf das Sofa sank und in einen so tiefen und starken Schlaf fiel, daß mir die Männer von der *Blitz* hätten Handfesseln anlegen, mich binden und forttragen können, ohne mir auch nur im geringsten lästig zu fallen.

## 25. Kapitel
## *Ich kehre wieder*

»Auf Wiedersehen, alter Junge«, rief Davies.

»Auf Wiedersehen.« Die Pfeife ertönte, die Dampffähre bahnte sich ihren Weg und ließ Davies am Kai zurück, barhäuptig, in seiner alten losen Jacke und der fleckigen grauen Flanellhose wie bei unserer ersten Begegnung auf dem Bahnhof von Flensburg. Diesmal hatte er keine bandagierte Hand, aber er sah bedrückt und niedergeschlagen aus, um die Augen hatte er schwarze Ringe, und wieder spürte ich, daß in ihm die alte unbestimmbare Ergriffenheit steckte.

»Ihr Freund ist in gedrückter Stimmung«, sagte Böhme, der den Platz neben mir eingenommen hatte, eingehüllt und vermummt gegen die beißende Luft. Es war ein windstiller, sonnenloser Tag.

»Ich auch«, brummte ich, was der Wahrheit entsprach. Ich war erst halbwach, fühlte mich ungewaschen und zerstreut, schwer im Kopf und in den Gliedern. Wäre Davies nicht gewesen, würde ich jetzt nicht hier sein. Er hatte mich geduldig aus der Koje gelockt, meine Tasche gepackt, mich mit Tee und einem Omelett (das er, wie ich glaube, ganz besonders sorgfältig zubereitet hatte) versorgt und im allgemeinen für die Abreise bemuttert. Während ich die zweite Tasse Tee schlürfte, bürstete und glättete er meinen Filzhut, der einen Monat lang im Segelkasten eingeschlossen war; er bearbeitete ihn mit einem Blick reuevoller Sorge. Meine einzige Initiative, der ich mir bewußt bin, bestand darin, daß ich mich um meine Reisetasche kümmerte. »Packe meine Seesachen hinein, Ölzeug und alles«, sagte ich. »Vielleicht brauche ich sie noch.« Ein gründliches Beratschlagen wäre ungeheuer notwendig gewesen, aber das war ausgeschlossen. Davies hatte sich nicht beklagt oder beschwert, sondern nur schüchtern gefragt, wie wir uns treffen und in Verbindung bleiben sollten, eine Frage, zu der mir überhaupt nichts einfiel.

»Halte etwa am 26. nach mir Ausschau«, schlug ich schwach vor.

Bevor wir die Kajüte verließen, gab er mir noch einen mit Bleistift beschriebenen Zettel und achtete darauf, daß ich ihn sicher ins Notizbuch legte. »Sieh ihn dir im Zug an«, sagte er.

Da ich Böhme nicht gewachsen war, ging ich ziellos über das Deck, als wir vom Seegat herum ins Buse-Tief einliefen. Ich versuchte, die Stelle zu finden, die wir gestern blindlings gekreuzt hatten, aber die Tide war voll aufgelaufen und das Wasser meilenweit im Umkreis leer, bis es im Dunst verschwand. Bald schlenderte ich hinunter in den Salon, hockte mich an einen Ofen und zog den Zettel hervor. Ich fand in kritzeliger, jungenhafter Handschrift und sehr mit Zigarrenasche beschmutzt die folgenden Notizen:

»1.) Deine Reise. Norddeich an 8.58, Emden an 10.32, Leer an 11.16 (Burmer steigt um nach Bremen), Rheine an 13.08 (umsteigen), Amsterdam an 19.17. Wieder umsteigen nach Hoek van Holland, dort an 20.52, London an 9.00.

2.) Der Bahnhof an der Küste (deren Treffpunkt). Frage: ist es Norden? (Du kommst um 9.13 durch). Es führt ein tidenabhängiger Wasserlauf hin. Hochwasser dort am 25. etwa zwischen 22.30 und 23.00. Norddeich kann es nicht sein, denn dort ist ein ausgebaggerter Priel, in den der Dampfer auch bei Niedrigwasser einlaufen kann; ›Tide ist günstig‹ trifft also nicht zu.

3.) Deine anderen Anhaltspunkte (Schlepper, Lotsen, Tiefen, Eisenbahn, Esens, sieben von etwas). Frage: Entwurf für die Verteidigung der Nordseeküste zur See und zu Land?

See – sieben Inseln, sieben Priele (die Westerems mitgezählt), die meisten von sehr geringer Tiefe (was du immer gesagt hast). Schlepper und Lotsen für Kontrollen unterhalb der Inseln, wie ich es immer gesagt habe. Frage: dient das Treffen der Inspektion der Priele?

Land – schau dir die Eisenbahn an (Karte ist in der Tasche des Ulsters), die ein paar Meilen von der Küste entfernt in einer Schleife um ganz Ostfriesland läuft. Frage: wird sie als Verkehrsverbindung für Armeekorps gebraucht? Truppen könnten schnell an jeden bedrohten Punkt gebracht werden. Ist Esens der Stützpunkt? Es liegt in der oberen Mitte der Schleife. Von Brooning hat uns damit in Bensersiel ganz schön abgespeist.

Chatham – D. hat den Plänen unserer Marine für den Kriegsfall mit Deutschland nachspioniert.

Von Brooning – verantwortlich hier für den Anteil der Marine daran.

Wie paßt Burmer da hinein? Frage: gehst du nach Bremen und findest es heraus?«

Ich nickte dumm über diese Aufzeichnung – so dumm, daß ich mich ertappte, wie ich mich fragte, ob Burmer ein Ort oder eine Person sei. Dann döste ich ein, erwachte heftig auffahrend und fand den Zettel auf dem Boden. Schreckerfüllt versteckte ich ihn und ging an Deck, wo ich feststellte, daß wir nahe Norddeich waren, die ödeste aller öden Molen anliefen, die sich von den eingedeichten Poldern des Festlandes hinaus erstreckte. Böhme (»Burmer«) und ich gingen zusammen an Land, und er stand neben mir, als ich eine Fahrkarte nach Amsterdam verlangte und eine nach Rheine erhielt, einem Knotenpunkt nahe der holländischen Grenze. Er hatte es sich in der Abteilecke mir gegenüber bequem gemacht und sah aus wie ein indianisches Götzenbild. »Wie paßt du da hinein?« grübelte ich versonnen. Ich war zu schläfrig, um mit ihm zu sprechen, und konnte ihn nur anblinzeln, wobei ich kerzengerade saß, die Arme über dem kostbaren Taschennotizbuch verschränkt. Schließlich gab ich den Kampf auf, knöpfte mir den Ulster fest zu, kehrte ihm mit einer Entschuldigung den Rücken zu und legte mich zum Schlafen nieder, die kostbare Tasche zuunterst. Es stand ihm frei, meine Reisetasche zu durchstöbern, wenn er wollte, und ich wage zu sagen, er tat es. Ich weiß es nicht bestimmt, denn von hier bis Rheine, das heißt fast vier Stunden, war ich nur zweimal bei vollem Verstande.

Das erstemal in Emden, wo wir beide umsteigen mußten. Als wir uns den überfüllten Bahnsteig entlangschoben, wurde Böhme, nachdem ihn mehrere Leute achtungsvoll gegrüßt hatten, schließlich von einem unterwürfigen Mann festgehalten, ohne daß er entkommen konnte. Die Beschreibung des Mannes ist nicht wichtig, aber das Gespräch. Es ging um einen Kanal; um welchen, das bekam ich nicht sofort mit; an dem Namen, der erwähnt wurde, erkannte ich jedoch später, daß es ein im Bau befindlicher Zubringer zur Ems war. Der springende Punkt ist, daß sich das Gespräch um Kanäle drehte. Im Augenblick war es in unempfänglichen Boden gelegte Saat, die aber später keimte. Ich ging weiter, verschwand in der Menge und schlief bald wieder in einem Abteil, in das Böhme mir diesmal nicht gefolgt war.

Das zweitemal war in Leer, wo ich meinen Namen rufen hörte, aufwachte und ihn am Fenster sah. Er mußte umsteigen und war gekommen, um sich zu verabschieden. »Vergessen Sie nicht, zu Lloyd's Versicherung zu gehen«, krächzte er mir ins Ohr. Ich glaube, das Lächeln, das ich ihm zurückgab, war schwach, denn ich war sehr niedergeschlagen, und die Festung sah höhnisch uneinnehmbar aus. Aber ich, der Sappeur, war frei; ›frei‹, das war mein letzter Gedanke, an den ich mich erinnerte.

Auch noch hinter Rheine, wo ich zum letztenmal umsteigen mußte, hielt mich eine bleierne Müdigkeit gefangen; der Nachmittag war schon weit vorangeschritten, als sich die geistigen Kräfte in mir wieder zu regen begannen.

Der Zug kroch wie eine Schnecke von Bahnhof zu Bahnhof. Wie mir ein Mitreisender erzählte, hätte ich in Rheine drei Stunden auf einen D-Zug warten können, mit dem ich etwa zur gleichen Zeit in Amsterdam angekommen wäre, oder falls ich es vorgezogen hätte, die Fahrt schon früher für zwei Stunden entweder in Emden oder Leer zu unterbrechen, würde ich diesen fraglichen Zug in Rheine immer noch erreicht haben. Diese Alternativen waren Davies entgangen und mir, so argwöhnte ich, von Böhme verheimlicht worden, der zweifellos nicht wollte, daß ich später als er fuhr, was mir erlaubt hätte, entweder umzukehren oder ihm nach Bremen zu folgen.

Das Tempo war also scheußlich, immer wieder Verzögerungen; verspätet in Hengelo, dreißig Minuten zu spät in Apeldoorn; ich hätte also sehr wohl nervös werden können wegen meines in Frage gestellten Anschlusses in Amsterdam. Aber als ich mich aus der Stumpfheit herauskämpfte und begann, unsere Positionen und Aussichten abzuwägen, ergriff mich gleich ein ganz anderer Gedanke. Mein Verlangen, nach London zu kommen, ging unter in dem Widerwillen, mich ganz von Deutschland zurückzuziehen, so daß ich mich ertappte, wie ich über jede Meile murrte, die sich zwischen mich und die deutsche Grenze legte. Es war die alte Frage der Dringlichkeit. Heute war der 23. Der Besuch in London bedeutet eine Abwesenheit von mindestens achtundvierzig Stunden, von Amsterdam an gerechnet. Das heißt, wenn ich zwei Nächte und einen Tag lang reisen und den anderen Tag der Untersuchung von Dollmanns Vergangenheit widmen würde, wäre es menschenmöglich, am 25. abends wieder an der ostfriesischen Küste zu sein. Ja, ich konnte um neunzehn Uhr in Norden sein, wenn das der Treffpunkt war. Aber was für eine Hetzerei! Kein Spielraum für Verzögerungen, keine Ruhepause. Der Vergangenheit einiger Leute nachzustöbern erfordert viel Zeit; andere können davon betroffen sein; die Menschen sind vorsichtig und stellen einem ein Bein mit Bürokratismus; oder der Mann, der etwas weiß, ist zu einem Mittagessen gegangen – ein ausgedehntes Mittagessen; oder auf dem Lande – ein verlängertes Wochenende. Möchten Sie Mr. Soundso sprechen oder eine Nachricht hinterlassen? Oh, ich kenne diese Dienststellen – von innen her. Und das Marineministerium! Ich sah schon meine Pläne durchkreuzt und mich nach zwei vergeudeten Tagen am selben Abend nach Deutschland zurückeilen und nichtsnutzig in Norden eintreffen, wo mir zum Auskundschaften des Gebietes keine Zeit blieb und, da auf Nebel nicht immer Verlaß ist (wie Davies gesagt hatte), meine Pläne wahrscheinlich wieder vereitelt würden. Esens war ein weiterer Anhaltspunkt, und an dem Gedanken, »Burmer« zu folgen, war auch etwas. Aber ich brauchte Zeit – und hatte ich welche? Wie lange konnte Davies sich auf Norderney halten? Nicht sehr lange, wenn ich mich an gestern abend erinnerte. Und war er dort überhaupt sicher? Ein fieberhafter Traum stellte sich immer wieder ein –: Davies in einem Taucheranzug, ein bedauerliches Unterbrechen der Luftzufuhr ... Schluß mit diesem Unsinn! Wir wollen vernünftig bleiben. Was macht's, wenn er gehen muß? Was macht's, wenn ich mir in London Zeit lasse? Mit aufsteigender Scham sah ich dann Davies' wehmütiges Gesicht auf dem Kai und hörte seinen grimmigen Ausruf: »Die Beute gehört uns oder keinem!« Und meine mürrische Antwort: »Oh, ich werde das Geheimnis hüten!« London war einfach ganz unmöglich. Falls ich meinen Informanten fand, welche Beglaubigungsschreiben hatte ich, welches Anrecht auf Vertrauen? Nichts, es sei denn, ich erzählte die ganze Geschichte. Schon meine Anwesenheit im Regierungsviertel Whitehall würde unser Geheimnis gefährden, denn war ich erst einmal auf heimischem Boden, würde man mich erkennen – mich möglicherweise zur Rechenschaft ziehen. Bestenfalls konnte ich in einer Wolke von Gerüchten entkommen – »zuletzt von ihm auf Norderney gehört«; »hat erst heute vormittag im Marineministerium Krach gemacht wegen eines mystischen Leutnants.« Nein, zurück nach Ostfriesland, das war die Parole! Für eine Nacht Ruhe – die mußte ich haben – auf Laken in einem Federbett, eine lange verschwenderische Nacht; dann erfrischt wieder nach Ostfriesland, um die Arbeit auf unsere Weise und mit nichts als mit unseren Waffen zu beenden.

Nachdem ich zu diesem Entschluß gekommen war, hätte ich ihn beinahe sofort ausgeführt, indem ich in Amersfoort ausstieg, aber ich überlegte es mir. Ehe ich nach Norden zurückkehrte, hatte ich eine Verwandlung zu vollziehen, und je belebter der Ort war, wo sie stattfand, desto weniger Aufsehen erregte ich wahrscheinlich. Außerdem sah ich vor meinem geistigen Auge ein vollkommenes Bett in einem vollkommenen Gasthof an der Amstel. Letzten Endes war es eine Sparmaßnahme.

Also saß ich abends um halb neun in dem erwähnten Gasthof, vor mir eine ungewöhnlich interessante Londoner Zeitung und einige deutsche Blätter, die »voller Haß auf ein Unrecht, das nicht das ihre war«, allesamt von Englandfeindlichkeit schäumten. Um neun befand ich mich im jüdischen Viertel und machte einige günstige Einkäufe in einem Laden für billige Seemannskleidung. Um halb zehn schickte ich an meinen Chef ein gewissenloses Telegramm: »Entschuldigung, konnte Norderney nicht besuchen. Hoffe Urlaubsverlängerung in Ordnung. Post bitte ans Hôtel du Louvre, Paris.« Um zehn lag ich im vollkommenen Bett und streckte in seiner herrlichen Üppigkeit verzückt meine Glieder aus. Und am nächsten Morgen saß ich um 8.28, mit einem ungewöhnlichen Gefühl von Kühle über der Oberlippe und neuer körperlicher und geistiger Kraft, in einem Abteil dritter Klasse auf dem Weg nach Deutschland, gekleidet wie ein junger Seemann mit Pijacke, Schirmmütze und wollenem Halstuch.

Die Verwandlung war nicht sehr schwierig gewesen. Ich hatte mir den Schnurrbart abrasiert und hastig in meinem Zimmer gefrühstückt, fertig ausgerüstet für eine Reise in Ulster und mit Tuchmütze. Den Dienstmann vom Hotel hatte ich am Bahnhof weggeschickt und meine Reisetasche in der Gepäckaufbewahrung abgegeben, nachdem ich ihr ein braunes Bündel entnommen und dieses gegen den Ulster ausgetauscht hatte. Das Bündel bestand aus meinem Ölzeug, das die Seestiefel sowie ein paar andere Kleidungsstücke und notwendige Sachen umhüllte und mit einem teerigen Tampen verschnürt war; es lag jetzt im Netz über mir und bildete (zusammen mit einem kräftigen Stock) mein ganzes Gepäck. Jeder Artikel darin stimmte strikt mit meinem einfachen Beruf überein, denn ich wußte, der Zoll könnte das Bündel am Grenzbahnhof durchsuchen; aber in meiner Jackentasche hatte ich einen Baedeker von Norddeutschland. Für den Fall, daß man Fragen stellte, war ich ein englischer Seemann, unterwegs zu meinem Schiff in Emden mit einer Fahrkarte bis zur Grenze. Darüber hinaus mußte ich mir noch einen Aktionsplan ausdenken.

Eines war jedoch sicher. Ich war entschlossen, morgen abend, am 25., in Norden zu sein. Ein Wort über Norden, einer Kleinstadt sieben Meilen südlich von Norddeich: Als ich vorgestern in der Kajüte auf der Karte flüchtig nach Bahnhöfen an der See gesucht hatte, war mir der Gedanke an Norden nicht gekommen, weil es anscheinend nicht an der Küste lag, aber Davies hatte es entdeckt, während ich schlief. Und jetzt sah ich, wie scharfsinnig sein mit Bleistift gekritzelter Hinweis war. Der Wasserlauf, von dem er sprach, erstreckt sich – obwohl auf der Karte kaum zu erkennen – in südwestlicher Richtung in die Emsmündung. Der ›Nachtzug‹ paßte perfekt, denn Hochwasser in diesem Flüßchen war, wie Davies geschätzt hatte, am Abend des 25. zwischen halb elf und elf; der Fahrplan zeigte mir, daß der einzige Nachtzug in Norden um 22.46 aus Richtung Süden eintraf. Dies sah vielversprechend aus. Emden, dem ich unter dem ersten Eindruck zuneigte, war im Vergleich dazu aus vielen Gründen indiskutabel; nicht der unwichtigste war, daß dort zwischen 21.00 und 01.00 drei Züge einliefen, so daß der Begriff ›Nachtzug‹ mehrdeutig und nicht so bestimmt war wie in Norden.

So weit so gut, aber wie sollte ich die Zwischenzeit verbringen? Sollte ich gemäß Davies' ›Frage‹ handeln und Böhme nach Bremen folgen? Ich gab diese Idee bald auf. Ihr konnte ich nachgehen, falls andere fehlschlugen; gegenwärtig würde es nur weiteres Gehetze bedeuten. Mit dem Zug sind es von Bremen nach Norden sechs Stunden. Ich würde einen unangemessenen Teil meiner begrenzten Zeit in Zügen zubringen; außerdem brauchte ich dann eine andere Verkleidung. Darüber hinaus hatte ich bereits etwas Neues über Böhme erfahren, denn die gestern auf dem Bahnhof Emden bestellte Saat war zum Leben erweckt worden. Als Unterwassertechniker kannte ich ihn schon, jetzt wußte ich, daß ein anderes seiner Arbeitsgebiete die Kanäle waren. Keine sehr erleuchtende Tatsache, aber konnte ich mehr erfahren an einem einzigen Tag?

Es blieb noch Esens, und ich war entschlossen, dorthin heute abend zu gehen – eine langweilige Fahrt, die bis nach acht dauerte; von dort nach Norden war es mit dem Zug jedoch nur eine Stunde.

Und in Esens?

Den ganzen Tag über war ich um Aufklärung des zentralen Geheimnisses bemüht, indem ich jedes schwer faßbare Atom an Material aus meinem Tagebuch, meinem Gedächtnis, meiner Vorstellungskraft, der Karte, dem Fahrplan und Davies' verschmierten Notizen zusammensuchte. Manchmal erwachte ich mit einem Ruck aus meiner Träumerei, um zu entdecken, daß ein holländischer Bauer mich über seine Porzellanpfeife hinweg anstarrte. Hinter der deutschen Grenze war ich vorsichtiger. Davies' Zettel kannte ich bald auswendig. Ich sah Davies vor mir, wie er ihn mit verkrampfter Hand in seiner Ecke am Ofen schrieb, gegen den Schlaf ankämpfte, geistesabwesend ganze Salven von Streichhölzern anzündete, während ich in der Koje schnarchte; wie er durch Träume von einem rosigbraunen Gesicht unter tauglitzerndem Haar und grauer Schottenmütze abgelenkt wurde; obwohl nicht ein Wort über sie in der Aufzeichnung stand. Ich lächelte über seinen unvergänglichen Glauben an die ›Prieltheorie‹, die in letzter Stunde zu einigen neuen Tatsachen paßte, die das vernachlässigte ›Land‹ betrafen.

Das Ergebnis war sicherlich interessant, aber es ließ mich kalt. Daß in den deutschen Archiven einige solcher Verteidigungspläne für die Nordseeküste ruhten, war in der Tat sehr wahrscheinlich. Die sieben Inseln mit ihren sieben seichten Prielen (übrigens sind zwei von ihnen, die beiden Arme der Ems, ganz und gar nicht seicht) waren die Grundlage einer sehr angemessenen Mutmaßung und paßten trefflich zu seiner Theorie, deren wesentlichen Vorzug ich immer anerkannt hatte; mein dauernder Einwand war jedoch, daß sie nicht annähernd weit genug ging, um unsere Behandlung zu erklären. Der Eisenbahnring um die Halbinsel mit Esens im Scheitelpunkt war ebenfalls verführerisch, aber der gleiche Einwand galt auch hier. Jedes an eine See grenzende Land hat, wie ich vermute, Geheimpläne zur Mobilmachung einer Küstenverteidigung, aber sie sind nicht von der Art, daß sie durch vorbeikommende Reisende entdeckt werden könnten, nicht so, daß sie verstohlene Durchsuchungen rechtfertigten oder zu ihrer Entwicklung einen so wenig bekannten Treffpunkt wie Memmert erforderten. Dollmann war ein weiterer schwacher Punkt; Dollmann, der in England spionierte. Jeder Staat, einschließlich Deutschland, hat Spione in seinen Diensten, schmutzige, jedoch notwendige Werkzeuge; aber Dollmann in solch vertrauter Verbindung mit den Hauptverschwörern auf dieser Seite; Dollmann: reich, einflußreich, eine Macht in örtlichen Angelegenheiten – es war klar, er war kein gewöhnlicher Spion.

Und hier entdeckte ich ein Zögern in Davies' Konzept, das Widerstreben, eine Spur bis zu ihrem logischen Ende zu verfolgen. Er sprach von einem deutschen Entwurf zur Küstenverteidigung und im nächsten Atemzug von Dollmann, der englische Pläne für den Kriegsfall mit Deutschland ausspioniert – aber was für Pläne? Offenbar (wenn er auf der richtigen Fährte war) Pläne für einen Angriff auf die deutsche Küste im Gegensatz zu jenen der Strategie auf hoher See. Aber was für ein Angriff? Wiederum offenbar (wenn sein Eisenbahnring etwas zu bedeuten hatte) ein Invasionsangriff auf jenes so ferne und einsame Küstenland, das er so oft als unbezwingbar sicher hinter seinem Netzwerk von Sänden und Untiefen bezeichnet hatte. Meine Gedanken gingen zurück zu meiner Frage in Bensersiel, ob diese Küste angegriffen werden könne, zu seiner Verneinung und unserer fruchtlosen Besichtigung der Deiche und Polder. Kam er jetzt auf einen Einfall zurück, den wir beide verworfen hatten, scheute er sich nur, ihn ausdrücklich zu äußern? Der Zweifel war peinigend.

Hier ein kurzes Abschweifen zu den Stationen meiner Reise. In Rheine stieg ich in den Zug in nördlicher Richtung um und wurde ein deutscher Seemann. Das Risiko eines fehlerhaften Akzents war gering – Seeleute sind so vielsprachig; dagegen könnte ein in Esens umherstreifender englischer Seemann Neugierde erwecken. Gestern hatte ich die Landschaft nicht beachtet; heute ließ ich nichts außer acht, das denkbarerweise einen Hinweis liefern könnte.

Zwischen Rheine und Emden fuhren wir durch das Tal der Ems, zuerst durch Gegenden mit blühenden Ortschaften und fetten Weiden, die weiter nördlich zu Gebieten mit sumpfiger Heide und Mooren entarteten – ein trauriges Land, aber es zeigte sein bestes Gesicht. Ich sollte hier erwähnen, daß das Wetter, das frühmorgens noch kalt und diesig gewesen war, im Laufe des Tages immer milder und freundlicher wurde; derweil behauptete meine Zeitung, das Barometer falle, das Hochdruckgebiet weiche einem Tiefdruck vom Atlantik her.

In Emden, wo das richtige Ostfriesland begann, überquerte der Zug einen breiten Kanal, und an diesem Tage sagte ich zum zwanzigsten Male (denn wir hatten in Holland zahlreiche und in Deutschland nicht wenige passiert) vor mich hin: »Kanäle, Kanäle. Wie paßt Böhme da hinein?« Der Abend dämmerte, aber es war hell genug, um ein ungewöhnliches Schiff, es war ein Torpedoboot, zu sehen, das an einer Seite an Pfählen festgemacht hatte. Augenblicklich erinnerte ich mich an eine Seite im *Nordseelotsen,* wo darauf verwiesen wird, daß der Ems-Jade-Kanal tief genug ist, um Kanonenboote zu tragen und zu diesem strategischen Zweck zwischen Wilhelmshaven und Emden, also an der Basis der ostfriesischen Halbinsel, auch benutzt wird. Ich fragte einen Bauern, der mir gegenübersaß. Ja, das sei der Ems-Jade-Kanal. Hatte Davies den vergessen? Er hätte sein unsicheres Konzept sehr gestärkt.

Auf dem Emdener Bahnhof kaufte ich am Bücherkiosk ein Taschenmeßtischblatt von Ostfriesland, das einen größeren Maßstab als alle von mir bisher benutzten Karten hatte. Und als ich unbeobachtet war, studierte ich den Lauf des Kanals mit einer Ungeduld, die leider schnell abkühlte. Weiter nördlich von Emden benutzte ich die Karte, um mich des Gesehenen zu vergewissern, und erkannte dank ihrer Hilfe in der zunehmenden Dunkelheit mehr Heide und Sumpf, einmal einen großen schimmernden See, gelegentlich kultivierte Flächen; ein wasserdurchzogenes Land wie eh und je, Teiche, Flüßchen und ungezählte Abfluß- und Entwässerungsgräben. Ausgedehnte Wälder waren ebenfalls verzeichnet, jedoch weiter im Binnenland.

Wir erreichten Norden um sieben, als es gerade dunkel geworden war. Ich hatte nach dem Flüßchen ausgeschaut; wir überquerten es, das war sicher genug, kurz vor der Einfahrt in den Bahnhof. Das Bett war fast trocken, und ich erkannte Schuten, die auf Grund lagen.

Hier war der Umsteigebahnhof für Esens, und ich mußte eine Dreiviertelstunde warten. Dann ging es mit einigen Zwischenhalten an Dorfbahnhöfen fünf bis sechs Meilen von der See entfernt ostwärts durch die äußerste Einöde des Nordens. Auf dieser Strecke nahm ich schließlich in einem erbärmlich beleuchteten Abteil und meistens allein meine Fäden zusammen und versuchte, sie zu einem dicken Seil zu verflechten, dessen innerer Strang Esens sein sollte. »Eine Stadt«, wie der Baedeker sagt, »von 3500 Einwohnern, Zentrum eines reichen landwirtschaftlichen Gebiets. Schöner Kirchturm.«

Esens liegt im Binnenland vier Meilen vor Bensersiel. Ich hielt Rückschau auf jeden Umstand an jenem Tag in Bensersiel und kam in Wallung, als ich daran dachte, wie von Brüning mich überlistet hatte. Er war nach Esens gefahren und hatte mich so gut durchschaut, daß er angeboten hatte, mich mitzunehmen, was ich aus einem Übermaß an Schläue abgelehnt hatte. Und doch: hätte ich angenommen, würde er sehr gut Sorge getragen haben, daß ich nichts Wichtiges sähe. Das Geheimnis stand also nicht in großen Lettern an den Mauern von Esens. Hatte es auch mit Bensersiel zu tun oder mit dem Gebiet zwischen beiden Orten? Ich suchte wieder auf dem Meßtischblatt und stand auf, um besseres Licht zu haben und nicht so gerüttelt zu werden. Da gab es diese Nordstraße von Esens nach Bensersiel, die durch Punkte und Schachfelder führte, wobei, so der Hinweis, erstere Sumpf und letztere Felder bedeuteten. Etwas anderes fiel mir ebenfalls gleich ins Auge, und zwar ein Flüßchen nach Bensersiel. Ich erkannte es sofort als den schlammigen Fluß oder Abfluß, den wir am Hafen gesehen hatten; er strömte durch eine Schleuse beziehungsweise ein Siel, von dem Bensersiel seinen Namen hatte. Aber er fesselte jetzt meine Aufmerksamkeit, denn er sah größer aus, als ich erwartet hatte. Seekarten neigen dazu, die Geographie des Festlandes zu vernachlässigen, mit Ausnahme jener Punkte, die dem Seefahrer Orientierungsmarken bieten. Auf der Seekarte wurde dieser Fluß als ein kleiner grober Korkenzieher, wie der Schwanz eines Ferkels, dargestellt. Auf dem Meßtischblatt war er als dunkelblaue Linie mit der Bezeichnung »Benser Tief« und einem bestimmteren Lauf markiert; Windungen wurden zu Ecken, an einigen Stellen war er anscheinend künstlich begradigt worden. Einer der Fäden in meinem Strang, der Kanalfaden, summte angenehm wie ein unter Strom stehender Draht. Ich stellte mich mit gespreizten Beinen auf beide Sitze, hielt die Karte nahe an die Lampe und verfolgte begierig den Lauf des »Tiefs« nach Süden. Es bewegte sich von der Straße nach Esens fort und passierte die Stadt etwa eine Meile westlich unter einer Eisenbahnüberführung. Bald danach lief es in einem eckigen Kurs nach Osten und stieß auf eine andere blaue Linie mit südöstlicher Richtung und der Beschriftung »Esens-Wittmund-Kanal«. Dieser Kanal endete jedoch auf halbem Wege nach Wittmund, einer benachbarten Stadt.

Zum erstenmal an diesem Tag hatte ich ein Gefühl echter Inspiration. Diese geringen Tiefen und Entfernungen, Bruchteile von Metern und Kilometern, die ich von Böhmes Lippen auf Memmert gehört und die Davies den Prielen zugeschrieben hatte – bezogen die sich auf einen Kanal? Mir fiel ein, daß ich im Hafen von Bensersiel Schuten gesehen hatte. Ich erinnerte mich an Gespräche mit Einheimischen im Gasthof, an Brocken des hochtrabenden Geschwätzes vom Postamtsvorsteher, da war die Rede gewesen von einem wachsenden Handel, von Ziegelsteinen und Getreide, das aus dem Binnenland zu den Inseln gebracht wurde; aus anderer Quelle – war es der Kaufmann auf Wangerooge? – wußte ich um die Ausweitung der Geschäfte auf den Inseln durch die Entwicklung zu Badeorten; wiederum aus anderer Quelle – bestimmt war es von Brüning – über Dollmanns persönliche Aktivitäten bei der Entwicklung dieser Inseln. In undeutlicher Verbindung mit alledem sah ich das Torpedoboot im Ems-Jade-Kanal.

Diese Gedanken kamen mir zwischen Dornum und Esens, und ich war noch in sie vertieft, als der Zug genau um neun in meinen Zielbahnhof einfuhr. Nach einem Weg von etwa zehn Minuten zusammen mit einer Handvoll anderer Reisender befand ich mich auf den ruhigen, kopfsteingepflasterten Straßen von Esens; der große Kirchturm, den wir so oft von See her gesehen hatten, ragte über mir im Mondlicht auf.

## 26. Kapitel
## *Die sieben Siele*

Ich suchte mir das bescheidenste Gasthaus, das ich finden konnte, legte mein Bündel nieder und bestellte Bier, Brot und Wurst. Der Wirt sprach, wie ich erwartet hatte, das ostfriesische Platt, so daß er, obwohl er ziemlich schwer zu verstehen war, an der Reinheit meines hochdeutschen Akzents nicht zweifelte. Er war ein ehrenwerter Bursche und an mir als Gast interessiert.

»Wünschen Sie ein Bett?« fragte er.

»Nein, ich möchte weiter nach Bensersiel«, sagte ich, »um dort zu schlafen und mit dem Morgenpostschiff nach Langeoog zu fahren.« (Ich hatte unsere Freunde, die beiden Riesen, und ihre Aufgaben nicht vergessen.)

»Sie sind nicht von der Insel?« fragte er.

»Nein, aber ich habe dort eine verheiratete Schwester; bin gerade von einjähriger Reise zurück und will sie besuchen. Wie kommen die übrigens mit dem Benser Tief voran?«

Mein Freund zuckte die Achseln; es sei fertig, soweit er wisse.

»Und die Verbindung nach Wittmund?«

»Noch im Bau.«

»Dann geht es also mit Langeoog voran?«

»Oh, das nehme ich an, aber ich glaube nicht an diese neumodischen Pläne.«

»Aber es ist doch gut für den Handel, denke ich? Esens wird vom Gütertransport über das Benser Tief profitieren; wie läuft übrigens der Verkehr?«

»Oh, ein paar Schutenladungen Ziegelsteine, Bauholz und Kohle mehr als vorher, aber das wird nichts, soviel ich weiß; Aktiengesellschaften sind eine Erfindung des Teufels. Ein paar Spekulanten gründen sie und machen Geld aus Land und Verträgen, während die Aktionäre verhungern, die man reingelegt hat.«

»Da ist etwas dran«, räumte ich gegenüber diesem eifernden alten Konservativen ein. »Meine Schwester auf Langeoog hat ihre Fremdenpension von einem gewissen Dollmann gemietet.

Man sagt, ihm gehört eine Menge Land in der Gegend. Ich habe seine Yacht mal gesehen – innen mit rosa Samt und elektrischem Licht, sagt man ...«

»So heißt er«, sagte der Wirt, »das ist einer von denen – irgendein Ausländer, wie ich gehört habe. Er hat auch eine Bergungsgesellschaft, drüben bei Juist.«

»Nun, von meinen Ersparnissen kriegt er nichts!« sagte ich lachend und verabschiedete mich bald. Bei einem Vorbeikommenden erkundigte ich mich nach der Straße nach Dornum. »Immer den Eisenbahnschienen nach«, sagte er.

Mit einem warmen Südwestwind im Gesicht, flockigen Wölkchen und einem Halbmond über mir, machte ich mich auf, aber nicht nach Bensersiel, sondern zum Benser Tief, das, wie ich wußte, die Straße nach Dornum irgendwo kreuzen mußte. Etwa eine Meile auf einem kopfsteingepflasterten Weg, zu beiden Seiten Gräben und Weidenbüsche, dicht neben einem Schienenstrang, dann eine Brücke und das Benser Tief unter mir, das eigentlich ein kleiner Kanal war. Ein ausgefahrener Pfad bog von der einen Straßenseite ab und senkte sich sanft; ein holpriges Nebengleis verließ den Hauptstrang und senkte sich zur anderen Seite.

Ich steckte mir eine Pfeife an und setzte mich für eine Weile auf das Brückengeländer. Nichts rührte sich, also begann ich mit großer Umsicht das linke Ufer in Richtung Nord zu erkunden. Das Nebengleis führte durch ein verschlossenes Tor in einen eingezäunten Hof – das Tor hätte ich leicht erklettern können, aber ich hielt es für klüger, über die Brücke herumzugehen und hinüberzuschauen. Der Hof war ein kleines Kohlenlager, sonst nichts; unheimliche Kohlenhaufen glitzerten im Mondlicht; ein verlassenes Büro und längsseits eine halbbeladene Schute. Einsam schlich ich einen sandigen Treidelpfad entlang. Sumpf und Felder um mich, wie es die Karte gesagt hatte; einzelne Weidenbüsche und Weidenanpflanzungen; undeutlich die Umrisse von Rindern; die leise Melodie des Windes, der unbehindert über die Ebene strich; ein oder zweimal das Flattern und Quaken einer aufgeschreckten Wildente.

Bald kam ich an ein Bauernhaus, ringsum Dunkelheit und Stille; ihm gegenüber im Kanal ein paar leere Schuten. Ich bestieg eine und lotete mit dem Stock auf der anderen Seite – kaum drei Fuß; das Torpedoboot verschwand aus meinen Spekulationen. Ich stellte auch fest, daß das Wasser gerade breit genug war, um zwei Schuten bequem aneinander vorbeifahren zu lassen. Andere Bauernhöfe sah ich oder glaubte ich zu sehen, außerdem noch ein paar Schuten in Seitenarmen, die durch Dolen mit dem Benser Tief verbunden waren, aber nichts war bemerkenswert. Eingedenk dessen, daß ich auch noch die Wittmunder Seite der Eisenbahn zu erkunden hatte, kehrte ich um, schon ein wenig gedämpften Geistes, aber immer noch sehr erwartungsvoll.

Ich unterquerte Straße und Schiene und folgte wieder dem Treidelpfad, der nach einer halben Meile in einen Wald eintauchte, dann über eine Lichtung zu einem anderen eingezäunten Hof führte, dem Aussehen nach ein Holzlager. Diesmal zog ich von der Hüfte abwärts alles aus, watete hinüber, kleidete mich wieder an und kletterte über den Lattenzaun. (Hinten stand eine Kate, aber ihre Bewohner schliefen offensichtlich.) Ich befand mich in einem Holzlager, nach den Stapeln und der Dampfsägemühle zu schließen; aber es war mehr als das; wie ich mich nämlich im Schatten der Bäume vorsichtig auf den Rand der Lichtung zubewegte, kam ich an eine lange Blechbaracke, die mich eigentümlich an Memmert erinnerte. Unterhalb davon, näher am Wasser, ragte ein dunkler Skelettrahmen auf, der sich als halbfertiges Schiff erwies. Nahe dabei ein ähnliches Objekt, nur fast vollendet – eine Schute. Eine befestigte Slipanlage führte hier ans Wasser, wo sich der Kanal zu einem toten Seitenarm erweiterte, in dem sieben oder acht weitere Schuten in Reihen lagen. Ich kletterte noch über einen Lattenzaun und ging, wie ich glaube, noch etwa drei Meilen weiter am Ufer entlang, bis mich der Gedanke an ein Bett und spätere Pläne anhalten ließen.

Es war nach Mitternacht, und ich fügte meinen Informationen nur noch wenige hinzu. Ich war an einer Ziegelei vorbeigekommen, kurz danach gab es vermehrt Beweise, daß auf dem Kanal nur wenig Verkehr herrschte. Er wurde schmaler, und vieles deutete darauf hin, daß vor kurzem Verbesserungsarbeiten daran vorgenommen worden waren. An einer abgedämmten Abzweigung war gegraben worden, offensichtlich, um eine unmögliche Biegung zu begradigen. Der Weg war scheußlich und meine Stiefel schwer vom Lehm. In Gedanken bei der auf der Karte abrupt endenden blauen Linie, fand ich es sinnlos weiterzugehen, marschierte denselben Weg zurück und versuchte, mir eine Geschichte auszudenken, die einen ärgerlichen Gastwirt überzeugen würde, daß er – es war schon nach Mitternacht – von einem achtbaren Wanderer und nicht von einem Landstreicher oder Wahnsinnigen aus dem Bett geklopft wird.

Als ich mich jedoch wieder dem Holzlager näherte kam mir ein viel praktischerer Ausweg in den Sinn, denn kostenlose und leicht zugängliche Unterkunft lag dort bereit. Ich ging an Bord einer der leeren Schuten im Seitenarm und prüfte mein Nachtquartier. Das Schiff ähnelte den vielen anderen, die ich schon gesehen hatte; genau genommen war es ein Leichter, ohne Eigenantrieb und ohne separate Unterkünfte für die Besatzung. An Bug und Heck war ein etwa zehn Fuß langes, mit Betings und Pollern versehenes Deck. Der Rest bestand aus offenem Laderaum mit ansehnlichen Wassergängen zu beiden Seiten; das ganze von starker Konstruktion und – für einen einfachen Leichter – von gutproportionierter und sogar eleganter Form mit ausgeprägtem Sprung zum Bug hin und, wie ich an dem im Bau befindlichen Exemplar gesehen hatte, fließenden Linien am Heck. Kurz gesagt, selbst für eine unwissende Landratte wie mich war es offensichtlich, daß er nicht nur für Fahrten im Kanal gedacht war, sondern auch für rauhes Wasser. Und das war ganz gut, denn wenn bis zu den Inseln auch nur wenige Meilen flacher und geschützter See zu bewältigen waren, wußte ich aus Erfahrung, wie sie von einem plötzlich aufkommenden Sturm zu böser Brandung gepeitscht werden konnte. Man darf nicht annehmen, daß ich mich mit dieser Angelegenheit lange aufhielt. Ich machte begrenzte Fortschritte, aber die Flügel der schöpferischen Erfindungskraft hingen noch immer kraftlos von mir herab. Sonst hätte ich den Leichter genauer untersucht, statt ihn hauptsächlich als bequemes Versteck zu betrachten.

Unter dem Achterdeck lag eine dicke Rolle Persenning, von der eine Ecke eine ausgezeichnete Decke und mein Bündel ein gutes Kopfkissen für mich abgaben. Gegenüber dem Luxus der vergangenen Nacht war es gewiß eine Verschlechterung, aber, so dachte ich philosophierend, ein Spion kann nicht zwei Nächte hintereinander ein Federbett erwarten, und dieses war jedenfalls luftiger und geräumiger als die sargähnliche Koje auf der *Dulcibella* und nicht viel härter.

Als ich mich behaglich niedergelassen hatte, studierte ich die Karte bei immer wieder verlöschendem Streichholzlicht. In der letzten halben Stunde hatte es mir gedämmert, daß dieser Kanal nur einer von mehreren war. Ich hatte bei meiner Konzentration auf Esens und Bensersiel vergessen, daß es andere Orte mit der Endung *siel* gibt, zu denen der Seekarte zufolge ebenfalls kleine Korkenzieherflüsse führen, und überdies war ja Böhmes Statistik über Tiefen und Entfernungen in sieben Kategorien aufgestellt worden, von A bis G. Das erste Streichholz brachte mir die volle Erinnerung an die Orte zurück. Die Endung *siel* wiederholte sich an der ganzen Küste. Fünf Meilen östlich von Bensersiel liegt Neuharlingersiel, dahinter Carolinensiel. Vier Meilen westlich liegt Dornumersiel, dahinter Neßmersiel und Hilgenriedersiel. Das sind allein sechs an der Nordküste der Halbinsel. Im Westen an der Ems ist nur eins, Greetsiel, ein gutes Stück südlich von Norden. Aber im Osten bei der Jade gibt es nicht weniger als acht in sehr kurzer Entfernung voneinander. Ich überlegte einen Augenblick und ließ diese letzte Gruppe außer acht; sie hatten weder etwas mit Esens zu tun noch eine irgendwie vorstellbare Daseinsberechtigung als Handelswege, womit sie sich in dieser Beziehung deutlich von der Gruppe der sechs an der Nordküste unterschieden, die auf die Inselkette blickten und deren fast genauer Mittelpunkt im Binnenland Esens war. Da mir noch eins an den sieben fehlte, fügte ich zunächst als Arbeitshypothese das einsame Greetsiel hinzu. In allen sieben Orten münden Flüßchen wie in Bensersiel. Von allen sieben fraglichen Punkten gehen punktierte Linien seewärts, zerschneiden das Watt und führen zu den Inseln. Und auf dem Festland verläuft hinter diesem siebenfachen System die Eisenbahnschleife. Allerdings gibt es viele kleinere Unterschiede zwischen ihnen. Bei keinem Flüßchen ist die blaue Linie so tief und ausgeprägt wie beim Benser Tief; keines dringt so tief ins Hinterland vor. Sie unterscheiden sich in Länge und Gewundenheit. Zwei, nämlich die zu Hilgenriedersiel und Greetsiel gehörenden, hatten anscheinend überhaupt keine Verbindung zur Eisenbahn. Andererseits hat Carolinensiel gegenüber von Wangerooge eine eigene Nebenlinie.

Streichholz auf Streichholz brannte auf und verlosch, als ich über der magischen Sieben rätselte. Am Ende rätselte ich mich in Schlaf mit dem festen Vorsatz, daß ich mir morgen auf dem Rückweg zur Stadt Norden mehr von diesen entstehenden Kanälen ansehen mußte, falls es solche waren.

In der Nacht träumte ich von Ketten gewaltiger Schanzen und getarnten Geschützbatterien, die zwischen Dünen auf einsamen Inselchen auf der Lauer lagen; korallengleich errichtet von unendlich langsamen und verschwiegenen Arbeitern; versorgt durch tödliche Ladungen in Leichtern unter dem Kommando verstohlener Stummer, die einer wie der andere Ähnlichkeit mit Grimm hatten.

Bei Tageslicht war ich auf und davon (das Wetter mild und regnerisch). Auf dem Rückweg zur Straße begegnete ich einigen Tiefbauarbeitern, die mir guten Morgen wünschten und mich anstarrten. Auf der Brücke blieb ich stehen und wurde von Unentschlossenheit gepeinigt. Ich hatte so viel zu erledigen und so wenig Zeit dafür. Das ganze Problem schien sich versiebenfacht und das Ergebnis noch einmal verdoppelt und vervierfacht zu haben – sieben blaue Linien an Land, sieben punktierte Linien im Watt und sieben Inseln in der See. Einmal hätte ich mich beinahe entschlossen, meine Ausrede in die Praxis umzusetzen und nach Langeoog zu fahren, aber das bedeutete, das Treffen zu verpassen, und das wollte ich nicht.

Auf jeden Fall brauchte ich dringend ein Frühstück; und die beste Möglichkeit, es zu bekommen und mir zugleich neues Gebiet zu öffnen, war, nach Dornum zu gehen. Dort würde ich eine blaue Linie namens Neues Tief finden, die nach Dornumersiel an der Küste führt. Wenn das erkundet war, würde es weiter nach Nesse gehen, wo eine weitere blaue Linie nach Neßmersiel reicht. Das lag alles auf dem Weg nach Norden, und ich würde im Rücken ständig die Eisenbahn haben, die mich abends in diese Stadt bringen könnte. Der letzte Zug (sagte mir mein Fahrplan) würde in Norden um 19.15 eintreffen. Ich könnte ihn in Hage um 19.05 erreichen.

Ein schneller Fußmarsch von sechs Meilen brachte mich, hungrig wie ein Wolf, nach Dornum. Straße und Eisenbahn liefen die ganze Strecke eng nebeneinanderher und fanden auf halbem Wege die Gesellschaft eines Dritten in der Gestaltung eines mickrigen Flüßchens, das nach der Karte der obere Teil des Neuen Tiefs war. Es schlängelte und krümmte sich wie ein Aal, wurde von Schilf und Rohrgras erdrückt und maßte sich nicht an, schiffbar zu sein. Schließlich wandte es sich ab, verschwand in den Sümpfen und tauchte kurz vor Dornum in etwas würdigerer Erscheinung wieder auf.

Wo die Eisenbahn das Flüßchen kreuzte, gab es kein Nebengleis, aber bei der Stadt, die es im Osten umfloß, begann ein Treidelpfad. An diesem befand sich eine erst vor kurzem auf Pfählen errichtete Kaianlage. Davor stand ein Gebäude aus roten Ziegeln mit dem Aussehen eines Lagerhauses; es war noch ohne Dach, auf den Baugerüsten standen Arbeiter. Es regte meinen Appetit noch mehr an.

Wäre ich klug gewesen, hätte ich mich mit einem an einem Ladentisch gekauften Imbiß begnügt, aber der Durst auf heißen Kaffee und nach Spuren veranlaßten mich, das Experiment von Esens zu wiederholen und eine primitive Kneipe aufzusuchen. Diesmal hatte ich weniger Glück. Das Haus, das ich auswählte, war finster genug, und der Wirt war kein einfacher Ostfriese, sondern ein böse aussehender Schurke mit durchtriebenen Augen und verderbter Gesichtsfarbe, der eine höchst unwillkommene Neugierde an seinem Gast zeigte. Das letzte Verhängnis war, daß er wie ich eine Schirmmütze trug und sich als ehemaliger Seemann erwies. Bei seinem Anblick wäre ich geflohen, hätte sich dazu eine Möglichkeit geboten, aber mich bediente zunächst ein schlampiges Mädchen, das, da bin ich sicher, ihn rief, damit er mich betrachte. Ich sagte, um den Schmutz an Stiefeln und Hose zu erklären, ich sei zu Fuß von Esens gekommen und sah mich von nun an in ein Gewirr improvisierter Lügen verwickelt. Ich verfiel in den alten Schlendrian und versetzte meine Schwester diesmal nach Baltrum und sagte, ich wolle nach Dornumersiel (gegenüber von Baltrum) und von dort aus hinüberfahren. Da dies ein Schuß ins Blaue war, wagte ich nicht, mir Ortskenntnisse anzumaßen, sondern sprach von einem ersten Besuch. Dornumersiel war ein Glückstreffer; von dort verkehrte eine Fährgaleote nach Baltrum. Aber er kannte – oder gab es vor – die Insel und hatte von meiner Schwester nie gehört. Ich wurde immer nervöser, weil ich gleich sah, daß er meinte, ich sei besser gestellt als die meisten Seeleute von der Handelsmarine. Um alles noch schlimmer zu machen, war ich unvorsichtig genug, Eile vorzuschützen und aus einer Innentasche meine goldene Uhr mit Kette und Anhängern zu ziehen. Er sagte, so eilig sei es noch nicht, daß ich die Tide in Dornumersiel verpassen würde. Dann bedrängte er mich und stellte Fragen, deren gespielte Gleichgültigkeit mir den Schlüssel zu seinem Lebenslauf gab. Er mußte in seiner Laufbahn einmal Anwerber im Hafen gewesen sein, einer von diesen ekelhaften Schwindlern, die Jagd auf abgemusterte Matrosen machen. Häufig sind diese Anwerber selbst ehemalige Seeleute und in den Schwächen dieses Berufs durchaus bewandert. Er kam jetzt bei mir wieder in Übung, denn unglücklicherweise erweckte ich den Eindruck, genau zu der Schicht von Menschen zu gehören, die er zu betrügen pflegte; außerdem hatte ich eine goldene Uhr und zweifelsohne eine volle Börse. Nichts hätte mir widerfahren können, das so absurd ungelegen oder gefährlich war, denn Leute seiner Schicht sind kosmopolitisch wie Kellner und Portiers mit der gleichen Begabung, sich mühelos Sprachen anzueignen, und der ebenso untrüglichen Nase für Nationalitäten. Na klar, der Kerl erkannte meine und forderte mich selbstsicher in ziemlich fließendem Englisch mit einem Anflug von Amerikanisch heraus. Belastet mit der erdichteten Schwester, blieb ich selbstverständlich bei meiner Lüge und sagte, ich sei so lange auf einem englischen Schiff gefahren, daß ich den Akzent aufgeschnappt hätte, und warf ihm ein paar Worte in gebrochenem Englisch hin. Gleichzeitig zeigte ich, daß ich ihn für einen unverschämten lästigen Kerl hielt und zahlte meine Zeche – war ich ihn los? Nicht die Bohne! Er bestand darauf, mir den Weg nach Dornumersiel zu zeigen und folgte mir die Straße hinunter. Da ich merkte, daß er trotz der frühen Stunde betrunken war, riskierte ich keinen Streit mit einem Mann, der bereits so viel über mich wußte und jeden Augenblick mehr herausbekommen könnte. Deshalb gab ich nach und ließ ihm seinen Willen; in einer Kneipe gab ich einen für ihn aus in der Hoffnung, mich still davonmachen zu können – ein unheilvolles Zufluchtsmittel, denn es wurde zum Präzedenzfall für eine weitere Zecherei anderswo. Ich würde gern einen Schleier des Vergessens über unseren skandalösen Gang durch das friedvolle Dornum ausbreiten; über meinen Schrecken, als er mich als seinen Freund vorstellte, und zwar als seinen englischen Freund; über meine Erniedrigung, als ich Arm in Arm mit ihm die drei Meilen Straße zur Küste hinuntertrottete. Er hatte die boshafte Laune, daß wir englisch sprechen sollten; eine günstige Laune, wie sich dann herausstellte, weil ich kein Seemannsdeutsch kannte, aber eine oberflächliche Kenntnis von Vorderdecksenglisch hatte, aufgesammelt bei Cutcliffe Hyne und Kipling. Mit diesen beiden improvisierte ich eine verruchte Bastardsprache, die vor allem aus Flüchen und Gotteslästerungen bestand, und spann ein Garn von vorgespielten Reisen. Selbstverständlich kannte er jeden Hafen der Welt, aber glücklicherweise war er nicht sehr kritisch, was auf wiederholtes Schnapstrinken zurückzuführen war.

Dennoch war es in jeder Hinsicht eine erbärmlich widrige Lage. Ich verschwendete meine Zeit, denn die Straße verlief in anderer Richtung als das Neue Tief, so daß ich nicht einmal den Vorteil hatte, den Kanal inspizieren zu können und ihm erst begegnete, als wir die Küste erreichten. Hier teilte er sich in zwei Mündungen – beide mit Schleusen versehen – und ergoß sich in zwei Schlickhäfen, Ebenbilder von Bensersiel; an beiden stand eine Gruppe von Häusern. Ich steuerte sofort auf das Gasthaus in Dornumersiel zu, versorgte meinen Begleiter gut und bat ihn zu warten, während ich mich im Hafen nach einem Boot umsehen würde. Überflüssig zu sagen, daß ich ihn nie wiedersah. Ich warf nur einen flüchtigen Blick auf den Hafen zur Linken, sah, daß ein Leichter durchgeschleust wurde (denn die Tide war hoch), und ging, so schnell mich meine Füße tragen wollten, zum Außendeich, ging hinauf und die Küste entlang nach Westen gegen einen kräftigen Regenschauer an, voller Befürchtungen wegen der Aufregung und des Geschwätzes, die mein Verschwinden verursachen könnte, falls mein widerwärtiger Matrosenklau nüchtern genug war, es zu bemerken. Sobald ich die Luft für rein hielt, ging ich hinunter auf den Sand und rannte, bis ich nicht mehr konnte. Dann setzte ich mich auf mein Bündel, den Rücken zum Deich, etwas vor dem Regen geschützt und beobachtete, wie die See sich von den Bänken zurückzog und dürftige Tümpel zurückließ, wie die reich beladenen Wolken über die Inseln hinwegflogen, bis sich die blassen Umrisse im Nebel verloren.

Die Schute, die ich die Schleuse hatte durchfahren sehen, kroch hinter einem Schlepper und seiner Rauchfahne auf Langeoog zu.

Keine Erkundungen mehr bei Tageslicht! Das war mein erster Entschluß, denn ich hatte das Gefühl, als halle das Land von Berichten über einen verkleideten Engländer. Ich mußte mich bis zur Abenddämmerung verstecken, die Eisenbahnlinie erreichen und mich in den Zug nach der Stadt Norden stehlen. Doch als ich jetzt begann, mich auf vorübergehende Untätigkeit zurückzuziehen und die Gedanken auf das Treffen zu konzentrieren, bestürmte mich ein neuer Zweifel. Nichts war gestern anscheinend sicherer gewesen, als daß Norden der Treffpunkt sein würde, aber das war, ehe die sieben Sielorte in den Vordergrund getreten waren. Der Name Norden klang jetzt nackt und wenig überzeugend. Als ich mich fragte, warum das so sei, fiel mir plötzlich ein, daß alle Stationen an dieser nördlichen Eisenbahnlinie – obwohl tiefer im Binnenland als Norden – ebenfalls »Küstenbahnhöfe« in dem Sinne sind, daß sie Verbindung mit Häfen (irgendwelcher Art) an der See haben. Norden besitzt sein tidenabhängiges Flüßchen, aber Esens und Dornum haben ihr Tief, ihren Kanal. Ein Narr bin ich gewesen, daß ich den Ausdruck »die Tide ist günstig« so eng und wortwörtlich übersetzt hatte! War es wahrscheinlicher, daß meine Verschwörer sich in Norden – das sich unserer Theorie rein hypothetisch aufgedrängt hatte – oder an einem dieser Sielorte trafen, deren siebenfachem System meine letzten Beobachtungen eine so außerordentliche Wichtigkeit gegeben hatten?

Darauf gab es nur eine Antwort, und sie erfüllte mich mit tiefer Entmutigung. Sieben mögliche Treffpunkte – acht, Norden mitgerechnet. Wohin jetzt? Heraus kamen Fahrplan und Karte und damit Hoffnung. Der Fall lag schließlich gar nicht so schlecht; unmittelbare Änderungen des Plans waren nicht erforderlich, obwohl er schwerwiegende Unsicherheiten und Risiken mit sich brachte. Norden war zwar immer noch mein Ziel, aber vor allem als Umsteigebahnhof, weniger als Hafen. Obwohl es acht mögliche Treffpunkte gab, verringerte sich die Zahl der in Frage kommenden Bahnhöfe auf fünf, nämlich Norden, Hage, Dornum, Esens und Wittmund, alle an derselben Eisenbahnlinie. Züge von Osten nach Westen auf dieser Verbindung waren belanglos, weil von denen keiner als Nachtzug bezeichnet werden konnte. Der letzte war der, den ich morgens ausgesucht hatte, mich nach Norden zu bringen, wo er um 19.15 eintreffen sollte. Unter den Zügen von Westen nach Osten brauchte nur einer berücksichtigt zu werden, der gleiche, den ich gestern abend benutzt hatte, ab Norden 19.34 mit Ankunft Esens 20.50 und in Wittmund 21.13. Dieser Zug steht, wie der Leser weiß, der mit mir gefahren ist, in Verbindung mit einem von Emden und hat, wie ich jetzt feststellte, auch Anschlüsse von Hannover, Bremen und Berlin. Der Leser wird sich auch erinnern, daß ich eine Dreiviertelstunde warten mußte, genau von 19.00 bis 19.43.

Also galt für mich der Bahnsteig in Norden zwischen 19.15 (wenn ich aus dem Osten eintreffen würde) und 19.43 (wenn Böhme und sein mir unbekannter Freund nach Osten abfahren würden). Dort und in der halben Stunde lag meine Chance, zumindest zwei der Verschwörer zu erkennen und zu beschatten. Ich mußte mit ihrem Zug fahren und an ihrer Station aussteigen. Falls ich sie überhaupt nicht finden konnte, würde mich das auf die schon abgelehnte Ansicht zurückbringen, daß Norden selbst der Treffpunkt war; dann mußte ich eben bis 22.46 warten.

Unterdessen war es ganz schön und gut, daß ich mich bis zur Abenddämmerung zur Untätigkeit entschlossen hatte, aber nach einstündiger Ruhepause verführten mich nasse Kleider und Füße sowie die ausgebliebenen Verfolger dazu, mich wieder ins Gelände zu begeben. Ich mied Straßen und Dörfer, solange es hell war, und ging querfeldein nach Südwest – ein elender und mühevoller Weg mit feuchtem Sumpf und knietiefen Entwässerungsgräben, die es zu überwinden galt, mit Umwegen, um der Landbevölkerung auszuweichen, mit vielem verstohlenem Bücken hinter Dämmen und Weidenbäumen. Das wenige, das ich erfuhr, stand im Einklang mit früheren Erkundungen, denn mein Weg führte zum Harke Tief, das bei Neßmersiel mündet. Es war ebenfalls eine Art Kanal, aber erst im Werden begriffen an der Stelle, an der ich südlich von Nesse darauf stieß. Arbeiten an einer Abzweigung waren im Gange, und als ich ein kurzes Stück flußabwärts ging, sah ich wieder eine Leichter-Werft. Mir Hilgenriedersiel, den vierten Ort, anzusehen, hatte ich keine Zeit mehr. Um sieben Uhr war ich am Bahnhof Hage, sehr müde, naß und mit wunden Füßen, nachdem ich fast zwanzig Meilen hinter mich gebracht hatte, seit ich von meinem Lager im Leichter aufgestanden war.

Von hier nach Norden war es eine Bahnfahrt von zehn Minuten, die ich damit verbrachte, Roggenbrot und Räucheraal zu essen sowie den Schmutz von Stiefeln und Hose abzukratzen.

Die Erschöpfung war verschwunden, als der Zug in den

Bahnhof einfuhr und die wichtigen achtundzwanzig Minuten ihren Lauf nahmen. Nachdem ich einen dicken Schal umgebunden und den Kragen der Pijacke hochgeschlagen hatte, ging ich unmittelbar zum oberen Bahnsteig und keck an den Fahrkartenschalter, wo ich sofort von Brüning erblickte, ja, von Brüning in Zivil, aber die große athletische Gestalt, das liebenswürdige Gesicht und der gepflegte braune Bart waren nicht zu verkennen. Er verließ gerade das Schalterfenster, nachdem er eine Fahrkarte und einige Münzen an sich genommen hatte. Ich stellte mich an das Ende einer Reihe von drei oder vier wartenden Leuten und machte mich hinter ihnen und einer Zwischenmauer dünn, bis ich ihn hinausgehen hörte. Da ich nicht wußte, zu welchem Ort er wollte, verlangte ich eine Fahrkarte vierter Klasse nach Wittmund, was alle Möglichkeiten einschloß. Dann suchte ich mir, das Kinn im Schal vergraben, die dunkelste Ecke der schlecht beleuchteten Gaststube, die zugleich Wartesaal war, wo gemäß einer verdrießlichen deutschen Sitte die Reisenden bis zur Abfahrt ihres Zuges eingepfercht sind. Von Brüning saß in einer anderen Ecke, den Hut über die Augen gezogen, eine Zigarre im Mund. Ein Junge brachte mir einen Krug gelbbraunes Münchener Bier, an dem ich nippte, während ich beobachtete. Leute kamen herein und gingen hinaus, aber niemand sprach mit dem Seemann in Zivil. Als eine Viertelstunde verstrichen war, wurde eine Tür zum Bahnsteig geöffnet, und eine heisere Stimme rief »Hage, Dornum, Esens, Wittmund!« Eine Gruppe Reisender drängte hinaus auf den Bahnsteig und zeigte die Fahrkarten vor. Ich ließ mir Zeit bei meinem Bier und war der letzte der Gruppe mit von Brüning direkt vor mir, so nahe vor mir, daß mir sein Zigarrenrauch ins Gesicht wehte. Ich schaute ihm über die Schulter auf seine Fahrkarte, erkannte den Namen nicht, fing aber einen doppelten Zischlaut des Beamten auf, der sie prüfte; ich ging im Kopf die Bahnhöfe durch und tippte auf Esens.

Das war alles, was ich im Augenblick wissen wollte; deshalb ging ich zu meinem Abteil vierter Klasse und verlor meine Beute aus den Augen, da ich erst aus dem Fenster zu sehen wagte, als die letzte Tür zugeschlagen worden war. Dabei sah ich, wie zwei Spätankömmlinge auf ein Abteil zurannten – einer groß, der andere von mittlerer Größe; beide in Mantel und Schal. Ihr Gesicht konnte ich nicht erkennen, aber bestimmt war keiner der beiden Böhme. Sie waren nicht durch die Wartesaaltür gekommen, sondern eindeutig vom dunklen Ende des Bahnsteigs, wo sie gewartet hatten. Ein Schaffner schloß mit einigen mürrischen Einwendungen die Tür hinter ihnen, der Zug fuhr ab.

Esens – der Name überraschte mich nicht; er paßte zu einer Vorahnung, die den ganzen Nachmittag über immer stärker geworden war. Zum letzten Male nahm ich mir die vom Regenwetter des Tages feuchte und fleckige Karte vor und versuchte, sie mir einzuprägen. Ich merkte mir die Straße nach Bensersiel und wie sie nach und nach auf das Benser Tief zulief, bis sich beide an der Küste trafen. »Die Tide ist günstig!« Ich wollte Davies wäre hier, mir zu helfen. Aber dann berechnete ich mit Hilfe meines Tagebuchs, daß etwa um elf in Bensersiel die Tide hoch sein müßte und, wie ich mich erinnere, für zwei Stunden (sagen wir von zehn bis Mitternacht) fünf bis sechs Fuß Wasser im Hafen sein würden.

Wir würden in Esens um 20.50 ankommen. Würden sie fahren wie von Brüning vor einer Woche? Ich zog mir den Bauchriemen enger, stampfte mit den schlickbeladenen Stiefeln auf und dankte Gott für das Münchner Bier. Wohin würden sie von Bensersiel aus gehen? Und womit? Und wie sollte ich ihnen folgen? Das waren ungewisse Fragen, aber ich war zu allem bereit; ein Boot zu stehlen, war eine Bagatelle. Das Glück lächelt mir, dachte ich, Romantik winkt, sogar die See sieht freundlich aus. Ja, und jetzt weiß ich nur noch, daß die Phantasie sich bereits zu regen und ihre vorher kraftlosen Flügel zu schütteln begann.

## 27. Kapitel
## *Das Glück des blinden Passagiers*

Auf dem Bahnhof Esens drehte ich die Taktik von Norden um, sprang geschickt ab und war als erster am Ausgang, gab meine Fahrkarte zurück und hielt mich im Schutze der Dunkelheit in der Nähe des Bahnhoftors auf. Das Glück lächelte mir noch immer; kein Fahrzeug wartete, und es waren nur etwa ein halbes Dutzend Reisende. Zwei davon waren die Männer im Mantel, die beinahe in Norden zurückgeblieben wären, ein anderer war von Brüning. Er ging ein ganzes Stück vor den beiden her, aber am Tor zur Straße bekundeten sie eine gemeinsame Absicht, indem sie sich, zum Unterschied von den anderen, die zur Stadt gingen, nach Süden wandten, sehr zu meinem Erstaunen, denn dies war die entgegengesetzte Richtung zu Bensersiel und der See.

Ich hatte mich, mit dem Bündel auf der Schulter, hinter ihnen gehalten und war als ihr getreuer Schatten ebenfalls nach rechts abgebogen, ohne die Folgen abzusehen. Als es zur Umkehr zu spät war, sah ich, daß die Straße fünfzig Meter weiter durch die Schranke eines Bahnübergangs versperrt war und wir vier uns dort unausweichlich versammeln mußten, bis der Zug abdampfte. Tatsächlich geschah das auch, und für ein oder zwei Minuten standen wir alle in einer Gruppe, wobei wir uns betont gleichgültig zueinander verhielten und schwiegen, sich jeder des anderen aber – da bin ich sicher – sehr wohl bewußt war. Ich mußte innerlich lachen. Als die Schranke sich hob, waren die drei anscheinend geneigt zurückzubleiben, also nahm ich taktvoll den Wink auf, schritt munter weiter und blieb nach einigen Minuten stehen, um zu lauschen. Da ich nichts hörte, ging ich vorsichtig zurück und stellte fest, daß sie verschwunden waren. In welcher Richtung, darüber war ich mir nicht lange im Zweifel, denn ich kam an einen grasbewachsenen Weg, der nach links oder westlich der Straße in die Felder führte, und wenn ich auch keinen sehen konnte, so hörte ich doch das Murmeln sich entfernender Stimmen.

Gefaßt orientierte ich mich, stellte einen Fuß auf den Weg,

überlegte es mir jedoch und ging zurück in Richtung Esens. Ohne mich der Karte zu bedienen, wußte ich, daß der Weg sie ans Benser Tief in die Nähe des Holzlagers bringen würde. Bei Nebel wäre ich ihnen wahrscheinlich gefolgt, aber die Nacht war nicht sehr dunkel, und ich hatte mit meinen Kräften hauszuhalten; außerdem waren meinem Gedächtnis die Worte aufgedrückt: »Die Tide ist günstig.« Ich hielt es für eine klügere Ausnutzung von Zeit und Muskelkraft, ihnen auf dem kürzesten Weg in Bensersiel zuvorzukommen und sie den Ort auf dem Umweg über das Benser Tief – das zu inspizieren nach meiner Überzeugung eines ihrer Ziele war – erreichen zu lassen.

Es war neun Uhr in einer frischen, wilden Nacht; der wolkenverhangene Mond hatte einen Hof. Ich kam durch das ruhige Esens und war nach einer Stunde in der Nähe von Bensersiel und konnte die See hören. In mir hatte sich der Gedanke festgesetzt, daß ich Grimm am Dorfrand finden würde, wo er auf Besucher wartete; deshalb verließ ich die Straße kurz vor den Häusern und schlug einen Bogen über den Seedeich zum Hafen. Die unteren Fenster des Gasthofs warfen einen warmen Lichtschein in die Nacht, und drinnen sah ich den Dorfkreis beim Kartenspiel versammelt, beherrscht vom selbstbewußten kleinen Postamtsvorsteher, dessen hohe, reizbare Stimme ich deutlich heraushören konnte, als er da saß, die Mütze in den Nacken geschoben und einen guten Schnaps vor sich. Der Hafen sah nach meiner Erinnerung genauso aus wie vor einer Woche. Das Postboot lag an seiner alten Stelle am östlichen Pier, das Großsegel war gesetzt, die beiden Riesenzwillinge spuckten über die Reling. Ich rief sie kühn vom Ufer aus an (ohne mich ihnen zu verraten) und erfuhr, daß sie in einigen Minuten nach Langeoog absegeln würden, der Wind von Land stehe, die Post an Bord und das Wasser eben hoch genug sei.

»Wollen Sie mitfahren?«

»Nein, ich denke, ich werde warten.«

Ich war überzeugt, daß meine Gesellschaft noch nicht so früh eingetroffen sein konnte, behielt jedoch die Galeote im Auge, bis ihre Achterleine losgeworfen wurde und sie davonglitt. Eine Möglichkeit war damit ausgeschaltet. Einige Nichtstuer verzogen sich, und der Hafenbetrieb war anscheinend für diese Nacht zu Ende.

Eine Dreiviertelstunde gespannter Erwartung folgte. Die meiste Zeit verbrachte ich auf Knien in einem dunklen Winkel zwischen Deich und Westpier, von wo ich einen strategisch guten Blick auf das Hafenbecken hatte; gelegentlich wurde ich jedoch dazu getrieben, mich von der Untätigkeit durch Ausfälle zu befreien, die immer verwegener wurden. Ich erkundete die Straße jenseits der Brücke, trieb mich an der Schleuse herum und spähte in die Gaststube; nirgendwo eine Spur von Grimm. Ich untersuchte jeden schwimmenden Gegenstand im Hafen (es waren nur wenige), ließ mich hinunter auf zwei Leichter und steckte die Nase unter Persenninge, ging an Bord eines verlassenen Schleppers und in zwei oder drei schwerfällige Ruderboote. Nur eins davon sah benutzungsfähig aus, da die anderen keine Riemen und Dollen hatten; ein entmutigender Zustand für einen zukünftigen Bootsdieb. Der Anblick dieser Ruderboote legte mir eine letzte und mich am meisten berunruhigende Möglichkeit nahe, daß nämlich das wartende Schiff – falls es ein Schiff war – überhaupt nicht im Hafen lag, sondern irgendwo im Watt vor dem Deich, wo es bei diesem Stand der Tide mehr als genug Wasser hatte. Also wieder zum Deich; als ich jedoch auf dem Weg dorthin auf die See hinaus spähte, verflogen alle Bedenken. Eine solide Tatsache trat hervor; ich sah die Lichter eines Dampfbootes, das sich der Hafeneinfahrt näherte. Ich hatte kaum Zeit, meinen günstigen Beobachtungsort wieder einzunehmen, als es schon zwischen die Piers schoß, mit einem schlagartigen Aufrauschen der Schraube wendete und rückwärts an einen Liegeplatz unmittelbar vor dem einen Leichter fuhr, keine fünfzig Meter von meinem Versteck entfernt. Ein Decksmann sprang mit einer Leine an Land, während der Mann am Ruder mürrische Anweisungen gab. Das Schiff war ein kleiner Schlepper, und der Mann am Ruder enthüllte seine Identität, als er nach dem Abstellen der Maschine ebenfalls an Land sprang, im Licht der Seitenlaterne auf die Uhr sah und zum Dorf ging. Nach Größe und Körperbau war es Grimm – Grimm in langer Segeltuchjacke und mit Südwester. Ich beobachtete, wie er durch den Lichtstrahl vom Gasthausfenster ging und in Richtung Kanal verschwand.

Jetzt erschien noch ein Seemann und half seinem Kollegen, den Schlepper festzumachen. Dann gingen beide nach achtern an eine Arbeit; an welche, konnte ich nicht feststellen. Hervorzukommen war gefährlich, deshalb machte ich mich selbst an eine Arbeit, öffnete das Bündel, zog mir das Ölzeug über und ersetzte die Schirmmütze durch einen Südwester. Dazu wurde ich durch die Kleidung der beiden Seeleute veranlaßt, die beim Ziehen an der vorderen Festmacherleine ins Licht der Topplaterne gerieten.

Es war so etwas wie ein turnerisches Meisterstück, da ich auf dem rauhen Hafendamm lag oder vielmehr schräg daran stand, wobei die Ritzen zwischen den Steinen meinen Füßen Halt gaben und das Wasser unter mir plätscherte; aber schließlich hatte ich nicht vergebens auf der *Dulcibella* gelebt. Die Kette meiner Gedanken war – wie ich glaube – wie folgt: der Schlepper soll meine Leute befördern; einem Schlepper kann ich in einem Ruderboot nicht folgen; dennoch habe ich die Absicht, meine Leute zu beschatten; deshalb muß ich mit ihnen auf dem Schlepper fahren, und der erste und klügste Schritt dazu ist, sich wie ein Besatzungsmitglied zu verhalten.

Aber der nächste Schritt war schwierig, denn nachdem die beiden Seeleute mit ihrer Arbeit fertig waren, saßen sie Seite an Seite auf der Reling und steckten sich eine Pfeife an. Bald fand jedoch eine kleine Pantomime statt, die ebenso amüsant wie ermutigend war. Sie schienen sich zu beraten, blickten vom Schlepper hinüber zum Gasthof und vom Gasthof wieder auf den Schlepper. Einer ging ein paar Schritte in Richtung Gasthof und winkte dem anderen, der seinerseits etwas durch das Oberlicht in den Maschinenraum hinunterrief und sich dann seinem Kollegen bei der Flucht zum Gasthof anschloß. Noch während ich der Pantomime zuschaute, zog ich mir die Stiefel aus, hatte sie nach kaum einer Sekunde im Arm und trippelte auf Strümpfen durch den Schlamm. Ein Dutzend leiser Schritte, dann war ich über die Reling hinweg zwischen Ruder und Schornstein und sah mich nach einem Versteck um. Gewöhnlich versteckt sich der blinde Passagier im Laderaum, aber hier gab es nur einen Maschinen- und Heizraum, der zudem noch besetzt war; es gab auch kein leeres Apfelfaß, das dem Jim aus der *Schatzinsel* so zupasse kam. Soviel ich erkennen konnte – und ich wagte mich wegen des Oberlichts nicht weit vor –, bot das Deck keine Sicherheit. Aber auf der anderen oder Steuerbordseite hing etwas achteraus von mittschiffs ein kleines Boot in Davits, außenbords geschwungen, auf das gesunder Menschenverstand und vielleicht eine vage Vorahnung für einen späteren Nutzen unwiderstehlich hinweisen. Auf jeden Fall war langes Abwägen jetzt fehl am Platze, deshalb stieg ich auf die Reling und betrat ruhig meine Zuflucht. Die Takel knarrten ein wenig, Riemen und Duchten behinderten mich, aber lange bevor die beiden durstigen Bummler zurückgekommen waren, hatte ich mich auf den Bodenbrettern zwischen zwei Ruderbänken niedergelassen und so placiert, daß ich notfalls über das Schandeck hinwegspähen konnte.

Die beiden Seeleute kamen im Laufschritt wieder; sehr bald darauf hörte ich näherkommende Stimmen und erkannte die zungenfertig schwatzende des Postamtsvorstehers Schenkel. Er und Grimm gingen an Bord des Schleppers und achtern einen Niedergang hinunter, in dessen Nähe ich beim Hinüberspähen ein zweites Oberlicht sah, nicht größer als das der *Dulcibella* und von unten beleuchtet. Dann hörte ich, wie ein Korken gezogen wurde und Gläser aneinander klangen; kurz darauf kamen beide wieder. Es war offensichtlich, daß Schenkel geneigt war zu bleiben, um sich zu amüsieren, Grimm war dagegen erpicht, ihn loszuwerden, und gab ihm das recht unhöflich zu verstehen. Der erstere drängte, die Morgentide genüge; der letztere gab Befehl abzulegen und bemerkte schließlich mit einem zornigen Fluch, daß das Wasser falle und er fahren müsse; um die Sache zu entscheiden, ging er mit einem barschen ›gute Nacht‹ ans Ruder und ließ die Maschinen anlaufen. Herr Schenkel ging an Land und stolzierte beleidigt davon, während die Schlepperschraube sich zu drehen begann. Wir waren erst wenige Meter gefahren, als die Maschinen stoppten, die Dampfpfeife kurz aufheulte und ich, bevor ich meine Zukunft noch einmal überdenken konnte, rennende Schritte aus Richtung Deich hörte, zuerst auf dem Pier, dann auf Deck. Der letzte dieser Neuankömmlinge keuchte hörbar, als er an Bord kam und mit einem harten, dumpfen Aufschlag auf den Planken landete.

Da jetzt alles beisammen war, verließ der Schlepper den Hafen, aber nicht allein. Er nahm langsam Fahrt auf, wurde plötzlich mit einem Ruck angehalten, holte wieder auf und wurde schneller. Wir hatten etwas im Schlepp – was wohl? Selbstverständlich den Leichter, der hinter uns gelegen hatte.

Nun, ich wußte, was in dem Leichter war, weil ich vor einer

halben Stunde nachgesehen hatte. Es war keine tödliche Fracht, sondern Kohle, gewöhnliche Haushaltskohle, keine volle Ladung, wie ich mich erinnerte – nur ein tüchtiger Haufen mittschiffs, vorn und achtern mit Brettern getrimmt, um ein Verrutschen zu verhindern. Grimm war unter dem Vorwand hier, eine Ladung Kohle für Memmert zu bestellen. Aber bedeutet dies, daß wir nach Memmert gehen? Gleichzeitig fiel mir ein Satz ein, den ich bei der Niederlassung aufgeschnappt hatte: »Nur einer – mit halber Ladung.« Warum halbe Ladung?

Minutenlang gab es auf Deck eine Menge Bewegung und viele Befehle, laut von Grimm erteilt und beantwortet von einer Stimme weit hinten auf dem Leichter. Gleich darauf jedoch wurde der Schlepper auf hohe Touren gebracht, der Schiffsrumpf vibrierte voller Energie, an Bord herrschte verordnete Ruhe. Ich merkte auch, daß wir gleich hinter dem ausgeprickten Priel nach Westen abgebogen waren, denn der Wind, den wir genau von achtern gehabt hatten, wehte jetzt stark von Backbord.

Ich spähte aus meinem Horst und war sofort überzeugt, solange ich kein Geräusch machte und gründliche Vorsicht beachtete, war ich vollkommen sicher, bis das Boot gebraucht wurde. Es gab keine Deckslampen, die beiden Oberlichter verbreiteten nur schwaches Licht, und ich befand mich hinter der Seitenlaterne. Ich befand mich auch seitlich achtern vom Ruderrad, jedoch aufregend nahe – etwa zwölf Fuß, würde ich sagen –, und Grimm steuerte. Ich sollte erwähnen, daß das Ruderrad erhöht installiert war, wie man es oft sieht, in einer Art von Kanzel, die über zwei oder drei Stufen zu erreichen und brusthoch von einem Bretterbogen eingefaßt ist. Von der Besatzung war nur einer zu sehen, der stand als Ausguck ganz vorn am Bug, das Licht der Topplaternen – denn als Zeichen der Schleppfahrt war eine zweite angesteckt worden – glänzte auf dem Rücken seiner Öljacke. Der andere Mann, so schloß ich, steuerte den Leichter, den ich undeutlich am Schaum seiner Bugwelle ausmachen konnte.

Und die Passagiere? Drei davon standen zusammen achtern und lehnten über die Heckreling, den Rücken mir zugewendet. Einer war klein und untersetzt – zweifellos Böhme; das Keuchen und der dumpfe Aufschlag auf den Planken hatten mich darauf vorbereitet; von wo aus er jedoch gesprungen war, wußte ich nicht. Zwei waren groß, einer mußte von Brüning sein. Es müßten vier sein, überlegte ich, aber drei konnte ich nur sehen. Und wer war der dritte? Es mußte der sein, der ›darauf besteht zu kommen‹, der unbekannte Vorgesetzte, auf dessen Veranlassung und zu dessen Gunsten diese geheime Expedition geplant worden war. Und wer konnte es sein? Überflüssig zu sagen, daß ich mir diese Frage oft gestellt hatte, aber von brennender Wichtigkeit wurde sie erst, nachdem ich den Treffpunkt gefunden und mich der Expedition angeschlossen hatte.

»Bei jedem Wetter«, war ein anderer dieser aufbewahrten Sätze, die gelegen kamen. Es war eine rauhe, böige Nacht, nicht sehr kalt, denn der Wind kam noch immer aus Südwest, ein Wind von Land in dieser Küstengegend, der auf den Untiefen, die wir überquerten, kaum Seegang verursachte. Zur Frage unseres Kurses und Standortes machte ich mich verbissen daran, die lähmende Verwirrung zu überwinden, die mich bei Nacht oder Nebel in diesen schwierigen Gewässern immer befällt. Ich wand mich so herum, daß ich zwei blitzende Lichter erkennen und bestimmen konnte, das eine abwechselnd rot und weiß, fern und schwach achteraus, das andere rechts voraus und viel stärker mit nur weißen Blitzen. Ich stellte fest, das erste, mir weniger vertraute, war vom Leuchtturm Wangerooge; das zweite, mir als unser Leitstern bei dem Rennen zurück von Memmert gut bekannt, war das Leuchtfeuer mitten auf Norderney, etwa zehn Meilen entfernt.

Ich hatte keine genaue Vorstellung von der Zeit, denn ich konnte auf meiner Uhr nichts erkennen, aber ich meinte, daß wir um Viertel nach elf abgefahren sein mußten. Wir kamen schnell voran mit viel Qualm aus dem Schornstein und hochgehender Bugwelle; der Schlepper war anscheinend ein kraftvolles kleines Schiff und seine Last verhältnismäßig leicht.

Soviel zur allgemeinen Lage. Was meine eigene mißliche Situation betraf, so war ich nicht in Stimmung, über die Wagnisse dieses verrückten Abenteuers zu grübeln, das hundertmal gefährlicher als mein vom Nebel verborgenes Lauschen auf Memmert war. Ich wußte, der Punkt der Entscheidung war gekommen, nun mußte die leichtsinnige Unverschämtheit, die mich hergebracht hatte, mir weiter dienen und mich befreien. Fortuna liebt ungestümes Werben. Ich vertraute auf mein Glück und paßte auf.

Das Verhalten der Passagiere kam mir eigenartig vor. Sie blieben in einer Reihe an der Heckreling, sie starrten achteraus wie bereuende Auswanderer, gestikulierten manchmal und zeigten mit den Fingern. Da jetzt keine Spur vom Festland mehr zu sehen war, kam ich zu dem Schluß, daß sie über den Leichter sprachen – und auf den Augenblick, da mir dieses klar wurde, datiere ich mein Erwachen. Aber der Faden riß vorzeitig, denn die Passagiere begannen auf dem Deck auf und ab zu gehen, und ich mußte mich versteckt halten. Als ich den Kopf wieder heben konnte, standen sie bei Grimm am Ruder und diskutierten – soweit ich ihren Gesten entnehmen konnte – über unseren Kurs und die Zeit, denn er sah im Licht seiner Handlampe auf seine Uhr.

Wir fuhren in nördlicher Richtung, und an der Dünung erkannte ich, daß wir in der Nähe der Accumer Ee sein mußten, dem Fahrwasser zwischen Langeoog und Baltrum. Fuhren wir hinaus auf die offene See? Mir fiel plötzlich ein, daß wir das mußten, wenn der Leichter am Memmert abgesetzt werden sollte. Wäre ich Davies gewesen, würde ich gewisse unerbittliche und von keiner menschlichen Macht zu ändernde Bedingungen unserer Reise schneller begriffen haben. Wir waren nach der Hochtide ausgelaufen. Also fiel das Wasser jetzt überall, die Nebenpriele unterhalb der Inseln wurden langsam unbefahrbar. Bis Memmert waren es ganze dreißig Meilen, wobei drei Wasserscheiden zu überwinden waren, und zwar hinter Baltrum, Norderney und Juist. Ein Schiffsführer mit Mut und vollkommenem Selbstvertrauen könnte uns bei Dunkelheit vielleicht über eine bringen, aber der längste Teil der Fahrt müßte unvermeidlich außen herum vonstatten gehen. Ich verstand die Proteste Herrn Schenkels gegenüber Grimm jetzt besser. Auf offener See hatten wir noch nie einen Leichter im Schlepp gesehen, aber viele hinter der Barriere der Inseln; tatsächlich war es ja auch gerade die Existenz dieser geschützt liegenden Nebenpriele, die einen solchen Verkehr erst ermöglichte. Nur Grimms Gewerbe und der Alp des Leichters hatten mir Memmert als Ziel überhaupt erst nahegelegt; jetzt begann ich zu zweifeln. Dieser trügerische Sand hatte uns schon einmal zum Narren gehalten. In diesem Augenblick – als sollten meine Gedanken bestätigt werden – klingelte der Maschinentelegraf, und der Schlepper verlangsamte die Fahrt. Ich verbarg mich und hörte, wie Grimm dem Mann auf dem Leichter zurief, das Ruder nach Steuerbord zu legen, und dem Ausguck befahl, nach achtern zu kommen. Der nächste Befehl ließ mich bis ins Mark erstarren. Er hieß: »Fier weg!« Jemand machte sich an den Davits meines Bootes zu schaffen; das vordere Fall glitt schon ein wenig durch den Block und ließ das Boot etwas abkippen. Ich überlegte schon, wie weit es bis Langeoog zu schwimmen sei, als eine laute gebieterische Stimme (die mir unbekannt war) ertönte. »Nein, nein! Wir brauchen das Boot nicht. Die Dünung ist gar nichts, wir können springen. Nicht wahr, Böhme?« Der Sprecher endete mit einem jovialen Lachen. »Gnade!« dachte ich. »Wollen *die* etwa nach Langeoog schwimmen?« Aber ich schnaufte auch vor Erleichterung. Der Schlepper rollte für eine kurze Weile kraftlos in der Dünung; Schritte entfernten sich nach achtern. Es folgten Rufe wie ›Achtung‹ und Gelächter, ein schwerer Aufprall und einiges Scharren. Und es ging wieder weiter, die Schleppleine wurde behutsam angespannt, dann volle Fahrt voraus. Die Passagiere zogen für die Fahrt anscheinend den Leichter dem Schlepper vor, Kohlenstaub und Draußensein den sauberen Planken und einer warmen Kajüte. Als es wieder ruhig war, spähte ich hinaus. Grimm stand noch am Ruder und wirbelte teilnahmslos die Speichen des Rades herum, ohne auch nur einen Blick über die Schulter auf seine kostbare Fracht zu werfen. Und schließlich fuhren wir nun doch hinaus auf See.

Nahe an Backbord lag etwas Schwarzes, umgeben von Schaum, die Ostzunge von Baltrum. Sie verschmolz mit der Nacht, als wir langsam nach Luv drehten und über die unruhige Barre hinwegfuhren. Jetzt befanden wir uns in den weiten Tiefen der Nordsee und merkten es auch an der schweren Dünung und an den Gischtsalven.

Von diesem Punkt an begannen die Dinge sich zu entwickeln. Grimm übergab das Ruder dem Ausguck und ging zur Heckreling, von wo er als Antwort auf Signale vom Leichter her Befehle wie »Backbord!« oder »Steuerbord!« brüllte. Wir fuhren einmal ganz im Kreis und steuerten dabei nacheinander jede Himmelsrichtung an, danach arbeiteten wir uns geradewegs hinaus auf See, bis das Wasser sehr viel rauher wurde, dann plötzlich zurück, bis wir in Hörweite der Brandung am Inselstrand waren. Dort endeten die Manöver, die eindeutig den Charakter einer Probefahrt hatten; wir drehten bei und übernahmen die Passagiere wieder. Nachdem sie an Bord gekommen waren, gingen sie sofort unter Deck. Grimm brachte den Schlepper auf feststehenden Kurs und vertraute das Ruder wieder dem Seemann an, zog seine tropfnasse Öljacke aus, warf sie auf das Kajütenoberlicht und folgte den anderen. Er hatte den Kurs etwa auf West mit Leuchtfeuer Norderney einige Strich an Backbord voraus gelegt. Der Kurs nach Memmert? Möglich, aber das war mir einerlei, denn meine Gedanken waren weit von Memmert und dem heutigen Abend. *Es war auch der Kurs nach England.* Ja, endlich begriff ich. Ich war Zeuge einer Probe für ein größeres Schauspiel, das vielleicht in naher Zukunft inszeniert werden sollte – ein Schauspiel, in dem eine Vielzahl seetüchtiger Leichter, voll beladen mit Soldaten und nicht nur halb mit Kohle gleichzeitig in sieben geordneten Flotten aus sieben seichten Fahrrinnen hervorkommt und unter dem Geleitschutz der Kaiserlichen Marine die Nordsee überquert und sich auf die Küsten Englands wirft.

Nachsichtiger Leser, es steht dir frei zu sagen, daß ich sehr dumm gewesen bin; da aber die von mir beschriebenen Ereignisse noch neu sind, konnte die Möglichkeit einer Invasion Deutschlands in England erst jetzt zu einem Thema der öffentlichen Diskussion werden, nachdem sie nun einmal geschehen sind. Davies und ich hatten sie nie – ich wollte schon sagen, hatten sie nie in Betracht gezogen, aber das wäre unrichtig, denn wir hatten schon mal einen Blick darauf geworfen. Und hätte es während seiner oder unserer gemeinsamen Segelreise auch nur einen Vorfall gegeben, der den Anschein einer Bestätigung geliefert, würde Davies auf jeden Fall Feuer gefangen haben. Aber du wirst gesehen haben, wie widernatürlich uns die Umstände von Anfang bis Ende tiefer und tiefer ins falsche Fahrwasser getrieben haben, bis sich der Gedanke eingewurzelt hatte, daß das Geheimnis, dem wir nachgingen, eines der Verteidigung und nicht des Angriffs war. Daher war ein vollendeter geistiger Salto erforderlich, und mir als Amateur fiel der sehr schwer; um so mehr, als die Methode der Invasion, die ich jetzt dunkel erfaßte, so ungewöhnlich einmalig war; denn landläufige Invasionen beginnen in großen Häfen und erfordern eine Flotte von Ozeantransportern, worauf keiner unserer Anhaltspunkte hinwies. Einleuchtende Methoden zu vernachlässigen, sich auf die unüblichen Hilfsmittel einer abgelegenen Küste zu verlassen, eine Anzahl unbedeutender Flüßchen und tidenabhängiger Häfen zu verbessern und auszunutzen und von dort unter dem Schutzschirm der Inseln eine Armada von Leichtern mit geringem Tiefgang zu entsenden, die geeignet ist, sich auf einen entsprechend abgelegenen und deshalb unvermuteten Teil der Küste des Feindes zu werfen – das war ein Plan, der so tollkühn, ja in mancher Hinsicht so weltfremd war, daß ich ihn selbst jetzt nur halb glauben konnte. Dennoch mußte er stimmen. Stück für Stück fielen die Teile des Puzzlespiels an ihren Platz, bis sich ein zusammenhängendes Ganzes andeutete.

Der Schlepper wogte weiter in die Nacht hinaus; eine Regenbö überfiel uns und fegte zischend achteraus. Baltrum verschwand, der Strand von Norderney erstrahlte vorübergehend im Mondlicht. Trunken vor Triumph kuschelte ich mich in meine Wiege und plünderte jede noch nicht aufgesuchte Kammer meines Gedächtnisses, warf ihren verstaubten Inhalt hinaus, machte von einigem ein Freudenfeuer und sah, wie der Rest im Lichte der großen Offenbarung Leben und Bedeutung annahm.

Ich träumte von Dingen, nicht von Personen; von großen nationalen Fragen eher als von brennenden menschlichen Interessen, die so eng damit verbunden sind. Aber plötzlich wurde ich mir mit einem Schock meiner selbst, Davies' und der Gegenwart wieder bewußt.

Wir änderten unseren Kurs, was ich an Veränderungen der über mich hinwegpfeifenden Luftwirbel erkannte. Ich hörte, daß Grimm wieder auf den Beinen war und überblickte in einem günstigen Moment die Szene. Querab an Backbord waren die grellen Lichter der Stadt Norderney und ihrer Strandpromenade, und wie ich wahrnahm, schickte der Schlepper sich an, ins Seegat einzulaufen. Er kam herum, bahnte sich seinen Weg durch die Brandung über der Barre, bis seine Nase nach Süden zeigte und der Wind von Steuerbord voraus kam. Keine Meile von mir befanden sich die Villa und die Yacht sowie die drei Personen des Dramas – das heißt drei nur dann, falls Davies in Sicherheit war.

Würden wir im Hafen von Norderney anlegen? Himmel, was für ein Höhepunkt! Wenn ich dem nur gewachsen war. Meine Arbeit hier war erledigt. Auf einen Schlag könnte ich bei Davies sein und frei, unser Vorhaben zu verwirklichen!

Der verwegene Gedanke, die Takel der Davits durchzuschneiden – ich erröte bei dem Gedanken an diese Dummheit –, wurde verworfen, sobald er aufgekommen war. Stattdessen versuchte ich, mir die Annäherung an den Pier vorzustellen. Mein Boot hing an der Steuerbordseite; das wäre die nicht dem Kai zugewendete Seite, und die Tide würde niedrig sein. Ich könnte während der Aufregung beim Anlegen die Davits hinunterklettern, mich ins Wasser fallen lassen, die paar Meter durch den ausgebaggerten Priel schwimmen, durch den Schlick bis in die Nähe der *Dulcibella* waten und den Rest des Weges schwimmen. Ich rieb mir das Salz aus den Augen und bewegte die verkrampften Beine ... Hallo! Warum verließ Grimm das Ruder wieder? Er ging in die Kajüte zurück und überließ es dem Seemann. Wir sollten jetzt nach Backbord drehen – aber nein, weiter ging es nach Süden, Richtung Festland.

Obwohl der eine Plan vereitelt war, einmal eingepflanzt, wuchs das Verlangen schnell, Davies wiederzusehen.

Unser Bestimmungsort war nun unstreitig. Dieser Priel war derselbe, in dem wir unsere Reise blind nach Memmert angetreten hatten, derselbe, den meine Dampffähre vor zwei Tagen hinuntergefahren war. Es war eine Sackgasse, die nur zu einem Ort führte, zur Anlegestelle von Norddeich. Jetzt, da ich daran denke, der einzige Ort an der gesamten Küste überhaupt, den der Schlepper bei diesem Stand der Tide anlaufen konnte. Dort wäre der Kai an der Steuerbordseite, und ich sah mich schon an meinen Horst gefesselt, während die Passagiere an Land gehen sowie Schlepper und Leichter umkehren und nach Memmert fahren würden – dort Morgendämmerung und Entdeckung.

Es gibt irgendeinen Ausweg – irgendeinen Ausweg, wiederholte ich bei mir – irgendeinen Weg, die Kenntnisse von dieser eigenartigen Gegend zu nutzen, die Früchte von Davies' zahlreichen Belehrungen zu ernten. Was würde *er* tun?

Als Antwort kam das vertraute Rauschen der Brandung an trockenen Sänden. Die Dünung erstarb, der Priel wurde schmaler; dunkel und unheimlich erstreckte sich an Steuerbord meilenweit neu aufgetauchter Sand. Nur zwei Mann waren an Deck; der Mond war verhüllt durch die Vorhutwolken einer neuen Bö.

Ein toller Plan tanzte vor mir. Die Uhrzeit, ich muß die Uhrzeit wissen! Ich duckte mich, zündete ein Streichholz an und verdeckte die Flamme mit meiner Jacke – halb drei; die Tide lief jetzt seit etwa dreieinhalb Stunden ab. Niedrigwasser etwa um fünf; sie würden bis halb acht auf Grund sitzen. Lebensgefahr? Keine. Fackeln und Retter? Unwahrscheinlich mit ›ihm, der darauf besteht‹ an Bord; außerdem würde keiner kommen, da keine Gefahr bestand. Ich würde günstigen Wind und eine günstige Tide für *meinen* Trip haben. Grimms Jacke lag auf dem Oberlicht; beide waren wir glattrasiert.

Der Rudergänger starrte nach vorn, eifrig mit seinem schwierigen Kurs beschäftigt; der Wind heulte in höchster Vollendung. Ich kniete mich hin und untersuchte ein Takel der Davits. Daran war nichts bemerkenswert, nur ein doppelter und ein einfacher Block (wie die an unseren Toppfalls), der untere in einen Ring am Boot eingehakt, der Tampen zum Fieren an einer Klampe am Davit befestigt. Da mußte noch etwas sein, das dem Boot seitlichen Halt gab, sonst wäre es beim Rollen außenbords nach innen geschwungen. Wie ich feststellte, bestand der Halt aus zwei an die Davits gespleißte Falls, die durch Löcher im Kiel gesteckt waren. Ich beugte mich darüber und durchschnitt sie mit dem Taschenmesser; das Ergebnis war ein kaum wahrnehmbares Schaukeln des Boots, da der Schlepper in Lee der Sände war und ruhig lag. Dann verließ ich mein Versteck, kletterte am Heckbrett über den hinteren Davit hinaus, bereitete jede Bewegung mit peinlichster Vorsicht vor, bis ich an Deck stand. Im nächsten Moment war ich am Kajütenoberlicht und hob Grimms lange Öljacke auf. (Eine Sekunde gab ich der Versuchung nach, aber nein, das Oberlicht war aus Mattglas und von unten befestigt.) Also, die Jacke an, den Kragen hoch und auf Zehenspitzen nach vorn zum Ruder! Sobald ich am Maschinenraumoberlicht war (das heißt die Kabine unten lag schon gut hinter mir), nahm ich meinen natürlichen Schritt an, ging zur Kanzel und berührte den Rudergänger am Arm, wie ich es von Grimm gesehen hatte. Der Mann ging zur Seite, brummte etwas über ein Leuchtfeuer, dann übernahm ich das Ruder. Grimm war ein Mann von wenigen Worten, deshalb stieß ich seinen Trabanten nur an und zeigte nach vorn. Folgsam wie ein Lamm ging er an seinen gewohnten Platz am Bug, ohne auch nur im Traum daran zu denken – warum sollte er auch? –, mich zu mustern, dagegen hatte ich in ihm sofort ein Besatzungsmitglied der *Kormoran* erkannt.

Meine List entwickelte sich in ihrer ganzen herrlichen Einfachheit. Ich schätzte, wir befanden uns auf halbem Wege nach Norddeich im Buse-Tief, einem Priel, dessen schiffbare Breite bei diesem Stand der Tide höchstens 200 Meter betrug. Zwei Lichter, eins über dem anderen, funkelten schwach weit voraus. Ich wußte weder, was sie bedeuteten, noch kümmerte es mich; ich benutzte sie nur, um die Wirkung des Ruders zu erproben, denn es war dies das erste Mal, daß ich die Süßigkeiten der Verfügungsgewalt über ein Dampfschiff kostete. Ein paar vorsichtige Versuche lehrten mich die Anfangsgründe, und jetzt konnte nichts mehr die Katastrophe verhindern.

Ich hielt unmerklich nach Steuerbord – die Seite hatte ich mir ausgesucht –, dann noch ein wenig, bis der glänzende Rücken des Ausgucks sich leicht regte; der aber war ein gut abgerichteter Gefolgsmann mit blindem Vertrauen in den ›Alten‹. Jetzt hart Steuerbord! Speiche für Speiche gab ich dem Schlepper den vollen Druck des Ruders. Der Ausguck rief eine Warnung, ich hob ruhig den Arm, um zu bestätigen. Ein Schrei kam vom Leichter, und ich erinnere mich, daß ich nur gedacht habe: »Zum Teufel, was wird mit dem geschehen?« Dann kam das Ende, so mild und allmählich (denn die Sände haben einen Schlickrand), daß das Unglück über uns hereingebrochen war, ehe ich es merkte. Es gab nur ein ganz winziges warnendes Beben, als unser Kiel den butterweichen Boden zerschnitt, dann eine Kaskade kleiner Wellen an beiden Seiten, das Ruderrad in meinen Händen starr festgeklemmt, als sich der Schlepper auf seinem Ruheplatz behaglich niederließ.

In der nun folgenden Szene von Panik war ich, das kann man mit Sicherheit sagen, die einzige Seele an Bord, die mit methodischer Gelassenheit handelte. Der Ausguck flog wie ein Pfeil zum Heck und brüllte etwas zum Leichter hinüber. Grimm stürmte in Gefolgschaft der Passagiere sofort an Deck und raste und fluchte; er warf sich auf das Ruderrad, das ich achtungsvoll aufgegeben hatte, klingelte mit dem Maschinentelegrafen und riß an den Speichen des Rades. Der Schlepper bekam unter der Kraft der Tide Schlagseite; Wind, Dunkelheit und Regen verschlimmerten die Verwirrung.

Ich stellte mich hinter den Schornstein, warf meine Amtskleidung ab und ging zum Boot. Lange und bittere Erfahrungen beim Auflaufen hatten mir gesagt, daß dieses bestimmt gebraucht werde. Auf dem Weg dorthin stieß ich mit einem Passagier zusammen und zwang ihn in meine Dienste; zufällig sah ich sein Gesicht, und damit bestätigte sich eine alte Vermutung. Er war einer, der, in Deutschland, ein größeres Recht als jeder andere hat, ›auf etwas zu bestehen‹.

Als wir bei den Davits waren, ertönte an Backbord ein Knall wie von einem Pistolenschuß – die Schleppleine war gerissen, weil, wie ich glaube, der Leichter mit seinem geringeren Tiefgang am Schlepper vorbeigetrieben war. Neuer Tumult entstand. »Fier das Boot!« hörte ich Grimm rufen, aber der Befehl war bereits ausgeführt. Mein Helfer, der Passagier, und ich hatten jeder ein Takel gelöst und eilig gefiert; dann griff ich nach dem drahtigen Burschen, um einen Halt zu haben, und sprang hinunter. (Es war kein tiefer Sprung, denn der Schlepper hing schwer nach Steuerbord über; der Leser denke an unseren Kurs und die Richtung des Ebbstromes und wird erkennen, warum.) Das vordere Fall war prima ausgehakt, aber das achtere hatte an Lose verloren. »Fier weg!« rief ich gebieterisch und tastete nach meinem Messer. Mein Helfer oben gehorchte; der Haken gab nach; ich warf den losen Tampen weg, und das Boot trieb ab.

## 28. Kapitel
## *Wir erreichen unser doppeltes Ziel*

Wann genau sich die Atmosphäre der Mißverständnisse auf dem gestrandeten Schlepper verflüchtigt hatte, weiß ich nicht, denn bis die Dollen eingesteckt und die Riemen eingelegt waren, hatten mich Tide und Wind erfaßt und trieben mich fröhlich auf den Weg nach Norderney, dessen Lichter durch den Regenschauer im Norden funkelten. Mit den ersten Riemenschlägen fuhr ich auf den Leichter zu, der hilflos abgetrieben war; sobald ich jedoch glaubte, daß ich außer Sichtweite des Schleppers war, kehrte ich um und arbeitete an meiner eigenen Rettung. Ich hörte einen Ausbruch von Rufen, die aber bald verebbten. Mit voller Fahrt bei fallender Tide! Die waren bestimmt für fünf Stunden festgenagelt.

Es war unmöglich, den Weg zu verfehlen, und mit meinen starken Bundesgenossen, die mich vorantrieben, machte ich mit der Strecke von zwei Meilen kurzen Prozeß. In der letzten Meile gab es noch ein hartes Ringen an der Stelle, wo das Riffgat seine Fluten quer über meinen Weg ergoß. Dann reckte ich – weiß Gott mit welch gespannter Sorge – den Hals über die Schulter und hielt Ausschau nach dem niedrigen Rumpf und dem spitz zulaufenden Mast der *Dulcibella*. Nicht da! Nein, nicht wo ich sie verlassen hatte. Ich pullte wie rasend weiter in den Hafen hinein, an dem schlafenden Fahrdampfer vorbei, und – der Himmel sei gelobt! – da lag sie am Pier festgemacht.

»Wer ist da?« kam es von unten, als ich das Deck betrat.

»Psst! Ich bin's.« Dann gaben Davies und ich einander in der Dunkelheit der Kajüte die Hand.

»Alles mit dir in Ordnung, alter Junge?« sagte er.

»Ja. Mit dir auch? Ein Streichholz! Wie spät ist es? Schnell!«

»Gütiger Himmel, Carruthers, was, zum Teufel, hast du denn mit dir gemacht?« (Ich vermute, nach meinem zweitägigen Ausflug habe ich eine hübsche Figur abgegeben.)

»Zehn nach drei. Es ist die Invasion der Deutschen! Ist Dollmann in der Villa?«

»Invasion?«

»Ist Dollmann in der Villa?«

»Ja.«

»Schwimmt die *Medusa?*«

»Nein, sie liegt auf Schlick.«

»Zum Teufel! Schwimmen wir?«

»Noch, glaube ich, aber ich mußte die Yacht verholen.«

»Du glaubst? Zieh sie vom Ufer weg! Stake sie raus! Durchschneide die Haltetaue!«

Für einige Minuten schufteten wir unentwegt mit den langen Riemen, bis die *Dulcibella* vor dem Dampfer in tieferem Wasser lag. Unterdessen hatte ich ihm ein paar Tatsachen zugeflüstert.

»Wann kannst du reisefertig sein?« fragte ich.

»In zehn Minuten.«

»Wann wird es hell?«

»Sonnenaufgang ist etwa um sieben, die erste Dämmerung um fünf. Wohin fahren wir?«

»Nach Holland oder England.«

»Machen sie die Invasion jetzt?« fragte Davies ruhig.

»Nein, sie proben nur.« Ich lachte wild.

»Dann können wir warten.«

»Wir können genau eineinhalb Stunden warten. Komm an Land und wecke Dollmann; wir müssen ihm drohen und beide an Bord bringen; jetzt oder nie. Bei allen Heiligen, Mann, nicht so!« (Er hatte einen Schlafanzug an). »Seezeug.«

Während er sich anständig kleidete, faßte ich meine Tatsachen zusammen und entwarf einen Plan. »Wirst du beobachtet?« fragte ich.

»Ich glaube von den Männern der *Kormoran*.«

»Ist die *Kormoran* hier?«

»Ja.«

»Die Männer?«

»In dieser Nacht nicht. Grimm hat sie mit dem Schlepper abgeholt. Ich habe es beobachtet. Und, Carruthers, die *Blitz* ist hier.«

»Wo?«

»Draußen auf der Reede. Hast du sie nicht gesehen?«

»Ich habe mich nicht umgesehen. Ihr Kommandant ist jedenfalls in Sicherheit, Böhme und der unbestimmbare dritte Mann sowie die Leute von der *Kormoran* ebenfalls. Die Luft ist rein – also jetzt oder nie.«

Wieder einmal gingen wir über den langen Pier und durch

die stillen Straßen; Regen fiel uns von hinten an. Ich glaube, wir gingen wie auf Wolken; an Erschöpfung kann ich mich nicht erinnern. Davies legte manchmal ein kleines Rennen ein und murmelte »Schurke!« vor sich hin.

»Ich hatte recht – nur umgekehrt«, murmelte er mehr als einmal. »Ich hatte wirklich immer recht, diese Priele sind der Schlüssel zu der ganzen Angelegenheit. Chatham, unser einziger Stützpunkt im Osten, kein Nordseestützpunkt oder -geschwader – die werden an einer dieser gottverlassenen Sandbänke vor dem Crouch oder dem Blackwater landen.«

»Das scheint ein tolles Vorhaben zu sein«, bemerkte ich.

»Toll? In gewisser Hinsicht ist das jede Invasion. Aber es ist gründlich, es ist deutsch. Kein anderes Land könnte das schaffen. Mir dämmert jetzt alles – mein Gott! Es wird am Wash sein – das ist am nächsten und so sandig wie hier.«

»Wie ist Dollmann gewesen?« fragte ich.

»Höflich, aber seltsam und nervös. Die Geschichte ist zu lang.«

»Clara?«

»Sie ist in Ordnung. Mein Gott! Carruthers – ach, laß nur.«

Wir fanden eine Nachtglocke an der Tür der Villa und läuteten sie kräftig. Oben wurde ein Fenster geöffnet, und ich rief hinauf: »Eine Nachricht von Fregattenkapitän von Brüning – dringend.«

Das Fenster wurde geschlossen, bald danach ging das Licht in der Diele an, und Dollmann im Hausmantel öffnete die Tür.

»Guten Morgen, Lieutenant X.«, sagte ich auf englisch. »Halt, wir sind Freunde, Sie Narr!«, als die Tür beinahe wieder zugeworfen wurde. Sie wurde langsam weiter geöffnet. Wir gingen hinein.

»Ruhe!« zischte er. Der Schweiß stand auf seiner hohen Stirn, er hatte hektische Röte auf beiden Wangen, aber ein Lächeln – was für ein Lächeln! – um den Mund. Er hieß uns durch Zeichen geräuschlos aufzutreten (eine vergebliche Aufforderung an mich), führte uns in das schon bekannte Wohnzimmer, machte Licht und sah uns an.

»Nun?« sagte er, immer noch lächelnd, auf englisch.

Ich sah auf meine Uhr, und ich darf sagen, wenn meine Hand einen Hinweis auf meine allgemeine Erscheinung gab, dann muß ich wie der verkommenste Kerl unter dem Himmel ausgesehen haben.

»Wir verstehen einander vermutlich«, sagte ich, »und Erklärungen abgeben hieße Zeit verlieren. Wir segeln spätestens um fünf nach Holland oder England, und wir hätten gern das Vergnügen, daß Sie uns begleiten. Wir versprechen Ihnen Immunität – unter bestimmten Bedingungen, die warten können.« Er hatte während dieser kurzen Ansprache gelächelt, aber das Lächeln war erstarrt, als tobe in seinem Innern eine entscheidende Debatte. Plötzlich lachte er (ein tiefes, ironisches Lachen).

»Ihr seid Narren«, sagte er. »Ihr seid verfluchte lästige junge Idioten. Ich dachte, ich wäre mit Ihnen fertig. Versprechen mir Immunität? Geben mir Zeit bis um fünf? Bei Gott, ich gebe Ihnen fünf Minuten, um nach England zu verschwinden und mich zu verwünschen oder als Spione eingesperrt zu werden. Zum Teufel, wofür halten Sie mich eigentlich?«

»Für einen Verräter in deutschen Diensten«, sagte Davies nicht allzu standhaft. Wir waren beide nach diesem beißenden Angriff etwas kleinlaut geworden.

»Ein Ver ...? Ihr schweinsköpfigen jungen Unruhestifter! Ich stehe in *britischen* Diensten. Sie haben die Arbeit von Jahren ruiniert – und das ausgerechnet an der Schwelle zum Erfolg.«

Für einen Augenblick sahen Davies und ich einander verblüfft an. Er log – ich könnte schwören, daß er log, aber wie das beweisen?

»Warum haben Sie versucht, Davies durch Schiffbruch zu vernichten?« sagte ich mechanisch.

»Pah! Die haben mich veranlaßt, dafür zu sorgen, daß er hier verschwindet. Ich wußte, daß er in Sicherheit war, und er ist es ja auch.«

Jetzt gab es nur noch eins – ein letzter Impaß, um ihn auf die Probe zu stellen.

»Sehr gut«, sagte ich nach einer Weile. »Wir werden verschwinden – schweig, Davies! –, da wir uns anscheinend geirrt haben, aber es ist nur richtig Ihnen zu sagen, daß wir alles wissen.«

»Verdammt, nicht so laut! Was wissen Sie?«

»Ich habe mir in jener Nacht auf Memmert Notizen gemacht.«

»Unmöglich!«

»Doch, dank Davies. Selbstverständlich unter Schwierigkeiten, aber ich habe durchaus genug gehört. Sie haben über Ihre Reise nach England berichtet, Chatham, wissen Sie, und über den englischen Angriffsplan, zweifellos ein erfundener, da Sie ja auf der richtigen Seite stehen. Böhme und die anderen befaßten sich mit dem deutschen Verteidigungsplan. Von A bis G – ich habe alles gehört – die sieben Inseln und die sieben Priele (Davies kennt jeden einzelnen in- und auswendig); dann an Land der Eisenbahnring mit Esens als Zentrum, das Armeekorps, das mobilisiert wird und sich einschanzt – alles wertlos, vergeudet, haha! – da sie ja auf der richtigen Seite . . .«

»Nicht so laut, Sie Unglücksteufel!« Er wandte sich um und machte einige unentschlossene Schritte auf die Tür zu, wobei er die Falten seines Hausmantels zerknautschte wie auf Memmert den Vorhang. Zweimal begann er mit einer Frage und brach wieder ab. »Ich gratuliere Ihnen, meine Herren«, sagte er schließlich mit etwas mehr Gelassenheit und sah uns wieder an. »Sie haben Wunder vollbracht in Ihrem unangebrachten Eifer, aber Sie haben mich bereits zu sehr bloßgestellt. Ich werde Sie festnehmen lassen müssen – eine reine Formsache . . .«

»Danke«, unterbrach ich ihn. »Wir haben fünf Minuten vergeudet, und die Zeit drängt. Wir segeln um fünf und hätten Sie – aus reiner Formsache – am liebsten bei uns.«

»Was soll das heißen?« knurrte er.

»Ich war Ihnen gegenüber auf Memmert im Vorteil, trotz akustischer Hindernisse. Ihre Freunde haben hinter Ihrem Rücken eine Verabredung getroffen, und ich – in meinem unangebrachten Eifer – habe einige Mühe auf mich genommen, um daran teilzunehmen, und erhielt so eine geglückte Demonstration in einer anderen Angelegenheit, nämlich der Invasion in England, ausgehend von den sieben Sielorten.« (Davies gab mir einen leichten Rippenstoß). »Nein, ich würde die Pistole in Frieden lassen, und klingeln würde ich auch nicht. Sie können uns festnehmen lassen, wenn Sie wollen, aber das Geheimnis ist in sicheren Händen.«

»Sie lügen!« Er hatte recht, aber das konnte er nicht wissen.

»Glauben Sie vielleicht, ich hätte diese Vorsichtsmaßnahme nicht getroffen? Aber Namen werden nicht erwähnt.« Er stöhnte, sank in einen Sessel und schien vor unseren Augen zu altern und zu ergrauen.

»Was haben Sie gesagt über Immunität und über Clara?« murmelte er.

»Wir sind Freunde – wir sind Freunde«, platzte Davies heraus mit einem Würgen in der Stimme. »Wir wollen Ihnen beiden helfen.« (Durch einen Schleier, der mir plötzlich vor den Augen lag, sah ich, wie er ungestüm auf den anderen zuging und ihm die Hand auf die Schulter legte). »Diese Burschen sind uns und Ihnen auf der Spur. Kommen Sie mit uns. Wecken Sie sie, sagen Sie es ihr. Bald wird es zu spät sein.«

X. zuckte unter der Berührung zusammen. »Es ihr sagen? Ich kann es ihr nicht sagen. Sagen Sie es ihr, mein Junge.« Er kauerte sich tiefer in den Sessel. Davies wandte sich mir zu.

»Wo ist ihr Zimmer?« sagte ich scharf.

»Über diesem.«

»Geh rauf, Carruthers«, sagte Davies.

»Ich nicht. Ich würde sie zu Tode erschrecken.«

»Ich möchte nicht gehen.«

»Unsinn, Mann! Dann gehen wir eben beide.«

»Machen Sie keinen Lärm«, sagte eine verwirrte Stimme.

Wir verließen die zusammengesunkene Gestalt und schlichen nach oben – glücklicherweise war die Treppe mit einem dicken Teppich ausgelegt. Die Tür, die wir suchten, war halb geöffnet, im Zimmer dahinter Licht. Auf der Schwelle stand eine schlanke, weiße Gestalt, barfüßig und mit entblößtem Hals.

»Was ist, Vater?« rief sie flüsternd. »Mit wem hast du gesprochen?« Ich stieß Davies nach vorn, aber er hielt sich zurück.

»Psst, erschrecken Sie nicht!« sagte ich. »Ich bin's, Carruthers, und Davies – und Davies. Dürfen wir für einen Moment hineinkommen?«

Ich stieß sanft die Tür weiter auf, während sie rückwärts ging und mit einer Hand an ihren Hals griff.

»Gehen Sie bitte zu Ihrem Vater«, sagte ich. »Wir werden Sie beide mit der *Dulcibella* nach England bringen – jetzt, auf der Stelle.«

Sie hatte mich gehört, aber ihr Blick wanderte zu Davies.

»Ich verstehe nicht«, stammelte sie bebend und sich in so rührender Verwirrung duckend, daß ich es nicht ertragen konnte, sie anzusehen.

»Um Gottes willen, sage etwas, Davies«, murmelte ich.

»Clara«, sagte Davies, »wollen Sie uns nicht vertrauen?«

Ich hörte, wie sie leise aufstöhnte. Dann ein Flattern von Spitzen und Batist, und sie lag in seinen Armen, schluchzend wie ein müdes Kind, ihre kleinen weißen Füße zwischen seinen großen, klobigen Seestiefeln, die rosigbraune Wange an seinem rauhen Jersey.

»Es ist nach vier, alter Junge«, stellte ich brutal fest. »Ich gehe wieder hinunter zu ihm. Kein großes Packen, wohlgemerkt! Sie müssen in einer halben Stunde hier raus sein.«

Ich stolperte ungeschickt die Treppe herunter (wieder dieser lästige Schleier vor den Augen!) und fand ihn, wie er einige Papiere, ohne sie zu prüfen, in den Ofen steckte. Die Kohlen darin glühten nur noch schwach, aber das schien er nicht zu merken.

»Sie müssen in einer halben Stunde fertig sein«, sagte ich und steckte heimlich die Pistole, die auf dem Tisch lag, in die Tasche.

»Haben Sie es ihr gesagt? Bringen Sie sie nach England, Sie beide. Ich glaube, ich werde bleiben.« Er sank wieder in seinen Sessel.

»Unsinn, sie würde nicht ohne Sie gehen. Sie müssen, um ihretwillen – und zwar in einer halben Stunde.«

Ich ziehe es vor, über diese halbe Stunde hinwegzugehen. Davies war vor mir gegangen, um die Yacht seeklar zu machen, und so hatte ich die Wucht von allem zu ertragen, was folgte, einschließlich einer (wenn auch nur episodenhaften) Szene mit der Stiefmutter; die Erinnerung daran nagt noch immer an mir. Sie war schließlich eine empfindsame Frau.

Was die beiden anderen betrifft, so war das Mädchen, als ich es das nächstemal im kurzen Sportrock und mit der Schottenmütze sah, ein Wunder an Kühle und Mut; wenn Clara nicht gewesen wäre, hätte ich ihn nie weggebracht. Und, ah! wie gut es war, wieder im wohltuenden Regen zu sein, mit meinen beiden Schützlingen zum Hafen zu eilen, sie schnell die fettige Leiter hinunterzuschicken, zu jenem zerbrechlichen Fleckchen britischen Territoriums – Heim und Sicherheit als erste Belohnung für sie.

Unsere Flucht aus dem Hafen verlief ungestört, unbemerkt. Nur erste geisterhafte Anzeichen der Morgendämmerung mischten sich mit dem schwindenden Mondlicht, als wir um das Pierende kreuzten und dicht gerefft mit dem letzten Ebbstrom das Riffgat hinunterfuhren. Wir mußten direkt an der *Blitz* vorbei, sagte uns Davies, denn selbstverständlich war er allein an Deck, bis wir die offene See erreichten. Dann brach der Tag an. Wir hatten Niedrigwasser, und weit im Süden glaubte ich zwischen graubraunen Sandflächen zwei schwarze gestrandete Pünktchen zu sehen, aber vielleicht war das nur Einbildung. Die Reling von Wasser umspült, das Deck überströmt, nahmen wir die äußere Dünung und arbeiteten uns dicht am Winde unter dem Schutz von Juist voran, eilten wir westwärts.

»Mit der Flut die Ems hinauf und nach dem niederländischen Delfzyl«, drängte ich. Nein, meinte Davies, das sei zu nahe bei Deutschland, und es gebe eine tidenabhängige Abkürzung vom Buse-Tief dorthin. Es sei besser, bis hinter die Insel Rottum auszuweichen. Also stürmten wir weiter an Memmert vorbei über das Juister Riff, über die vergrabenen Millionen der *Corinne,* über die beiden breiten und unruhigen Mündungsarme der Ems, bis Rottum, eine winzige einsame Waffel von einer Insel, die erste der niederländischen Gruppe, in Luv voraus lag.

»Hinter die müssen wir«, sagte Davies, »dann werden wir in Sicherheit sein. Ich glaube, ich kenne den Weg, aber hole mir die nächste Seekarte und ruhe dich dann aus, alter Junge. Clara und ich kommen schon klar.« (Sie war fast die ganze Zeit an Deck und als Besatzungsmitglied so brauchbar gewesen, wie man es sich nur wünschen kann; viel besser als ich bei meiner gegenwärtigen Erschöpfung). Ich schlich über die glitschigen, schrägen Planken und ging unter Deck.

»Wo sind wir?« rief Dollmann, der sich vom Sofa in Lee erhob, auf dem er in einer Art Trance gelegen hatte. Ein Buch, sein eigenes, glitt ihm von den Knien und blieb mit dem Titelblatt nach oben in einer Öllache liegen; der Ofen hatte sich selbständig gemacht, und die Kajüte befand sich in einem entsetzlich schmutzigen und unordentlichen Zustand.

»Vor Rottum«, sagte ich und kniete mich auf das Sofa, um die Seekarte zu suchen. In seinen Augen lag ein Blick, den ich eigentlich hätte verstehen müssen, aber ich kann mir kaum die Schuld geben, denn die angesammelte Belastung nicht nur der vergangenen drei Tage und Nächte, sondern des ganzen mühseligen Monats meiner Fahrt mit Davies, begann sich jetzt bei mir bemerkbar zu machen, da Sicherheit und Erfolg greifbar waren. Ich reichte die Karte über den Niedergang nach oben, kroch dann in die schwankende Back und legte mich auf die überschüssigen Segelsäcke, das Donnern und Stampfen der See um mich und über mir.

Für das, was dann geschah, muß ich Davies zitieren, denn

ehe ich auf den Alarm reagiert hatte und durch die Vorderluke nach oben geklettert war, war die ganze Tragödie bereits aus und vorbei.

»X. kam den Niedergang herauf«, sagte er, »bald nachdem du unter Deck gegangen warst. Er hielt sich am Geländer fest und starrte über Luv nach Rottum, als kenne er die Insel sehr gut. Dann kam er auf uns zu und bewegte sich so schwankend, daß ich Clara das Ruder übergab und ging, um ihm zu helfen. Ich versuchte, ihn wieder nach unten zu schicken, aber er wollte nicht und ging nach achtern.

›Gib mir das Ruder‹, sagte er halb zu sich selbst. ›Die See ist draußen zu schlecht – es gibt eine Abkürzung dorthin.‹

›Danke‹, sagte ich, ›die kenne ich.‹ (Ich glaube nicht, daß ich sarkastisch sein wollte). Er sagte nichts und setzte sich auf die Gilling hinter uns, wo er sicher genug war, die Füße gegen die Reling in Lee. Zu meinem Erstaunen begann er dann über meine Schulter hinweg sehr vernünftig über den Kurs zu reden, er zeigte auf eine Tonne, die (wie ich wußte) auf der Karte falsch eingezeichnet ist, und sagte, sie sei falsch und so weiter. Nun, wir kamen an die Barre von Schild und mußten südwärts durch dieses sich windende Stück zwischen Rottum und Boschsand kreuzen. Clara stand am Klüver, ich hatte Seekarte und Ruderpinne (du weißt, wie geistesabwesend ich dann bin); dort war sehr unruhige See, und wir hatten beide haufenweise zu tun, und – nun, ich sah mich zufällig um, und er war weg. Er hatte seit ein oder zwei Minuten nichts mehr gesagt, aber ich glaube, das letzte, was ich von ihm hörte (ich hörte kaum zu, denn wir saßen dick drin), war wieder einmal etwas über seine ›Abkürzung‹. Er muß leise über Bord gegangen sein. Er trug Ulster und lange Stiefel.«

Wir sind noch eine Weile herumgekreuzt, haben ihn aber nicht mehr gefunden.

Nachdem wir uns durch den Irrgarten der Untiefen zwischen dem holländischen Festland und den Inseln gewunden hatten, ankerten wir an diesem Abend vor dem kleinen Ort Ostmohorn, gaben die Yacht einigen erstaunten Fischern in Obhut und eilten von dort über Straße und Schiene nach Harlingen und bekamen eine Dampferpassage nach London.

Von diesem Punkt an geht unser persönliches Leben die Außenwelt nichts mehr an, deshalb beende ich hier den Bericht.

# *Nachwort des Herausgebers*

Ein interessantes Dokument, etwas vom Feuer beschädigt, liegt auf meinem Arbeitstisch.

Es ist die (chiffrierte) Kopie einer vertraulichen Denkschrift an die deutsche Regierung, die den Plan einer Invasion Deutschlands in England umfaßt. Sie ist nicht unterzeichnet, aber interne Beweise und die Tatsache, daß Mr. Carruthers sie aus einem Ofen der Villa in Norderney geholt hat, lassen keinen Zweifel, wer der Verfasser ist. Aus vielen Gründen kommt es nicht in Frage, die wörtliche Übersetzung des dechiffrierten Textes zu veröffentlichen, aber ich schlage vor, einen Überblick über seinen Inhalt zu geben.

Selbst dies muß die Diskretion aufs äußerste gefährden. Müßte ich nur die wenigen Personen berücksichtigen, die bei solchen Themen von fachmännischem Urteil geleitet werden, ließe ich den vorangegangenen Bericht für sich selbst sprechen. Aber wie bereits im Vorwort festgestellt wird, ist es unser Hauptziel, alle anzusprechen; es gibt vielleicht noch viele, die trotz der seit Bekanntwerden dieser Ereignisse oft geäußerten klugen und maßgeblichen Warnungen dazu neigen, die deutsche Gefahr als eitles ›Schreckgespenst‹ abzutun; sie könnten verleitet werden, sich ohne diesen Zusatz einzubilden, man habe ihnen einen Abenteuerroman serviert.

Einige Leute (Engländer wie Deutsche) halten Deutschland jetzt für stark genug, sich uns allein entgegenzustellen und eine Armee auf unsere Küsten zu werfen. Das Memorandum verwirft diese Ansicht und schiebt eine isolierte Aktion um mindestens ein Jahrzehnt hinaus und setzt unter den jetzt gegebenen Umständen ein Bündnis von mindestens drei Mächten gegen Großbritannien voraus. Und nachfolgende Ermittlungen auf den üblichen Kanälen machten es unstreitig, daß sich die deutsche Regierung bei der Annahme dieses Plans auf diese Voraussetzung gestützt hat. Sie war sich darüber im klaren, selbst wenn es ihr wegen unserer verstreuten Streitkräfte gelänge, vorübergehend die Herrschaft über die Nordsee zu erringen, würde sie diese verlieren, sobald unsere stehende Flotte konzentriert und unsere Reserveschiffe mobilisiert wären. Mit einer auf See unterbrochenen Verbindung wären die Aussichten einer Invasionsarmee zweifelhaft. Ich stelle das so vage fest, denn man hat anscheinend nicht gemeint, daß ein Fehlschlag absolut gewiß sei. Und das war richtig, wie ich glaube, trotz aller Dogmen der Strategen, denn so ein Fall übersteigt alle Erfahrungen. Kein Mensch kann die Wirkungen eines zeitlich wohlberechneten und wohlgeplanten Schlages auf unser anfälliges Wirtschaftssystem im industriellen Herzen des Königreichs kalkulieren, eines Angriffs auf die Großstädte im nördlichen und mittleren Teil unseres Landes, wo es von friedlichen Lohnempfängern nur so wimmelt. In diesem Fall wurde jedoch eine gemeinsame Aktion (für die der Anlaß vielleicht nicht schwer zu erraten ist) erörtert, und Deutschlands Rolle in dem Bündnis war ausschließlich die des Invasors. Seine Flotte mußte intakt gehalten werden und es selbst sich vorgeblich neutral verhalten, bis der erste Schock vorüber und unsere Schlachtflotte entweder geschlagen oder, was wahrscheinlicher war, durch einen hart erkämpften Sieg so schwer beschädigt war, daß sie den vereinigten und unversehrten Streitkräften nicht widerstehen könnte. Wenn Deutschland dann über das Gleichgewicht der Kräfte gebot, würde es zuschlagen. Und der Schlag? Erst als ich dieses Memorandum gelesen hatte, erfaßte ich alle Vorzüge dieses tollkühnen Vorhabens, in dem jeder moralische, materielle und geographische Vorteil Deutschlands bis zum äußersten ausgenutzt und jeder unserer Nachteile gegen uns gerichtet ist.

Der Plan geht von zwei Grundprinzipien aus: perfekte Organisation, vollkommene Geheimhaltung. Unter der ersten Überschrift stehen einige allgemeine Betrachtungen. Der Verfasser (der mit den Bedingungen beiderseits der Nordsee bestens vertraut ist) argumentiert, Deutschland sei hervorragend geeignet, eine Invasion gegen Großbritannien zu unternehmen. Es hat eine große Armee (von der ein Bruchteil genügte) in einem Zustand großer Leistungsfähigkeit, die aber als Waffe gegen uns nutzlos ist, es sei denn eben, sie würde über See transportiert. Es verfügt über ein besonderes Genie für Organisation, nicht nur bei der Erarbeitung kleinster Einzelheiten, sondern auch im Erfassen eines zusammenhängenden Ganzen. Es weiß von der Kunst, einer Maschine ein Gehirn und dem äußersten Zahnrad noch Übertragungskraft zu verleihen sowie gleichzeitig die Verantwortung in einer obersten Zentrale zu konzentrieren. Es hat eine kleine Kriegsmarine, die aber sehr wirksam für seine Zwecke ist, aufgebaut, ausgebildet und bemannt nach methodischen Prinzipien für bestimmte Ziele und gestützt auf eine unerschöpfliche Reserve von Männern durch die Wehrpflicht. Es erforscht und praktiziert die Zusammenarbeit von Heer und Marine. Seine Hände sind frei für die Verfolgung von Vergehen in Heimatgewässern, da es kein fernes Netz von begehrten Kolonien und abhängigen Schutzgebieten besitzt, auf das es seine Verteidigungskräfte verteilen müßte. Schließlich ist es im Vergleich zu uns wirtschaftlich unabhängig, es hat über seine Landesgrenzen den Handelszugang zu ganz Europa. Es hat wenig zu verlieren und viel zu gewinnen.

Der Verfasser macht hier eine Pause, um unsere eigene Lage damit zu kontrastieren; ich fasse seine Punkte zusammen. Wir haben eine kleine Armee, die über den ganzen Erdball verstreut ist und nach einem mit schwerwiegenden Mängeln behafteten System verwaltet wird. Wir haben keine anerkannte Theorie der nationalen Verteidigung und keine zuständige Behörde, deren Aufgabe es wäre, uns eine zu geben. Zusammenarbeit von Heer und Marine wird nicht erforscht und praktiziert; noch viel weniger gibt es Pläne – die diese Bezeichnung verdienten – für das Zurückschlagen einer Invasion noch irgendeine Bereitschaft, die Heimatstreitkräfte prompt auszurüsten und einzuweisen, um einem plötzlichen Notstand zu begegnen. Wir haben eine große und vielerlei Hinsicht großartige Kriegsmarine, aber sie ist nicht groß genug für die Interessen, die sie sichern soll, und sie hat gleichfalls mangelhafte Institutionen. Sie ist nicht methodisch aufgebaut oder bemannt und hat eine äußerst unzureichende Reserve an Männern, von denen alle Rekruten eines Jahrgangs schon gleich zu Anfang in Anspruch genommen werden würden, ohne daß auch nur die Spur einer Vorbereitung zur Anwerbung von Freiwilligen vorhanden wäre; sie ist auseinandergerissen durch die Vielzahl ihrer Funktionen beim Schutz unseres riesigen Empires und seines Handels; es mangelt ihr deutlich an einem Gehirn, nicht nur für die Kontrolle eines reibungslosen Ablaufs in ihrem schwerfälligen Mechanismus, sondern auch zur Erforschung von Zielen und Systemen des Gegners. Wir haben keinen Marinestützpunkt an der Nordsee, keine Flotte in ihr und keine Politik für sie. Und schließlich befinden wir uns in einer sehr gefährdeten wirtschaftlichen Lage.

Der Verfasser beschäftigt sich dann mit den Methoden der Invasion und verwirft die naheliegendste, die der Entsendung einer Transporterflotte aus einem oder mehreren Nordseehäfen nämlich, sofort. Er bekämpft vor allem die Idee, Emden (das unserer Küste am nächsten liegt) zum Ausgangshafen zu machen. Ich erwähne dies, weil es lehrreich ist zu wissen, daß seit der Annahme seines eigenen Planes die halbamtliche deutsche Presse, als das Thema überhaupt erst einmal angesprochen war, Emden (mit Vorsicht) eifrig als Ablenkungsmanöver benutzt hat. Seine Einwände gegen Nordseehäfen treffen, so bemerkt der Verfasser, in Wirklichkeit auf alle Invasionsvorhaben zu, ob die Bedingungen nun günstig sind oder nicht. Einwand ist, daß Geheimhaltung für unmöglich gehalten wird, und die ist unbedingt erforderlich. Die Zusammenstellung von Transporten wäre in England schon wochenlang bekannt, ehe die Stunde für das Zuschlagen reif sein würde, denn alle großen Häfen sind weltoffen und wimmeln von Spionen. Überdies hat Deutschland nicht gerade überreichlich geeignete Schiffe, und die Beschaffung der erforderlichen Anzahl würde eine starke Verminderung seiner Handelsmarine nach sich ziehen. Sein anderer Einwand betraf die tatsächliche Landung. Sie müßte an einer freien Stelle der englischen Ostküste stattfinden. Ein anderer Zielort wird überhaupt nicht erwogen. Nun gibt es aber enorme Schwierigkeiten, Truppen sicher, schnell und geordnet von in tiefem Wasser ankernden Transportern zu übersetzen und mit Booten zu landen. Jeder eiligst improvisierte Widerstand könnte eine demütigende Katastrophe verursachen. Aber diese erste Phase ist am wichtigsten. Es ist zwingend notwendig, daß die Invasoren als Ausgangsstützpunkt einen vorher geplanten Landstreifen besetzen und sich prompt einschanzen. Ist dies geschehen, können sie andere Hilfsmittel nutzen, Transporter heranbringen, Kavallerie und schwere Geschütze landen, Vorräte schicken und weiter vorgehen. Geschieht das nicht, sind sie hilflos, sich ihrer Verbindungen über See nie sicher.

Dann schlägt er die einzig logische Alternative vor, nämlich eine Infanteriearmee mit leichtesten Feldgeschützen in seetüchtigen Leichtern zu entsenden, diese von kräftigen Schleppern mit leichtem Tiefgang unter dem Geleitschutz eines starken, unterschiedlich zusammengesetzten Kriegsschiffgeschwaders ziehen zu lassen und die Flottille, möglichst bei hoher Tide, direkt an den Strand zu werfen.

Eine solche Expedition könnte man in völliger Geheimhaltung vorbereiten, indem man die Merkmale der deutschen Küste ausnutzt. Kein großer Hafen würde irgendwie davon betroffen. Erforderlich ist lediglich genügend tiefes Wasser, um die Leichter und Schlepper zu tragen, und das liefern sieben unbedeutende Flüßchen, die an der Küste Ostfrieslands münden und bereits kleine Häfen und Schleusentore haben, mit einer Ausnahme, nämlich dem tidenabhängigen Wasserablauf bei Norden; dieser war anscheinend einer der sieben Ausgewählten und nicht – was Carruthers vermutet hatte – Hilgenriedersiel, das aufzusuchen, wie man sich erinnern wird, er keine Zeit mehr hatte, und das weder einen beachtenswerten Fluß noch überhaupt einen Hafen besitzt. Alle diese Flüßchen müßten noch endgültig vertieft und weitgehend kanalisiert werden; angeblich aus wirtschaftlichen Gründen für den Verkehr mit den Inseln, die während einer begrenzten Sommersaison zu Badeorten werden.

Die ganze Expedition könnte in sieben verschiedenen Unterabteilungen organisiert werden; diese Zahl wäre angesichts der Schwerfälligkeit des Unternehmens nicht zu groß. Seewärts ist die ganze Küste hinter der Inselkette und der Zone von Untiefen verborgen. Landeinwärts würde die Eisenbahnschleife um die ostfriesische Halbinsel hinter den sieben Flüßchen die Verbindungslinie darstellen. Esens sollte zum örtlichen Verwaltungszentrum werden, sobald das Vorhaben heranreifte, aber erst dann. Jede Einzelheit der Truppenbewegung unter den sieben unterschiedlichen Spitzen müßte Monate vorher vom Hauptquartier in Berlin mit Verschwiegenheit und Genauigkeit vorbereitet werden. Es wurde kaum erwartet, daß nichts durchsickern würde, aber man hatte Sorge getragen, daß alles, was herauskam, Verteidigungsmaßnahmen zugeschrieben wurde. Ein ständiges Beobachtungskorps hatte man bereits an der ostfriesischen Küste aufgestellt; tatsächlich sollte dessen Apparat benutzt und seine Umwandlung für den Angriff bis zum letztmöglichen Augenblick verheimlicht werden. Dieselben

Vorsichtsmaßnahmen sollten bei den vorbereitenden Arbeiten an Ort und Stelle ergriffen werden. Nur vier Mann (so hatte man berechnet) brauchten im Besitz des vollen Geheimnisses zu sein. Einer sollte die Kaiserliche Marine vertreten (ein Amt, das unser Freund von Brüning innehatte). Ein anderer (Böhme) sollte die sechs Kanäle und den Bau von Leichtern überwachen. Der dritte hatte eine Doppelfunktion. Er sollte die – wie ich es nennen möchte – örtlichen Arbeitskräfte organisieren, die Helfer, die für die Einschiffung benötigt wurden, die Schlepperbesatzungen und, was am wichtigsten war, die Dienste von Lotsen für die Navigation der sieben Flottillen durch die Verbindungspriele auf die offene See. Er mußte ein Mann aus der Gegend sein, gründlich vertraut mit der Küste, von einer gesellschaftlichen Stellung, die nicht viel höher als die der Dorfbewohner und Fischer war, und er mußte, wenn die Zeit reif war, Listen von den richtigen Männern für die richtigen Aufgaben bereithaben, Listen, denen die Wehrerfassungsbehörden, wenn nötig, sofortige gesetzliche Wirkung verleihen konnten. Seine andere Funktion war es, die Küste auf Spione zu überwachen und von Brüning, der nie weit sein würde, alles Verdächtige zu melden. Im ganzen gesehen glaube ich, daß sie in dem grimmigen Grimm ein Juwel für ihre Zwecke gefunden hatten.

Zur vierten Person hat sich der Verfasser selbst ernannt, als Förderer des Vorhabens, als unentbehrliche Verbindung zwischen beiden Nationen. Er übernimmt es, zuverlässige Informationen über die Stationierung von Truppen in England zu beschaffen, über die Beschaffenheit der Gewässer vor der für die Landung ausgesuchten Küste, über die in der Nähe zur Verfügung stehenden Vorräte und über die zu besetzenden strategischen Punkte. Er schlägt vor, die Expedition während der Überfahrt zu führen. Und in der Zwischenzeit (wenn er nicht anderweitig beschäftigt war) sollte er auf Norderney wohnen, in enger Verbindung mit den drei anderen bleiben und die wirtschaftlichen Unternehmen kontrollieren, die dazu dienten, Neugierigen Sand in die Augen zu streuen. (Memmert wird in dieser Denkschrift übrigens nicht erwähnt.)

Er spricht von der für die Landung ausgesuchten Stelle und erörtert diese Frage dann in Einzelheiten. Ich kann ihm jedoch in diesem Überblick nicht folgen, wenn er auch noch so interessant ist, und werde nur sagen, daß er die Landemöglichkeiten auf zwei Stellen reduziert; die seichten Gebiete vor der Küste von Essex zwischen Foulness und Brightlingsea und den Wash – wobei er letzteren entschieden bevorzugt. In der Annahme, der Feind würde – falls er überhaupt Wind von einer Invasion bekäme – die Verwendung großer Transporter erwarten, suchte er eine Stelle aus, die wahrscheinlich am wenigsten verteidigt werden würde, die dennoch zu den Charakteristika der Flottillen paßte und dem Gebiet ähnlich war, aus dem sie kamen. An der Küste von Lincolnshire gibt es an der Nordseite des Wash eine solche Stelle, die man East Holland nennt. Es ist tiefliegendes Land, abgedeicht und eingesäumt von Sandbänken, die bei Niedrigwasser trockenlaufen. Es ist von Osten leicht zu erreichen über Boston Deeps, einem Tiefwasserpriel entlang einer abgelegenen Bank, genannt Long Sand, die sich zehn Meilen parallel zur Küste erstreckt. Diese Bank bildet einen natürlichen Wellenbrecher gegen die Dünung aus Osten (der einzigen Himmelsrichtung, die zu fürchten ist), und das Deeps dahinter mit einer durchschnittlichen Tiefe von vierunddreißig Fuß bei Niedrigwasser ist eine ausgezeichnete Reede für das Schutzgeschwader, dessen Geschütze die Küste in bequemer Reichweite beherrschen würden. Nebenbei sei bemerkt, daß genau in diesem Fall deutsche Schlachtschiffe erster Klasse gegenüber britischen vom gleichen Kaliber im Vorteil wären. Die letzteren haben einfach zu schweren Tiefgang, um solche Gewässer gefahrlos befahren zu können, wenn sie überhaupt in diese Reede kämen, an deren Eingang eine Barre mit nur einunddreißig Fuß Tiefe bei Hochwasser in einer Springtide liegt. Dagegen sind die ersteren, die im Hinblick auf ein Manövrieren in der Nordsee gebaut wurden, noch im Sicherheitsbereich. Von East Holland aus sind die Industriegebiete leicht zu erreichen, und die heftig anzugreifen, fordert der Verfasser dringend, müsse die wahre Politik des Invasoren sein. Er berichtet ausdrücklich, daß es (im streng militärischen Sinne) dort keinerlei Vorbereitungen gibt, um einem solchen Angriff zu begegnen. East Holland ist an der britischen Küste – mit Ausnahme der von Norfolk – auch der Deutschland am nächsten gelegene Punkt (viel näher als die erwähnten Sände von Essex) und zu erreichen durch eine einfache Hochseepassage, ein für die Navigation gefahrloses Gebiet, wie etwa die Einfahrt zum Ärmelkanal und das Mündungsgebiet der Themse westlich von Harwich. Die Entfernung beträgt in ungefähr südwestlicher Richtung von Borkum zweihundertvierzig Seemeilen und zweihundertachtzig von Wangerooge. Die geschätzte Zeit für die Überfahrt, nachdem sich die Flottillen außerhalb der Inseln gesammelt haben, liegt zwischen dreißig und vierunddreißig Stunden.

Einschiffung ist das nächste Thema. Sie kann und muß innerhalb einer Tide vonstatten gehen. In den sechs Sielorten gibt es auf zwölf Stunden einen mittleren Zeitraum von zweieinhalb, in dem das Wasser hoch genug ist. In Norden steht eine noch längere Zeit zur Verfügung. Aber zweieinhalb Stunden sollten völlig genügen, wenn der Apparat in guter Arbeitsverfassung ist und pünktlich in Bewegung gesetzt wird. Hochwasser tritt etwa gleichzeitig an allen sieben Mündungen ein, da der Unterschied zwischen den beiden am weitesten voneinander entfernten, zwischen Carolinensiel und Greetsiel, nur eine halbe Stunde beträgt.

Zuletzt werden die mit einer solchen Expedition verbundenen besonderen Risiken leidenschaftslos abgewägt. X. ist zwar scharf darauf erpicht, seinen Plan zu empfehlen, aber er schreibt nicht in einem blind optimistischen Geist. Es gibt keine modernen Präzedenzfälle für eine Invasion, die auch nur im geringsten mit der Deutschlands in England zu vergleichen wären. Jede Unternehmung dieser Art wird ein gefährliches Experiment sein. Aber er argumentiert, daß die Vorteile seiner Methode die Risiken überwiegen und die meisten dieser Risiken auch anderen Methoden anhängen. Welche Kenntnisse man in der Vorhersage auch nutze, dennoch könne schlechtes Wetter über die Expedition kommen. Ja, falls man Truppentransporter benutze, wäre das Übersetzen in Booten bei schlechtem Wetter mit der gleichen oder einer noch größeren Gefahr verbunden. Aber könnten Transporter es nicht aufschieben und abwarten? Eine Verzögerung ist in jedem Fall verhängnisvoll; standhafte Pünktlichkeit ist das Wesentliche eines solchen Unternehmens. Besteht für die Leichter nicht die Gefahr des Sinkens? Das geht an der Sache vorbei; wenn das Ziel erreichenswert ist, muß man den Risiken entgegensehen; auf den Schlachtfeldern werden Soldatenleben zu Zehntausenden geopfert. Könnte die Flottille während der Überfahrt durch den Angriff einiger Torpedoboote demoralisiert werden? Zugegeben, aber das gleiche würde für eine Transporterflotte mit der zusätzlichen Gewißheit gelten, daß ein geglückter Schuß zehnmal so viele Soldaten mit weniger Hoffnung auf Rettung zum Meeresboden schicken würde. In beiden Fällen muß man sich auf die Tüchtigkeit und Wachsamkeit des Geleitschutzes verlassen. In einer Passage, die meine beiden Abenteurer sehr wohl vor Triumph erglühen lassen könnte, wird jedoch eingeräumt, wenn die Briten durch einen unglücklichen Zufall rechtzeitig erfahren würden, was auf sie zukommt, und sie einen Schwarm von Booten mit leichtem Tiefgang entsenden könnten, die den deutschen Kriegsschiffen ausweichen und zwischen die Flottille geraten, solange diese noch dabei ist, die Sielorte zu verlassen; es wird eingeräumt, sage ich, daß dann die Expedition zum Scheitern verurteilt wäre. Aber es wird vermutet, daß ein solcher Vorfall nicht zu befürchten sei. Unbesonnenen Schneid gebe es zwar in der britischen Kriegsmarine im Überfluß, aber es mangele völlig an fachmännischem Wissen von den Tiden und Untiefen in diesen Gewässern. Die britischen Seekarten seien wertlos, und es gebe keinen Beweis, daß dieses Thema überhaupt im Londoner Marineministerium untersucht worden sei.

Hier gestatte ich mir die Bemerkung, daß ich die Auffassungen von Mr. Davies, ausgedrückt in den früheren Kapiteln, als sich die beiden noch in den großen Mündungsgebieten befanden, alle für absolut begründet halte. Die ›Prieltheorie‹ stimmte, wenn sie auch nur indirekt mit den großen Aufgaben zu tun hatte, die vor den beiden lagen; man sollte sie sich zu Herzen nehmen, oder ich hätte keinen Platz dafür verschwendet.

Noch ein Wort zum Abschluß. Es gibt ein Axiom, das jetzt sehr in Mode ist, wonach keine Furcht vor einer Invasion der britischen Inseln bestehe, denn wenn wir die Herrschaft über die Meere verlören, könne man uns aushungern, was ein billigerer und sicherer Weg sei, uns zur Unterwerfung zu zwingen. Es ist ein unlogisches und wertloses Axiom, das nur durch reine Wiederholung zu einem Glaubensartikel wird. Es unterstellt, daß die ›Herrschaft über die Meere‹ eine Sache ist, die man endgültig gewinnt oder verliert, wir sie heute haben und morgen für immer verlieren können. Die Chancen stehen jedoch im Gegenteil dafür, daß bei so etwas wie einem Kampf gleichstarker Kräfte die Herrschaft über die Meere für unbestimmte Zeit in der Schwebe bliebe. Und selbst wenn die meisten Chancen gegen uns stünden, wäre es unseren Feinden wahrscheinlich unmöglich, unsere Handelsstraßen so zu sperren, die Häfen an unserer langen Küste so zu blockieren, daß die Neutralen ihre Lieferungen an uns einstellen und wir in weniger als zwei Jahren auf die Knie gezwungen werden; innerhalb dieser Zeit aber können wir uns erholen und mit unseren einzigartigen Hilfsquellen aus dem Landesinnern neu aufbauen sowie danach trachten, die Herrschaft zurückzugewinnen.

Nein, das bessere Axiom ist, daß uns bis auf eine erfolgreiche Invasion letztlich nichts zwingen kann, Frieden zu schließen. Unsere Herzen sind stark, wie wir hoffen, aber Tatsachen sind Tatsachen; und wenn man die Folgen eines erfolgreichen Überfalls wie den in dieser Denkschrift skizzierten überdenkt, müssen sie das stärkste Herz entsetzen. Er wurde schachmatt gesetzt, aber andere Pläne können ersonnen werden. Auf jeden Fall wissen wir, wie man diese Dinge in Deutschland betrachtet.

# *Nachschrift*

## *(März 1903)*

Während der Drucklegung dieses Buches hat die Regierung eine Anzahl von Maßnahmen ergriffen, mit denen genau den Schwächen und Gefahren entgegengewirkt werden soll, auf die oben verwiesen worden ist. Ein Nationaler Verteidigungsausschuß ist gebildet worden, und das Willkommen, das man ihm gegeben hat, ist ein wirklich außerordentlicher Kommentar zur Apathie und Verwirrung, die er verdrängen soll. Am Forth hat man einen Platz für einen Nordseemarinestützpunkt ausgesucht – eine ausgezeichnete, wenn auch verspätete Entscheidung, denn etwa zehn Jahre müssen verstreichen, ehe der bestehende Ankerplatz so etwas wie ein ›Stützpunkt‹ wird. Eine Nordseeflotte ist auch geschaffen worden – eine weitere gute Maßnahme, aber man sollte daran erinnern, daß ihre Schiffe nicht modern und nicht im geringsten in der Lage sind, sich den Hauptgeschwadern der Deutschen unter den oben angenommenen Umständen zu stellen.

Schließlich hat sich ein Personalausschuß (unter anderem) vage für eine Freiwilligenreserve ausgesprochen. Niemand weiß, wozu diese Empfehlung führen wird; hoffentlich nicht zu dem Fiasko des letzten, schlecht geplanten Experiments. Ist es nicht offenkundig, daß die Zeit gekommen ist, alle Engländer entweder für die See oder am Gewehr auszubilden?